KB098849

갈까마귀 살인사건

갈까마귀 살인사건

다니엘 콜 지음 서은경 옮김

BOOK PLAZA

일러두기

본문의 각주는 모두 옮긴이 주입니다.

프롤로그

'세상엔 이것보다 더 끔찍한 직업이 많을 거야.' 매트 루이스는 이렇게 자신을 다독였지만 그게 무엇인지는 당장 떠오르지 않았다.

세계적인 소셜 네트워크 회사에서 불쾌하고 부적절한 콘텐츠 관리 담당자로 일하는 그는 매일같이 시스템으로 쏟아지는 혐오와 학대, 변태 행위 콘텐츠들을 세 시간째 확인하는 중이었다.

'발 관련 직업이 끔찍하지.' 매트는 고개를 끄덕이며 백혈병으로 투병 중인 어린 소녀의 치료비 모금 페이지에 올라온 혐오스러운 인종 차별 게시물을 삭제했다. 그는 발을 싫어했다. 발 치료사, 페디큐어 관리사… 신발 판매원도 싫었다. 그런 일은 도저히 할 수 없을 것 같았다.

다음으로는 일반 대중에게 훨씬 덜 알려진 계정으로 옮겨갔다. 열한 살짜리 소년의 계정이었는데, 할머니를 포함해서 팔로워가 여덟 명에 불과했다. 하지만 그 계정은 소년을 '못생긴 멍청이'라욕하고 '모두를 위해서' 자살이나 하라고 부추기는 메시지로 일주일 넘게 도배되다시피 했다.

삭제.

'이빨 관련 직업도 끔찍해!' 온종일 사람들의 역겨운 입속을 똑바로 바라볼 수는 없다. 돈을 아무리 퍼 준다 해도 그건 싫었다.

포르노 콘텐츠 삭제.

혐오 조장… 삭제.

매트는 자신이 디지털 세상을 여유롭게 즐길 수 있는 쾌적한 곳으로 만들기 위해 좋은 일을 하고 있다고 생각되기는커녕 오히려 기분만 더러워졌다. 스스로가 마치 사람들로 하여금 냉혹한 현실에 직면하지 않게 하려고 이 나라의 실상을 숨기기 위해 고용된 하인에 불과하다고 느껴졌다.

사실상 매트가 하는 일은 열한 살짜리 소년이 자기 방에서 자살한 채 발견될 경우를 대비해 '회사로서는 적절하게 조치했다'라는 기록을 남기기 위한 요식행위에 불과했다. 하지만 혐오는 세상에 잘 먹혀들고, 사람들이 분노하거나 누군가에게 선동되면 그 결과물을 만들어내는 일에 빠져들기 마련이다. 이런 현실이 모든 소셜 네트워크 회사가 부끄러운 줄도 모르고 설립되는 기반이기도 하다. 어쨌든 세상을 향해 자길 좀 봐 달라며 필사적으로 애원하는 게시물 밑에는 '싫어요' 버튼이 기대감에 잔뜩 부푼 채 대기하고 있다. 그 버튼의 유일한 목적은 사람들의 말싸움을 부추기기 위해서다.

매트는 입이 찢어지게 하품하며 하던 일을 계속했다.

"맙소사!" 매트는 숨이 턱 막혔다. 방금 화면에 떠오른 이미지와 거리를 두려고 급하게 몸을 젖히다가 그만 의자에서 떨어지고 말았다. "저스틴 사장님!" 그는 화면에 시선을 고정한 채 큰 소리로 외쳤다. 그리고 허둥지둥 일어나 아무도 없는 저쪽 투명한 유리방을 향해 사무실 통로를 황급히 뛰어가자 동료들은 깜짝 놀란 눈으로 그를 쳐다봤다. "…사장님 어디 있어요?!" 그는 사장의 까칠한 비서에게 다그쳤다.

"대회의실요… 들어가면 안 돼요!" 비서는 복도를 내달리는 매트의 등 뒤에 대고 소리쳤지만, 그는 대회의실 문을 쾅 열고 들어갔다. 그곳에서는 저스틴 사장이 회사에 가장 영향력 있는 수많은 후원자 앞에서 연설하는 중이었다.

"매트!" 매트의 상사는 깜짝 놀랐지만 이내 평정을 되찾았다. "여러분, 이쪽은 매트 루이스입니다. 가장 촉망받고 똑똑한 직원 중 하나죠. 매트, 무슨 일이지?"

"방해해서 죄송하지만 빨리 와 보셔야 해요… 지금 당장요."

저스틴은 매트에게 무슨 일인지 더 자세히 설명하라고 요구하지 않고 청중을 향해 입을 열었다. "신사 숙녀 여러분, 죄송하지만 잠시만 실례하겠습니다." 그는 말을 마치고 부하 직원을 따라 침착하게 회의실에서 나갔다. 두 사람은 문간을 벗어나자마자 전속력으로 달렸다.

"대체 뭔데 그래?" 저스틴은 버튼을 살짝 눌러 사장실 창유리를 불투명하게 바꿨다. 매트는 그 끔찍한 게시물을 벽에 고정된 큰 화면에 띄웠고, 아까 본 이미지들이 화년에 나타나지 웩웩 구역질을 했다. 첫 번째 이미지는 연회색 카펫 위에 아름다운 여인이 반짝이는 금빛 드레스를 입고 누운 모습이었다. 그녀의 숨길을 으스러뜨린 실크 스카프는 아직도 목에 단단히 묶여 있었다. 아름답기로 유명한 초록빛 두 눈동자는 툭 튀어나왔고, 흰자위는 실핏줄이 터져 빨갛게 변했다. 티 없이 깨끗했던 얼굴에는 마치 누군가가 그녀를 마지막으로 모욕하려고 손톱으로 길게 할퀸 듯한 자국이 다섯 개 있었다.

하지만 매트의 뇌리에 남아 계속해서 그를 괴롭힐 것은 두 번째 이미지였다.

그 이미지는 이미 210만 명이 공유해 갔고 그 수는 계속 늘어나고 있었다.

매트는 밀려오는 구역질을 가까스로 참으며 말했다. "차단할까요?" 그는 숨을 고르며 사장에게 물었다. 손은 이미 마우스 위에 있었다. 하지만 별 볼 일 없던 유명인이 대중문화계의 왕족으로 등극하는 뉴스를 온 세상이 공유하는 동안, 그의 상사는 점점 늘어나는 숫자에 정신이 팔려 그 질문을 듣지 못한 듯했다. "…사장님?"

220만… 230만.

"기다려." 말쑥한 정장에 쪼리 샌들을 신은 저스틴이 대답했다. 그는 마치 버튼이 저 앞에 있다는 듯 손을 앞으로 내밀었다.

…240만…

"…아직이야."

"제발요, 사장님!"

"…좋아. 지금 눌러!"

그로테스크한 이미지들은 해당 게시물이 사이트 약관을 위반하여 삭제되었다고 알리는 일반 메시지로 즉시 교체되었고, 밑의 숫자는 250만을 약간 넘는 선에서 멈췄다. 매트는 안도의 한숨을 내쉬고 구역질을 하느라 움켜쥐고 있던 휴지통을 원래 있던 자리에 놓았지만 아무래도 계속 필요할 것 같았다. 저스틴은 휴대전화를 꺼내 국가 사이버범죄수사과 담당자의 연락처를 찾았다. 그는 별로 내키지 않았지만, 그 사람과 정기적으로 연락하고 있었다.

"…안녕하세요, 카렌? …저스틴 스트롱입니다. 네, 맞아요… 꼭 그렇진 않아요. 당신이 제일 먼저 알아야 할 것 같아서 연락했어요…" 그는 이 말을 꺼내기가 정말 괴롭기라도 한 듯 잠시 머뭇거렸다. "사건이 또 발생했어요."

머리 잘린 아름다운 부잣집 여인

철문이 열렸다.

…아무 소리도 들리지 않았다.

스칼릿 딜레이니 경장은 나이츠브리지에 있는 널찍한 펜트하우스에 발을 들여놓았다. 흐릿한 햇살 여러 가닥이 입구 홀을 가로질러 비쳤고, 반짝이는 먼지 입자들이 빛줄기 사이를 둥둥 떠다니고 있었다.

"누구 있어요?" 그녀는 안쪽을 향해 외쳤다. 또렷하고 자신감 넘치는 목소리가 탁 트인 실내에 메아리 같은 울림 없이 전달되었다.

…집 안은 쥐 죽은 듯 조용했다.

그녀는 천장까지 이어진 통유리창 너머로 보이는 전망에 마음이 끌렸다. 넓은 나무 바닥을 가로질러 런던의 아침 풍경을 가만히 바라봤다. 높은 곳에서 바라본 이 도시는 믿을 수 없을 만큼 평온했다. 800만에서 1,000만 파운드*만 있다면 누릴 수 있는 왜곡된 풍경이었다.

아침 해가 구름에 가려지자 유령 같이 흐린 그림자가 유리창에 드리웠다. 눈앞에 비친 자신의 모습은 이 사치스러운 공간과는 몹시 동떨어져 보였다. 낡아빠진 컨버스 운동화에 찢어진 청바지와 회색 후드티라니. 그녀는 남들 눈에 초라하게 보일 모습이 쑥스러워 유리창을 거울삼아 긴 머리카락을 재빨리 위로 올려 묶었다. 머리끈으로 단단히 모양을 잡는 동안 그녀의 짙은 붉은빛 머리카락은 하얀 피부와 대조되어 활활 타오르는 듯했다.

"스칼릿?" 아파트 안쪽에서 우렁찬 목소리가 들렸다. "…이쪽이야."

"갈게요!" 그녀는 마지막으로 자신의 모습을 한 번 더 확인한 뒤 목소리가 들리는 쪽으로 향했다.

스칼릿은 유리 계단 밑으로 지나갔다. 물리 법칙에 저항하듯 지그재그 형태로 이어진 그 계단은 최신식 복층 부엌으로 연결되어 있었다. 호화로운 파티를 했던 흔적이 거실 전체에 고스란히 남아 있었다. 벽난로 위에는 투명하고 길쭉한 샴페인 잔들이 크리스털 장식처럼 놓여 있었고, 스타인웨이 피아노는 핑거 푸드를 올려놓는 테이블 신세로 전락하고 말았다. 무슨 음식이었는지는 짐작조차 할 수 없었다. 주머니에서 일회용 장갑을 꺼내 든 그녀는 현장 감식반의 카메라 플래시가 연신 터지고 있는 가장 큰 침실로 들어갔다.

"비번인데 불러내서 미안해." 프랭크 애쉬 경사가 잔뜩 쉰 목소

---

* 약 133억에서 166억 원

리로 그녀를 맞았다. 여전히 등을 돌린 채였다.

"괜찮아요." 스칼릿은 무덤덤하게 답하고 장갑을 한쪽 손에 쑥 꼈다. 그리고 침대를 돌아 반대편으로 가자마자 도저히 피할 수 없는 공포의 현장을 맞닥뜨렸다.

스칼릿은 그 자리에 얼어붙었다. 참혹한 장면을 보자마자 너무 놀라 숨이 막힐 지경이었다. 하지만 겉으로 드러내지는 않았다.

"아, 마음 단단히 먹어야 할 거야." 프랭크가 한발 늦게 주의하라고 당부했지만 이미 모든 걸 보고 난 후였다. 그는 이런 상황에 어울리지 않는 스칼릿의 옷차림을 물끄러미 바라봤다. "편하게… 입었네." 그리고 수영장 옆에서 한가로이 책을 읽으며 보내는 어느 화창한 휴일에나 볼 수 있는 미소를 지어 보였다. 그러자 거칠거칠한 얼굴에 주름이 잡혀 그가 입은 린넨 바지와 썩 잘 어울렸다.

"고마워요." 스칼릿은 톡 쏘듯이 대답했지만, 사실은 그의 말에 맞장구치는 것에 불과했다. 프랭크는 그녀가 햇병아리였던 시절 내내, 아니 그 이전부터 상당히 오랫동안 그녀에게 든든한 버팀목이 되어 준 사람이었다.

"또 그놈 짓이 틀림없어." 프랭크는 그녀가 사건 현장을 더 자세히 살펴보도록 옆으로 비키며 말했다. 가장 최근에 발생했지만 섬뜩할 만큼 눈에 익은 사건 현장을 스칼릿이 주의 깊게 바라보는 동안, 환한 햇빛이 창문을 통해 쏟아져 내렸다. "세 번째 희생자야. 늘 같은 수법이지. 실크 스카프로 목이 졸려 죽고 얼굴에 할퀸 자국이 다섯 개 있어. 혹시 눈치챘는지 모르겠지만, 희생자는 목이 잘렸는데 나머지 몸통은 온데간데없이 사라졌어."

현장 감식반 사진사가 공들여 촬영 구도를 잡고 낭자하게 흩어진 핏자국 사진을 찍느라 플래시가 터지자 두 사람은 움찔하고 놀랐다. 그는 "죄송합니다"라고 사과한 뒤 비켜났다.

"온데간데없다고요?" 스칼릿은 설명을 더 바라는 눈치였다.

"사진 두 장이 이 여자 휴대전화로 SNS에 동시에 업로드되었어. 첫 번째 사진은 목이 졸려 죽은 직후에 찍혔을 거야. 희생자의 몸은 아직 온전해. 자기가 한 짓을 온 세상에 보여주고 싶었던 게지. 두 번째 사진은 나중에 찍혔어. 목이 잘려나간 시신이 해 뜰 무렵 바로 여기 놓여 있었어."

"그렇군요."

"창문은 하나뿐이고, 방 안에서 이중으로 잠겨 있었어."

"그리고요?"

"남자친구는 바로 저 침대 위에 곯아떨어져 있었고."

"그… 랬군요."

"게다가 파티가 끝난 후 친구 세 명은 자리를 뜨지 않고 저 문 밖에 앉아 밤새워 놀았다는 거야."

"그럴 수가."

"그래… 귀신이 곡할 노릇이지."

"없어진 게 뭔지는 아직 모르나요?" 스칼릿이 물었다.

프랭크는 휴대전화를 꺼내 화면을 어설프게 꾹꾹 누르더니, 지금은 삭제된 SNS 게시물 사진을 화면에 띄워 그녀에게 건넸다. "자. 지금이랑 뭐가 달라진 것 같아?"

"그러니까, 방금 말씀하신 것 말고…"

"응, 목이 잘리고 몸은 사라졌다는 사실은 빼고."

스칼릿은 '그냥 확인차 물어봤어요'라고 말하려 했다는 듯 고개를 끄덕였다. 그녀는 바닥에 내팽개쳐진 청바지를 건드리지 않도록 조심하며 자리에 쭈그리고 앉아, 붉은 피로 흥건하게 젖은 카펫 위에 덩그러니 놓인 희생자의 머리를 더 가까이 들여다봤다. 그리고 사진을 확대해서 자세히 살폈다. "…귀걸이죠?"

"맞아!" 프랭크는 그녀로부터 휴대전화를 돌려받으며 말했다. "갈까마귀가 또 공격한 거야."

스칼릿은 언론이 살인범에게 붙인 별명을 입에 올린 프랭크가 못마땅하다는 듯 얼굴을 찌푸렸다. 대단히 위험한 살인마를 신화 속 존재로 승격시키려는 언론의 뻔뻔스러운 시도에 마음이 불편했다. 언론은 현실 세상에서 발생한 희생자들의 고통과 괴로움을 대중을 위한 오락거리로 변질시켰다. 하지만 범행 후 쥐도 새도 모르게 사라지는 데다 반짝이는 장신구를 전리품처럼 가져가는 수법에 대중은 귀가 솔깃해질 수밖에 없었다.

"그 사진들이 SNS에 올라왔어요?" 스칼릿이 그에게 물었다.

"응."

"본 사람 있어요?"

"한 1이나 2…" 여기까지만 듣고 스칼릿은 안도하여 고개를 끄덕였다.

"…백만 명."

"세상에… 대체 이 여자는 누구예요?"

"모른단 말이야?" 프랭크는 놀란 것 같았다. "너보다 거의 스무 살은 더 먹은 나도 아는데. 프란체스카 라벨르잖아."

스칼릿은 그래도 모르겠다는 표정이었다.

"공식적으로 그 여자는 패션… 나리스타야."

"패셔니스타." 감식반 사진사가 프랭크의 말을 바로잡았다. 이런 핏자국 말고 매력 넘치는 여성들의 사진을 찍고 싶다는 소망이 그의 말투에 묻어났다.

프랭크는 고개를 끄덕이며 사진사가 있는 쪽을 가리켰다. "그래, 그거. 희생자는 유명인들이 나오는 연애 프로그램에 출연했어. 거기서 그 왜 있잖아, 그 밴드에서 턱수염 기른 남자와 사귀었지." 스칼릿은 그래도 모르겠다는 듯 어깨를 으쓱했다.

"…알 텐데. 그 뮤직비디오 말이야… 커다란 에뮤라는 새들이 막 나오고."

스칼릿은 도와달라는 듯 사진사를 쳐다봤다.

프랭크는 주변 시선을 의식하면서 느릿느릿 걸으며 목청을 가다듬었다. 그리고 음정은 무시한 채 멜로디를 따라 불렀다. "난 하지 않았어… 아니야. 절대 아니야. 난 하—지 않았어."

"음, 지금과 딱 어울리는 노래네요." 난데없이 어디선가 진지한 목소리가 들렸다.

당황한 스칼릿은 침대 밑에서 튀어나온 두 다리를 발견하고 자기도 모르게 까치발을 들었다.

"그건 검시관님 다리야." 스칼릿이 이건 뭐냐는 표정으로 프랭크를 쳐다보자 그가 설명했다.

"…그럼 비공식적으로는요?" 스칼릿은 누가 또 튀쳐나오거나 노래를 불러대기 전에 질문했다.

"어떤 부자의 버릇없는 딸일 뿐이야. 그게 누구냐면…"

그때 밖에서 커다란 목소리가 방 안까지 울리더니 뒤이어 발걸음 소리가 점점 가까이 들려왔다.

"…호랑이도 제 말 하면 온다더니." 프랭크는 투덜거리며 서둘러 밖으로 나가 문을 닫았다.

스칼릿은 복도에서 벌어지는 시끄러운 대화 중에 몇 단어만 알아들을 수 있었지만, 딸의 죽음을 비통해하는 아버지의 괴로운 심정이 분명히 느껴졌다. 떠들썩한 소란이 진정되고 목소리가 잦아들 때까지 그녀는 계속 귀를 기울였다.

"에드거 크루즈에요." 검시관이 침대 밑에서 나타나 피 묻은 면봉을 증거물 비닐봉지에 넣으며 프랭크의 말을 대신 마무리했다.

"아깐 그 여자 성이 라벨르라고 하지 않았어요?"

검시관은 관심 없다는 듯 어깨를 으쓱했다. 방으로 비치는 햇살은 그의 반질반질한 대머리에 반사되어 별빛처럼 반짝였다. 검시관과 대화를 빨리 끝낼 핑곗거리가 간절해진 스칼릿은 화장대에 흐트러진 사진들에 관심을 집중하기로 했다. 사진 속 희생자는 그녀처럼 아름다운 사람들에 둘러싸였고, 다양한 명품 의상을 차려입고 포즈를 취하고 있었다. 청록빛 맑은 바다, 스칼릿이 사는 평범한 집보다 다섯 배 정도 더 큰 요트가 담긴 휴가철 스냅 사진들도 있었다.

스칼릿은 액자에 끼울 만한 사진 몇 장에 특히 주목했다. 털이 북슬북슬한 보더콜리 옆에서 어떤 나이든 여인을 꼭 끌어안은 프란체스카의 어렸을 적 사진이 있었다. 그리고 노랗게 바래버린 또 다른 어릴 적 사진 속에서 그녀는 아빠 등에 업혀 환하게 웃고 있었다.

무거운 발걸음 소리가 점점 커지더니 프랭크가 문가에 다시 나타났다. "크루즈 씨를 댁에 모셔다드려." 프랭크는 스칼릿에게 지시한 뒤, 그의 말소리가 그 억만장자에게 들리지 않는다는 걸 확인하고 말을 계속했다. "상태는 별로 안 좋지만 그래도 뭐든 알아내 봐. 물론 말을 걸기엔 최악의 타이밍일 수도…"

"아니면 최선의 타이밍일 수도 있어요." 스칼릿은 프랭크가 오랫동안 그녀에게 전수했던 주옥같은 수백 가지 충고 중 하나를 인용하며 고개를 끄덕였다.

"맞아. 그럼 좀 있다—"

사진사가 카메라 플래시를 또 터뜨리자 두 사람은 눈이 부셔 눈을 뜰 수가 없었다. 프랭크는 잔뜩 짜증이 나서 사진사를 노려봤다. "자꾸 그럴 겁니까?!" 그는 사진사를 꾸짖고 잠시 눈을 비비더니 스칼릿을 보며 말했다. "돌아오는 길에 전화해."

"그럴게요."

프랭크는 나이가 있어서인지 낑낑대며 희생자의 절단된 목 옆에 웅크리고 앉아 다시 범죄 현장에 집중했다. 스칼릿은 방에서 나가 문을 닫았다.

"…저 사람이 바로 '돌아버린 딜레이니'겠군요." 스칼릿은 복도를 걸어가려는 찰나, 그 밉살스러운 검시관이 내뱉는 말을 우연히 들었다.

"딜레이니 경장이요." 프랭크가 지적하자 문밖에 있는 스칼릿은 미소를 지었다.

그녀는 한쪽 귀를 문에 가까이 갖다 댔다.

"그리고 당신은… 음, 당신이 바로 그분이겠군요."

"맞아요. 나예요."

"그런데 딜레이지 경장과는 약간… 어색하진 않습니까?"

"우린 아무 문제 없습니다."

"하지만 당신이 바로 그—"

"괜찮다고 했잖아요!" 프랭크는 느닷없이 말을 끊었다. 방 안의 불편한 침묵이 뚜렷이 느껴졌다.

하지만 스칼릿은 그 자리에 남아 계속 엿들었다. 검시관은 들릴락 말락 한 소리로 중얼거렸다. "…그러시군요."

매력 공세

헨리는 새빌 로*에서 맞춘 클래식한 스리피스 정장을 갖춰 입고, 반들반들한 황갈색 옥스포드 구두를 신었으며, 검은 머리카락을 소년처럼 이마에 몇 가닥만 남기고 모두 뒤로 넘겼다. 메이페어에서 유명한 어스트와일 하우스 레스토랑의 문을 열고 들어선 그는 전형적인 영국 신사로 보였다.

"안녕하세요, 페어차일드씨." 접수대에 앉아 있던 조각 같은 미모의 여성이 영롱한 목소리로 맞이했다. 그녀는 헨리의 서류 가방을 받아들려고 일어났다.

"안녕하세요, 제니퍼." 헨리가 환한 미소를 지으며 이름을 기억해 주자 그녀는 얼굴을 살짝 붉혔다. "오늘은 가방을 들고 다닐

---

* Savile Row, 런던의 최고급 양복점들이 늘어선 거리

생각이에요." 그는 가죽 가방을 손가락으로 톡톡 두드리며 몸을 가까이 기울이고 목소리를 낮췄다. "가방 안주머니에 조그만 9밀리미터 권총을 숨겼거든요. 오늘 만남이 엉망으로 끝날 때를 대비해서요."

기껏해야 평범한 농담에 불과했지만, 그녀는 깔깔 웃으며 물었다. "…진짜 총인가요?"

"맞아요." 헨리가 고개를 끄덕이자 그녀는 다시 웃음을 터뜨렸다. "…자리 안내는 괜찮습니다."

헨리는 화려한 식당 안으로 걸어 들어갔다. 그곳에는 나뭇잎 모양 캐노피 안에서 작은 불빛들이 밤하늘의 별처럼 반짝거렸고, 맞은편에서는 재즈 4중주단의 연주 소리가 은은하게 들려왔다. 늘 하던 대로 그는 호기심 가득한 눈으로 테이블들을 죽 훑어봤다. 점심때마다 이 나라에서 가장 힘 있는 1퍼센트에 해당하는 사람들이 이곳 테이블들을 꽉 채우곤 했다. 그들은 이렇게 매일 모여들어 허세 가득한 음식과 최고급 와인으로 실컷 배를 채우며 수백만 명의 삶에 영향을 끼치는 문제들을 논의했다. 껄껄 웃으며 벌컥벌컥 술을 들이켜는 모습은 마치 살이 포동포동하게 오른 작은 신들의 놀음 같았다.

"아, 램퍼트 씨!" 헨리가 지나가는데 얼굴이 불그스름한 남자가 아는 척을 했다.

"피터슨 씨, 아주 좋아 보이십니다." 헨리는 남자에게 인사하고 악수한 뒤 계속 걸어가려 했지만, 얼마 못 가 또 다른 사람에게 붙잡혔다. 이번에는 괴짜로 알려진 이 레스토랑 주인이었다. 군데군데 얼룩진 앞치마를 흰 셔츠 위에 방탄조끼처럼 두른 그 남자는 레스토랑 사업과 요리사로서의 열정 둘 다 놓치고 싶지 않은 대표적인 부류의 사람이었다.

"므슈 샤바스!!" 그 남자는 영국 중부 내륙 소도시에서 태어나 자란 사람인데도 말할 때 프랑스어 억양이 강했다. 그는 김이 모락모락 나는 오렌지색 액체가 담긴 그릇을 들고 서둘러 헨리에게 다가와 "자, 어서 맛 좀 봐요!"라고 호들갑을 떨며 재촉했다.

헨리는 시식 스푼을 정중하게 받아 입에 넣었고, 이 남자가 창조한 새로운 맛에 오롯이 집중하려고 눈을 감았다. 잠시 뒤 그는 고개를 끄덕였다. "자크, 거짓말 아닙니다. 이건 완벽해요."

"후추 더 넣지 말아요?"

"당연히 안 돼죠."

"고수는요?"

"안 돼요! 이제 손대지 마세요. 너무 오랫동안 쳐다보지도 마시고요. 지금이 더할 나위 없이 완벽해요."

남자는 기쁨에 겨워 헨리의 등을 다정하게 두드리더니 주방 쪽으로 발걸음을 서둘렀다.

헨리는 이제 새로운 접선 장소를 찾을 때가 되었다는 생각을 하며 은밀한 구석 자리로 향했다. 그곳에는 체격이 다부지고 피부가 거친 남자가 누군가를 기다리며 휴대전화에 열중하고 있었다.

헨리는 테이블로 다가가 잠시 헛기침한 뒤 입을 열었다. "파블로프 씨 맞습니까?" 그리고 악수를 청하려 손을 내밀었다.

"드미트리." 남자는 대답하면서도 여전히 온 힘을 다해 캔디 크러시 게임에만 열중했다. 잠시 뒤 게임에서 죽자 남자는 러시아어로 한바탕 욕설을 퍼붓고 휴대전화를 테이블에 탁 올려놓은 뒤 잘 차려입은 그 손님을 쳐다봤다. "당신이 데블린 씨?"

"헨리." 그는 미소를 지으며 러시아 남자와 힘 있게 악수하고 자리에 앉았다.

"당신, 나랑 한잔해." 러시아 남자는 권유라기보다는 명령하는 투였다.

"좋습니다." 헨리는 기꺼이 제안을 받아들였다. "저는 더블 스카치—"

"어이! 어이!" 남자는 마치 개를 부르듯 손가락으로 딱 소리를 내며 기분 나쁘게 웨이터를 불렀다. 헨리는 경멸 어린 표정을 애써 숨겼다.

"네, 손님." 웨이터가 떨떠름하게 대답했다. 저쪽 멀리서 누가 무례하게 큰 소리로 불러대는 상황이 익숙하지 않은 게 분명했다.

"이거 더 줘." 러시아 남자는 텅 빈 잔을 가리켰다. "나하고 여기 내 친구도."

"알겠습니다, 손님."

젊은 웨이터가 주문을 받고 가려 하자 러시아 남자는 갑작스레 손을 뻗어 그의 팔을 덥석 잡았다. "저기, 술병 통째로 가져오는 건 어때?" 웨이터는 퉁명스럽게 고개를 끄덕이고 테이블을 떠났다. 러시아 남자는 다시 헨리를 쳐다봤다. "세계 최고의 보드카요. 내 조국에서 만든 거지." 그는 자랑스럽게 말하며 고릴라처럼 가슴을 주먹으로 쿵쿵 쳤다. "한 잔에 100파운드*나 해!"

헨리는 놀랐다는 듯이 보이려고 눈썹을 추켜세웠다.

러시아 남자는 아무 말 없이 헨리를 한동안 빤히 쳐다봤다. 헨리는 흔히 쓰이는 협박에 넘어가지도 굴복하지도 않고 남자에게 시선을 고정한 채 기다렸다. 웨이터가 돌아와 두 사람에게 한 잔

* 약 16만 원

씩 따르고 보드카 병을 테이블에 내려놓았다.

두 남자는 동시에 술잔을 들어 건배하고 단숨에 잔을 비웠다. 헨리는 속마음이 얼굴에 드러나지 않도록 또 애써야 했다.

"당신은 내가 예상했던 것과 다르군." 러시아 남자는 술잔들을 다시 채우며 말을 툭 던졌다.

의자에 등을 기댄 헨리는 그가 더 자세히 말할 때까지 기다렸다.

"우리 업계 남자들 대부분은 말이야…" 그는 말끝을 흐리더니 어깨를 으쓱했다. 그의 얼굴은 오래된 흉터로 지저분했고, 손은 훨씬 더 오래된 문신으로 푸르스름했다. "그런데 당신은… 콧대 높고 예쁘기로 둘째가라면 서러워할 내 애인의 언니보다 더 예쁘게 생겼어."

헨리는 비난인지 칭찬인지 모르게 돌려 말하는 남자의 의도를 파악할 시간이 필요해서 조심스럽게 미소 지었다. "글쎄요, 난 외모에 정말 신경 많이 써요. 우리 일을 하다 보면 좋은 점 중의 하나죠. 우린 꽤 짭짤한 거래를 하잖습니까." 그는 엉뚱한 얘기를 꺼내지 말라는 듯 대화를 다시 본론으로 돌렸다.

남자는 헨리를 노려봤다. 방금 모욕을 당했는지 곰곰이 생각하는 듯했다. "당신 말이 맞아! 잡담 그만." 그는 주먹으로 테이블을 쾅 내려쳤다. "계집애들 37명을 화물선에 싣고 지금 당신한테 데려오고 있어… 끝내주는 애들이지." 그는 음탕하게 웃으며 말을 덧붙였다.

"우리 거래 조건은 38명입니다."

남자는 씩 웃었다. "운송 중에 파손되었어. 이런 일들은 일어나기 마련이야. 그건 청구하지 않을게." 남자는 자신의 유리잔에 술을 더 따랐다.

"국적은 뭡니까?"

러시아 남자는 멍한 표정이었다.

"…오지 못한 그 소녀 말입니다." 헨리가 다그쳤다.

남자는 그 말을 듣고 이마를 찌푸렸다. 그게 왜 중요한지 모르겠다는 표정이었다. "폴란드일 거야."

헨리는 만족한 듯 고개를 끄덕였다.

"…돈은?"

헨리는 테이블 밑으로 손을 뻗어 서류 가방을 꺼냈다. 그는 잠금장치를 딸칵 열고 가방을 열 때 황갈색 가방 뒷부분이 상대방을 계속 향하도록 신경 썼다. 그리고 안주머니에서 살짝 튀어나온 9밀리미터 구경의 리볼버 권총 손잡이를 힐끗 본 뒤, 가방에서 두툼한 갈색 봉투를 꺼내 테이블 위에 올려놓았다.

"절반은 지금, 다 넘겨받으면 나머지 절반을 주겠습니다. 합의한 대로입니다." 헨리는 봉투를 앞으로 쑥 밀었다.

"서류 가방 채로 주면 안 될까?" 남자는 가방을 눈여겨보며 물었다.

"무척 아끼는 가방입니다." 헨리가 대답했다. "구두하고 잘 어울려서요."

"그럼 다른 가방을 들고 왔으면 되잖아?"

"그러면… 구두와 어울리지 않았겠죠?"

러시아 남자는 대화가 통하지 않는다고 생각했는지 하던 얘기로 되돌아갔다.

"…내일 밤 8시 30분에 넘길 거야. 대략 그때쯤에."

"딱 8시 30분으로 하죠… 파크 쉬누아에 있는 바는 어떻습니까?"

"거길 선택하다니 마음에 드는군… 멘델레예프 바 말하는 거지?"

"맞습니다." 헨리가 온화하게 미소 짓자 러시아 남자가 몸을 가까이 기울였다.

"당신 말이야, 점잖고 예의 바르게 보이고 여왕처럼 고상하게 말할 수는 있어도 근본은 나만큼 사악한 쓰레기 같은 놈이야." 남자는 킬킬 웃었다. "사람들은 절대 모를 걸, 그렇지?"

"절대 모르죠." 언제나 신사로서 품위를 잃지 않는 헨리가 동의했다. 그는 자리에서 일어나 떠나려 하는 남자와 악수했다.

"내일 밤 보자고. 데블린 씨." 러시아 남자는 마지막 한 잔을 비운 뒤 거들먹거리며 나갔다.

다시 자리에 앉은 헨리는 냅킨으로 손을 닦고 주머니에서 휴대전화를 꺼냈다. 휴대전화가 주변 소음을 계속 녹음하는 동안 빨간 불빛이 깜박거렸다. 유죄를 입증하는 사운드 파일의 초록색 파형은 높이 올라간 곳과 움푹 들어간 곳이 줄줄이 이어진 디지털 산맥처럼 보였다.

"손님?" 아까 일로 마음 상한 웨이터가 나타나, 결제하지 않은 계산서를 눈이 휘둥그레질 만큼 비싼 보드카 병 옆에 툭 떨어뜨렸다.

헨리는 냅킨을 테이블에 내던지며 마지못해 지갑을 꺼냈다. "이 개새끼!"

3장

악어의 눈물

스칼릿은 피아트 500 소형차를 운전하며 서리*에 있는 에드거 크루즈의 드넓은 사유지 정문을 통과하자 스스로가 몹시 초라하다는 느낌이 들기 시작했다. 좁은 길 양쪽에 늘어선 나무들은 저택으로 돌아오는 주인에게 존경을 표하듯 고개를 숙여 햇빛이 군데군데 비치는 터널을 만들었고, 그 터널은 길을 쭉 따라 저택까지 이어졌다.

그녀는 차를 세우고 동화 속에서 그대로 가져온 듯한 웅장한 저택을 바라봤다. 빽빽하게 뒤엉킨 장미꽃 가지와 담쟁이덩굴은 벽돌로 지은 저택 구석구석을 휘감았다. 아름다운 공작새 두 마리가 우아한 자태를 뽐내며 앞에 보이는 진입로를 건너갔지만, 그녀는 형사로서 프로정신을 지키기로 마음먹고 아무 말도 하지 않

* Surrey, 잉글랜드 남동부에 위치한 주

았다. 그녀의 집 주변을 돌아다니는 것이라고는 예전에 신발 한 짝을 망가뜨린 쥐 한 마리가 다였다.

스칼릿은 조수석에 앉은 크루즈를 흘깃 바라봤다. 폴로 셔츠와 면바지 차림이었지만 어쨌든 그는 스칼릿이 결코 속할 수 없는 화려한 세상에 사는 사람으로 보였다. 지금처럼 충격 받은 상태에서도 흐트러지지 않는다든지, 자신감을 단단히 내비치며 자세를 똑바로 하고 걷는다든지 하는 데에는 뭔가가 있었다. 그는 자신의 두 손을 바라보며 깊은 생각에 빠져 있어서 차가 이미 멈췄다는 걸 모르는 듯했다.

"크루즈 씨?… 크루즈 씨?!"

그는 헛기침하며 눈가를 닦았다. 그리고 똑바로 앉아 희끗희끗한 머리를 손으로 매만진 후 그녀에게 고개를 돌렸다. "네, 미안합니다. 데려다줘서 감사합니다."

"몇 가지 여쭤볼 것이 있어요." 스칼릿이 상냥하게 말했다. 그녀는 50분 동안 차로 런던을 빠져나오면서 그에게서 아무것도 알아내지 못했다.

"당연히 그렇겠죠." 그의 목소리는 잠겨 있었다.

"내일 아침 댁에 계실 건가요?" 크루즈는 대답 대신 고개를 끄덕였다. "그때 다시 오겠습니다."

그는 예의상 미소를 짓고 차에서 내려 계단을 올라 웅장한 현관문으로 향했다.

여기까지 왔는데 허탕만 친 스칼릿은 혹시 차 밑에 알록달록한 새가 들어가지는 않았는지 연거푸 확인한 다음 기어를 넣었다. 바퀴가 굵은 자갈 위를 구르자 밑에서 산사태가 나는 듯한 소리가 들렸다. 반원 모양의 진입로에서 차를 돌리는데 차고 옆에서 대화하는 사람 두 명이 보였다. 그녀는 크루즈가 집에 들어간 것을 백미러로 슬쩍 확인한 후, 그 사람들 옆에 차를 세우고 밖으로 나왔다.

하녀 복장을 한 50대 후반의 여인은 울고 있었고, 행색이 지저분한 동료는 짧게 자른 손톱 주변에 새카만 진흙이 엉겨 붙은 걸 보니 정원 관리인이 틀림없었다. 스칼릿이 가까이 다가가자, 두 사람은 자전거 보관소 뒤에 숨어 양심의 가책을 느끼며 담배를 피우던 십 대들처럼 재빨리 담배를 숨겼다.

"같이 피워도 될까요?" 스칼릿은 오늘따라 일이 잘 안 풀린다는 듯 이마를 쓱쓱 문지르며 말을 걸었다. 꾀죄죄한 남자는 잠시 망설이다가 그녀에게 담뱃갑과 라이터를 건넸다. "고마워요. 마침 이게 필요했어요." 그녀는 감사를 표한 뒤 기분 좋게 담배를 빨아들이며 벽에 몸을 기댔다. "죄송해요. 제가 무례했어요. 제 소개도 하지 않았네요. 저는 딜레이니 경장이라고 합니다… 스칼릿 딜레이니." 그리고 살짝 미소 지었다.

"형사님이세요?" 나이 든 여인의 목소리는 간절했다.

"아네트!" 무뚝뚝한 남자가 그녀를 말렸다.

"하지만 이분은 그 애를 보셨다고요!" 여인은 그에게 따진 뒤 스칼릿을 바라봤다. "맞죠? 그렇죠? 그 애를 보셨어요?"

"말 조심해요, 아네트." 남자는 다 알고 있다는 듯 여인을 저지했다. "형사님은 우리한테 아무것도 말해줄 수 없으시잖아요. 그렇죠?" 그는 스칼릿을 바라보며 물었다.

스칼릿은 대답하지 못해 유감이라는 듯 고개를 가로저었다. "죄송해요."

실망한 여인은 다시 시선을 땅바닥으로 떨어뜨렸다.

"저는 크루즈 씨를 집으로 모시고 왔을 뿐이에요."

아네트는 크루즈라는 이름을 듣자마자 못마땅하다는 표정을 지었다. "…상사를 별로 좋아하시지 않나 봐요? 저도 그랬어요."

"자기 자식인데 그렇게 매정하게 등지는 아빠는 누구든 딱 질색이에요."

"프란체스카 얘기인가요?" 스칼릿이 여인에게 물었다.

"벌써 18개월째에요. 아가씨를 못 본 지가… 안 그래요?"

남자는 화가 난 듯 한숨을 푹 쉬며 고개를 끄덕였다. "네, 그 정도 되었어요."

"우리가 아가씨를 키운 거나 다름없어요." 여인은 말을 계속했다. "우리뿐만 아니라… 여기 사람들 전부. 아가씨의 아버지는 손가락 하나 까딱하지 않았어요. 그런데 갑자기 아가씨더러 집에서 나가라는 거예요. 그날 이후 우린 아가씨를 다시 만날 수 없었어요… 앞으로도 영원히 못 보게 됐죠." 여인은 말을 마치고 왈칵 울음을 터뜨렸다.

"어머니는요?" 스칼릿은 담배꽁초를 발로 밟아 끄며 물었다.

"돌아가셨어요… 프란체스카가 꼬마였을 때 교통사고로."

프란체스카가 연쇄 살인범에게 살해되었다는 사실은 의심의 여지가 없었지만, 스칼릿은 매우 궁금해졌다. 그녀는 사람들의 마음을 잘 읽을 수 있다는 자부심이 있었고, 에드거 크루즈의 절제된 슬픔은 그녀가 접했던 그 어떤 슬픔만큼이나 진실하다고 느꼈기 때문이었다. "두 사람은 왜 사이가 틀어졌어요?"

"서로 통하는 게 하나도 없었어요." 관리인이 대답했다.

나이 든 여인은 어깨를 으쓱했다. "아가씨는 어렸어요. 세상의 관심을 한 몸에 받은 십 대였을 뿐이에요."

"아버지 사업을 여러 번 방해했는데도 돈을 펑펑 쓰며 사치를 부리고 싶어 했잖아요."

남자는 화가 잔뜩 나 있는 게 분명했다. 스칼릿은 왜 그런지 알아내려 무던히 애썼다. 이 남자는 부자라면 다 싫은 건가? 자기 앞길을 스스로 개척하지 않는 금수저 집안 자식들한테 불만인가? 아니면 이 세상에서 자기만의 인생을 살아가겠다고 부모에게 반항하는 아이들에 대한 선입견 때문일까? 남자 본인도 정확한 이유는 모를 거란 생각이 들었다.

"아가씨는 이상주의자였을 뿐이에요." 여인이 주장했다.

"아가씨가 지지하는 새로운 대의명분이 전부 아버지 회사들을 직접적인 공격 목표로 삼았는데도요?" 그는 믿지 못하겠다는 듯이 반박했다. "말도 안 되는 소리는 집어치워요." 남자는 스칼릿을 바라보며 목소리를 높였다. "아가씨는 자신을 '활동가'라고 생각했어요." 그는 씩 웃으며 진흙투성이 두 팔로 팔짱을 꼈다. "하지만 이건 분명해요. 아가씨는 사람이든 나무든 바다든 뭔가 캠페인을 벌였지만, 정작 그런 것들엔 관심이 전혀 없었어요."

"어떻게 그렇게 말할 수 있어요!" 여인이 남자를 나무랐다. "아가씨는 아버지가 하는 일 중에 동의하지 않는 게 많았어요. 그래서 바로잡으려고 노력했죠. 그렇다고 누가 아가씨를 비난할 수 있어요?"

그 불친절한 남자는 이 대화에 싫증이 난 게 분명했다. 스칼릿은 자연스럽게 말을 멈추고 얼굴에 비치는 따사로운 햇살을 즐기며 눈을 감았다. 상쾌한 바람이 땅을 스치며 막 베어낸 풀냄새를 머금고 불어왔다. 그녀는 온종일 그곳에 머물고 싶어졌는데, 그 이유가 퍼뜩 생각났다. 바로 옆 풀밭 양들의 울음소리를 제외하면 무척 조용해서였다. 런던에서 너무 오랫동안 살다 보니 그런 느낌을 잊고 있었다.

"그럼, 크루즈 씨의 눈물이 악어의 눈물이었다고 생각하시나요?" 스칼릿은 마지막으로 남자에게 물었다.

"저기, 그렇게까지는 말하지 않겠어요." 그는 입장을 분명히 밝혔다. "어쨌든 그분은 조금 전에 딸을 잃었다고요. 하지만 이 시나리오에서 크루즈 씨가 악어라면, 누군가 그분을 위해 악어 사냥꾼의 배를 침몰시켰다고 보면 돼요. 이만 실례하겠습니다." 그는 담배꽁초를 툭 버리고 차고 뒤쪽으로 사라졌다.

입 똥내 케니

"잠깐 나가 있겠습니다." 프랭크가 큰 소리로 말했다. 그는 절단된 머리의 부릅뜬 두 눈의 시선을 잠시 피하고 싶었다. 일어나는데 무릎에서 뚝 소리가 났다. 그는 환하게 쏟아지는 햇볕으로 가득한 거실로 나가 쓰러지듯 벽에 기댔다. 두통이 사라지기를 바라는 마음에 손바닥으로 관자놀이를 꾹 누르며 눈을 감았다. 요즘 들어 두통이 더욱 자주 생기고 있었다.

"애쉬 형사님?" 발코니에서 누가 걱정스러운 듯 프랭크를 불렀다. 프랭크는 그쪽에 사람이 있는 줄 모르고 있었다. 그는 즉시 몸을 똑바로 하고 하품하는 척하며 젊은 경관을 향해 괜찮다는 듯 미소 지었지만, 별로 설득력은 없어 보였다. "…괜찮으십니까, 형사님?"

"괜찮아. 무슨 일이지?"

"희생자 남자친구의 변호사가 하이드 파크 코너로 이동 중이랍니다. 언제쯤 오면 될지 알려달라고 합니다."

"으응." 프랭크는 심드렁하게 대답했다.

"그리고 파티에 참석한 친구들 말입니다. 시신, 아니… 저렇게 된 희생자를 발견한 사람들은 아직 길 건너 커피숍에 있습니다."

커피라는 단어만 프랭크의 귀에 꽂혔다. 그는 뭘 할지 결정했다. "알았어. 지금 가서 얘기해 볼게. 누가 나 찾으면 전화해."

프랭크는 카페 안으로 들어서자마자 머리가 잔뜩 흐트러진 목격자들을 찾아냈다. 그들은 밤새도록 술을 마셔서인지 구석 자리에 뻗어 있었다. 그중 한 여자는 눈 주위의 검은색 화장이 눈물 때문에 밑으로 번져 마치 전쟁터에 나가는 군인 같아 보였다. 다른 한 여자는 굽이 무척 높은 하이힐을 테이블 위에 내팽개치고 맨발로 앉아 있었다. 맞은편에는 세 번째 목격자가 가죽 재킷을 이불 삼아 덮고 레이밴 선글라스로 눈을 가린 채 곤드레만드레 잠에 취해 있었다.

머리가 여전히 지끈거리던 프랭크는 먼저 카운터에 가서 뭔가 주문하기로 했다. 유리장 너머로 진열된 음식들이 보이자 뱃속이 우렁차게 꾸르륵거렸다. "베이컨 롤 그리고—"

"아, 저희는 비건 카페입니다." 계산대에 있던 남자가 프랭크의 말을 끊었다. 그는 프랭크가 매장에서 바지를 내리고 실수라도 했다는 듯 한심한 얼굴로 쳐다봤다.

"알았어요… 달걀은 됩니까?" 프랭크가 물었다.

"다시 말씀드리지만 저희는 비건 카페입니다. 손님."

기분이 상한 프랭크는 유리장 쪽으로 다시 와 정성스레 진열된 여러 음식 중에 가장 맛있어 보이는 것을 가리켰다. "저 뒤에 있는 건… 뭡니까?"

"우리 가게에서 아주 유명한 병아리콩, 렌틸콩을 넣은 후무스 호밀빵입니다." 남자는 자랑스러워하며 설명했다.

"세상에!" 프랭크는 토할 듯한 얼굴로 불쑥 말했다. "됐어요. 카푸치노 한 잔 주세요."

"그러세요." 남자는 퉁명스럽게 대답했다. "두유와 아몬드, 코코넛 밀크 중에서 뭐로 하실래요?"

프랭크는 남자를 멍하니 쳐다봤다. "…두유?" 그는 망설이며 대답했다.

"5파운드입니다."

"당연히 그 정도 하겠군." 그는 신용카드를 리더기에 꽂으며 고개를 끄덕였다. "아스피린이나 진통제는 없을 것 같은데, 혹시 있습니까?"

남자는 황당하다는 듯 입을 떡 벌렸다.

"…그것도 동물 실험을 거쳐서 만든 약이니 없다는 거요?" 프랭크가 추측했다. "그 빌어먹을 커피나 빨리 내놔요." 경악한 남자는 커피를 거의 던지다시피 건넸다. "고맙군. 당신 사업… 아주 아주 번창하시길." 그는 비꼬듯이 말을 내뱉고 목격자들이 축 처져 있는 구석 자리로 발걸음을 옮겼다. "안녕?" 프랭크는 그들에게 인사한 뒤 커피를 테이블 위 하이힐 옆에 내려놓고 수첩을 확인했다. "릴리아나, 코코 그리고… 하워드?" 그는 이름들을 다시 확인했다. 그때 검은 선글라스를 낀 남자가 졸린 눈으로 그를 쳐다봤다.

"하위라고 해요."

"너무 오래 기다리게 해서 미안하다. 나는 애쉬 경사라고 해… 프랭크 애쉬." 그는 상대방에게 좀 더 호감을 주려고 미소를 지으며 자신을 소개했다. 스칼릿의 출근 첫날 그가 가르쳐 준 비결이기도 했다. "앉아도 될까?"

그들은 낑낑대며 이리저리 몸을 움직여 프랭크가 앉을 자리를 만들었다. 프랭크가 그들에게 뻔한 질문을 하는 동안 하워는 드디어 몸을 일으켜 세워 인간답게 자리에 앉았다.

"뭔가 수상한 걸 봤어?" "아니요."

"누군지 모르는 사람은 있었어?" "네, 몇 명요."

"프란체스카는 어때 보였어?" "괜찮아 보였어요."

질문은 계속되었다.

"…약쟁이 피트, 롱다리 앨, 숏다리 앨…" 맨발의 젊은 여자가 파티에 온 손님들 별명을 줄줄이 늘어놓았고, 프랭크는 남김없이 받아 적어 손님 명단을 만들었다.

"아, 입 똥내 케니! 우린 그 앨 그렇게 불러요. 왜냐하면—"

"입 냄새가 지독해서?" 프랭크가 대신 마무리했다.

"음, 네!… 걜 아세요?" 그녀는 깜짝 놀라며 물었다.

어이없는 그녀의 질문에 프랭크는 한숨이 절로 나왔다. 그는 펜을 테이블 위에 놓았다. "너희들, 파티에 왔던 이 사람들 진짜 이름은 모르지?"

모두 멍한 표정이었다.

"…연락처는 알아?" 프랭크는 30명 명단 옆에 그들의 전화번호, 인스타그램 계정과 트위터 아이디를 갈겨썼다.

"다른 사람들도 있었어요." 눈화장이 검게 번진 여자가 대답했다. "친구들이 데려온 친구들요. 그러니까…" 그녀는 말하던 중간에 휴대전화 화면을 휙휙 넘겨 뚱뚱한 남자 사진을 보여주었다.

분홍색 발레 튀튀를 입은 그 남자는 욕조 안에 뻗어 있었다.

프랭크는 이 남자는 범인이 아니라고 확신하고, 손님 명단에 그 사람도 추가했다.

욕조 안에 기절해 있던 튀튀 입은 남자

하지만 그 사진을 보자 프랭크는 그다음 질문이 불현듯 생각났다. "어젯밤에 찍은 사진 더 있니?" 그는 눈화장이 검게 번진 그 여자에게 물었다.

"조금요." 그녀는 다시 휴대전화 화면을 꾹꾹 눌러댔다. "대충… 60장 정도요."

프랭크는 끔찍하게 맛없는 커피를 마시다가 뿜을 뻔했다. "60장?!"

그녀는 고개를 끄덕였다.

"어젯밤에 찍은 사진만 60장이나 된다고?" 그녀는 이 나이 든 형사가 왜 이러는지 전혀 모르겠다는 표정을 지으며 고개를 다시 끄덕였다. "내가 가장 최근에 찍은 사진은 우리 집 장미 덤불에 달라붙은 나비 한 마리야. 두 달 전이었는데." 그는 못 믿겠다는 듯 고개를 절레절레 흔들었다.

"그 사진… 잘 나왔겠네요?" 그녀는 자기가 한 말에 장단 맞춰 달라는 듯 친구들을 바라봤다.

"그랬을 거야… 렌즈를 손가락으로 가리지만 않았더라면. 너는? 사진 찍었어?" 프랭크는 동의하며 맨발의 여자에게 물었다.

"네. 저는 …42장요."

"그리고 너는?"

하위는 한숨을 쉬고 휴대전화를 꺼내 문자 한두 개를 보낸 뒤 대답했다. "28장밖에 없어요. 죄송해요." 그리고 다시 테이블 위에 내려놨다.

"좋아" 프랭크가 말했다. "이제 뭘 해야 할지 알려줄게. 그 사진들은 지금부터 살인 사건 수사 증거물이야."

"살인 사건이라고요?!" 맨발의 여자가 숨을 훅 들이켜자 이번에는 친구들조차 짜증난다는 듯 그녀를 힐끗 쳐다봤다. 프란체스카가 자신의 머리를 직접 절단했을 가능성은 거의 없었고, 그녀가 현장에서 자신의 몸통을 일부러 없앴다는 건 더더욱 말이 되지 않았기 때문이었다.

프랭크는 맨발의 여자를 무시하고 계속 말했다. "한 장도 삭제하지 마. 알아들었지?"

그들은 자신 없다는 듯 고개를 끄덕였다.

"농담 아니야." 프랭크는 진지했다. "나중에 다 세어 볼 거야. 60장… 42장, 28장 다 그대로여야 해." 그는 한 명씩 돌아가며 강조했다. "나중에 누가 연락해서 그 사진들을 어디에 업로드하고 다운로드해야 하는지 알려줄 거야. 알겠지? 좋아. 이제 가 봐도 돼."

목격자들이 다 나가자 프랭크는 눈을 감고 테이블 위에 머리를 대고 엎드렸다. 그리고 손을 뻗어 아찔하게 굽 높은 하이힐을 쑥 들어 올렸다. 뒤에서 누군가 맨발로 달려오는 소리가 들렸다.

"고마워요!"

"별말씀을."

5장

검붉은 색 아니면 체리 벨벳 색?

스칼릿이 엘리베이터에서 내려 프란체스카 라벨르의 아파트에 들어선 순간 휴대전화가 울렸다.

마크 (남자친구)

전화 중…

받기 거절하기

스칼릿의 엄지손가락은 잠시 휴대전화 화면 위에서 주저하며 맴돌았다. 그녀는 서둘러 거실을 가로질러 발코니로 나가자마자 '받기'를 눌렀다. "안녕."

"안녕. 계속 전화했어."

"응, 미안. 운전 중이었거든. 별일 없어?"

"없어. 오늘 어떻게 지내는지 궁금해서."

"그럭저럭. 자기는?" 스칼릿은 초조한 듯 한쪽 발을 굴렀다.

"좋아… 좋아. 30분쯤 전에 집에 왔어. 방금 샤워하고 나왔어."

그녀는 얼굴을 찡그렸다. "또 여자애처럼 머리에 수건을 돌돌 두르지는 않았겠지?"

의미심장한 침묵이 흘렀다. "…안 그랬어."

"그러고 다니는 거 진짜 싫어."

"내 머리숱 엄청 많아서 그래! 싹 다 밀어버리면 좋겠어?"

"응." 그녀는 어깨를 으쓱하며 무심하게 답했다.

"지금 어디야?" 그가 물었다.

"나이츠브릿지."

"좋겠네. 즐겁게 놀고 있어?"

"으응." 그녀는 모호하게 대답했다. "친구랑… 사람들 많은 행사에 왔어."

그녀는 거짓말에 서툴렀다.

"그 '친구'는 프랭크겠네?"

"…응."

"그 즐겁다는 '사람들 많은 행사'는 뭐야?"

"…목 잘린 사건 현장."

"약속했잖아!"

"저기, 내 근무 당번 표를 출력해서 갈까마귀한테 좀 보여줘. 혹시 그 자식이랑 마주치면 말이야."

"아무렴, 누구 말씀인데."

"삐지지 마."

"안 삐졌어. 저녁에 맛있는 요리해 줄까?"

"그거 좋겠다. 이제 그만 끊어야 해."

"알았어. 사랑해!"

"응… 알았어. 있다 봐." 그녀는 전화를 끊고 휴대전화를 주머니에 쏙 집어넣었다.

"아직도 수건을 터번처럼 두르고 다니는 건 아니겠지?" 문가에서 있던 프랭크가 불쑥 물었다.

스칼릿은 억지웃음을 지었다. "거기 얼마나 계셨어요?"

프랭크도 발코니로 와서 도시 풍경을 내려다봤다. "크루즈를 모셔다드리면서 뭐라도 건졌어?"

"억만장자 아저씨가 택시 요금을 절약한 게 다예요."

"흠."

"내일 다시 가보려고요. 그런데 그 집에서 일하는 사람들과 흥미로운 대화를 나눴어요."

두 사람은 5분 뒤에도 여전히 발코니에 서 있었다. 스칼릿은 에드거 크루즈와 프란체스카의 껄끄러운 부녀지간에 대해 알아낸 사실을 전달했고, 프랭크는 그날 밤 있었던 일을 시각적으로 구성하기 위해 파티 손님 모두에게서 그때 찍은 사진들을 확보할 계획이라고 설명했다.

이후 두 사람은 잠시 저 아래 조그맣게 보이는 평범한 사람들이 무난하고 굴곡 없는 인생을 살아가는 모습을 아무 말 없이 바라봤다. 그러다가 프랭크는 등을 펴고 활동적인 작업을 준비하듯 크게 기지개를 켰다. "시간 순서대로 짚어볼 준비는 됐어?" 프랭크가 물었다.

"네." 스칼릿은 건성으로 답했다. 지난 사건들과 마찬가지로 시간 순서대로 사건을 구성해 보면 답을 찾기보다는 오히려 질문만 더 많아지리란 걸 알아서였다.

"자, 그럼 이쪽으로 와봐." 프랭크는 앞장서서 안쪽으로 들어갔다. 그는 수첩을 꺼내고 돋보기안경을 썼다. "파티는 오후 8시쯤 시작되었고, 주로 거실과 부엌, 발코니에서 했지. 그날 밤 여기 온 손님 32명 명단을 만들었어. 사진을 보며 신원을 확인할 사람이 몇 명 더 있긴 하지만. 프란체스카는 여느 때처럼 파티를 주최하며 기분 좋아 보였는데, 새벽 1시쯤에 몸이 안 좋다고 하더니 침실로 들어갔다고 해. 파티는 밖에서 계속되었고."

두 사람은 사건이 발생한 침실로 들어갔다. 두꺼운 회색 카펫을 밟자 발 주변의 카펫 털이 일제히 곤두섰다. 희생자의 절단된 목과 나머지 부위는 다행히 치워졌고 검붉은 핏자국만 남아 여기서 무슨 일이 벌어졌는지 알려주고 있었다.

"새벽 4시쯤 턱수염 기른 남자친구는 술에 취해 비틀거리다 침대에 쓰러졌어."

"프란체스카와 같이 있었대요?" 스칼릿이 물었다.

"그 남자는… 같이 있었다고 '86퍼센트' 확신한다고 해." 프랭크는 수첩에 적은 내용을 읽었다. "왜 86퍼센트라고 했는지는 모르겠어. 그런데 이렇게 말했다는군. '방안은 어두컴컴했어요. 난 취했어도 정신은 말짱했어요. 여자친구가 바닥에 누워있는 걸 모를 정도는 아니었다고요.' …믿든 말든 좋을 대로 생각해. 어쨌든 그때쯤 파티는 끝나갔지만, 몇 명은 침실 밖 소파에서 계속 술을 마셨어."

"자, 이 부분에서 좀 짜증이 나. 오전 7시 37분, 프란체스카의 시신 사진들이 그녀의 휴대전화로 SNS에 올라와. 그중 한 사진을 보면 목 없는 시신이 바로 여기 놓여 있었어." 프랭크는 특히 눈에 더 띄는 핏자국을 가리켰다. "해가 뜰 무렵 바로 이 방에서."

"남자친구는 계속 침대에서 자고 있었고요?" 스칼릿이 질문했다. 그녀는 당시 상황을 따라잡느라 필사적이었다.

"남자친구는 찍히지 않았어. 하지만 아마 그랬겠지. 그리고 밤새워 놀았다던 친구들은 불과 10미터 떨어진 곳에서 술을 마셔댔어. 희생자의 사진이 SNS에서 퍼지려면 시간이 좀 걸려. 오전 8시 33분, 거실에 있던 친구 중 한 명이 그 사진을 보고 경악해서 방에 달려와 프란체스카의 잘린 목을 발견해. 몸은 감쪽같이 사라졌고."

스칼릿은 뭔가 말하려는 듯 입을 열었다.

"게다가 창문은 방 안에서 이중으로 잠겨 있었지." 프랭크는 그녀가 하려던 질문의 답을 벌써 말했다.

"하지만 그건 불가능해요."

"갈까마귀가 저지른 다른 살인 사건들도 불가능해." 프랭크는 어디서부터 시작해야 할지 모르는 듯했다.

"사진 좀 다시 봐도 돼요?" 스칼릿이 부탁하자 프랭크는 휴대전화를 꺼내 사이버범죄 팀에서 보낸 이메일을 열어 그녀에게 건넸다. "그렇다면 이번 사건 경과를 밝혀낼 유일한 방법은 그 남자친구라는 사람이 직접적으로 연루되어 있는지에 달려있겠네요… 그렇죠?"

"그래서 그 남자는 라벤더 힐에서 변호사들을 선임했어." 프랭크는 어깨를 으쓱했다. "그런데 자넨 '앤티도트'의 리드싱어가 갈까마귀와 정말로 한 패거리라 보는 거야? 범죄 현장에서 아무렇지도 않게 잠이 들어 있으면 혐의에서 벗어날 수 있다고 생각한 걸까?"

"…아니요."

"당연히 아니지."

"자, 그럼 이제 우린 어떻게 할까요?" 스칼릿이 프랭크에게 물었다.

"우린 아무것도 하지 않을 거야. 난 백지상태부터 시작해서 파티 손님들을 죄다 찾아내려고. 그리고 경감님이 보도 자료를 준비하는 일을 돕겠지. 자넨 집에 가. 오늘 비번이잖아."

"하지만—"

"약속 잡은 대로 내일 아침에 크루즈와 얘기해. 이제 집에 가! 명령이야."

"이 사진들 보내주시면 그렇게 할게요." 스칼릿은 사진들을 내려다보며 말했다. "…괜찮죠?"

프랭크는 크게 한숨을 쉬었다. "그래."

그날 저녁, 스칼릿과 마크는 소파에서 쉬고 있었다. 두 사람이 무척 좋아하는 제이미 올리버의 레시피로 요리해서 먹고 남은 음식은 접시에 진홍빛 얼룩을 남겼다. 접시는 아직 부엌으로 치우기 전이었다. 스칼릿은 발을 마크의 무릎에 편하게 올려놓았고, 고양이 알키는 그녀의 무릎에 올라 깊이 잠들었다. 텔레비전이 혼자 떠들어대는 동안, 두 사람은 각자 휴대전화에 몰두했다. 마크는 두 번째 침실 커튼을 무슨 색으로 바꿀지 골똘히 생각했고, 스칼릿은 살해당한 여인의 사진을 화면에 띄워 그녀의 눈을 응시했다. 그리고 삭제된 SNS 사진들과 프랭크의 허락 하에 찍은 현장 사진들을 화소가 깨져 흐리게 보일 때까지 하나하나 확대해 가며 구석구석 관찰했다.

"도저히 못 고르겠어. 검붉은 색으로 할까, 체리 벨벳 색으로 할까?" 마크가 똑같아 보이는 두 가지 색을 휴대전화 화면에 띄우고 쑥 내밀며 의견을 물었다. "와! 그 색상 이름은 뭐야?" 그는 스칼릿의 휴대전화 화면을 가득 채운 완벽한 색을 가리켰다.

"절단된 목 빨간색"

"으… 이런."

마크는 프랭크가 비건 샌드위치를 처음 접했을 때와 똑같이 얼굴을 찌푸렸다.

"…파란색은 어때?"

"파란색 좋지."

"그럼 파란색으로 할게."

6장

후광과 표적

스칼릿은 옆으로 돌아누워 휴대전화로 시간을 확인했다. 마침 그때 시간이 바뀌었다.

오전 6:00

스칼릿은 곤히 잠든 마크를 깨우지 않도록 살며시 침대에서 나와 고양이 알키를 밟지 않으려고 조심하며 욕실로 들어갔다.

그녀는 오전 6시 19분까지 샤워를 마치고 옷을 갈아입고 주전자로 물을 끓이며 시리얼을 그릇에 부었다. 그리고 6시 31분경 어둑어둑한 밖으로 나와 아스팔트에 납작 엎드려 차 밑에 아무것도 없는지 확인한 후 시내로 차를 몰고 나갔다.

스칼릿이 프란체스카 라벨르가 살해된 아파트에 다시 도착했을 때 나이츠브리지의 하늘은 차분한 잉크 블루 빛으로 물들어 있었다. 시간이 기껏해야 몇 분밖에 없었으므로 서둘러 사건이 발생한 침실로 들어갔다. 그리고 지금은 삭제된 SNS 게시물 사진을 참조하여 살인자가 불과 24시간 전에 서 있던 곳에 정확히 자리를 잡았다.

스칼릿은 그 방을 갈까마귀가 본 모습 그대로 보고 싶었다.

'모든 것에 의문을 제기해야 해.' 프랭크는 스칼릿에게 늘 그렇게 가르쳤다. 자, 왜 해가 떠오를 때 두 번째 사진을 찍었을까? 애초에 왜 그런 사진을 찍은 걸까? 왜 하필 그 자리에서 찍었을까? 절단된 머리는 왜 사진에 없을까? 그리고 첫 번째 사진에는 살인범의 섬뜩한 전리품이 나오게 찍었는데, 두 번째 사진에서는 왜 햇빛을 받아 반짝이는 유리창이 나오게 구도를 잡았을까?

침대 한쪽 모서리 옆 화장대 위에는 사진 액자 세 개가 놓였고, 바닥에는 청바지 한 벌이 내팽개쳐져 있었다. 스칼릿은 휴대전화의 카메라 앱을 열었다. 희생자는 현장에 없지만 살인범과 똑같은 상황에서 같은 구도로 사진을 찍는다는 기대감에 부풀어 이제 조금씩 밝아오기 시작한 하늘을 물끄러미 바라봤다.

갑자기 오렌지색 빛이 저 반대편 건물 옥상에 쏟아져 푹신푹신한 고급 카펫 위로 번졌다. 스칼릿은 사진 몇 장을 연달아 찍었다. 그 빛은 검붉은 핏자국을 돋보이게 하더니 그녀의 발치께로 밀려들었다. 왜 이때 범행을 했을까? 스칼릿은 눈을 감고 집중하며 마음속으로 질문했다. 그리고 건물 내부에서 움직임이 느껴지는지, 바깥의 차량 소리든 뭐든 무슨 소리가 들리는지 귀를 기울였다.

"여기 있을 줄 알았다."

"깜짝이야!" 그녀는 심장마비라도 온 듯 가슴에 손을 얹었다.

뒤돌아보자 프랭크가 테이크아웃 커피를 양쪽 손에 하나씩 들고 문가에 서 있었다. 그는 어제 입은 옷 그대로였다. 다른 사람의 것만 아니라면 더럽지 않다는, 모든 상황을 아우르는 좌우명 덕분에 프랭크는 세탁기 한번 돌리지 않고 입고 다닌 옷만 몇 트럭은 되었을 것이다.

"뭐 하려고?"

"모든 것에 의문을 제기하려고요." 스칼릿이 대답했다.

"잘했어. 뭐 좀 건졌어?" 프랭크는 그녀에게 커피를 건넸다.

"가르쳐주신 대로 어제 범행을 재연하고 있었어요." 스칼릿은 휴대전화를 주머니에 넣고 커피를 받았다.

"나한테도 보내줄래?"

"물론이죠."

"어제 파티에 온 손님 중에서 22명과 얘기했고, 손님 목록에 추가할 사람을 몇 명 더 찾았어. 눈에 불을 켜고 꼼꼼히 뜯어봐야 할 사진이 벌써 300장이 넘어." 그는 뭔가 바라는 듯 잠시 말을 멈췄다가 계속했다. "음, 일이 무척 많아. 사진마다 거기 찍힌 사람들이 죄다 누군지 확인해야 해."

"그렇군요."

"이럴 땐 도와주겠다고 해야 하지 않나?"

"아쉽지만 그럴 수가 없어요." 그녀는 어깨를 으쓱했다. "에드거 크루즈를 만나러 10시까지 서리에 가야 해요. 게다가, 기분 나빠하시지 마시고요, 그 작업은 정말 지루할 것 같아요."

"이번엔 내가 크루즈를 만나러 가면 어떨까?" 프랭크는 일부러 큰 소리로 자기 생각을 말했다. "나한테는 마음을 열지도 몰라. 같은 남자로서 말이지."

"흠, 흥미롭군요… 재미있어요." 스칼릿은 진짜 고려해보겠다는 듯이 턱을 문질렀다. "그런데요, 전 그 사람과 벌써 교감을 쌓았어요. 게다가 그 저택에서 일하는 사람들도 이제 저를 알고요. 어제 했던 대화를 계속하고 싶어 할지도 몰라요. 괜히 안 갔다가 사건의 실마리를 찾을 기회를 놓치면 너무 아깝잖아요."

프랭크는 별로 감명 받지 않은 표정이었다. "네 문제가 뭔지 알아?"

"뭔데요?"

"내가 널 너무 잘 가르쳤어." 스칼릿은 헤벌쭉하게 웃었다. "…좋아. 그럼 난 사무실에 가서 죽어라 일이나 해야겠다." 그는 일부러 큰 소리로 말했다. "여기 좀 더 있을 거야?"

"그러려고요."

"아, 그런데 말이야." 프랭크는 나가는 길에 잠시 걸음을 멈췄다. "배고프면 길 건너 저 카페에서 베이컨 롤을 먹어봐. 지금까지 맛본 것 중에서 최고야. 진짜로."

그녀는 마음이 동했다. "그럴게요."

그 대답을 듣고 프랭크는 밖으로 나오며 혼자 쿡쿡 웃었다. 복수는 차가운 호밀빵 사이에 넣어서 해야 제맛이란 말도 있듯이…

스칼릿은 거실로 들어갔다. 에드거 크루즈를 만나러 출발하기 전까지 거의 한 시간이나 여유가 있었으므로, 사전 준비 차원에서 희생자에 대해 더 많이 알아내기에 딱 좋은 시간이었다. 높은 벽을 따라 줄줄이 이어진 선반에는 다양한 상패와 공로상들이 진열되어 있었는데, 특히 두 가지가 그녀의 눈길을 사로잡았다.

도널드 호프 상 2019

산업 개발로 삶의 터전을 잃은 지역사회 가족들을

지칠 줄 모르고 물심양면으로 도와주신

프란체스카 라벨르에게 수여합니다.

W.A.W.I. 올해의 대변인

2021–2022

프란체스카 라벨르

직장 내 평등과 모두를 위한 더 공정한 세상을 실현하기 위해

끊임없이 노력해 주셔서 감사드립니다.

스칼릿은 콘솔 테이블에 쌓인 우편물 쪽으로 걸어갔다. 이제 수신인은 이 우편물을 정리하지 못할 터였다. 그녀는 프랭크와 동료들이 중요한 우편물에는 이미 표시했으리라는 걸 염두에 두고 우편물을 휙휙 넘겨봤다. 내용은 거의 같지만, 서로 다른 자선 단체들이 보낸 편지 다섯 통을 찾았다. 하나같이 다 프란체스카에게 그들의 대의명분에 관심을 가져달라 호소하고 있었다.

프란체스카의 겉으로 보이는 삶만 조금 파악한 데 불과했지만, 모든 사람이 그녀를 이용해 한몫 챙기려 했다는 생각이 벌써 들기 시작했다. 그녀가 간절히 얻으려 했던 후광은 어떤 사람들에게는 더더욱 표적처럼 보였다.

이 모든 것 때문에 기분이 조금 착잡해진 스칼릿은 대나무와 자연석으로 숨이 턱 막힐 만큼 멋지게 만들어진 욕실로 들어갔다. 이 나라의 수도 한복판에 있는 산을 깎아 만든 듯한 돌계단이 높은 단상으로 이어졌고, 그곳에는 천장에 난 채광창 아래에

로맨틱한 욕조가 홀로 놓여 있었다. 스칼릿은 암벽에 둘러싸인 커다란 거울로 관심을 돌렸다. 꼬마전구들이 그곳에서 '자라고 있는' 조화들을 휘감았다. 스칼릿은 자신도 모르게 그쪽으로 걸어가 스위치를 눌렀다. 수많은 전구 불빛이 그녀 주위를 감쌌다.

스칼릿은 거울에 비친 자신의 모습을 잠시 똑바로 바라봤다. 부드럽게 물결치는 긴 머리카락을 옆으로 묶자 꽤 예뻐 보인다는 생각이 들었다. 값비싼 화장품이 선반 위에 널브러져 있었다. 술에 취한 친구들이 마음대로 가져다 쓴 듯했다. 그리고 주변에 아슬아슬하게 놓인 유리잔 수를 세어보니 밤새 거의 여기에서만 머문 사람들도 있던 듯했다.

다른 침실들도 확인했지만, 발견한 것이라고는 마시다 만 술 그리고 누군가 잠을 잔 흔적이 있는 침구류뿐이었다. 그녀는 다시 가장 큰 침실로 돌아와 바닥의 핏자국을 깡충 뛰어넘어 옷장 문을 열었다. 그 안에서 믿을 수 없을 만큼 놀라운 의상 컬렉션을 마주하자 심장 박동이 빨라졌다. 베르사체, 구찌, 비비안 웨스트우드 의상으로 가득했다. 스칼릿은 무척 아름다운 에메랄드빛 빅터 & 롤프 이브닝드레스를 어루만졌다. 그 드레스 옆에만 있어도 그녀의 머리카락은 불붙은 듯 선명해 보였다. 게다가 그녀의 사이즈이기도 했다.

스칼릿은 좋아하는 추억을 떠올렸다. 어린 스칼릿은 완벽하고 화창한 주말이 오기만을 몇 달 동안 손꼽아 기다렸다. 당시 그녀의 위탁 가정 부모님이 프랭크 형사와 그의 부인인 엘리노어로 하여금 스칼릿을 주말과 이어진 연휴 내내 그들의 집에 데려갈 수 있도록 허락해서였다. 프랭크가 정원을 가꾸는 동안, 어린 스칼릿과 엘리노어 부인은 『보그』와 『코스모폴리탄』 같은 패션 잡지를 훽훽 넘기며 '언젠가' 살 의상들을 골라 해당 페이지를 살짝 접어 놓으며 몇 시간씩 즐겁게 놀았다.

그때 엘리베이터가 윙 하고 움직이는 소리가 들렸다.

스칼릿은 드레스에서 손을 떼고 서둘러 옷장 문을 닫은 뒤 거실로 나왔다. 여러 사람의 목소리가 들리더니 아래층에 있는 아파트 안으로 사라졌다. 눈앞에 닥친 일에 집중해야 했다. 그녀는 현관을 열고 건물 유지관리 장비 보관함이 늘어선 삭막한 복도로 나와 또 다른 문이 있는 복도 맨 끝까지 걸어갔다. 보안 카메라가 하나도 없다는 걸 확인한 후, 문을 열고 계단에 올라섰다. 가벼운 벽돌과 금속으로 만든 그 계단은 이 호화로운 건물과 전혀 어울리지 않았다. 그녀는 밑에 보이는 콘크리트 바닥을 뚫어지게 바라보다가 계단을 타고 위로 올라갔다.

"경보기가 없기를… 제발 없기를… 제발—" 스칼릿은 비상구에 붙은 안전바를 힘껏 밀었다. 경보가 울려 건물 전체를 비울 필요 없이 문만 활짝 열리자 안도했다. 쌀쌀한 아침 공기를 들이마시며 발을 내딛는데 뒤에서 무거운 문이 저절로 쾅 닫혔다.

"이런 망할!" 스칼릿은 조그맣게 욕을 내뱉으며 금속 손잡이를 꽉 잡고 문을 열어봤지만 꿈쩍도 하지 않았다. "미치고 팔짝 뛰고 환장하겠네!" 짜증내며 손잡이를 마구 움직여도 헛수고였다. "꼴좋다, 딜레이니." 그녀는 자책하며 재킷 단추를 채운 뒤 바닥에 갑판을 댄 옥상 정원을 둘러보기로 했다.

여러 개의 촛불이 형형색색의 관목처럼 벽을 따라 놓여 있었다. 촛농이 벽돌을 타고 구불구불 흘러내려 굳은 모습이 마치 얼기설기 엮인 식물 뿌리 같았다. 머리 위에는 흐릿한 불빛이 십자 모양으로 교차했으며, 스웨덴 스타일 온수 욕조가 저쪽 구석 자리를 차지하고 있었다. 산들바람이 불어와 버려진 술병들과 빈 유리잔들을 스쳤다. 스칼릿은 시큰둥한 표정으로 건물 가장자리에 다가가 주변을 주의 깊게 바라봤다. 철제 비상계단이 건물 외벽을 타고 아래에 보이는 좁은 골목을 향해 투박하게 이어져 있었다. 그 계단을 보자 안도감이 들면서도 오히려 심란함이 밀려왔다.

"좋아, 할 수 있어." 사실 그건 거짓말이었다. 높은 곳을 무서워하는 스칼릿은 주저주저하며 벽에 걸터앉아 이 녹슨 철제 계단이 미덥지 않다는 듯 발로 몇 번 차 본 다음 계단에 완전히 올라섰다. 그녀는 천천히 내려가다가 눈에 익은 침실 창문 부근에서 잠시 멈췄다. 창문에 눈에 띌 만큼 손상된 부분이 없는 데다 밖에서 창문을 열 방법이 전혀 없다는 점을 확인했다. 더 내려가서 아래층 텅 빈 아파트의 어둑한 창문을 통해 방 내부를 살펴봤다. 무척 깨끗한 흰색 카펫, 시트를 벗긴 침대 그리고 여기 살던 사람들이 내버려 두고 간 가구 몇 점이 그다음 주인을 기다리고 있었다.

스칼릿은 골목 바닥까지 비상계단을 타고 내려왔다. 보안 카메라는 단 한 대만 보였다. 카메라는 지하 주차장 입구 약간 안쪽으로 향해 있었다. 조그만 바퀴가 달린 쓰레기통 한 세트도 보였다. 하나는 일반 쓰레기, 하나는 재활용품, 다른 또 하나는 이상하게도 정원 쓰레기 용도였는데, 거리에 단 하나 남은 가로수를 잘라내기로 할 때를 대비하려는 목적이었다. 스칼릿은 쓰레기통 뚜껑을 차례대로 들어봤지만 거의 텅텅 비어 있었다. 쓰레기 조각 몇 개가 땅에 떨어진 걸 보니 최근에 다 수거해갔다고 짐작할 수 있었다.

…하지만 그때 그녀의 눈에 뭔가 들어왔다. 콘크리트 바닥에 길고 깊게 팬 자국이었는데, 그걸 보니 갈까마귀가 희생자들의

얼굴에 늘 남기는 긁힌 자국이 떠올라 그냥 지나칠 수 없었다. 그녀는 쭈그리고 앉아 손끝으로 그 자국을 만졌다. 색이 일정하고 이끼가 끼지 않은 걸 보아 최근에 생긴 듯했다. 그리고 단단한 콘크리트 표면을 그렇게 손상할 정도면 상당히 크고 무거운 물체에 긁혀 생긴 게 틀림없었다.

그때 스칼릿의 머리 위에 있는 창문에서 그림자가 획 스쳤다. 1층에 있는 아파트 창문이었다.

스칼릿은 몇 시인지 확인하고 자리에서 일어나 건물 모퉁이를 돌았다. 건물 밖에서 대기하며 열심히 취재하는 기자들 몇 명은 그녀가 로비로 걸어 들어가는데도 알아차리지 못했다. 관리인은 그녀가 건물을 나가는 걸 못 봤는데 또 들어오는 모습을 보자 어리둥절했다. 그녀는 관리인에게 고개를 끄덕여 인사하고 1층에 있는 101호 아파트 현관문을 똑똑 두들겼다. 이 아파트는 한 층에 한 세대가 있는 구조였다.

몇 초 후 머리에 쥐가 날 듯한 악몽 같은 광경이 눈앞에 펼쳐졌다. 전혀 어울리지 않는 색상들이 여기저기서 튀어나왔다. 핫핑크색 벽을 따라 연노란색 소파를 배치한 식이었다.

"무슨 일이야, 아가씨?" 70대 할머니가 머리부터 발끝까지 몸에 착 달라붙는 표범 무늬 옷을 입고 앞니에 립스틱을 덕지덕지 묻힌 채 나타나 미소를 지었다.

"안녕하세요, 저는—"

"아유, 이 예쁜 머리카락 좀 봐." 늙은 여인은 스칼릿의 말을 끊었다. 스칼릿은 그 여인이 나이가 지긋한데도 앞을 잘 볼 수 있다는 것에 깜짝 놀랐다.

"감사합니다. 저는 딜레이니 경장입니다… 스칼릿 딜레이니." 그녀는 쾌활하게 말을 덧붙였다.

"오, 어서 들어와요." 여인은 옆으로 살짝 비키며 환각을 일으키듯 번쩍번쩍 빛나는 집 안으로 들어오라고 고집했다. "정말 무서운 일이 벌어졌어… 끔찍하기도 하지. 젊은 아이인데 불쌍하기도 해라."

"오래 걸리지 않을 거예요. 질문을 좀 하고 싶—"

"어제 누가 이미 찾아와서 다 얘기했는데." 나이 든 여인은 또 스칼릿의 말을 잘랐다. "그래서 이렇게 말했어. 미안하지만 난 아무것도 못 봤고 아무 소리도 듣지 못했다고. 그 아이가 저 위에서 파티하는 것도 전혀 몰랐거든."

"실은, 저쪽 창문 밖 골목에 대해 여쭤보려고요." 스칼릿은 조금 무뚝뚝하게 말했다.

"이런." 나이 많은 여인은 실망한 눈치가 역력했다. "글쎄, 그쪽 방은 창고로만 쓰는데. 창문 너머로 벽돌 벽만 보여서 말이야."

"커다랗고 무거운 물체가 골목에 있던 흔적을 찾았어요. 혹시 그게 뭔지 아세요?"

"쓰레기통이겠지." 여인은 기억을 되살리려 노력했다.

"쓰레기통이 아닌 것 같아요… 더 커요."

"아, 쓰레기 수거함이겠네!"

"쓰레기 수거함이라고요?" 스칼릿은 순간 호기심이 발동했다. 불가능한 상황에서 불가능한 목표물을 살해하고 그 몸통을 없애야 한다면, 쓰레기 수거함에 넣어 없애는 방법이 가장 말이 될 터였다.

"응. 지난주 내내 거기 있었지."

"누가 그걸 요청했는지 아세요?"

여인은 도움이 될 만한 말을 하려는 듯 입을 열었다. "…모르겠는걸."

"이 건물에 인테리어 공사하는 사람이 있었어요?"

"내가 알기로는 없는데."

"그 수거함이 언제 치워졌는지 아세요?"

"미안해, 아가씨. 난 그 방을 거의 쓰지 않아. 창밖을 내다볼 일은 더더욱 없고. 게다가 쓰레기 수거함이 왔다 갔다 하는 건 주의 깊게 살펴볼 일도 아니야."

"네, 저도 같은 생각이긴 해요." 스칼릿은 막다른 길에 들어서는 듯했다.

"그런데 며칠 전에 낡은 토스터를 남몰래 그 수거함에 버리긴 했어." 여인은 피식 웃으며 솔직히 털어놓았다.

휘황찬란하게 번쩍이는 부엌을 눈여겨보던 스칼릿은 문득 어떤 생각이 떠올랐다. "무슨 색이었어요?"

"수거함?"

"토스터요."

"아, 무척 예쁜 색이야. 짙은 오렌지색인데 전자레인지하고 잘 어울렸어."

"사용설명서나 품질보증서 아직 갖고 계세요?"

"아가씨, 그 토스터는 단단히 고장 났어." 여인은 스칼릿에게 강조했다. 어디서 사은품으로 받은 싸구려 물건을 왜 찾으려는지 의아해했다.

"눈에 잘 띄는 색상이잖아요." 스칼릿이 차근차근 설명했다. "설명서나 보증서에 제품 일련번호가 있으면요, 이 부근 쓰레기장에 모두 전화해서 가전제품 폐기물 중에 그 토스터가 있는지 확인해 달라고 하려고요. 그걸 찾으면 그 수거함에 담긴 쓰레기를 어디에 비웠는지 알 수 있어요. 그러면 누가 그 수거함을 치웠는지 알아낼 수 있을지도 몰라요."

"아가씨 정말 똑똑하네." 여인이 감탄했다. "찾아볼게. 아직 있을 거야."

5분 뒤, 스칼릿은 골목에 돌아와 처음 찾아냈던 긁힌 자국 그리고 약 2미터 떨어진 곳에서 두 번째로 찾아낸 긁힌 자국 사진을 찍었다. 사실, 별 것 아닐 수도 있었다. 하지만 최근에 건물 공사를 한 흔적이 없는데 왜 커다란 쓰레기 수거함이 여기 있었을까? 왜 비상계단 밑에 가까이 두었을까? 그건 명백한 보건안전규정 위반 사항이다. 게다가 쓰레기 수거함을 더 멀리 둘 수도 있었는데 왜 굳이 거기에 둬서 쓰레기 수거 트럭이 쓰레기통에 접근하지 못하게 막았을까?

모든 것에 의문을 제기해야 해.

흰 절벽/암시장

사우스 포어랜드 등대 옆에 주차된 흰색 밴 차량은 도버 해협이 내려다보이는 이 주차장의 다른 차들과 다른 점이 별로 없었다. 운전자 역시 절벽 꼭대기를 한가로이 거닐며 아침 산책을 나온 여느 사람들 같았다. 남자가 걸친 롱코트는 돛처럼 바람에 크게 나부꼈다. 남자는 상쾌한 바람을 맞으며 꼼짝 않고 서서 배들이 멀리서 들어오는 모습을 바라보며 기다렸다.

예정된 시간에 맞춰 수평선에 보이는 검은 형체 중 하나가 모습을 드러냈다. 화물선이었다. 형형색색의 컨테이너 수백 개를 갑판에 아무렇게나 쌓아 올린 그 배는 마치 어린아이가 그린 것처럼 우스꽝스럽고 순진해 보이기까지 했다. 하지만 실상은 그것과 정반대였다. 저 아래 튼튼한 요새처럼 보이는 항구는 국경을 넘는 곳이면 어디든 그렇듯 온갖 비밀과 부정부패가 만연했다.

남자는 주차장에 돌아와 주변에 아무도 없는지 확인하고 밴의 뒷문을 열었다. 그는 코트를 벗고 방탄조끼를 입은 뒤 권총집에 권총을 집어넣고 AK-47 소총을 조립했다. 그리고 뒷문을 닫고 운전석에 앉아 소총을 조수석 발밑 공간에 보이지 않게 밀어 넣었다.

차에 시동이 걸렸다. 흰색 밴은 뿌연 먼지를 일으키며 주차장을 벗어나 왼쪽으로 방향을 급격히 틀어 큰 도로로 들어섰다. 그리고 저 멀리 보이는 항구를 향해 언덕 아래로 거침없이 질주했다.

8장

심기는 건드리지 말고 의혹을 제기하라는 거죠?

"길을 따라가십시오. 뜨악! 그러면 목적지에 도착합니다."

스칼릿은 아무 생각 없이 내비게이션 화면을 흘깃 쳐다봤다. 이제 이 시골길을 3.2킬로미터 정도만 더 가면 되었다. 예전에 마크가 장난삼아 내비게이션 안내 음성을 호머 심슨의 목소리로 설정했는데 원래대로 되돌릴 줄 몰라서 재미있지도 않은 안내 음성을 계속 들어야 했다. 하지만 새것을 사느라 80파운드나 날릴 바엔 차라리 참고 지내기로 했다.

반대 방향에서 오는 사람이 지나갈 수 있도록 차를 세우자 마침 휴대전화가 울렸다. 마크가 전에 차량용 블루투스로 전화도 연결해줘서, 그녀는 덤불 위에 차를 세운 채 전화를 받을 수 있었다. "프랭크?"

"도착했어?"
"거의 다 왔어요."
"오늘 아침 크루즈가 프란체스카의 자선 단체에 후하게 기부했다는 사실을 아는지 확인차 전화했어."
"전혀 몰랐어요."
"살살 해. 그 사람이 억만장자란 걸 잊지 마. 열 받으면 이 나라 경찰들을 통째로 사들여 지구 밖으로 던져버릴 사람이야. 마음만 먹으면 언제든지. 그러니 화나게 하지 마."
"심기는 건드리지 말고 의혹을 제기하라는 거죠?" 스칼릿이 넌지시 물었다.
프랭크는 뭔가 생각하듯 잠시 침묵했다. "아니, 그보다… 아주 자연스럽게 호기심을 어필하라는 거지. 크루즈와 딸 사이가 어땠었든 간에, 누가 진짜 나쁜 놈인지 잊지 마. 나쁜 놈들을 잡으려고 그 사람을 만나는 것 뿐이야."
"알겠어요."
"그 사람 열 받게 하지 말라고!"
"네! 알아들었어요."

스칼릿은 물잔을 든 채 에드거 크루즈를 따라 서리에 있는 그의 넓은 저택을 돌아다녔다. 하인들의 극진한 시중을 받으며 오만방자하게 구는 상류층 사람일 거라는 그녀의 예상과는 달리, 그는 오히려 한자리에 가만히 앉아 있지 못하고 잡다한 일거리를 끝없이 찾아내 직접 처리했다. 그를 따라 천장이 둥근 작은 온실로 들어간 스칼릿은 자신이 그의 하루를 방해하고 있다는 생각이 강하게 들었다.

"바쁘게 살아야 합니다." 크루즈는 스칼릿의 속내를 읽었다. "아무것도 하지 않다 보면…" 그는 말끝을 흐렸다.

"프란체스카를 해치고 싶어 할 만한 사람을 떠올리실 수 있으시겠습니까?"

그 질문을 받자 크루즈는 깜짝 놀란 듯했다. "제가 잘못 알고 있는 건지 모르겠지만, 저는 경찰이 이 사건을… 그러니까— 갈까마귀 짓으로 여긴다고 알고 있었습니다만."

"타당한 질문입니다." 그녀는 어깨를 으쓱하며 자세한 수사 내용은 공개하지 않도록 조심했다.

"하지만 신문을 보면—"

"언론이 뭐라고 떠들든 간에, 프란체스카를 해치고 싶어 할 만한 사람이 혹시 떠오르시나요?" 스칼릿이 그의 말을 끊으며 말했다.

크루즈는 얼굴을 찌푸렸다. "온라인 팔로워들을 상당히 많이 거느린 다른 사람들처럼, 딸아이한테도 악플러나 분란을 조장하는 트롤 무리가 꽤 있었습니다. 그런 사람들, 트롤이라고 부르죠? 불쾌한 스토커 몇 명이 달라붙기도 했어요. 하지만, 내가 아는 한 그 문제는 전부 해결되었어요. 지금 전화해서 확인해 드릴—"

"경찰 보고서는 이미 확인했습니다." 스칼릿은 그의 말을 끊었다. "크루즈 씨 회사 직원들은 어떻습니까? 프란체스카의 적극적인 활동 때문에 지난 몇 년간 손실 금액이 수백만 파운드에 달하는 것으로 알고 있는데요."

크루즈는 방어적인 태도로 팔짱을 꼈다. "딸아이는 수많은 대의명분을 지키겠다고 필사적으로 캠페인을 벌였어요."

"따님과의 사이는 어땠습니까?"

"괜찮았어요… 좋았습니다. 딸아이 덕분에 전 더 나은 사람이 되었어요. 그전엔 정말 무엇이 중요한지 몰랐습니다. 그런데 딸아이가 알려줬죠." 그는 정치인들이나 할 법한 모범 대답을 내놨다.

"18개월 전에 따님을 집에서 쫓아낸 적이 있으시죠? 다시는 집에 오지 말라고 하지 않으셨나요?"

크루즈는 몹시 충격을 받은 듯했다. 그는 스칼릿이 여기 온 이후 처음으로 그녀에게 온전히 집중했다. "그런 걸 왜 묻습니까?" 그는 항의하듯이 물었다. "내 딸은 갈까마귀에게 살해당했다고요!" 그는 목소리가 높아지더니 눈물이 가득 고였다. "고양이 동영상을 돌려보듯이 죽은 아이 사진을 업로드해서 세상 사람들 구경거리로 만든 그 빌어먹을 놈이 누굽니까? 아이의… 자르기 전에…." 그는 잠시 격앙된 마음을 가라앉혔다. "난 지금 묻어줄 시신조차 없단 말입니다. 그런데 감히 내 집에서 그렇게 무례하게 말하다니! 나가!"

"질문이 몇 가지 더—"

"분명히 말했어. 나가!"

스칼릿은 조용히 물잔을 내려놓고 고개를 까딱한 뒤 문가로 향했다.

그녀는 아까 주차하느라 납작하게 뭉갠 덤불 위에 차를 다시 세우고 전화를 걸었다.

"네. 프랭크? 미리 말씀드려요… 아무래도 그 사람을 화나게 한 것 같아요."

9장

모퉁이에 감자튀김 가게가 있는 맥스턴 교차로와 그곳에 몇 개월 방치된 비둘기 시체

출입구에서 트럭들이 끊임없이 줄지어 빠져나오며 천둥 치듯 우르릉거렸다. 가속도가 붙어 점점 빠르게 달리는 시끄러운 화물 열차 소리 같았다. 동물들이 무리 지어 이동하듯이 트럭들도 한 몸처럼 이동했다. 일단 수가 많아야 안전이 보장되어서였다. 하지만 갈림길에 다다를 때마다 몇 대씩 다른 길로 빠져나가 그 숫자는 조금씩 줄어들어 힘이 약해졌고, 이는 몰래 숨어 쫓아다니던 사냥꾼에게 좋은 기회가 되었다.

눈에 확 띄는 파란색과 오렌지색으로 된 화물 컨테이너를 실은 트럭이 교차로에서 멈췄고, 흰색 밴이 그 옆에 정차했다. 밴 운전자는 신호등이 바뀌길 기다리며 앞만 바라봤다. 차선을 침범한 커다란 트럭에는 조금도 눈길을 주지 않았다.

한편, 트럭 조수석에서는 무장한 용병이 주변을 감시중이었다. 용병은 전에도 십여 차례 이 일에 참여했지만, 탁 트인 고속도로에 진입하기 30분 전 첫 교차로에서 신호가 바뀌길 기다릴 때마다 긴장의 끈을 놓지 않았다. 교차로를 가로지르는 차량 행렬이 그치고 신호가 초록 불로 바뀌자 옆에 앉은 운전사가 기어를 넣었다. 주변을 경계하던 용병은 앞에 보이는 도로에 다시 주목하면서 무릎에 올려둔 총을 쥔 손의 힘을 풀었다.

바로 그때, 흰색 밴을 몰고 온 남자가 복면을 눌러 쓰고 운전석 문을 박차고 나와 용병이 탄 트럭 운전석으로 침착하게 다가갔다. 그리고 운전석을 향해 소총을 겨누고 방아쇠를 당겼다. 쏠 때마다 무거운 총이 크게 반동했지만, 남자는 총을 꽉 붙들고 운전석 유리를 향해 총을 난사했다. 트럭에 탄 두 남자의 몸은 전기의자로 처형을 당한 것처럼 경련을 일으키며 흔들렸다.

사람들은 극심한 공포에 빠졌고 사방에서 비명이 들렸다. 촘촘히 붙어 있던 트럭들은 필사적으로 그곳을 벗어나려다가 서로 충돌하고 옆을 들이받았다. 하지만 이 아비규환 와중에도 트럭들 사이에 있던 벤츠 차량 두 대는 이상하게 아무런 움직임이 없었다.

남자는 다시 총을 겨누고 그 두 대의 차량 앞으로 다가갔다. 그러자 무광 처리된 검은색 문들이 동시에 열렸다. 남자는 첫 번째 차량에 총탄 세례를 퍼붓고 그 차 뒤에 몸을 숨겼다. 총알이 다 떨어질 때쯤, 세 명이 땅으로 쓰러졌다. 남자는 소총을 버리고 방탄조끼에서 권총을 꺼냈다. 머리 위쪽 차창이 총탄에 차례차례 깨지고 유리 조각이 비처럼 쏟아져도 끈기 있게 기다렸다.

“씨팔, 이 좆 같은 미친 새끼야!” 누군가 러시아어로 욕설을 퍼부었다.

여자 목소리였다. 남자는 얼굴을 찌푸렸다. 오랫동안 쓰지 않았더니 러시아어 실력이 녹슬었는지 무슨 말인지 잘 알아들을 수는 없었지만, 욕이라는 건 분명히 알 수 있었다.

"씨팔, 이 좆 같은 미친 새끼야!"

그 말을 두 번째 들었을 때는 남자도 무슨 뜻인지 분명히 알아듣고 화가 치밀었다.

여자는 제정신이 아닌 게 분명했다. 남아 있는 차량 사이를 넋 놓고 돌아다니며 자신의 목숨 따위에는 신경 쓰지 않는 듯했다. 여자는 남자를 향해 고래고래 욕설을 퍼붓고 총을 마구 쐈다. 그녀가 든 반자동 산탄총은 위력이 세지만 재장전 시간이 느려서 악명이 높았다. 남자는 슬슬 짜증이 났다. 옆에 있는 타이어에 총탄이 박혀 터진 풍선처럼 쪼그라들었지만, 남자는 아랑곳하지 않고 여자의 총에서 총알이 언제쯤 떨어질지 계산했다. 총소리가 멈추고 여자가 재장전을 마치기 전, 남자는 무심한 듯 일어나 총을 쐈다. 총알은 여자의 두 눈 사이에 명중했다.

남자는 넓게 트인 땅을 전력 질주하다가 잽싸게 몸을 굴려 트럭 밑으로 숨었다. 저만치서 부츠 신은 두 발이 운전석 문을 향해 다가왔다.

그들은 여전히 이 트럭을 포기할 생각이 없었다.

용병들을 모두 제거할 때까지 무작정 기다릴 수는 없었다. 남자는 한쪽 눈을 감고 목표물을 조준한 뒤 총을 쐈다. 그러자 가죽 부츠를 신은 용병은 정강이가 파열되어 바닥에 쿵 쓰러졌다. 전투에서 산전수전 다 겪어본 그의 얼굴에 두려움이 스쳤다. 곧이어 두 번째 총알이 용병의 머리를 뒤로 꺾었다.

남자가 트럭 밑에서 조심스럽게 기어 나오자 위쪽에서 총을 장전하는 소리가 들렸다. 너무 늦었다. 남자는 총에 맞은 충격으로 몸이 획 돌아가면서도 온 힘을 다해 총을 쐈다. 총알은 화물 컨테이너 위에 있던 용병의 가슴에 명중했고, 그는 약 5미터 아래 콘크리트 바닥으로 떨어졌다.

"젠장…" 남자는 욕설을 내뱉으며 고통스러워했다. 방탄조끼가 총알을 잘 막았는지 확인한 뒤 도로 위에 축 늘어져 숨을 헐떡이는 용병에게 걸어갔다. 용병의 입가에 거품 맺힌 붉은 피가 끊임없이 흘러내렸다.

그는 숨을 씩씩거리며 자신을 보호하듯이 한 손을 애처롭게 들어 올렸다. "제발, 난 가족이 있어."

사형을 집행하러 온 남자는 다시 총을 장전했다. "네놈이 없으면 더 행복할 거야." 남자는 무미건조하게 대답한 후, 움직이지 못하는 용병의 이마를 향해 방아쇠를 당겼다.

남자는 이를 악물고 방탄조끼를 힘들게 벗은 뒤 어깨를 문질렀다. "개새끼." 남자는 발치에 쓰러져 죽은 용병에게 욕을 내뱉고 발로 몇 번 세게 걷어찼다.

바람을 타고 사이렌 소리가 들려오자 남자는 트럭 뒤로 가서 힘겹게 레버를 당기고 무거운 컨테이너 문을 열었다. 복면으로 코를 가렸는데도 안에서 풍기는 악취는 역겨웠다. 컨테이너에 환한 불빛이 비치자 안에 들어찬 지저분한 얼굴들이 보였다. 소녀들 서른일곱 명이 며칠 동안 이곳에 갇혀 자신의 배설물로 범벅이 되어 있었다. 그들 중 일부는 두려운 표정으로 남자를 바라보았지만, 희망에 찬 눈빛으로 그를 바라보는 이들도 있었다. 남자는 그들 사이를 조심조심 비집고 중간까지 걸어 들어가 의식 잃은 한 소녀의 턱을 살짝 들어 확인했다. 그리고 아무 말 없이 그 소녀를 두 팔로 번쩍 안아 들고 밖으로 나왔다.

남자는 계속 어깨를 잡고 고통스러워하며 밴 차량의 문을 닫았다. 그리고 도로 위에 쓰러진 죽은 용병에게 비틀거리며 또 걸어가 이젠 영영 안녕이라는 듯 힘껏 걷어찼다. 바로 그때 경찰차 여러 대가 모퉁이를 돌았다.

"젠장." 남자는 마지막하게 중얼거렸다. 그리고 다리를 절뚝거리며 운전석으로 돌아가 서둘러 차를 몰았다.

10장

은빛 사슬과 노란 테이프

"이 사람은 누구예요?" 스칼릿이 하품하며 물었다. 다리는 책상에 올리고 블라우스에는 과자 가루가 수북이 떨어져 있었다. 그녀는 이제 387장으로 늘어난 파티 사진 분류 작업을 돕는 중이었다.

프랭크는 소재 파악이 어려운 '입 똥내 케니'의 '확실하지만 어쩌면 아닐 수도 있는' 연락처로 전화하려다가 멈추고, 돋보기안경 위로 눈을 치뜨고 답했다. "아, 그건 '기절해 있던 튀튀 입은 남자'야. 욕조에 처박히기 전이거나 튀튀를 입기 전이거나 필름 끊기기 전에 찍은 거야."

"아무렴, 그렇겠죠." 그녀는 짜증을 내며 메모하다가 두 사람이 벌써 3시간 넘게 이 짓에 매달려 있다는 사실을 깨달았다. "이 사람들이 옷을 자주 갈아입지만 않았더라면 할 만할 텐데."

"내 말이 그 말이야." 프랭크는 맞장구치며 다시 전화번호를 눌렀다. “어떤 여자애는 파티에 도착해서 자정이 되기 전에 거기서 머리를 염색했다는군. 그걸 알아내는 데 내 피 같은 시간을 4시간이나 허비했어. 아, 여보세요. 입 똥, 아니— 케니 씨 되시나요?”

프랭크는 결국 스칼릿이 쓰레기 수거함을 계속 조사하도록 허락했다. 아직 시작 단계여서 정보가 거의 없었으므로, 스칼릿은 먼저 사건 현장 반경 32킬로미터 내에 있는 쓰레기 처리장들에 빠짐없이 연락했다. 그리고 먼저 발생한 갈까마귀 사건 현장에까지 찾아가 이번에 골목에서 발견한 긁힌 자국과 비슷한 흔적이 그곳에도 있는지 찾아내려고 아스팔트 길을 샅샅이 살폈다.

올드 플레이하우스 극장은 극장가 중심부의 좁은 보도 아래쪽 눈에 잘 띄지 않는 곳에 있었다. 겉모습은 단순했지만, 그것은 거의 마법 같은 속임수였다. 타디스* 같은 내부는 주변의 여러 건물과 조화롭게 연결되어 이 도시의 다른 장소들만큼 비밀스러우면서도 웅장한 공간을 만들어냈다. 그래서 런던의 이 유서 깊은 극장이 쓸쓸하게 버림받은 모습은 누구에게나 슬픔을 자아낼 수밖에 없었다. 극장 출입문은 은빛 사슬로 묶였고 접근금지라고 적힌 노란 테이프가 둘러쳐져 있었다. 매표소는 굳게 닫혔고 포스터에 더덕더덕 붙은 흐릿한 안내문들은 연극이 취소되었음을 알렸다. 불과 12일 전에 거기서 어떤 일이 벌어졌고 또 제작사의 간판 여배우에게 무슨 일이 일어났는지 세상 사람들 전부 그 소식을 듣지 못했다는 듯이…

---

* Tardis, 영국 드라마 『닥터 후』에 등장하는 우주선이자 타임머신

맥 빠진 박수 소리가 들렸다. 지금부터 20분 동안 있을 중간 휴식 시간을 환영한다는 뜻이었다. 그것은 별로 내키지 않아도 지켜야 하는 에티켓처럼 형식적인 절차라서, 관객들이 연극의 전반부가 마음에 들었다는 것인지, 아니면 보기 싫었던 무대를 누가 커튼으로 가려줘서 기쁘다는 것인지 의문을 품게 했다.

리뷰는 혹평 일색이었고, 매일 밤 객석에서 의자가 조금씩 밖으로 치워졌다. 이 연극은 관련된 사람들 모두의 이력에 오점을 남겼고, 연극의 주인공을 제외한 사람들은 모두 그 사실을 알고 있었다. 이디스 도나휴 여사*는 허영심 가득한 이 연극의 극본을 직접 쓰고 연출에 제작까지 했지만, 무대에 올리자마자 사람들의 반응은 최악으로 치달았다.

조디 왓슨은 무대 뒤 허름한 복도를 따라 발걸음을 재촉했다. 페인트가 군데군데 벗겨진 복도는 각종 소도구와 목재가 쌓인 장애물 달리기 코스 같아서 그러잖아도 우스꽝스러운 그녀의 일을 훨씬 더 힘들게 했다. 도나휴 여사의 개인 비서인 그녀는 싱싱한 꽃다발, 길 건너 식당에서 만든 뜨거운 수프를 담은 통, 살얼음이 언 생수병, 휴대전화 두 대를 떨어뜨리지 않게 조심조심 들고 팔꿈치로 분장실 문을 열고 들어갔다. 테이블 위에 다 내려놓기도 전에 자칭 이 나라의 보물이라는 여인이 분장실로 들어왔다.

"도나휴 여사님, 오늘도 굉장히 멋지셨어요." 조디는 미소를 지으며 칭찬하는 자신을 보면서 도나휴 여사와 자기 중에서 누가 연기를 더 잘하는지 진심으로 궁금해졌다. 그녀는 서둘러 꽃다발을 정리하고 수프 통 마개를 열고 생수병 뚜껑을 땄다.

* Dame, 여성에게 부여되는 영국 왕실의 기사 작위로서, 남성에게는 Sir를 쓴다

"고마워." 도나휴 여사가 낮고 허스키한 목소리로 대답했다. 여사가 조디의 손에 들린 생수병을 낚아채듯 빼가자 물이 출렁이며 바닥에 떨어졌다. 여사는 생수를 단숨에 들이켜 절반을 비우면서 뭔가 지적하는 눈빛으로 조디를 쳐다봤다. "뭣 좀 먹어. 세상에… 꼴이 그게 뭐니!"

"그럴게요." 조디는 이번에도 이야기가 외모 품평으로 바뀌기 전에 얼른 화제를 바꾸고 싶어서 서둘러 약속했다. 지금까지 여사에게 들은 말로는, '넌 가슴만 약간 나오고 빼빼 마른 해리포터처럼 보여.', 'C-3PO*에 가발을 씌우고 가슴만 붙이면 너와 똑같이 생겼어.' 그리고 '텔레비전에 나오는, 그 왜 바가지 머리에 가슴 큰… 아니다, 넌 납작 가슴이잖아.' 등등 끝이 없었다. "오늘 밤에도 직원들이 많지 않아요. 그러니 제가 모시러 올게요. 정확히…" 그녀는 시간을 확인했다. "13분 30초 후에요."

"알았어." 도나휴 여사는 수프를 담은 용기를 만지며 온도를 확인하더니 너무 식었는지 얼굴을 찡그리며 고개를 끄덕였다.

"아, 그리고 남편분께서 전화하셨어요… 두 번요."

"변호사가 아니고?"

"네, 남편분이셨어요."

도나휴 여사는 발끈했다. "그 독수리처럼 탐욕스러운 인간 하이에나가 이번엔 대체 뭘 원하는 걸까?" 조디는 여사가 진짜 답을 바라며 질문했는지 알 수가 없었기에 잠자코 있었다. "아무튼 알았어. 이제 가봐. 어서." 조디는 예의고 뭐고 없이 쫓겨나다시피 분장실에서 나왔다.

---

* 『스타워즈』에 나오는 황금색 드로이드

7분 뒤, 조디는 그 우울한 복도로 돌아왔다. 그날 밤 도나휴 여사가 떠맡긴 말도 안 되는 잡다한 일 외에도, 못 하겠다는 말이 차마 입에서 떨어지지 않아 보조 무대관리자 일도 떠안고 말았다. 그녀는 업무 목록을 머릿속으로 되새겼다.

먼저, 교체한 의자를 무대 옆에 가져다 놓고, 극장 직원 휴게실로 달려가 냉장고에 넣어 차갑게 만든 이디스 도나휴 여사의 신발을 꺼내 와야 했다. 그건 여사의 유별난 습관이었는데, 어쩔 수 없이 샌드위치를 신발 옆에 보관해야 하는 직원들은 결코 너그럽게 받아들일 수 없었다. 그런 다음, 혹시 시간 여유가 20초라도 있다면 시원한 물과 비스킷을 후다닥 먹은 후 이디스 도나휴 여사에게 다시 달려가 이제 3분 남았다고 알릴 예정이었다.

그렇지만 조디는 무리한 일정에도 불구하고, 분장실 문 앞을 지나갈 때 안에서 여사가 누군가와 통화하며 큰 소리로 싸우는 소리가 들리자 걸음을 멈추고 귀를 기울였다. 전혀 진정될 기미가 보이지 않았다. 그녀는 시계를 또 들여다보며 조그맣게 욕설을 내뱉고 무거운 의자를 들고서 서둘러 무대로 향했다.

또 6분이 지났다. 극장 직원 중 한 명이 전속력으로 달려오자 조디는 옆으로 비켜나 그가 지나가게 했다. 보나 마나 매일 밤 마지막 순간마다 발생하는 대형 사고를 수습하려는 게 틀림없었다. 그녀는 냉장고에서 차갑게 식힌 신발을 손에 들고 분장실 문으로 다가갔다. 이디스 도나휴 여사가 아직도 통화 중인 데다 아까보다 훨씬 흥분한 목소리로 싸우고 있어서 걱정되었다. 그건 지금 당장 피해야 하는 상황이었다. 공들여 한 화장이 눈물로 다 번지고 후

반부에서 형편없는 연기를 펼친다면 안 그래도 인기가 바닥인 이 연극은 완전히 종말을 고할 운명이었다.

조디는 문을 쿵쿵 노크했다. "도나휴 여사님! 2분 30초 남았어요!" 그리고 뒤로 물러나 벽에 기댔다. 오늘 연극의 주인공은 아랑곳않고 저 문 안쪽에서 독기 어린 목소리로 끊임없이 비난을 토해냈다.

여사의 고함이 그친 지 1분이 넘었지만, 조디는 안으로 들어갈 엄두를 내지 못했다. 여사를 방해하는 건 가능한 한 맨 마지막에 해야 할 일이었다. 가뜩이나 기분이 좋지 않은데 조디가 분장실에 들어가면 이 오만한 여인이 분노하리란 걸 그녀는 잘 알고 있었다. 극장 직원 한 명이 모퉁이를 돌아오더니 '여사님은 대체 어디 있는 거예요?'라고 묻듯이 두 팔을 들어 올렸다.

"금방 가요! 금방 가요! 지금요." 조디는 그녀에게 장담한 뒤 심호흡을 하고 문을 똑똑 두들겼다. "도나휴 여사님? 나오셔야 해요!"

…아무 소리도 들리지 않았다.

조디는 문을 다시 노크했다. "도나휴 여사님? 무대로 가셔야 해요!… 이디스?… 저 지금 들어가요!"

조디는 천천히 문을 열었지만, 분장실은 텅 비어 있었다. 분장실에 달려있는 화장실도 마찬가지였다. 창문에 부착된 안전 창살은 반투명한 유리창에 어두운 그림자를 드리웠다.

"이디스?!" 조디는 힘 빠진 목소리로 다시 여사를 찾았다. 이러다가 미쳐버리는 건 아닌지 궁금해졌다. 그녀는 완전히 탈진 상태였다. 그동안 환청을 들었거나 여사가 나가는 걸 못 봤을 수도 있었다.

그때, 화장대 위에 놓인 보석 상자가 조디의 눈에 띄었다. 그동안 남편과 고래고래 고함을 치며 싸웠는데도 여사는 그 상자 안에 결혼반지를 보관했었다. 펠트 안감을 댄 그 상자는 상처와 후회를 보관하고 했지만, 이제는 텅 비어 있었다. 아까 전화 통화가 계기가 되어 여사는 다시 반지를 꼈거나 버렸을지도 몰랐다. 조디는 여사의 종잡을 수 없는 행동을 신물 나게 겪어봤으므로 만약을 대비해 잠깐 시간이 날 때 쓰레기통을 뒤져보기로 했다.

그녀는 복도를 따라 발걸음을 서두르면서 문을 열고 남몰래 객석으로 빠져나갔다. 때마침 객석 조명이 어두워졌고 머리 위 스포트라이트는 뭔가 기대하듯 눈부신 빛을 뿜어내며 활활 타오르는 붉은 커튼을 환하게 비췄다. 그리고 커튼이 천천히 걷히기 시작했다.

처음에는 아무도 반응이 없었다. 무심한 관객들은 자신들이 분명히 뭔가 놓쳤다고 생각했다. 그들은 절단된 머리가 왜 무대 가운데 테이블에 기괴하게 놓여 있는지 당혹스러워하며 수군거렸다. 그때 조디가 뼛속까지 얼어붙는 듯한 비명을 질렀다. 그녀의 비명이 극장의 음향 효과에 힘입어 극심한 공포의 파동을 퍼뜨리자 그제야 사람들이 반응했다. 그들은 자리에서 벌떡 일어나 마구 밀치고 떠밀며 출구로 달려갔다.

주연 여배우의 절단된 머리는 무대 위에 홀로 놓여 아수라장이 된 객석을 바라봤다. 얼굴에는 잔인하게 긁힌 자국이 다섯 개 있었지만, 양쪽 입꼬리는 미소라도 짓는 듯 살짝 올라가 있었다. 마침내 자신이 누구라도 평생 잊지 못할 연기를 펼쳤다는 사실을 알고 있다는 듯이.

잃어버린 가방

스칼릿은 극장 주변을 벌써 두 바퀴째 돌며 조사하는 중이었다. 주차된 차량 밑, 산처럼 쌓인 쓰레기 더미, 심지어 사람을 깨물기로 악명이 높은 킹 제리라는 노숙자가 머무는 자리 밑까지 샅샅이 뒤지며 긁힌 자국을 찾아다니자 주변 사람들은 그녀를 호기심 어린 눈빛으로 바라봤다. 옷은 더러워지고 덥기도 해서 짜증이 난 판에, 길 건너편에 이중 주차된 밴이 출발하자 뒤에 있던 녹슨 쓰레기 수거함이 눈에 들어왔다. 그녀는 차라리 거기서부터 찾기 시작할 걸 하며 후회했다.

"늘 이렇지 뭐." 스칼릿은 혼잣말하며 지저분한 손을 바지에 쓱쓱 문질러 닦았다. 길을 건너가 쓰레기 수거함 안을 들여다보자 얼룩덜룩한 매트리스, 허름한 옷가지 더미, 방수포가 뒤섞여 있었다. 그때 빛을 받아 반짝이는 조그마한 물체가 그녀의 눈에 띄었다.

스칼릿은 땅이 꺼질 듯 한숨을 쉬고 더러운 쓰레기 수거함 가장자리에 몸을 기대고 쓰레기 속에서 반짝이는 그 물체를 잡으려고 팔을 쭉 내밀었다. 매끈매끈한 금속 물체 표면에 손끝이 닿았다. 잡아 꺼내려고 몸을 더 뻗은 순간… 균형을 잃고 너저분한 쓰레기 속으로 머리부터 거꾸로 떨어지고 말았다. 스칼릿의 좌절에 찬 비명이 철제 수거함 벽을 타고 쩌렁쩌렁 울렸다.

"괜찮으세요?" 위에서 목소리가 들렸다. 때 묻은 매트리스 위에 떨어진 스칼릿의 눈앞에 사람의 윤곽이 나타났다. "자, 내 손을 잡아요." 그 사람은 스칼릿을 도와주겠다고 나섰다. 처음 듣는 목소리였지만, 상류층 같았고 차분했다. 게다가 '퀸스 잉글리쉬*'를 썼다. 그녀는 낯선 이의 도움을 받아 수거함 밖으로 빠져나왔다.

스칼릿은 몸을 툭툭 털어 아이스크림 포장지 조각을 떼어 내고 자신을 구해준 사람을 바라봤다. 하지만 그 남자를 처음 보자마자 너무 대놓고 감탄을 하며 숨을 들이쉬는 바람에 스스로에게 실망하고 말았다. 머리부터 발끝까지 검은색으로 차려입은 그 남자는 캐드베리 초콜릿 광고에 등장하는 밀크 트레이 맨처럼 보였다.

"아직도 뭐가 좀…" 남자는 잠깐 움찔하더니 스칼릿의 머리카락에 붙은 상추 조각을 떼어 쓰레기 수거함에 툭 떨어뜨렸다.

"고마워요." 스칼릿은 당황했다.

"뭐, 잃어버렸어요?" 남자는 스칼릿을 찾아낸 쓰레기 수거함을 가리켰다.

"네… 네. 떨어뜨렸거든요." 스칼릿은 손바닥을 펴고 수거함에서 찾아낸 보물을 자세히 들여다봤다. "…병뚜껑을요." 그녀는 힘없이 대답을 마무리했다.

---

* Queen's English, 영국 표준 영어

잠시 침묵이 흘렀다.

"찾았다니 다행입니다." 말도 안 될 만큼 매력 넘치는 그 남자는 별스럽다는 듯 스칼릿을 쳐다보다가 돌아서서 가던 길을 재촉했다. "이제 가봐야겠어요." 가는 도중에 남자는 휙 뒤돌아 스칼릿에게 알렸다. "그 수거함 속에 킹 제리가 살아요."

깜짝 놀란 스칼릿이 불쑥 물었다. "킹 제리를 알아요?"

명문가 출신이 분명한 그 남자는 신호등이 바뀌길 기다리는 동안 소매를 걷어붙여 오래된 흉터를 내보였다. "아주 잘 알죠. 화나면 상대방을 물어뜯어요." 남자는 싱긋 웃더니 끝없이 밀려드는 군중 속으로 사라졌다.

스칼릿은 꿈에서나 있을 법한 이 비정상적인 만남에 고개를 가로저으며 휴대전화를 찾았지만, 주머니에는 아무것도 없었다. 짜증이 난 그녀는 눈을 굴리며 오물이 가득한 쓰레기 수거함 속을 다시 내려다봤다. "젠장."

30분 뒤 스칼릿은 바닥에 깊게 긁힌 자국을 찾으려는 자신의 노력이 얼마나 헛수고였는지 깨달았다. 하지만 그런 와중에도 그곳을 떠나기 직전에 한 가지 사실을 발견했다. 살인 사건이 벌어진 분장실 불투명 유리창에 전에 없던 밝은 빛이 비치는 모습이 보였던 것이다.

"이럴 수가!" 그녀는 무대로 연결되는 문을 향해 발길음을 서둘렀다.

얼마 전, 올드 플레이하우스 극장의 유지보수 인력들은 이곳에 남을 수 있다고 허가받았다. 제2차 세계 대전 이후 처음으로 공연을 중단한 이 중요한 시기를 활용해 그동안 시급했던 복원 작업을 진행하기 위해서였다. 대신 그 인력들 모두에게는 사건 현장인 이디스 도나휴의 분장실과 무대 위에는 얼씬도 하지 말라는 지시가 귀가 닳도록 내려졌었다. 지시사항을 절대 잊지 말라는 의미로 그 두 장소는 경찰 통제선이 설치되었다.

페인트가 떨어져 나간 낡은 문에는 손잡이가 없었다. 보안상 그렇게 했을 것이었다. 벨이 있는 자리에는 낡아빠진 전선이 튀어나와 있었다. '진짜 빌어먹을 보안 기능이네.' 스칼릿은 안에 있는 사람에게 들리도록 손바닥으로 철문을 힘껏 쳐야 했다. 거의 1분이 지나서야 뱀파이어처럼 해쓱한 남자가 비로소 문가에 나타났다가 강렬한 햇빛이 얼굴에 내리쬐자 흠칫 놀랐다. 어쩌면 스칼릿의 목걸이에 달린 은색 십자가를 보고 그런 걸지도 몰랐다.

스칼릿은 신분증을 제시했다. 얼굴이 희멀건 남자가 옆으로 비켜나자 그녀는 급히 안으로 들어가 계단을 올라갔다. 분장실 문은 굳게 닫혀 있었다. 출입금지를 알리는 노란 테이프는 그대로였지만, 문 아래 틈 사이로 빛이 새어 나와 스칼릿의 신발 앞부분을 비췄다. 그녀는 지원을 요청할까 하는 생각이 들었지만, 그 생각을 바로 떨쳐 버렸다. 동료들을 멀리 여기까지 오게 했는데 발견한 것이 고작 타이머 스위치에 연결된 램프 불빛이라면 그 민망한 상황을 도저히 견딜 수 없을 것 같아서였다.

스칼릿은 테이저건을 꺼내 들고 겹겹이 둘러친 경찰 통제선 사이사이를 긴 다리로 넘어가 문을 쾅 열었다.

"경찰이다! 손들어!" 스칼릿은 분장실 저쪽 끝에서 가방을 앞에 두고 무릎을 꿇은 검은 머리의 남자를 보자마자 큰 소리로 명령했다. 남자는 어딘지 모르게 낯익은 데가 있었다. 그는 등을 돌리고 있었지만, 스칼릿은 그가 무엇인가 꺼내려는 걸 바로 알아챘다. "허튼수작 부리지 마." 그녀가 경고했다. "난 테이저건으로 당신 등을 겨누고 있어."

잠시 숙고한 끝에, 남자는 마지못해 손을 들었다.

"일어나." 그녀가 명령했다.

남자는 손목시계를 흘깃 보며 시간을 확인하고 명령에 따라 일어났다.

"좋아, 이제, 아주 천천히 돌아서." 스칼릿이 지시했다.

하지만 스칼릿은 이 남자가 아까 착한 사마리아인처럼 홀연히 나타나 자신을 구해준 바로 그 사람이라는 걸 깨닫자 눈이 휘둥그레졌다. 남자 역시 쓰레기 수거함에서 병뚜껑을 수집하던 엽기적인 여자를 또 마주치자 조각 같은 얼굴에 놀란 빛이 역력했다.

스칼릿은 남자가 발치에 둔 가방을 슬그머니 내려다보는 모습을 놓치지 않았다.

"오른쪽으로 세 걸음 이동해." 스칼릿이 단호하게 명령했다. 테이저건은 이제 그의 가슴을 똑바로 겨누고 있었다.

"정말 진심이에요?" 남자의 말투는 달콤했다.

"당장!" 스칼릿이 다시 명령했다.

남자는 어깨를 으쓱하더니 보폭을 넓게 하여 두 걸음 반만큼 걸어 욕실로 들어갔다. 그리고 호기심 어린 눈으로 변기를 내려다 봤다. "이제 변기 위로 올라갈까요? 아니면 변기 속에 발을 집어넣을까요?"

스칼릿은 얼굴을 붉혔다. "자, 왼쪽으로 여섯 걸음 움직여. 내 오른쪽으로."

"아, 알겠어요." 그는 분장실을 가로질러 걸어가며 그녀를 유심히 살폈다. 오히려 이 상황을 즐기는 듯했다. "저기, 기회를 주시죠. 설명—"

"당신, 누구지?" 스칼릿은 그의 말을 잘랐다.

"헨리 데블린." 그는 상냥하게 미소 지었고, 악수를 청하는 게 버릇인 듯 한쪽 손을 내밀었다. "아, 맞다." 그는 현실을 깨닫고 다시 손을 위로 올렸다. "저야말로 만나서 반갑습니다, 경관…님?"

"딜레이니 경장." 스칼릿은 딱딱한 말투로 답했다. "데블린 씨, 여기서 뭐 하는 거죠?"

"프란체스카 라벨르 살인 사건을 조사하는 중입니다."

혼란스럽다는 표정이 그녀의 얼굴에 드러난 게 틀림없었다.

헨리가 이런 말을 덧붙여서였다. "살인범의 과거 범죄 행각을 들여다보면서요."

"경찰이에요?" 스칼릿은 그가 의심스러웠다.

"세상에, 아니에요." 헨리는 큰 소리로 웃으며 몇 미터 떨어진 데 있는 가방을 또 쳐다봤다. "저는 에드거 크루즈 씨가 고용한 사립 탐정이에요. 그분 따님을 살해한 범인을 찾아 법의 심판을 받게 해 달라고 하셨죠. 갈까마귀라고 알려진 연쇄 살인범 말입니다."

테이저건을 쥔 스칼릿의 손이 조금 느슨해졌다. "사립 탐정을 고용했다고요? 프란체스카가 죽은 지 이제 겨우 24시간 지났을 뿐인데?" 남자는 아무 말 없었지만, 스칼릿은 그의 턱을 계속 똑바로 바라보며 말했다.

"정말 그런가요?" 헨리는 적당히 과장된 몸짓으로 숙고하며 질문했다. "이번 사건만 따지면 그럴지 몰라도… 제가 알기로는 첫 번째 살인이 일어난지 벌써 2주나 지났거든요." 그는 스칼릿에게 소년처럼 해맑은 미소를 지었다. "크루즈 씨는 당신이 이 사건을 잘 해결할 거라 믿지 않는 것 같더군요. 기분 나쁘게 받아들이지는 말고요."

"당신은 믿고요?" 헨리는 조심스럽게 어깨를 으쓱했다. 마룻바닥이 그의 발밑에서 삐걱거렸다. 스칼릿은 얼굴을 찌푸렸다. 크루즈는 추가 자원을 고용할 재력이 분명히 있었다. 게다가 그날 아침 그와 만난 일이 엉망진창으로 끝났으므로 그녀가 잘 해낼 수 있다는 확신을 심어주진 못했을 것이다. "흠, 당신도 크루즈 씨를 실망시키게 될 테니 안됐군요. 이곳은 수사가 진행 중인 범죄 현장이고 당신은 무단 침입했습니다. 그러므로 당신…"

"은 귀여운 장난꾸러기?"

"…을 체포합니다."

"아. 딜레이니… 형사님?" 헨리는 다시 한 번 확인했다. "휴대전화가 주머니에 있어요." 그는 휴대전화를 꺼내려고 벌써 손을 뻗었다. "크루즈 씨에게 전화만 걸게 해준다면—"

"움직이지 마!" 스칼릿이 큰 소리로 명령했다. 헨리는 다시 두 손을 올렸고, 스칼릿은 수갑을 꺼냈다. "뒤돌아. 양쪽 손은 등 뒤로."

"정말 이렇게까지 해야 합니까?" 헨리는 벽을 보고 양쪽 손목을 뒤로 모으며 답답하다는 듯 눈을 굴렸다.

스칼릿은 테이저건을 계속 겨눈 채 헨리에게 가까이 다가갔다. 발을 내딛자 바닥 나무판이 삐걱거렸다.

그 순간을 틈타 헨리는 본능적으로 몸을 휙 돌려 테이저건을 멀리 쳐냈고, 거의 동시에 스칼릿은 방아쇠를 당겼다. 전극 바늘 두 개는 아무것도 없는 벽에 박혔고, 분장실은 테이저건 소리로 가득했다. 스칼릿은 헨리를 걷어찼고, 그는 무릎을 굽히며 주저앉았다. 하지만 스칼릿이 헨리의 목을 조르려 하자 그는 스칼릿의 팔을 붙잡았다. 스칼릿은 헨리의 체중을 역이용해 그의 팔에서 벗어났다. 전에 동료와 같이 배웠던 호신술이 효과가 있었다. 스칼릿이 이 근육질의 남자를 메다꽂지는 못했어도 헨리는 어깨에 충격이 가해지자 고통스러워 비명을 질렀다. 두 사람은 다리가 얽히고 전신이 뒤엉켜 비틀거리다가 구석에 놓인 커다란 전신 거울을 정면으로 들이받으며 넘어졌다.

스칼릿은 헨리가 자신에게서 떨어져 바닥을 굴러가자 고통으로 신음했다. 부서진 거울 프레임 사이에 어색하게 몸이 낀 그녀는 방금 넘어지면서 벽에 머리를 세게 부딪쳤다. 일어나려 애썼지만, 발이 빠지지 않는 데다가 움직일 때마다 깨진 유리 조각이 비오듯 우수수 쏟아졌다. 그녀는 꼼짝 않고 잠시 누워 있었다. 그때 헨리의 긴장된 목소리가 들렸다. "주먹왕 형사님, 괜찮아요?"

스칼릿은 대답하려 했지만, 기침만 콜록콜록 나왔다. 그러자 거울 프레임에서 유리 조각들이 더 많이 떨어졌다.

헨리는 그녀에게 기어가 손을 내밀었다. "잡아요."

스칼릿은 주저하다가 한 손을 뻗어 그의 손을 잡았다. 헨리가 그녀를 자기 쪽으로 끌어당기려 하자, 그녀는 다른 손으로 테이저건의 전극을 그의 몸에 갖다 대려고 했다. 헨리는 스칼릿의 팔을 잡고 손목을 비틀어 테이저건을 떨어뜨리게 한 뒤 멀리 밀어버렸다.

헨리는 벽에 등을 기대고 앉아 고개를 절레절레 흔들었다. 그는 끝까지 포기하지 않으려 하는 스칼릿이 놀라웠다. "또 붙자고요?" 그는 바닥을 더듬으며 커다란 유리 조각을 찾고 있는 그녀의 모습을 보자 못 믿겠다는 표정을 지었다. "세상에, 정말 끈덕지군요." 화가 난 목소리였다. 헨리는 가까운 데서 사람들 목소리가 들리자 문가를 힐끗 쳐다봤다. 그리고 유감스럽다는 듯이 그녀를 다시 바라봤다. "좋아요. 마음대로 해요. 잘 있어요, 딜레이니 형사님." 헨리는 비틀거리며 일어나 다리를 절뚝이며 밖으로 나갔다. 문이 닫히고 스칼릿은 정신을 잃었다.

스칼릿이 정신을 차렸을 때는 벌써 초저녁이었다. 그녀는 부서진 거울 프레임에 깔린 팔다리를 조심조심 빼내 분장실 가운데로 기어가 똑바로 드러누웠다. 머리카락에는 피가 말라붙었고 두 팔에는 유리 조각에 베인 상처가 헤아릴 수 없었다. 뒤통수에는 골프공만 한 크기의 혹이 생겼다.

"제기랄." 울상이 된 스칼릿은 작은 소리로 욕을 내뱉었다. "난 왜 이리 바보 같지?"

스칼릿은 주머니에서 휴대전화를 꺼냈다. 화면에 금이 갔고 프랭크에게서 부재중 전화가 네 통이나 와 있었다. 스칼릿은 프랭크가 걱정할까 싶어 그에게 전화하려 했지만, 이 상황이 어떻게 초래된 것인지 말하기 부끄러워 망설였다. 살인이 벌어진 분장실에 혼자 들어온 데다 비무장 상태의 용의자에게 그렇게 꼼짝없이 제압당한 이 사건을 어떻게 설명할지 당혹스러웠다. 이번 일을 두 사람만 아는 비밀로 유지한다는 것은 불가능에 가까웠다. 게다가 그녀가 또 다시 일을 망쳤다는 사실이 알려지면 좋을 것이 없었다.

하지만 딱히 다른 방도가 없었으므로 스칼릿은 어쩔 수 없이 프랭크에게 전화를 걸었다. 그때 벽 옆에 아직 그대로 있는 검은색 더플백에 시선이 갔다.

"스칼릿?" 프랭크의 목소리가 스피커에서 울렸다.

"다시 전화할게요." 그녀는 중얼거리듯 말하고 얼른 전화를 끊었다. 더플백이 있는 데로 엉금엉금 기어가 지퍼를 열자 안에 담긴 물건들이 보였다. 자물쇠 따는 도구, 검은색 장갑 한 켤레, 경구용 모르핀 진통제가 담긴 유리병, 사냥용 칼, 쇠 지렛대, 싸구려 휴대전화 세 대였다. 분명 일회용 선불폰이었다.

스칼릿은 흥분해서 첫 번째 휴대전화를 집어 들었다. 화면이 잠겨 있었다.

두 번째 역시 잠겨 있었다.

세 번째도 잠겨 있었지만… 가장 최근 문자 메시지가 화면에 아직 남아 있었다.

오늘: 0794647241

논의할 사항이 있습니다.

멘델레예프 바 — 밤 8:30

화면 오른쪽 맨 위 구석에 번호가 남아 있었다. 어떤 일로 만나든, 이제 두 시간만 있으면 만난다는 걸 알게 되자 스칼릿의 심장이 빠르게 뛰었다. '돌아버린 딜레이니'가 망나니처럼 일을 망쳤다는 걸 사람들이 알기 전에 실수를 만회할 기회이기도 했고, 이 도시에서 무척 유명하고 고급스러운 음식점을 방문할 이유가 되기도 해서였다. 그리고 정말 솔직해지자면 그 정체불명의 남자를 다시 볼 생각에 기대되기도 했다.

스칼릿은 비틀거리며 힘겹게 일어났다. 깨진 유리 조각들이 바닥에 줄줄 쏟아졌다. 그녀는 자신의 몸을 내려다봤다. 블라우스는 찢어졌고 핏자국이 군데군데 배었다. 검은 바지는 뿌연 먼지투성이였고 나머지 부분도 상태가 얼마나 안 좋을지 알 수 없었다. 이 꼴로 멘델레예프 바에 입장하는 건 꿈도 꿀 수 없었다. 사람들 눈에 확 띌 것이고, 멀리서 그녀가 다가오는 모습만 봐도 헨리는 금방 알아볼 게 뻔했다. 동료 형사들에게 알리지 않고 그를 또 놓친다면 스칼릿의 커리어는 영영 끝장날 판이었다.

그러므로 지금껏 열심히 노력해 쟁취한 모든 것을 걸고 모험해야 한다면, 스칼릿은 다른 옷을 입어야 했다.

죽은 여인의 드레스를 입은 여인

스칼릿은 모범 택시 문을 열고 가랑비가 부슬부슬 내리는 메릴본 하이 스트리트에 내렸다. 차가 떠나자 어두운 거리 상점 창문에 비친 자신의 모습이 눈에 띄었다. 비가 계속 내렸지만, 마치 다른 사람을 보듯이 자신의 모습을 빤히 바라봤다. 그녀는 부드럽게 물결치듯 목 아래로 내려온 머리카락을 만지작거리며, 꿈을 꾸는 것처럼 멍한 상태에서 두 시간을 보내고 어떻게 여기까지 오고 말았는지 궁금해졌다.

스칼릿은 창문에 비친 자기 모습을 보면서, 자신이 가장 아름다워 보일 때가 죽은 여인의 드레스를 입고 그 여인의 보석으로 치장했을 때라는 사실이 어떤 의미일지 생각했다. 그녀는 죽은 여인이 애지중지 아꼈던 옷과 물건을 뒤지기까지 했다. 갈까마귀도 틀림없이 그렇게 했을 터였다.

하지만 스칼릿은 그녀의 마음을 괴롭히는 죄책감을 잠재우고 자신의 행동은 필요에 의한 것이라고 스스로 설득했다. 얄팍한 마이너스 통장으로는 도저히 이런 고가의 명품옷을 감당할 수 없다. 시간도 빠듯해서 집에 다녀올 수도 없을 뿐더러, 오늘 밤을 위해 한껏 치장하고 나오면 텔레비전을 보고 있던 마크가 질문 공세를 퍼부을 게 뻔했다.

물론 그건 모두 자신의 행동을 정당화하려는 시도에 불과했다.

진실은 이러했다. 그녀는 세상 무엇보다도 호화로운 펜트하우스에서 화려한 드레스를 몇 번씩 갈아입으며 멋을 부려보고 싶었다. 그때 본 에메랄드빛 빅터 & 롤프 드레스를 그날 아침 이후 구글에서 여섯 번이나 검색했다. 천장에 난 채광창 너머로 보이는 구름이 석양빛을 머금고 붉게 타오르는 동안 그 욕실을 독차지할 수 있다면, 스파 비용쯤은 낼 용의가 있었다. 그녀는 오늘 같은 밤을 즐길 권리가 있었다. 엘리노어에게 빚을 진 셈이었다. 하지만 빗속에 서 있는 지금, 마법이 풀리기 시작했다.

"대체 지금 뭐 하는 거니?" 스칼릿은 창문에 비친 자신의 모습을 바라보며 물었다. 무모한 행동에 따른 부담이 갑작스럽게 그녀를 무겁게 짓눌렀다. '돌아버린 딜레이니'란 별명은 어쩌면 그렇게 틀린 말은 아닐지도 몰랐다.

스칼릿은 택시를 다시 부르려고 돌아섰지만, 택시는 이미 모퉁이를 돌아 사라졌다. 때마침 하늘에 구멍이라도 뚫린 듯 비가 억수같이 쏟아졌다. 자신보다 드레스가 망가질까 봐 걱정이 앞선 스칼릿은 황급히 길을 건너가 그 고급 음식점의 캔버스 차양 밑으로 몸을 피했다. 어떤 남자가 한 커플을 리무진까지 배웅하고 스칼릿에게 달려와 진작 열어드리지 못해 죄송하다며 문을 열고 그녀를 맞았다. 스칼릿이 그 특권층의 세계에 속한 사람이라는 듯이.

"오, 아니에요. 저는 그냥…" 대답을 하다가 거리 아래쪽에 있는 택시가 스칼릿의 눈에 들어왔다. 차가운 빗줄기가 헤드라이트 빛을 받아 반짝였다. 하지만 그녀는 자신을 환영하는 듯한 입구를 다시 돌아보았다. 멋진 선율의 소리가 따뜻한 공기에 실려 은은하게 들려왔다. "고마워요." 그녀는 미소를 지으며 안으로 들어섰다.

스칼릿의 맥박이 빨라졌다. 실내에 들어서자 분위기가 일순간 변했다. 사람들이 대화하며 웃는 소리가 음악 소리와 섞여 부드럽게 울리며 칵테일처럼 은근히 취하게 했다. 화려한 샹들리에는 기품 있는 고객들 머리 위에서 나른하게 빛났다. 샹들리에마다 모양이 독특했고, 실내에 촛불을 비추는 듯한 분위기를 연출했다. 맨 끝에는 폭넓은 계단이 굽이굽이 돌아 분위기 좋은 바에 연결되어 있었다. 그곳에는 자리 안내를 기다리는 사람들의 모습이 샹들리에 불빛 사이로 깜박거렸다. 그들은 마치 반짝반짝 빛나는 별들 사이에 앉은 듯했다.

✦✦✦✦

실내 가운데 테이블에 앉아 있던 헨리는 에메랄드빛 드레스를 입은 붉은 머리 여인이 계단을 우아하게 올라가 고급스러운 바로 들어가는 모습을 보고 잠시 정신이 팔렸다.

"네?" 헨리는 건너편에 앉은 러시아 남자에게 다시 주의를 집중했다. 그 남자는 술독에 빠졌다 나온 듯 술 냄새가 진동했으며, 전날 만남 이후 옷을 갈아입지도 않았다.

"당신은 음식에 손도 대지 않는다고 말했어." 남자는 닭다리를 손으로 잡고 게걸스럽게 물어뜯으며 헨리에게 툴툴댔다.

"네. 음식에 뭔가 빠진 것 같아서 그래요."

러시아 남자는 어깨를 으쓱했다. "그럼… 오늘은 재수 없는 날이었네. 그럴 수도 있지 뭐."

헨리는 상대방 남자의 머리 옆으로 몸을 기울여 초록빛 드레스를 입은 여인이 바에 자리 잡고 앉는 모습을 지켜봤다. "장담하는데, 제 고용주께서는 당신에게 나머지 절반의 돈을 주시지 않을 겁니다."

러시아 남자는 입에 음식을 가득 넣고 우물거리며 고개를 크게 끄덕였다. "아무렴, 어련하시겠지. 장담하는데, 난 이미 받은 돈은 돌려주지 않아."

헨리는 눈살을 찌푸렸다. "그렇게 장담할 수 있을지 잘 모르겠군요." 헨리는 사업 얘기를 하려고 수프 그릇을 옆으로 치웠다.

"이봐, 친구. 이건 위험한 게임이야. 내 부하가 여덟 명이나 죽었고 뉴스에서는 그 사건 얘기만 떠벌린다고." 그는 테이블 나이프를 헨리에게 겨눴다. 나이프가 있었다는 걸 그제야 알아차린 게 분명했다. "우선 말이야, 선수금은 당신네를 위해서 위험을 떠안은 내가 가지는 게 맞아. 값비싼 정장을 입는 당신네가 손을 더럽히지 않게 했잖아." 그는 입가에 조소를 머금고 헨리를 위아래로 쳐다보다가 한숨을 쉬었다. "당신 쪽 사람들한테 말해. 계집애들을 더 데리고 올 수 있다고. 전과 같은 조건이지만 5퍼센트 깎아 줄게… 공급망에 예상치 못한 문제가 생겼으니까."

"5퍼센트." 헨리는 고개를 끄덕였다. "꽤 후하시군요."

러시아 남자는 "난 원래 손이 큰 사람이야."라고 말하듯 두 손을 번쩍 들어 보였다.

"그런데 말입니다." 헨리는 극적인 효과를 강조하듯 턱을 문지르며 말을 계속했다. "우린 사실 여자애들이 필요하지 않아요… 필요한 적도 없었죠. 사실은… 한 명만 필요했어요. 게다가 오늘 아침 그 아이를 찾았습니다."

러시아 남자는 나이프를 탁 내려놓고 똑바로 앉았다. 그는 헨리가 술을 한 모금 마시고 시간을 확인하는 모습을 뚫어지게 바라봤다.

"5분 전, 제 동료들이 스트랫퍼드에 있는 밸류 클린 세차장과 카센터를 기습했어요." 헨리는 쾌활한 어조로 계속 말했다. "거기가 당신의 범죄 행각을 숨기는 위장 사업체 맞죠?" 러시아 남자는 대답하지 않았다. "거기 있던 사람들 전부 지금쯤 죽었을 겁니다. 당신이 거기에 숨겨둔 돈과 다른 물건들을 전부 회수했을 거고요."

러시아 남자는 바짝 긴장한 기색이 고스란히 드러났다. 당황한 얼굴에 땀방울이 송골송골 맺혔다.

"잘 됐죠, 그렇죠?" 헨리가 조롱했다. "이쯤에서 확실한 사실을 하나 알려드리죠. 사실, 오늘 아침 당신 부하 여덟 명을 해치운 사람은 바로 나예요. 당신네 본거지를 찾아내려고 어제 내가 준 돈 봉투에 추적기를 숨긴 사람도 나예요. 어젯밤 거기 몰래 침입해 여자들을 실은 화물 컨테이너 정보를 알아낸 사람도 나예요. 그리고, 물론, 당신이 저 예쁜 웨이트리스에게 추파를 던지며 10분 동안 걸신들린 듯 뜯어먹은 치킨에 독약을 넣은 사람도 나예요."

러시아 남자는 캑캑대며 앞에 놓인 접시를 공포에 질린 눈으로 내려보다가 멀리 밀어냈다. 이제 그는 땀을 비 오듯 흘리며 이미 절반은 열린 셔츠에서 단추를 하나 더 풀었다. 입술을 축이려고 부들부들 떨리는 손으로 간신히 물잔을 드는 동안 목에 걸린 금목걸이는 무성한 가슴 털에 엉켰다.

헨리는 건너편에 앉은 남자가 손의 힘을 완전히 잃는 모습을 지켜보며 아무 말없이 술잔을 빙빙 돌렸다. 러시아 남자는 이제 겁에 질린 채 숨소리만 간신히 낼 수 있었다. “이제 마비되는 겁니다.” 헨리는 유쾌한 목소리로 설명했다. “3분에서 5분 정도 있으면 폐도 마비될 겁니다. 조금 있으면 숨도 쉬지 못할 테고 그러면…” 그는 손도 대지 않은 수프 그릇을 들어 조심스럽게 남자 앞에 내려놓으며 말했다. “…그릇에 코나 처박으시지 그래.” 헨리는 어두운 미소를 지었다.

러시아 남자는 살려달라는 듯 절박한 눈으로 헨리를 바라봤다. 이제 그의 얼굴은 시뻘겋다 못해 터질 듯했다.

헨리는 남은 술을 느긋하게 다 마시고 자리에서 일어나 재킷 단추를 채웠다. “잠깐 실례합니다, 파블로프 씨. 위에 가봐야겠어요.”

⁂

화려한 바에 앉은 스칼릿은 누가 지켜보고 있다는 느낌이 불편해서 술만 찔끔찔끔 마셨다. 집중되는 관심이 신경에 거슬리다 못해 진절머리가 났다. 그녀는 자신을 바라보는 시선을 피해 칵테일 메뉴판을 들고 자세히 들여다보는 척했다. 그러다 음식점 쪽을 힐끗 보니 헨리가 자리에 없었다. 그녀는 재빨리 화장실 근처와 출입구 쪽을 차례로 훑었다. 하지만 그는 보이지 않았다. 같이 저녁 식사를 하던 손님이 아직 테이블에 앉아 있어서 다급한 마음을 그나마 진정시킬 수 있었다.

그때 뒤에서 귀에 익은 목소리가 들렸다.

"스카치위스키 더블로 주세요. 얼음 넣어서요."

"맥캘란으로 드릴까요, 손님?"

"아주 좋아요. 18년산으로요. 12년산 말고."

"탁월한 선택이십니다."

스칼릿은 반응하지 않기로 마음먹고 칵테일 메뉴판에 다시 집중하며 헨리에게 들키지 않도록 얼굴을 가렸다. 식당의 유리 지붕을 때리는 빗줄기는 더 강해져 밤하늘에 뜬 달이 희미하게 보였다. 그녀는 메뉴판 페이지를 넘겼다. 헨리가 빤히 쳐다보는 게 느껴졌다.

"어떻게 그게 가능하기나 한 걸까요?" 헨리가 말문을 열었다. "이렇게 멋진 드레스가 주인공의 빼어난 매력 중에서 다섯 번째에 불과하다니."

스칼릿은 기가 막혀 헛웃음이 나오려 했지만 억지로 참았다. "겨우 다섯 번째에요?" 그녀는 칵테일 메뉴판에서 조금도 눈을 떼지 않고 자신 있는 척했다.

"실수했네요. 여섯 번째에요. 미소도 매력적이라는 걸 방금 알았어요."

그녀는 전혀 감명 받지 않은 게 분명했다. "내가 눈을 굴리는 건 어떻게 생각해요?"

헨리는 큰 소리로 웃었다. 바텐더가 위스키를 가져오자 가격을 확인하지도 않고 신용카드부터 건넸다. "앉아도 될까요?" 헨리는 그녀 옆의 등받이 없는 의자를 가리키며 물었다.

"그러세요." 백단향과 향나무 향이 매력적으로 혼합된 향이 두 사람 사이의 공간을 갑자기 채웠다. 스칼릿은 그 향을 들이마시지 않으려 애썼다. 그에 비하면 마크는 평범한 바디 스프레이와

타버린 토스트 냄새가 났다.

"누굴 기다리고 있는 건가요?"

"아마도요." 그녀는 애매모호하게 대답했다.

"남편? 남자친구?… 데이트?"

그녀는 대답하지 않았다.

"…여자친구?" 그는 희망을 잃은 듯했다. "…동료 수녀님?"

스칼릿은 자기도 모르게 웃음을 터뜨렸다. "아마도요." 그리고 미소를 지으며 물었다. "당신은요?"

"누굴 기다리는 건 아니고, 볼 일 때문에 여기 왔어요. 하지만 곧 여길 떠날 거예요…" 헨리는 똑바로 앉아 아래쪽 테이블을 유심히 살폈다. "네… 지금 당장이라도." 그는 손목시계가 잘 동작하는지 확인차 톡톡 두드리더니 다시 그녀에게 온전히 집중했다. 두 사람 주변의 나직한 대화 소리는 세차게 쏟아지는 빗소리에 묻혀 잘 들리지 않았다. 사람들로 꽉 들어찬 공간에 그 둘만 존재하는 듯했다. "다쳤어요?"

"네?"

헨리는 스칼릿의 손목 안쪽을 부드럽게 만졌다. 화장으로 감출 수 없었던 작은 상처 수십 개가 팔을 따라 나 있었다. 그녀는 뜨거운 것에 덴 것처럼 움찔하며 팔을 뺐다.

"별거 아니에요… 알키… 내 고양이 짓이에요." 스칼릿은 재빨리 변명거리를 생각해냈다. "전에… 끔찍한 일을 당했거든요. 그래서 다리가 세 개밖에 없어요." 그녀는 설명을 덧붙였지만 횡설수설하고 있었다. 이 비밀 작전을 준비하는 동안 자신은 거짓말에 능한 적이 한 번도 없었다는 사실을 까맣게 잊고 있었다.

"다리가 세 개만 있는 고양이 알키라…" 헨리는 싱긋 웃었다.

"자, 더 자세히 얘기해 줘요."

"싫은데요."

"싫으면 말고요." 그는 다시 소리 내 웃었다. 그녀의 기분이 이랬다저랬다 하자 헨리는 재미있어하는 듯했다. "그럼, 이름이 어떻게 되세요??"

"'오늘 밤 꼬시려고 했는데 넘어오지 않은 여자'라고 불러주실래요?" 스칼릿이 제안했다. 그녀는 자신이 창조해낸 인물에 다시 빠져들었다.

"이런." 순간 헨리는 당황하며 유리잔에 담긴 호박색 위스키로 시선을 돌렸다.

"스칼릿." 그녀는 장난이 좀 지나쳤다는 걸 알고 이름을 밝혔다.

"스칼릿." 헨리는 고개를 끄덕였다. 그는 스칼릿에게 넋을 잃은 표정이었다. "예쁜 이름이군요."

"고마워요"

"스칼릿, 저는 헨리 맥캘란입니다." 그는 한쪽 손을 내밀며 자신을 소개했다.

"맥캘란?"

"맥캘란." 헨리는 그 이름이라고 확인했다.

"방금 바텐더가 따라준 게 맥캘란 위스키 아니었나요?"

"그랬죠." 그는 아무것도 모르는 척 어깨를 으쓱했다. "그 이름하고 관계 없어요."

"으음. 그럼 전 스칼릿 말리부—코크예요. 중간에 하이픈으로 연결되어 있어요." 스칼릿은 드디어 기회를 포착했다. 그녀는 헨리의 얼굴을 똑바로 보며 그의 손을 꽉 잡았다. 헨리는 그녀가 누군지 알아보겠다는 표정으로 점점 바뀌었다. 어느새 그의 손목에 수갑이 단단히 채워졌다.

헨리는 수갑으로 연결된 두 사람의 손을 흥미롭다는 눈길로 내려다봤다. "제가 이 상황을 오해하고 있는 건 아닌지 정말로 확실히…"

"당신을 체포합니다." 스칼릿이 쏘아붙였다.

헨리는 한숨을 푹 쉬었다. "글쎄요, 그러면 지금처럼 완벽하게 기분 좋은 대화를 망칠 뿐입니다. 딜레이니 형사님." 그는 스칼릿이 대단하다는 듯 미소 지었다. 이 상황을 스칼릿의 예상보다 훨씬 더 즐기고 있는 듯했다. "몰라봤어요… 믿을 수 없을 만큼 멋져요. 거울을 들이받아 부서뜨리는 편이 당신에게 어울리긴 하지만." 헨리는 농담을 던지고 술잔을 잡으려 손을 뻗었지만, 수갑이 팽팽하게 당겨지자 답답한 듯 얼굴을 찌푸렸다. "우리 둘 다 술잔을 들어야 하는 손에 수갑을 꼭 채워야 해요?"

"꼭 그렇진 않죠." 스칼릿이 활짝 웃었다. 헨리가 팔을 어색하게 뻗어 술잔을 잡으려 하자 스칼릿은 그녀의 술잔을 들고 한 모금 마시며 그를 조롱했다.

"아, 당신의 왼쪽 손이 내…" 헨리는 말끝을 흐렸다. 굳이 말할 필요가 없었다. "자, 이제 어떻게 할 건가요? 당신도 술을 마셨어요. 이런 꼴로 지하철이라도 탈까요?"

스칼릿은 헨리의 말을 무시하고 경찰 신분증을 찾아 핸드백을 뒤지며 바텐더를 부르려 했다. 하지만 신분증이 없자 조그맣게 욕설을 내뱉었다.

"혼자서 날 여기까지 쫓아왔다니 흥미롭군요." 젊은 바텐더가 다른 손님의 칵테일을 준비하는 동안 헨리가 계속 말했다. 스칼릿이 전혀 반응이 없자 헨리는 그녀를 유심히 살폈다. "기다리는 동안 술 한 잔만 더 할래요?… 내가 살게요."

"고맙지만, 난 근무 중이에요." 스칼릿은 정신이 딴 데에 가 있는 듯했다. 그녀는 다시 바텐더의 주의를 끌려고 애썼다. 얼마 안가 그냥 포기하고 한 손으로 휴대전화를 힘들게 꺼내 잠금을 해제했다. 그녀는 차라리 직접 경찰에 신고하는 편이 낫겠다고 마음먹었다.

"네. 실은, 나도 할 말이 있어요." 헨리는 취기가 돈 목소리로 입을 열었다. "같이 저녁을 먹고 있던 저 러시아 남자는 친구가 아니에요. 사실, 저 인간은 지금까지 우리가 만난 사람 중에 가장 최악의 인간 말종일 겁니다."

휴대전화를 귀에 댄 스칼릿은 헨리가 언급하는 남자를 내려다봤다. 그녀를 지원할 인력이 여기 도착하면 이 상황을 어떻게 설명할지 머리를 짜내느라 그의 말을 한 귀로 듣고 한 귀로 흘렸다.

"난 여기 놀러 온 게 아닙니다. 나도 일하고 있었어요."

"저 남자를… 조사하고 있었어요?" 그녀는 아무것도 모르는 듯 순진하게 물었다.

"아직도 내가 그런 일을 하는 사람 같아요?" 헨리는 큰 소리로 웃었다. "아뇨… 아뇨. 난 저 남자를 죽이러 왔어요."

스칼릿은 소스라치게 놀랐다.

"음, 엄밀히 따지면." 그는 약간 어색해했다. "벌써 죽였어요. 독살했어요. 솔직히 난 저 남자가 어떻게 지금도 똑바로 앉아 있는지조차 모르겠어요."

"맙소사!" 스칼릿은 작은 소리로 중얼거리며 거의 죽은 채 앉아 있는 남자를 다시 내려다봤다. "빨리 응급조치를 해야죠!" 그녀는 긴급신고번호로 전화를 하기 위해 걸고 있던 전화를 끊었다.

헨리는 입술을 지그시 깨물었다. "정말 그렇게 하긴 싫지만, 만약 내가 저 남자를 돕고 싶다고 한들 저 남자는 누가 도착하기 훨씬 전에 죽어있을 겁니다." 그는 팔을 뻗어 휴대전화를 든 스칼릿의 손을 내려놓게 했다. "일이 이렇게 되었으니, 진짜 해결하기 쉬운 조그만 문제가 하나 생겼어요. 경찰이 들이닥쳐 손님들에게 물어보고 다닐 겁니다. 손님들은 내가 그 남자와 저녁 먹던 사람이었다고 알려주겠죠. 경찰이 여기 바텐더와 이야기하고 나면, 사복 입은 경관이… 그건 당신이고요. 여기 앉아 용의자… 그건 나예요. 둘이 술을 마시며 시시덕거렸다는 걸 알아내겠죠. 고작 6미터 떨어진 데서 사람이 죽었는데도요. 아무리 객관적으로 봐도 별로 좋게 들리지 않아요."

"난 위장 근무 중이었어요! 당신한테 접근하려고요!"

헨리는 싸우지 말자는 듯 두 손을 들었다. "이봐요, 나야 당연히 그 사실을 알고 있죠. 물론 그 얘기는 안 하겠지만. 하지만 정말 알아요."

"젠장!" 스칼릿은 두 손으로 머리를 감싸며 투덜댔다.

"해결책을 제시할까요?"

"맞춰 볼게요. 당신을 그냥 보내라는 거죠?"

헨리는 어깨를 으쓱했다. "그건 아무래도 별로인가 보군요. 그 얘긴 나중에 다시 하죠. 하지만 내가 하려던 말은 우린 여길 떠야 한다는 거예요. 당장."

"여길 뜨자고요?"

"당장." 헨리는 했던 말을 되풀이했다. "여기에 없어야 둘 다 신상에 좋을 거예요. 그러니까, 저 남자가…"

"죽을 때."

"네, 저 남자가 죽을 때요. 그때 우린 둘 다 여기에 없어야 해요. 난 실력이 무척 좋은 변호사를 알아요. 그 사람이 여러 번 말하길, 조금만 거리를 둬도 골치 아픈 일에서 벗어날 수 있다고 해요. 우린 밖으로 나가 걸어가기만 할 거예요. 나한테 계속 수갑을 채워 두세요. 지원 인력이 도착하면 이렇게 말하면 돼요. 당신은 내 신원을 확인한 후에 뒤따라 나와서 날 체포했다고 말이죠. 그렇게만 해주면 난 그 보답으로 이 대화를 없던 일로 할게요. 아까 낮에 만났을 때 벌어진 일, 당신이 잊어버리고 싶은 그 자세한 내용도 포함해서요. 당신이 오늘 밤 혼자 나를 쫓아왔다는 건 증명하고 싶은 게 있다는 뜻이겠죠." 스칼릿은 망연자실한 표정으로 러시아 남자를 다시 내려다봤다. "자, 1분 1초가 급해요." 헨리는 그녀를 재촉했다.

"나도 알아요! 하지만 당신을 어떻게 믿죠?"

"아, 날 믿지 마세요. 절대 믿으면 안 돼요. 하지만 이렇게 특별한 경우라면, 날 믿을 수 있고 반드시 믿어야 해요. 서둘러요. 코트 챙기고요."

짜증 난 스칼릿은 사람들이 꽉 들어찬 음식점에 혼자 앉은 러시아 남자를 곁눈질로 살폈다.

"침을 흘리고 있어요." 스칼릿이 들릴락 말락 한 소리로 알렸다. "아주 많이."

"네, 좋지 않아요… 나가야 해요." 헨리가 재촉했다.

"아, 미치겠네!" 스칼릿은 말을 잇지 못하고 자리에서 일어났다. 두 사람의 손목을 연결한 수갑이 당겨지면서 헨리도 따라 일어났다. 두 사람은 러시아 남자의 몸이 종잡을 수 없이 흔들리는 모습을 지켜봤다. 그러다 기적처럼 잠시 괜찮아진 듯했지만, 남자는 앞으로 엎어져 수프 그릇에 얼굴이 푹 빠졌다.

불행한 사건이었지만 헨리는 쿡쿡 터져 나오는 웃음을 참을 수 없었다. 그는 스칼릿이 수갑을 채운 걸 깜박한 채 주먹을 슬그머니 쥐어 올리며 승리를 자축했다. 스칼릿이 못마땅한 눈으로 그를 쏘아봤지만, 몇 초 지나지 않아 모든 상황이 엉망으로 틀어지고 말았다.

근처에 앉은 여자 손님이 찢어질 듯한 비명을 지르고 만 것이다. 그녀의 남편이 영웅처럼 달려와 야채수프 범벅이 된 러시아 남자를 자리에서 끌어내 바닥에 눕혔다. 다른 손님 몇 명도 깜짝 놀라 자리에서 벌떡 일어났다. 그중 한 남자는 불타는 아이스크림 케이크*를 웨이터에게서 넘겨받으려다가 갑자기 일어나는 바람에 그와 부딪혔다. 불타는 아이스크림 케이크는 웨이터의 손을 떠나 바닥에 쓰러진 러시아 남자의 몸에 떨어졌다. 그는 평소에 독한 보드카를 즐겨 마시고 옷을 잘 갈아입지 않아서 그런지 온몸에 불이 옮겨 붙어 불타는 허수아비처럼 타올랐다. 실내가 아비규환에 빠지고 화재경보가 울리자, 천장에 달려있는 스프링클러가 작동하면서 샹들리에가 사방에서 흔들리고 합선되어 깜박였다.

"와우. 일이 이렇게 빨리 커지다니." 헨리는 얼굴에 달라붙은 젖은 머리카락을 뒤로 넘기며 스칼릿을 쳐다봤다. "맹세하지만, 보통 때는 더 깔끔하게 처리해요."

스칼릿은 멍한 표정이었다. 헨리의 말이 들리지 않는 듯했다. 사람들이 출구로 우르르 몰려가는 모습을 넋 나간 듯 바라보며 새

* flambéed Bombe Alaska, 아이스크림 케이크 위에 머랭을 올려 토치 또는 술로 불을 붙여 내는 디저트

로운 계획을 짜낸 헨리의 표정이 변하는 것도 몰랐다.

"딜레이니 형사님?" 스칼릿은 반응하지 않았다. "형사님!"

그러자, 이번에는 스칼릿이 헨리를 쳐다봤다.

"가만히 있어요." 헨리가 말했다.

"네?" 어리둥절한 스칼릿이 얼굴을 찌푸리기도 전에 헨리는 그녀를 끌어당겨 몸을 돌렸다. 그리고 자신의 가슴에 스칼릿의 등을 밀착시키고 그녀의 목에 한쪽 팔을 감아 세게 눌렀다. 스칼릿은 결박에서 벗어나려 발버둥을 쳤지만, 점점 힘이 빠졌다. 마침내 눈앞이 캄캄해지며 정신을 잃었다.

기절

스칼릿의 눈꺼풀이 파르르 떨리다가 번쩍 떠졌다. 유리창에 톡톡 부딪히는 빗소리만 들렸다. 저 아래 반짝이는 도시가 눈에 들어왔다. 주위가 핑 도는 듯 어지러워 머리에 손을 얹자 움찔하고 놀랐다. 베개는 축축했고 머리카락은 아직 젖어 있었다.

스칼릿은 간신히 몸을 일으켜 앉았다. 체중이 실릴 때마다 침대 스프링이 삐걱거렸다. 왼쪽 손목이 무엇인가에 걸려 있었다. 당황한 그녀가 손을 다시 끌어당기자, 침대 옆 의자에 앉아 졸고 있던 헨리가 잠에서 깼다.

아직 상황 파악은 덜 되었어도 잠에서 거의 다 깬 스칼릿은 몸을 일으켜 문을 향해 서둘러 걸음을 옮겼다. 겨우 두 발짝 디뎠는데 손목에 걸린 수갑이 팽팽하게 당겨졌다. 그녀는 볼썽사납게 공중에 붕 떴다가 바닥에 쿵 떨어지는 바람에 움직이지도 못했다.

"아야!" 스칼릿은 고통스러워했다.

"아!" 헨리도 동시에 고통스러워하며 어깨를 문질렀다. 그는 구두와 물에 젖은 재킷을 (최대한) 벗고 흰 셔츠 소매를 걷어 올린 차림이었다. 화가 난 헨리는 그녀를 똑바로 내려다봤다. "도대체 뭐 하는 겁니까?" 헨리가 물었지만, 스칼릿은 대답 대신 그의 허벅지를 사납게 걷어찼다. 헨리의 생각에 그녀는 다른 곳을 걷어차려 했던 듯했다.

"내가 뭘 하냐고요? 나한테 뭐 하냐고 물은 거예요?!" 스칼릿이 날카롭게 쏘아붙였다. "방금 난 날 납치한 사람에게서 도망치려 한 거예요!"

"날 수갑 채운 사람은 당신이에요. 기억나요?"

"날 죽이려 했잖아요!"

"아니에요."

"목을 졸랐잖아요!"

"목을 '잡은' 거예요. 네, 그건 사과할게요, 하지만 그때 상황이 안 좋게 흘러갔어요. 우리가 제대로 떠날 준비를 하려면 시간이 한참 걸리겠다고 생각했거든요." 헨리가 유쾌하게 말했다.

"내가 지금 도와달라고 소리 지르지 않아야 할 합당한 이유를 하나만이라도 대 봐요." 스칼릿이 요구했다.

"마음대로 해요. 어차피 아무도 못 들을 테니까." 헨리는 어깨를 으쓱하더니 텔레비전 리모컨 쪽으로 손을 뻗었다.

스칼릿은 수갑이 채워져 있지 않은 손으로 관자놀이를 누르며 눈을 감고 흐트러진 기억을 정리하려 애썼다. "도대체 여긴 어디죠?" 그녀가 물었다. "왜 이렇게 높은 곳에 있는 거예요? 난 내가 죽은 줄 알았어요. 처음 눈 떴을 때는 천국으로 올라가는 줄 알았다고요."

"글쎄요, 크게 틀리진 않아요." 헨리가 말했다. "여기는 파크 레인 힐튼 호텔 프레지덴셜 스위트룸이에요. 28층이죠."

"내가 여길 어떻게 왔죠?" 스칼릿은 화가 치밀어 올라 이를 갈았다. 혼란스러운 마음은 조금도 가시지 않았다.

"안고 왔어요."

스칼릿은 뭔가 말하려고 입을 열었지만, 순간 주저했다. 이 위험하고 낯선 사람이 그녀를 안고 비가 쏟아지는 길거리를 걸어왔다니 도저히 그림이 그려지지 않았다.

"…어떤 술 취한 남자에게 20파운드를 주고 부탁했어요." 헨리의 말을 듣자 조금 전 그 이미지가 사라졌다.

헨리는 술잔을 집어 들었다. 술잔 주변에는 다 비운 미니어처 위스키 병들이 흩어져 있었다.

그러자 스칼릿은 자신이 얼마나 오랫동안 정신을 잃고 있었는지 궁금해졌다. "한잔할래요?"

"아니요." 그녀는 쌀쌀맞게 대답했다.

"바닥에서 일어나게 도와줘요?"

"…좋아요." 스칼릿이 중얼거렸다. 그리고 헨리가 그녀를 일으켜 침대 가장자리에 앉히며 재미있어하는 표정을 애써 못 본 척했다. "고마워요. 하지만 앞으론 절대 내 몸에 손대지 말아요." 그녀는 헨리에게 경고했다. "알아들었죠?"

"알아들었어요." 헨리는 진심으로 고개를 끄덕였다.

스칼릿은 자신이 입고 있는 드레스를 내려다봤다. 한때 아름다웠던 그 옷은 이미 엉망이 되었다. 이제 더는 에메랄드빛도 아니었고 하늘거리지도 않았다. 이제는 축축하고 미끈거리는 해초로 몸을 둘둘 감은 듯했다. 보고 있자니 너무 우울해져 차라리 주변에 뭐가 있는지 살피기로 했다. 책상 위에서 반짝이는 편지 개봉용 칼이 눈에 먼저 띄었다. 거실 창 너머로 희미한 구름이 떠가고 있었다. 도시의 빛은 사방에서 반짝반짝 빛났고, 조그만 자동차들은 반딧불처럼 어둠 속을 휙휙 움직였다.

"핸드백에서 열쇠를 찾아봤어요."

헨리의 말을 듣고 스칼릿은 제정신으로 돌아왔다.

"내가 가방에 손댔다고 언짢아하지는 마세요. 열쇠는 없었어요. 보시다시피." 그는 두 사람을 연결한 수갑을 쨍그랑 울리며 말을 덧붙였다. "찾았더라면 룸서비스를 주문했을 거예요."

"우린 방금 음식점에서 왔잖아요." 스칼릿은 건성으로 대답하고 침대 위 핸드백으로 손을 뻗었다.

"그렇긴 하네요. 수프를 주문하긴 했는데… 뭔가 둥둥 떠다녔어요." 헨리는 능청스럽게 웃었다.

"…죽은 러시아 남자가 떠다녔다는 농담인가요?"

"네."

"아주 재미있군요." 전혀 재미있지 않다는 말투였다. "열쇠가 분명 여기 있었는데!" 스칼릿은 답답한 마음에 소리를 지르며 가방 내용물을 이불 위로 몽땅 쏟았다. "아아, 답답해! 당신 정도면 수갑 정도는 금방 딸 수 있지 않아요?"

"물론 할 수 있어요… 하지만 당신이 내 도구를 가져갔잖아요." 헨리가 강조했다.

"아아! 정말이지 완벽하군요." 스칼릿은 씁쓸히 웃었다. "암살범과 수갑을 차고 이렇게 높은 호텔 방에 갇혀 있다니."

"엄밀히 따지면," 헨리가 불쑥 끼어들었다. "나는 해결사지 암살범이 아니에요. 차이점이 있어요."

"아! 그러시군요. 기분 나빴다면 진짜 미안해요." 스칼릿이 빈정대며 쏘아붙였다. "부탁인데, 당신의 특별한 범죄 행위는 일반적인 범죄 행위와 어떻게 다른지 좀 알려 주세요. 사건을 '해결'한다는 게 정확히 무슨 말이죠?"

헨리는 괜한 말을 꺼냈다는 표정이었다. "난 주로 사람들을 암살하면서 사건을 해결해요." 그는 곤혹스럽다는 듯 중얼거렸다. "미묘한… 차이가 있어요."

스칼릿은 짜증을 버럭 내며 고개를 마구 저었다. "완전 엉망이야!" 그녀는 침대에 벌러덩 드러누웠다. 그러자 헨리의 팔도 같이 당겨져 하마터면 그의 어깨에서 빠질 뻔했다. "오늘 오후 분장실에서 진짜 뭘 하고 있었던 거예요? 이번엔 거짓말 말아요."

"말했잖아요. 프란체스카 라벨르 살인 사건을 조사했어요. 내가 한 말은 99퍼센트가 사실이에요."

"사설탐정이라고 했잖아요."

"알았어요. 그건 나머지 1퍼센트 거짓이었어요." 헨리가 인정했다. "하지만 에드거 크루즈가 연쇄 살인범을 잡아달라고 날 고용한 건 사실이에요."

"그럼 두 사람이 감방에 같이 들어가면 되겠군요." 스칼릿은 다시 일어나 앉아 뭔가 불안한 듯 방을 둘러봤다.

"괜찮아요?" 헨리가 물었다.

스칼릿은 불편해 보였다. "네, 그냥… 화장실이 급해요."

"왼쪽 두 번째 문이에요" 헨리가 말했다.

스칼릿은 수갑이 채워진 왼손을 치켜들고 더는 못 참겠다는 표정을 지었다.

"아!" 헨리는 얼굴을 찡그렸다. "…이런."

"쳐다보지 말아요!"

"안 봐요!"

"듣고 있잖아요!"

"저기, 나보고 어쩌라는 거예요?"

"뭐라도 좋으니 노래를 불러요." 스칼릿의 왼쪽 팔은 욕조를 향해 쭉 뻗어 있었다. 그녀는 헨리에게 욕조에 들어가 서 있게 했고, 샤워 커튼을 잡아당겨 두 사람 사이를 가렸다.

"세상에, 쪽팔려 죽겠네."

"나라고 뭐 좋은 줄 알아요?"

"노래하라니까요!"

설마, 음정은 제대로 맞춰 부르겠지, 스칼릿은 헨리가 빌 위더스의 『햇빛이 비치지 않아(Ain't No Sunshine)』를 부르는 동안 박자에 맞춰 볼일을 보면서 참담한 기분이 들었다.

"됐어요!" 스칼릿은 변기에서 일어나 물을 내렸다. "노래 실력이 그리 나쁘지는 않네요?"

"그렇게 생각하니 다행이군요." 헨리는 예의 바른 신사처럼 스칼릿을 위해 샤워 커튼을 들어 올렸다. "들어가시죠."

"네?"

"내 차례예요."

스칼릿의 미소 띤 얼굴은 똥 씹은 표정으로 바뀌었다.

"…어서요!" 헨리가 재촉했다.

스칼릿은 땅이 꺼질 듯 한숨을 쉬고 고개를 끄덕였다. 그리고 욕조로 들어가 샤워 커튼을 닫았다.

스칼릿은 헨리가 만든 음료를 한 잔 마시기로 했다. 그녀는 침대에 앉아 오른손으로 마크에게 사랑한다고, 기다리지 말고 먼저 자라고 짧은 문자 메시지를 보냈다. 헨리는 바닥에 앉아 수갑의 잠금장치를 여느라 고군분투했다.

"저기," 헨리가 입을 열었다. 그는 구부러진 머리핀을 잡고 수갑을 푸는 작업에 열중하고 있었다. 수갑이 채워진 스칼릿의 왼손은 헨리의 가슴께에 축 처져 있었다. "고백할 게 있어요."

스칼릿은 잔뜩 지친 눈으로 그를 내려다봤다.

"…아까 당신이 기절했을 때—"

"뻗었을 때 말이군요… 당신 때문에."

헨리는 발끈하더니 다시 입을 열었다. "아까 당신이 나 때문에 뻗었을 때, 몇 군데 전화했어요. 수갑을 채운 사람이 누군지 알고 싶은 건 당연하잖아요."

스칼릿은 불편한 듯 앉은 자세를 이리저리 바꿨다. "그래서요?"

헨리는 바로 대답하지 않았다. 그는 드디어 수갑을 열 수 있다는 희망에 차서 잠금장치에 꽂힌 머리핀을 바라봤다. 하지만 뭔가 딱하고 부러지는 소리가 났다. 헨리는 반 동강이 난 머리핀을 아까 부러뜨린 머리핀 옆에 놓았다. 벌써 네 개째였다. 그리고 또 달라는 듯 스칼릿에게 손을 내밀었다. 그녀는 짜증이 나서 눈을 굴리며 머리핀을 뽑아 건넸다.

"난 당신이 누군지 알아요."

"내가 누군데요?" 스칼릿은 고개를 빳빳이 들었다.

"먼저, 딜레이니는 당신 어머니의 처녀 때 성이에요. 당신은 외동딸이고요. 여섯 살 때 아일랜드를 떠나 여기로 왔어요. 본명은 스칼릿 오캘러핸. 당신 아버지는 키어런 오캘러핸이죠. '행운의 칼잡이'라는 별명으로 알려졌죠."

스칼릿은 반응하지 않았다. 하지만 숨이 점점 빨라졌고 얼굴은 감정을 드러내지 않으려 굳어졌다.

"키어런 오캘러핸은 연쇄살인 과정에서 그 어울리지 않는 별명을 얻었어요." 헨리는 말을 계속했다. "아일랜드인이고 순전히 운이 좋아 오랫동안 잡히지 않았기 때문이죠. 그는 피해자들에게 몰래 접근해 결박하고 고문했어요. 7개월 동안 여덟 명의 여인이 살해되었죠. 전부 붉은 머리였어요. 그의 딸처럼. 마지막 한 명은 예외였어요. 바로 당신 어머니였죠. 어린아이였던 당신이 뒤뜰에서 놀 때 당신 아버지에게 살해되었죠."

"그만." 스칼릿이 작은 소리로 말했다.

"당신 어머니가 남편의 범죄 행각을 알아냈다더군요. 그래서—"

"그만하라고 했잖아요!" 스칼릿은 버럭 소리를 질렀다. 자리를 박차고 나가고 싶었지만, 헨리도 같이 끌려 나올 생각을 하니 별 의미가 없을 것 같았다. 두 사람은 한동안 아무 말도 하지 않았다. "참 잘했어요. 내 뒷조사를 철저히 했군요."

"당신을 화나게 할 생각은 없었어요." 헨리의 목소리는 차분했다. 그는 다시 잠금장치를 여는 일에 집중했다. "그런 아버지를 둔 당신을 내가 정말 대단하다고 생각한다는 걸 알아줬으면 했어요."

진토닉을 마시려던 스칼릿은 그 말을 듣고 콧방귀를 뀌었다.

"진심이에요. 연쇄 살인범의 딸이 강력계 형사가 되었잖아요." 헨리는 믿을 수 없다는 듯 고개를 절레절레 흔들었다. "사실 그건 쓰레기 같은 삼류 소설에나 나올 법한 이야기에요. 난 당신이 오늘 밤 왜 혼자 날 쫓아왔는지 처음엔 전혀 이해하지 못했어요. 그건 무모했어요. 하지만 이젠 알겠어요. 당신의 가치를 증명하려면 당신은 남들보다 10배는 더 열심히 해야 했겠죠. 사람들은 당신이 마침내 무너져서, 그동안 자기들이 몰래 뒷담화한 말들이 사실이었다는 걸 증명해 주길 기다리고… 또 바라고 있을 걸요. 당신 아버지가 어떤 잘못을 저질렀든, 어떤 유전자를 물려받았든, 뇌가 어떻게 잘못되었든 언젠가 그 정체가 드러나길 바라고 있겠죠."

스칼릿은 울컥했다. 꼭꼭 숨겨뒀던 속마음이 큰 소리로 방송되는 듯했다. 하지만 그녀는 속마음이 그렇다고 비난받기는커녕 칭찬받고 있었다.

"우린 서로 다른 세계에서 왔어요." 헨리가 말했다. "그런데 지금은 우리의 관심사가 일치하는 것 같아요. 우린 서로를 돕고 자원을 합칠 수 있어요. 합법적이든… 덜 합법적이든. 공동의 목표를 위해서."

"런던 경찰청이 가진 전체 자원과 교환하는 대가로 당신은 나한테 구체적으로 뭘 제공할 건데요?" 스칼릿은 조롱하듯 대꾸했다.

"먼저, 난 갈까마귀가 올드 플레이하우스 극장에서 어떻게 살인했는지 알아요." 헨리가 의기양양하게 말하자 스칼릿의 표정이 순간 변했다. "런던 경찰청은 아무도 모르죠. 난 이 분야의 전문가예요."

"그럴 듯한 가설을 세웠다고 해도 그건—"

"시신을 찾았어요." 말이 쓸데없이 길어지지 않도록 헨리는 그녀의 말을 끊었다. "난 그 여자가 어떻게 범행을 저질렀는지 알아요."

"…그 여자?"

"아직은 예감일 뿐이에요. 다른 희생자들도 어떻게 죽였는지 밝혀낼 방법도 알아요. 우린 끝내주는 팀이 될 거예요. 당신하고 나 말이에요. 갈까마귀를 막아내고 싶어요? 그럼 내 말대로 하면 돼요."

"막을 건가요? 아니면 죽일 건가요?"

헨리는 잠시 어떻게 대답할지 고민했다. "당신 아버지가 거리에서 사살되지 않고 평생 감옥에 갇혔더라면 지금 이 세상은 더 살기 좋은 곳이 되었을까요? 솔직히, 과거를 바꿀 수 있다 해도, 정말 그렇게 하고 싶어요?"

스칼릿은 헨리를 외면했다.

"휴전을 제안할게요. 임시 파트너십을 맺도록 하죠. 스칼릿 오캘러핸, 당신은 갈까마귀를 혼자 힘으로 찾아낸 형사가 될 거예요. 그러면 당신이 팀에 꼭 필요한 인재라는 건 반박할 수 없는 명백한 사실이 되겠지요."

"갈까마귀를 찾고 난 뒤에는요?" 스칼릿의 목소리가 잠겼다. 그녀는 자기 입에서 그런 말이 나오자 깜짝 놀랐다.

헨리의 얼굴에 자신감 넘치는 미소가 스쳤다. "그럼 우리 파트너십은 끝나요." 헨리는 그저 어깨를 으쓱했다. "전부 없던 일이 되는 겁니다."

"난 당신이 갈까마귀를 죽이지 못하게 할 거예요." 스칼릿이 말했다.

"난 당신이 갈까마귀를 산 채로 잡아가지 못하게 할 겁니다." 헨리가 말했다.

"가장 멋지게 속이는 사람이 이기는 걸로 하죠?" 스칼릿은 헨리를 똑바로 바라보며 제안했다.

헨리는 미소 지었다. 조금도 물러서지 않는 스칼릿의 불굴의 투지가 그를 또 놀라게 했다.

"잠을 좀 자 두는 게 어때요? 난 계속 수갑을 풀어 볼게요. 그리고 바로 극장에 갈 겁니다."

스칼릿은 잠이라는 말을 듣자마자 하품이 절로 나왔다. 그녀는 남은 술을 마저 비우고 침대에 좀 더 편히 누웠다. 때맞춰 빗소리가 점점 더 커졌다. "여기서 내가 1초라도 잠이 든다고 생각한다면, 그건 엄청난 착각이에요."

"좋을 대로 해요."

"그런데… 갈까마귀는 어떻게 한 걸까요?" 스칼릿이 중얼거렸다.

"내일 얘기해요."

헨리의 대답은 벌써 혼잣말이 되어버렸다. 스칼릿은 머리가 베개에 닿는 순간 조용히 코를 골며 단잠에 빠졌다.

그러자, 헨리는 잠금장치에 꽂은 머리핀을 빼서 다른 머리핀 옆에 놓았다. 그러더니 주머니에서 조그만 은빛 열쇠를 꺼냈다. 그는 손목에서 수갑을 풀고, 수갑 체인에 걸려 있던 재킷도 빼냈다. 그리고 스칼릿이 자는 모습을 잠시 바라봤다. 헨리는 슬픈 미소를 지으며 스칼릿에게 재킷을 덮어주고 몸을 기울여 그녀의 귓가에 대고 속삭였다. "가장 멋지게 속이는 사람이 이겨요."

14장

중력을 이길 수는 없어요

스칼릿은 노크 소리에 잠이 깼다.

여기가 어딘지 까맣게 잊고 있던 스칼릿은 헨리가 문 쪽으로 걸어가는 모습을 멍하니 바라봤다. 그는 빳빳한 새 지폐로 팁을 주고 음식이 담긴 카트를 끌고 왔다.

"아. 일어났군요!" 헨리가 인사했다. "발코니에서 아침 식사 어때요?" 헨리는 대답을 기다리지 않고 햇빛 비치는 발코니로 카트를 끌고 나갔다.

지난밤 기억의 파편이 조금씩 맞춰지기 시작했다. 드레스, 멘델레예프 바, 몸에 불이 붙은 남자, 불편하기 짝이 없던 화장실 사용, 마지막으로 피도 눈물도 없는 살인범과 맺은 합의가 생각났다. 두 사람은 서로의 필요 사항을 충족시키는 한 파트너가 되기로 했다.

"아, 미치겠네!" 스칼릿은 숨이 턱 막혔다. 우선 휴대전화로 마크에게 사과 문자를 급히 보냈다. 왼쪽 손목이 깨끗한 걸 보고 손목을 문질렀다. 풀린 수갑은 옆 테이블 위에 덫처럼 놓여 있었다.

"커피 마셔요?" 헨리의 목소리가 발코니 문 너머에서 들렸다.

"금방 가요!" 스칼릿은 큰 소리로 대답했다. 밤새 덮고 잔 담요는 알고 보니 진짜 담요가 아니었다. 그녀는 헨리의 정장 재킷을 치우고 자리에서 일어나 침대에서 나왔다. 화장실에 들려 입안을 헹구고 남아 있는 화장을 지웠다.

스칼릿은 거울에 비친 모습을 응시했다. 축축하게 젖은 그대로 입고 잔 초록빛 드레스는 상태가 끔찍했다. 잔뜩 주름이 가서 이제는 쪼글쪼글 말라붙은 티슈 같았다. 그녀는 드레스를 도저히 손볼 수 없어서 두꺼운 실내용 가운으로 갈아입고 헨리가 있는 발코니로 나갔다.

"잘 잤어요?" 헨리가 미소 지으며 인사했고 스칼릿은 자리에 앉았다. 그는 따뜻한 음식이 담긴 쟁반의 금속 덮개를 열었다. 스칼릿은 그 안에 담긴 음식을 한 번 쳐다본 뒤 크루아상을 집어 들었다.

"잠금장치를 열었네요?" 누가 봐도 분명한 사실이었다.

"네, 결국엔 성공했어요. 우유 넣어요?" 헨리는 스칼릿의 커피잔에 우유를 갖다 댔다.

"아니요, 고마워요. 여는 데 얼마나 걸렸어요?"

"좀 걸렸어요… 설탕은요?"

"아니요."

헨리는 어깨를 으쓱하더니 설탕을 테이블에 내려놓았다. "주스 마셔요?"

"아니요! 날 억지로 먹이려 들지 말고 빌어먹을 질문에 대답이

나 해요!"

헨리는 주스 병을 내려놨다. "몇 시간 걸렸어요."

"날 깨웠어야죠."

"한밤중이었어요. 우린 오늘 아침 갈 데도 있었고요. 게다가, 당신은 잠을 꼭 자야 했어요. 먹어요." 헨리는 따뜻한 접시에서 음식을 덜어 먹다가 스칼릿이 아직도 그를 빤히 쳐다보고 있다는 걸 알았다. "왜요?"

"주스 병 좀 줄래요?" 스칼릿이 중얼거렸다. "…우유랑… 설탕도."

10분 후 헨리는 냅킨으로 입가를 닦았다. "보여줄 게 있어요." 그는 소년처럼 해맑게 웃으며 일어났다. 다 식은 토스트 한 조각을 손에 든 헨리는 두 사람과 하늘 사이를 갈라놓은 발코니 난간과 창문가 쪽으로 걸어갔다. 스칼릿이 꼼짝도 하지 않자 그는 초조한 눈빛으로 돌아봤다. 마침내 스칼릿이 헨리 옆으로 왔다.

"이걸 떨어뜨리면 어떻게 될까요?" 토스트를 든 헨리가 물었다.

이번에는 스칼릿이 초조해하며 그를 쳐다봤다.

"어서요. 대답해 봐요" 헨리가 재촉했다.

"음, 대략 30층 정도를 떨어져…," 스칼릿은 발코니 너머를 바라봤다. 현기증이 나면서 시야가 흐려졌다. "저기 관광버스에서 내리는 관광객을 깜짝 놀라게 하겠죠." 그녀는 천천히 숨을 쉬며 현기증을 가라앉혔다.

"진짜 확신해요?"

"커피를 마저 마시고 싶은데요?" 스칼릿이 지루해했다. 그러자 헨리는 토스트 조각을 허공으로 휙 던졌다. "안 돼! 하지 말아요!" 스칼릿은 숨 막힐 듯 놀라 장난꾸러기 아이처럼 손으로 입을 막고 토스트 조각이 빙글빙글 돌며 멀리 떨어지는 모습을 지켜봤다. "진짜 던지다니 제정신이에요?"

헨리는 장난기 어린 표정을 지었다. "어젯밤 바에서 독약 먹고 수프 그릇에 얼굴 박고 죽었는데 몸에 불까지 붙은 남자 기억하죠?"

"네… 잊고 싶지만 여전히 기억나요."

그때 갑자기 새카만 그림자가 나무 꼭대기 사이를 스쳐 지나갔다. 커다란 새가 저 아래 콘크리트 바닥으로 곤두박질치더니 토스트 조각을 공중에서 낚아채 하늘 높이 날아올랐다.

그 모습을 본 스칼릿이 깔깔거리며 웃었다. 놀라워하는 그녀의 얼굴을 보며 헨리도 미소 지었다. "한번 해 봐요." 헨리는 고개를 끄덕이며 스칼릿에게 던져 보라고 부추겼다. 그녀는 잠시 주저하다가 먹다 남은 크루아상을 허공으로 휙 던졌다. 아래로 얼마 떨어지지도 않았는데 새가 또 날아와 잽싸게 채갔다. "또 해볼래요?" 헨리가 물었다.

스칼릿은 고개를 끄덕이며 테이블에서 토스트 조각을 가져와 난간으로 왔다.

스칼릿이 토스트를 반으로 나누자 헨리가 옆으로 왔다. "당신 긴장을 풀어주려고 이렇게 해 봤어요. 당신은 우리 합의가 엉망진창으로 끝날 거라고 생각할 수도 있겠죠. 하지만 앞으로 어떤 결과가 일어날지는 아무도 모르는 거예요."

"아! 여기로 또 와요!" 다른 큼직한 새가 두 빌딩 사이를 미끄러지듯 날아오자 스칼릿이 그쪽을 가리켰다. 그 새는 첫 번째 조각은 놓쳤지만 두 번째를 낚아채는 데 성공했다. 스칼릿은 공원 위를 훌쩍 날아가는 새를 울적한 얼굴로 바라봤다.

"의외네요." 스칼릿이 헨리를 바라보며 말했다. "당신이 낙관론자일 줄은 몰랐어요, 데블린 씨."

헨리는 얼굴을 찡그렸다. "왜요? 당신은 어떻길래요?" 그는 흥미로워하며 물었다.

"내 생각에… 토스트는 어느 쪽이든 불행한 운명이에요. 피할 수 없는 종말을 향해 떨어지는 거죠. 그걸 막을 수 있는 방법은 없어요. 새들이 하는 짓은 토스트가 땅에 부딪히기 전에 고통에서 벗어나게 해주는 거 뿐이죠. 어차피 결과는 같아요. 토스트는 이제 더이상 존재하지 않죠. 중력을 거스를 수는 없어요."

두 사람은 잠시 아무 말 없이 서 있었다. 헨리는 스칼릿이 한 말의 의미가 뭔지 생각했다. 그때 따뜻한 바람이 테이블 위의 빈 주스 병 위로 불어 왔다.

"또 던져도 돼요?" 스칼릿의 얼굴에 반항하는 듯한 웃음이 다시 떠올랐다.

"물론이죠."

스칼릿은 아침 식사 테이블로 걸어가 뭘 던질지 고민하다가 블랙 푸딩*을 골라 공중으로 힘껏 던졌다. 마침 저 아래 보이는 관광버스에서 관광객들이 내리기 시작했다.

"저기요, 어디 가는 거예요?" 스칼릿이 물었다. 헨리는 커피잔을 들고 발코니 문으로 걸어가던 중이었다.

"아, 난 여기 숨어 있으려고요. 저 새들은 블랙 푸딩을 좋아하지 않아요." 헨리가 초콜릿 빵을 입에 물고 서둘러 실내로 들어가자 스칼릿의 얼굴은 실망한 표정으로 바뀌었다.

---

* Black Pudding, 돼지 피를 넣어 만드는 소시지

교묘한 속임수

스칼릿은 헨리의 스웨터와 그것에 어울리는 운동복 바지도 빌렸다. 발에 맞지 않는 운동화도 호텔 프런트 옆에서 빌려 신었다. 완벽하진 않았지만, 적어도 이 옷차림은 범죄 현장을 방문하는 과정에서 다 망가져버린 이브닝드레스 차림보다는 적절했고 쓸데없는 질문을 유발할 가능성도 작았다.

두 사람은 호텔 밖에서 블랙캡 택시를 탔다. 둘은 차 안에서 스칼릿의 몰골이 왜 그 모양인지, 헨리는 왜 그녀와 같이 왔는지, 런던 경찰청 형사라는 인간이 신분증도 챙기지 못할 만한 사정이 무엇인지 등을 설명하려고 복잡한 스토리를 만들어냈다. 죽은 여인의 아파트에서 드레스를 훔쳐 입느라 신분증을 깜박 놓고 왔다고 말하면 좋게 들리지 않을 터였다.

하지만 이 모든 사전 작업은 처음부터 시간 낭비였다. 올드 플레이하우스 극장 무대와 연결된 문 앞에 땀을 뻘뻘 흘리며 나타난 젊은 남자는 별다른 의심 없이 그냥 두 사람을 들어오게 했다.

스칼릿과 헨리는 같은 표정으로 서로를 쳐다봤다. 앞에 걸어가는 젊은 남자에게서 시큼한 땀 냄새가 뒤로 솔솔 풍기는 데다가, 복도마저 어두컴컴해서 폐소공포증을 불러일으키는 듯해서였다.

"이곳이 현재 수사 중인 범죄 현장인 것은 알고 계시죠?" 스칼릿이 불쑥 물었다. 그녀는 한 손으로 코와 입을 막고 있어서 말소리가 웅얼웅얼했다. 아무나 들어오게 허락하시면 안 돼요."

헨리는 그녀를 바라보며 '대체 뭐하는 짓이에요?'라고 소리 없이 입만 벙긋거렸다. 앞에 가던 남자가 돌연 걸음을 멈추자 두 사람은 움찔해서 한 발짝 뒤로 물러났다.

남자가 말했다. "자, 그렇다면 신분증 좀 보여주세요."

스칼릿은 불안한 마음으로 제자리에서 발을 동동 거렸다. "사실은요, 신분증에 얽힌 사연이 있어요. 저기, 우리가 호텔에 묵었는데… 음, 우리 둘 모두는 아니에요. 그러니까, 네, 우리 둘 다 호텔에 묵었지만, 따로 있었어요. 서로 다른 호텔이었어요. 우리 둘 다 따로 묵었고, 그리고—"

"그건 제 알 바 아니고요." 땀 냄새를 풀풀 풍기던 남자가 버럭하더니 복도를 따라 계속 터덜터덜 걸었다.

"참 잘했네요." 헨리가 조그맣게 빈정댔다. 그러면서 스칼릿이 분장실 문 앞에 다다를 때까지 그녀를 째려봤다.

"고마워요!" 스칼릿은 다시 무관심한 태도로 바뀐 그 직원에게 감사를 표했다. 그는 두 사람이 거기 있다는 걸 아예 잊어버린 듯 멈추지 않고 계속 걸어갔다.

"저 사람은 정말 남의 일에 신경 쓰지 않는 젊은이군요." 헨리가 말했다.

그들이 도착한 문간에는 찢어진 경찰 통제선 테이프가 싸구려 장식처럼 문틀에 너덜너덜 붙어 있었다.

"레이디 퍼스트." 헨리는 문을 열고 스칼릿을 따라 들어갔다. 두 사람 모두 분장실 구석에 있는 부서진 전신 거울에 대해 한마디도 하지 않았다.

"자, 어디 한번 당신 의견을 들어볼까요." 스칼릿이 헨리에게 말했다.

"우선 그날 사건을 시간 순서대로 한 번 더 나한테 설명해 줘요." 헨리가 분장실을 한 바퀴 돌며 말했다.

"중간 휴식시간에 이디스 도나휴 여사는 무대에서 내려와 이곳에서 비서와 잠시 대화를 나눴어요. 7분 뒤, 도나휴 여사는 전화로 누군가에게 크게 화를 내요. 남편에게 음성메시지를 남기는 거였어요, 내 기억이 맞다면요. 휴식시간이 끝날 때쯤 비서가 분장실 앞으로 돌아와요. 여사가 아직도 전화기를 붙잡고 화내는 소리가 들려요. 비서는 꼼짝 않고 문 밖에서 대기해요. 전화 통화가 끝나고 약 1분 뒤에 비서가 문을 열고 분장실에 들어갔더니 아무도 없었어요. 비서는 서둘러 공연장으로 달려가고, 거기서 도나휴 여사의 절단된 머리를 발견했어요. 몸통은 못 찾았어요. 창문 두 개에 설치된 안전 창살들도 그대로였고요." 스칼릿이 헨리에게 설명했다.

"수사 결과 어디까지 알아냈어요?" 헨리는 계속 분장실 안을 서성이며 물었다.

스칼릿이 한숨을 쉬며 말을 이었다. "희생자는 화장실에서 목이 잘렸어요." 그녀는 사방이 타일로 된 서늘한 화장실로 들어갔다. "샤워실은 깨끗하게 청소되었지만, 루미놀 반응을 보니 혈흔이 검출되어 파랗게 빛났어요. 마치 도쿄 스트립쇼 극장처럼요. 절단된 목 부분은 깔끔했어요. 톱 말고, 톱니 달린 피아노 줄에 잘린 것처럼요. 갈까마귀가 살해한 다른 희생자들도 마찬가지였죠. 현장에서 지문이 약 백만 개쯤 검출되었고, 수사에 전혀 도움이 되지 않아요. 어쨌든 이번 사건은…" 스칼릿은 어깨를 으쓱했다. "물리적으로 불가능해요."

"아뇨, 불가능하진 않아요." 헨리는 그녀의 말을 정정하고 잠시 생각했다. "하지만 무척 교묘하군요."

"빨리 말해 봐요." 스칼릿은 팔짱을 꼈다.

"우리가 품어야 할 첫 번째 의문은 뭐죠?" 헨리가 스칼릿에게 물었다.

"당신은 갈까마귀가 어떻게 살인하고 사라졌는지 안다면서요. 날 갖고 놀거나 깔보지 마세요."

"깔보는 게 아니에요." 헨리의 목소리는 차분했다. "문답을 통해 스스로 깨닫게 해주려는 겁니다."

"정확히 뭘 깨닫게 하려고요?"

"경찰처럼 생각하지 말고… 범인처럼 생각하는 방법을요. 자, 우리가 제일 먼저 품어야 할 의문은 뭘까요?"

스칼릿이 화난 목소리로 말했다. "범인은 어떻게 90초 안에 사람을 죽여 목을 절단한 다음 머리 없는 시신을 치우고, 사실상 밀폐된 분장실에서 몰래 빠져나가서, 절단한 목을 무대에 가져다 놓을 수 있었을까요?"

"틀렸어요." 헨리는 단정하듯 말했다.

"틀렸다고요?"

"당신은 교묘한 속임수 때문에 다른 데 정신이 팔렸어요. 그 여자가 원하는 게 바로 그겁니다. 비서가 문밖에서 대기할 때, 희생자도 살인범도 이 분장실에 분명히 없었어요… 그 비서가 어떤 소리를 들었든지 간에 말이죠. 자, 우리가 품어야 할 첫 번째 질문은 뭐죠?"

"비서는 이미 죽은 도나휴 여사의 목소리를 어떻게 들었죠?"

그 말에 헨리가 비로소 고개를 끄덕였다.

스칼릿은 짜증이 나서 얼굴을 찌푸리고 분장실을 둘러봤다. 테이블 위 꽃병에는 시든 꽃들이 꽂혀 있었고, 그 옆에는 대본이 펼쳐져 있었다. 선반 위에는 향초들이 놓여 있었고, 신문 기사 스크랩이 보였다. 그리고… "스피커!" 스칼릿이 불쑥 내뱉었다. 스칼릿은 스피커가 있는 쪽으로 걸어가 자세히 살폈다. 이제는 한물간 스마트폰이 올려진 받침대와 그 뒤로 빠져나온 회색 전선이 눈에 띄었다. 스칼릿이 스피커를 살펴보고 있는데, 그 장치에서 알림이 세 번 크게 울리더니 깊고 허스키한 목소리가 울려 퍼졌다.

"우린 어떤 분야에 종사하든 끊임없이 배워야 합니다. 특히 현대 문물에 대해서."

스칼릿은 방금 그 소리는 뭐냐는 듯 헨리를 쳐다봤다.

헨리는 자신의 휴대전화를 들어 보였다. "블루투스." 그리고 설명을 이어나갔다. "좀 전에 당신이 들은 소리는 내가 인터넷에서 찾은 도나휴 여사의 인터뷰 음성이에요. 당신은 알 거예요. 적절한 사운드 바이트* 몇 개만 있으면 가짜 대화 음성을 만들어내는 건 별로 어렵지 않죠. 자, 그럼 우리가 품어야할 다음 의문은요?" 헨리가 그녀에게 재촉했다.

---

* TV 뉴스나 방송에서 화자의 발언 중 중요한 부분만 짧게 따서 내보내는 것을 의미

“그 여자는 목 없는 시신을 어떻게 밖으로 옮겼을까요?” 스칼릿이 물었다.

“거긴 사람들이 많은 극장이에요. 그걸 잊지 말아요.”

“그럼 대체 시신을… 어디에 숨겼을까요?”

헨리가 쭈그리고 앉자 스칼릿도 옆에 따라 앉았다. 그는 울퉁불퉁한 바닥과 벽 사이에 길게 벌어진 틈을 채운 실리콘 자국을 가리켰다. 스칼릿도 따라 앉았다. “노랗게 변색됐어요.” 그는 실리콘 자국을 따라 한쪽 구석을 지나 그 옆의 벽 아래도 살폈다. “여기도 노랗게 변했군요.” 그다음 벽 아래도 살폈다. “여기도요.” 그는 자리에서 일어나 조용한 구석으로 자리를 옮겼다. 그곳에는 옷을 걸어두는 행거가 있었고, 맞은편에는 커다란 벽걸이 거울이 걸려 있었다.

”이 실리콘 자국은 얼마 안 된 거 같아요!” 스칼릿은 너무 놀라 숨이 턱 막혔다. 벽을 두들기자 속 빈 강정처럼 그 안쪽이 비어 있었다.

헨리는 주머니칼을 꺼내 스칼릿에게 건넸다. “자, 이걸 써요, 형사님.”

조심스럽게 칼을 받아든 스칼릿은 칼날에 묻은 핏자국을 보고 경악했다.

“아, 미안해요. 닦아줄게요.” 헨리는 행거에 걸린 코트 자락으로 핏자국을 쓱 닦아 다시 칼을 스칼릿에게 건네고 분장실 안쪽으로 한 걸음 물러났다.

스칼릿이 채워진 지 얼마 안 된 실리콘에 칼날을 푹 찔러 넣고 엉성하게 만든 벽을 따라 쭉 긋자 검은 선이 만들어졌다. 심장이 쿵쾅쿵쾅 뛰었다. 그녀는 헨리를 쳐다봤다. 헨리는 한번 해보란 듯 씩 웃었다. 스칼릿은 허술하게 세워진 그 벽을 향해 돌아서서 안쪽을 들여다보게끔 한쪽 구석을 칼로 크게 뜯어냈다.

"뭔가 보여요! 저 뒤에 뭔가 있어요!" 스칼릿은 잔뜩 흥분하여 헨리에게 알렸다. 그녀는 뜯어낸 곳에 손가락을 집어넣어 벽을 좀 더 뜯어냈고, 마침내 한쪽 손 전체를 벽 속으로 집어넣었다. "느낌이… 매끄럽고… 딱딱해요." 스칼릿은 뭔지 잘 모르겠다는 듯 손을 더 깊이 집어넣었다. 어쩐지 역겨워하는 헨리의 얼굴은 눈에 들어오지도 않았다.

스칼릿은 벽을 조금씩 더 떼어 냈다. 두 손으로 떼어 내자 먼지가 구름처럼 뿌옇게 피어올랐다.

"딜레이니 형사님," 헨리가 그녀를 불렀다. "그건 별로 좋은 방법이 아닌…" 그는 말끝을 흐렸다. 스칼릿이 그의 말에 귀 기울여서가 아니라, 석고 보드로 만든 벽 판 전체가 움직이기 시작해서였다. "농담 아니에요, 형사님. 내가 한번—"

그때 벽이 한꺼번에 우두둑 뜯어지면서 벽 뒤에 있던 무거운 물체가 스칼릿의 몸 위로 쿵 쓰러졌다. 옷들이 걸린 행거로 넘어진 스칼릿은 일어나려고 발버둥을 쳤지만 소용없었다. 두꺼운 비닐로 단단히 묶인, 머리 없는 시체의 무게에 눌려 꼼짝할 수 없었다.

"헨리!" 스칼릿은 큰 소리로 그를 불렀다. 시체에 깔린 그녀는 혼자 힘으로 빠져나올 수 없었다. "헨리!"

스칼릿의 몸을 누르던 압박이 일순간 사라지자 그녀는 다시 숨을 쉴 수 있었다. 헨리는 비닐로 싸인 시체를 들어 올려, 임시 가벽이 가리고 있던 깊이 약 45센티미터 공간에 시체를 다시 세워 넣었다. "괜찮아요?" 헨리가 물었다.

"으음, 네." 다시 일어난 스칼릿은 눈에 보이지 않는 무언가를 아직도 뒤집어쓴 듯 몸을 몇 번씩 탁탁 털었다. "이럴 수가!" 그녀는 거친 숨을 몰아쉬며 조그맣게 중얼거렸다. 두 사람은 이미 저세상에 간 사람의 몸을 가만히 바라봤다. 머리는 절단되었지만, 무척 섬세해 보이는 그 몸에서 나와 비닐을 통과한 빛이 물 표면에서 반사되듯 희미하게 빛났다.

"정말 괜찮아요?"

"네." 스칼릿은 양쪽 볼을 볼록하게 부풀렸다.

"이 가벽은 여기서 제작한 듯해요." 헨리는 형형색색으로 칠해진 석고 보드 반대쪽 면을 보며 의견을 냈다. "오래전 무대 배경으로 쓰던 것의 일부일 수도?"

"그렇군요." 스칼릿은 아직도 약간 집중하기 어려웠다.

"내 추측으로는," 헨리는 분장실 안쪽으로 걸어 들어갔다. "그 여자는 여기 미리 들어와 있었어요. 살해당한 여배우와 비서가 중간 휴식시간이 시작될 무렵 여기 들어오기 전부터요. 화장실에 숨어 있었을 겁니다." 헨리가 그렇게 말하면서 가설을 하나 떠올렸다. "그렇게 숨어 있던 중에 희생자가 누군가에 전화를 걸어 음성메시지를 남겼을 수도 있겠죠. 그때 음성을 녹음해 뒀을 거예요."

스칼릿은 고개를 끄덕였다.

"그리고 살인범은…" 헨리는 이마를 찌푸렸다. "화장실에서 몰래 나와 미리 녹음해둔 오디오를 재생해서 스피커로 소리가 흘러나오게 합니다. 그리고 희생자 뒤에서 목을 졸라 죽여요."

헨리는 갈까마귀의 이동 경로를 따라 욕실로 들어가며 말을 계속했다. "그 여자는… 희생자를 끌고 샤워기가 있는 데로 가요. 희생자의 머리를 절단하고 몸통을 비닐로 단단히 감아요. 그동안 미리 녹음해 둔 희생자의 목소리는 계속 흘러나오고 있었겠죠. 그리고…" 그는 분장실 저쪽 구석에 세워둔 섬뜩한 시신 쪽으로 성큼성큼 걸어갔다. "미리 준비한 벽 뒷 공간에 시체를 넣고 실리콘으로 틈을 막아요."

헨리는 똑바로 걸어가며 스칼릿을 지나치기 직전에 몸을 휙 돌렸다. "그 여자는 화장실 바닥의 피를 씻어내고 늘 그렇듯이 전리품을 챙겨요. 그리고 잘라낸 머리를 어딘가에 넣어 숨긴 다음 분장실을 빠져나갔을 겁니다." 그는 복도로 나와 두 발자국을 걷더니 다시 멈추었다. "무대로 가는 길은 어느 쪽이에요?"

스칼릿은 헨리가 향하는 방향을 가리켰다.

"그 여자는 극장 직원 옷차림이었을 거예요. 살인을 계획하면서 여기 유니폼을 눈여겨봐 둔 거죠. 죽은 여인의 목소리가 복도로 계속 울리게 둔 채 분장실 문을 닫아요. 그리고 마무리 작업을 해요." 헨리는 서둘러 복도 문을 열고 나무 계단을 올라가 무대로 향했다. "희생자의 머리를 여기 놓아요. 커튼으로 가려져 보이지 않겠죠. 그리고 아무렇지도 않게 밖으로 나갑니다." 헨리의 목소리가 들떴다. 그는 불이 켜진 비상구 표시를 따라가 문을 밀고 눈부신 햇살 속으로 나갔다.

"이제 걸어 나가기만 하면 끝나요. 블루투스 연결이 끊기면서 미리 만들어 놓은 전화 통화 소리도 들리지 않죠. 수법이 무척 기발해요." 헨리는 큰 소리로 웃으며 살인범이 대단하다는 듯 고개를 가로저었다.

스칼릿도 대단하다는 표정으로 헨리를 바라봤다.

"축하해요, 딜레이니 형사님. 시신을 찾았으니 동료들에게 연락해야죠." 헨리는 미소를 지었다. "난 이만 사라질게요. 혹시 내 도움이 필요하다면, 오늘 밤 더 샤드*의 샹그릴라 호텔에 묵을 테니 그쪽으로 와요."

스칼릿은 고개를 끄덕였다. "저기요, 헨리." 그녀는 걸어 나가는 헨리의 팔에 손을 살짝 얹었다. "…고마워요."

****

길 건너편에서는 망원 렌즈가 부착된 카메라가 쉴 새 없이 찰칵대며 두 사람의 미묘한 표정 하나하나를 놓치지 않고 전부 포착했다. 붉은 머리 여자의 손이 남자의 팔에 필요 이상으로 오래 닿아 있던 순간, 극장을 나온 지 한참 되었는데도 남자의 눈가에 남아 있던 미소, 그리고 카메라와 눈이 마주치자 현장에서 발각된사실을 깨닫고 일그러진 남자의 표정까지, 그 모두를 사진에 담았다.

* The Shard, 런던의 지상 72층 고층 건물

범죄 현장 에티켓

프랭크는 프란체스카 라벨르의 침실 바닥을 검붉게 물들인 핏자국 위에 서서 방금 옷장 바닥에서 찾은 검은색 더플백을 쳐다봤다. 휴대전화가 울리자 그는 누구인지 확인하지도 않고 전화를 받았다. "프랭크 애쉬입—."

"프랭크, 저예요." 스칼릿이 인사했다. 프랭크는 더플백을 침대로 가져가 내용물을 꺼내기 시작했다. "지금 어디 계세요?"

"난…" 프랭크는 얼굴을 찡그리며 어디선가 본 듯한 블라우스를 한쪽에 놓았다. "커피 마시고 있어." 거짓말이었다.

"수사에 진진이 있었이요."

"말해 봐." 그는 대충 대답하고 싸구려 휴대전화 세 대를 하나씩 확인했다. 짧은 문자 메시지가 노키아 휴대전화 잠금 화면에 아직도 고정되어 있었다.

"올드 플레이하우스 극장으로 와 주세요."

"거긴 우리 관할 구역이 아니야." 프랭크는 그렇게 스칼릿에게 강조한 뒤, 자물쇠 따는 도구를 침대에 떨어뜨렸다.

"이젠 우리 관할이에요." 스칼릿이 반박했다. "방금 이디스 도나휴 여사의 시신을 찾았어요." 프랭크는 더플백 밑바닥에서 얇은 검은색 지갑을 발견하자 그게 뭔지 단번에 알아봤다. 그것은 바로 그의 재킷 주머니에도 들어있는 지갑. 즉, 런던 경찰청 소속 경관 모두가 소지한 지갑과 같은 것이었다.

"프랭크? 듣고 있어요?"

"응." 프랭크는 지갑을 열어보고 가슴이 철렁 내려앉았다. 신분증 위 오른쪽 모서리에 나온 사진을 보니 설마 했던 의심이 맞았다. "갈게."

****

올드 플레이하우스 극장을 둘러싼 도로는 이미 전부 차단되었다. 프랭크가 경찰 통제선 밑으로 몸을 숙이고 들어가자, 무릎에서 또 뚜둑 소리가 나는 바람에 정말 나이가 들었다는 생각이 들었다.

갈까마귀의 과거 살인 현장 중 한 곳에 경찰이 과도하게 배치되자 당연히 언론은 관심을 보였고, 할 일 없는 구경꾼 수백 명이 순식간에 모여들었다.

프랭크가 무대로 이어지는 문을 향해 걸어가고 있는데, 동료 형사인 리차드슨과 머피가 자동차 보닛에 걸터앉아 그를 향해 건성으로 박수를 쳤다. 그 두 사람은 담배를 피우면서 자신들이 해야 할 일을 빼앗아 무능한 신세로 만들어버린 동료들을 험담하려고 밖에 나온 게 분명했다. 프랭크는 그들을 동정하긴 했지만, 여느 때처럼 가볍게 무시하고 미로처럼 얽힌 어두컴컴한 복도로 들어섰다. 그는 검시관들이 지나가도록 옆으로 비켜섰다. 그들은 복도 모퉁이가 너무 비좁아 카트를 더는 밀고 갈 수 없어서 목 없는 시신이 담긴 포대를 직접 들고 밖으로 나가야 했다.

프랭크는 스칼릿의 목소리가 들리는 쪽을 따라 분장실로 들어갔다. 그리고 구석에 부서져 있는 전신 거울부터 벽에 기대 세워 놓은 뜯어진 석고 보드 벽판까지를 쭉 둘러봤다. 그는 현장감식 사진 촬영에 방해가 되자 일단 자리를 피했다. 보호 장비를 착용한 현장감식 요원들이 분장실을 샅샅이 수색하고 있었다.

"형사님!" 마스크를 쓴 사람 중 한 명이 스칼릿을 불렀다. "이것 보셨어요?"

스칼릿은 부러진 장신구 조각을 펜으로 올려 자세히 살폈다. "아니요. 못 봤어요. 그것도 증거물 봉투에 넣어 줄래요?"

누가 프랭크의 어깨를 톡톡 두드렸다. "지나가도 될까요?"

"아, 미안합니다." 프랭크는 옆으로 비켰지만, 다른 사람이 지나가려는 길을 또 가로막았다.

"실례합니다."

"미안해요."

"프랭크!" 스칼릿은 마침내 그를 발견하고 큰 소리로 불렀다. 프랭크는 걱정 어린 표정을 숨길 수 없어서 고개만 끄덕였다. "제가 해냈어요! 갈까마귀가 어떻게 했는지 알아냈어요!" 스칼릿의 미소는 조금 부자연스러웠나.

"잘 진행되고 있는 것 같네." 프랭크는 주위를 돌아봤다. "나랑 얘기 좀 하자. 밖에 있을게. 다 끝나면 찾아와."

"알았어요, 그런데 오래 걸릴 거예요. 수사를 지휘하는 건 이번이 처음이라서요." 스칼릿은 프랭크의 말투가 왜 그렇게 무뚝뚝한

지 알 수 없었다. "차라리 사무실에 돌아가셔서—"

"스칼릿!" 프랭크는 그녀의 말을 끊더니 눈을 똑바로 바라봤다. "얘기. 좀. 하자고."

****

"저기, 프랭크 봤어요?"

"못 봤는데요."

스칼릿은 길 안쪽에서 통화 중이던 또 다른 동료에게 다가가 물었다. "프랭크 봤어요?" 그는 극장 정문으로 이어지는 계단 중간쯤 혼자 앉아 있는 사람을 가리켰다. "고마워요."

스칼릿은 프랭크에게 걸어갔다. 두 사람을 둘러싼 경찰 통제선은 번잡한 이 도시의 중심에서 초현실적이고 평화로운 분위기를 자아냈다.

프랭크는 깊은 생각에 잠겨 테이크아웃 커피만 뚫어지게 쳐다봤다.

"좋아하실 줄 알았어요." 스칼릿은 실망한 눈치였다.

프랭크는 고개를 들고 힘없이 미소 지었다. "있잖아… 이런 상황에서는 지켜야 할 에티켓이 있어. 이건 리처드슨과 머피 담당이잖아."

"그것 때문에 이러시는 거예요?" 스칼릿이 쏘아붙였다. "그 성질 더러운 자식들이 나 때문에 체면 구겼다고 삐졌군요?" 그녀는 씁쓸히 웃었다. "그 둘 중에 또 누가 저랑 같이 일하기 싫다고 했어요? 제가 '언제 터질지 모르는 시한폭탄 같은 정신병자'라서 그랬다면서요?" 그녀는 그렇게 말하고 프랭크의 대답을 기다렸다.

"머피." 프랭크가 중얼거렸다.

"둘 다 엿 먹으라고 하세요." 스칼릿은 욕설을 내뱉었다. "제가 오늘 이 사건을 해결했잖아요. 그 자식들이 그게 싫다면, 어쩌면—"

"그 둘만 그러는 게 아니야. 그렇지?" 프랭크가 말을 끊었다. "난 네 사수야."

스칼릿은 한숨을 쉬었다. "시신을 찾자마자 제일 먼저 전화했잖아요… 공식 보고하기 전에요." 그녀는 프랭크 옆 계단에 앉았다.

"대체 여기서 뭘 했던 거야?"

"아시잖아요. 쓰레기 수거통 단서를 가지고 계속 알아봤어요. 여기에서도 땅바닥에 긁힌 자국이 있는지 찾아봤어요. 그런데 분장실 창문에 불빛이 비친 거예요. 그게 뭔지 알아보러 안으로 들어갔어요. 그때 그 임시 가벽을 찾았고, 그리고…" 스칼릿은 프랭크가 뭔가 골똘히 생각하느라 그녀의 말을 전혀 안 듣고 있다는 걸 깨닫고 말끝을 흐렸다.

마침내 해가 하늘 높이 떠올라 햇살이 두 사람이 있는 그늘진 옆길로 쏟아져 들어왔다. 자갈에서 반사된 햇빛에 프랭크의 커피 향이 더해져 프랑스 파리의 한 장면 같은 아련한 분위기가 연출되었다.

"왜 그래요, 프랭크?"

"옷은 왜 그렇게 입었어?" 스칼릿은 또 거짓말로 둘러대려고 입을 열었지만 멈칫했다. "아까 전화했을 때 난 커피를 마시고 있지 않았어." 프랭크는 사실대로 말했다. "범죄 현장에 있었어… 우리가 맡은 범죄 현장 말이야." 그는 잠시 말을 멈췄다. 하지만 스칼릿은 자초지종을 솔직하게 털어놓을 수 있는 마지막 기회를 또 넘기고 말았다. "누군가 거기 화장실을 사용한 흔적이 있었어. 욕조 배수구에 물기가 고였고, 화장품 위치가 달라졌던데. 누가 거기 왔다 갔어."

스칼릿은 죄책감이 들어 눈길을 돌렸다.

"그래서, 또 한 번 살펴봤어." 프랭크는 말을 계속했다. "그랬더니 네 옷가지와 선불폰 세 개, 네 신분증이 담긴 가방을 프란체스카 라벨르의 옷장 밑에서 발견했지. 그때 네가 내게 전화를 했어. 네가 오지 말았어야 할 범죄 현장에서 시신을 발견했다고 말이야." 그는 버럭 성냈다. "대체 무슨 꿍꿍이야?"

스칼릿은 눈을 내리깔았다.

"날 봐." 프랭크가 말했다. "스칼릿, 날 보라니까." 스칼릿은 프랭크의 눈을 바라봤다. "네가 어떤 짓을 해도 난 널 외면하지 않아. 골칫거리가 생겨 힘들어하면 난 널 반드시 구해낼 거야."

그녀의 눈에 눈물이 고이기 시작했다.

"하지만 무슨 일인지 말해주지 않으면 널 보호할 수 없어."

스칼릿은 괴로운 표정이었다. 전부 털어놓으려는 듯 입술이 약간 움직였지만, 마침 근처에 있던 차 문이 쾅 닫히고 엔진에 시동이 걸렸다. 동료 중 일부가 다른 곳으로 출동 명령을 받았다.

잠시 후 스칼릿은 자리에서 일어났다. "그 가방은 지금 어디 있어요?"

"차 트렁크에 있어. 에이거 스트리트에 주차해 놨어." 상처받은 듯한 프랭크는 차 열쇠를 그녀에게 던졌다.

스칼릿은 걸어가다가 걸음을 멈췄다. "저기, 프랭크, 전부 말할게요. 맹세해요. 다만… 지금은 아니에요. 그냥 절 믿어주실 수 있죠?"

프랭크는 슬픈 미소를 지으며 고개를 끄덕였다.

"리처드슨과 머피에게 사과할까요?" 스칼릿이 제안했다.

프랭크는 잠시 생각하더니 고개를 저으며 씩 웃었다. "아니, 엿먹으라고 해."

삼손과 델릴라

헨리는 르 프랑세 아 레트랑제 카페를 화창한 날 런던에서 기분 좋게 시간을 보낼 수 있는 최적의 장소라고 늘 생각했다. 이 도시의 음식점에서 야외 식사를 즐기려면 주로 보도와 도로 사이에 테이블 네 개가 비좁게 들어찬 장소에서 해야 하지만, 이곳은 몇 시간이고 한가하게 시간을 보내면서 방해받지 않고 신문을 읽으며 듀크 오브 요크 스퀘어 가장자리의 버락스 필드를 바라볼 수 있는 곳이었다. 누구나 부러워할 만한 위치였다.

이곳에 온 헨리는 조금 전에 주문을 했고 신문은 이제 1면을 읽었다. 아직은 평온한 주변 풍경을 즐기기 전이었지만 안타깝게도 어떤 딱딱한 물체가 찰칵하는 소리를 내며 그의 등을 꾹 눌렀다.

"깜짝 놀랐네! 이게 꿈이야 생시야?" 동유럽 억양이 강한 어떤 남자가 헨리의 귀에 대고 조그만 소리로 아는 척했다. "그 대단하신 헨리 데블린에게 들키지 않고 총을 들이대다니!"

"아, 펠릭스." 헨리는 뒤도 돌아보지 않고 인사했다. "정말 대단한데. 영어 실력도 많이 늘었군. 깜짝 놀랐다는 걸 요즘은 동유럽에선 무슨 색으로 표현하는지 잘 모르겠네."

"빨간색. 우리 업계는 늘 빨간색이었어."

"내가 졌어." 헨리는 옆에 있는 의자를 가리켰다. "앉을래?"

몸집이 거대한 그 유럽인은 품에 숨긴 총을 헨리에게 계속 겨누며 의자에 앉았다. 스테로이드 약물을 남용하며 몸만들기에 중독된 거인 같은 이 남자의 근육은 티셔츠를 찢어버릴 듯 울퉁불퉁 튀어나왔다. 목에 건 커다란 카메라는 가슴께에서 목걸이처럼 달랑거렸다. 두 팔을 복잡하게 휘감은 문신은 그의 파란만장한 과거를 그림책처럼 선명하게 보여줬다. 그는 갱단 소속으로 나쁜 짓을 일삼다 개과천선하여 군인으로 복무했고, 나중에는 변심하여 종합 격투기 선수로 살았다. 그는 면도를 깨끗하게 하고 머리는 바짝 짧게 깎았다. 적의 손에 잡힐 것을 하나라도 줄이려는 습관에서였다.

남자는 의기양양하게 웃었다. "널 죽일 수도 있었어. 아까 말이야. 탕! 콧대 높은 영국 남자는 사라지고 말았겠지. 실력이 예전 같지 않아, 헨리."

남자는 흐뭇해했고, 헨리는 느긋하게 미소 지으며 신문을 옆으로 치웠다. 그때 웨이트리스가 쟁반을 들고 돌아왔다. 그녀는 헨리에게 하얀 거품 위에 알파벳 H를 새긴 플랫 화이트 잔을 건넸고, 펠릭스 앞에는 코코아 파우더로 알파벳 F를 그려 놓은 커다란 카푸치노 잔을 놓았다. 펠릭스는 느닷없이 따귀라도 얻어맞은 듯 그녀를 쳐다봤다.

"무지방 우유하고 무설탕 헤이즐넛 시럽 한 샷만 넣으시는 거

맞죠?" 웨이트리스는 펠릭스의 놀란 얼굴을 의식하고 다시 한 번 확인했다.

"네… 맞아요." 펠릭스는 웨이트리스가 떠나자 총을 더 깊숙이 숨겼다.

"카메라 멋진데." 헨리는 커피를 한 모금 마시고 한마디 했다.

"맞아. 내가 죽일 놈들을 확인할 때 쓰지. 창녀와 놀아나는 남편들도 찍어. 무척 아름다운 자연도 찍지."

"자연을 찍는다고, 정말?" 헨리는 과거 갱단의 일원이자 종합격투기 선수로도 살아남은 펠릭스에게 물었다.

"지난번엔 이웃집 울타리 기둥에 앉은 파랑어치새도 찍었어."

"굉장한데."

"보여줄게."

"좋아." 헨리는 펠릭스 쪽으로 몸을 기울였다. 펠릭스는 카메라에서 가장 최근에 찍은 사진들을 휙휙 넘겼다.

"이건 비둘기야."

"알아."

"저것도 비둘기야."

"알아."

"이건 네 사진… 또 네 사진… 그것도… 네 사진이 많아. …아! 파랑어치새 여기 있다." 펠릭스는 잔뜩 흥분해서 카메라를 돌려 헨리에게 보여줬다. 흐릿하게 보이는 뒤쪽에 똥 싸는 새 같은 것이 찍혀 있었다.

헨리는 점잖게 고개를 끄덕였다. "자네 정말 재능 있어."

"맞아. 난 '보는 눈'이 있잖아." 펠릭스가 동의했다. 그는 카메라를 끄고 테이블 위에 올려놨다. "그분께서 보자고 하시는데."

"그럴 거라고 생각했어."
"상황이 좋지 않아."
"아냐, 그렇진 않다고 봐."
"음, 내가 자넬 죽여야 한다면, 그건 일 때문에 그런 거야. 악감정은 없다고."
"나도 악감정은 없어." 헨리는 고개를 끄덕였다. 커피잔을 든 그는 지금껏 자신을 살아남게 했던 대담한 자신감이 처음으로 빠져나가는 느낌이 들어 적잖이 놀랐다.

****

헨리와 펠릭스는 빅토리아역을 통과해 미로처럼 복잡하게 얽힌 뒷골목을 지나갔다. 수년 동안 어두운 거래를 해 오면서 이쪽 지리는 손바닥 보듯 훤히 알았다. 라트비아 출신인 펠릭스는 비에 흠뻑 젖어 철책에 앉은 까마귀를 카메라에 담겠다고 잠시 걸음을 멈췄고, 헨리는 그 틈을 이용해 휴대전화를 확인했다.
그때 더럽고 긴 머리를 여러 갈래로 땋은 남자가 주머니칼을 들고 조용히 다가왔지만 둘 다 알아채지 못했다.
"어이, 형씨. 돈 좀 내놔 봐." 남자는 자메이카어를 섞어가며 협박했다.
"미안합니다. 잠시만요." 헨리는 문자 메시지를 한 번 더 확인하고 전송 버튼을 눌렀다. "무슨 일이죠?" 헨리는 화려하게 튀는 옷을 입은 그 남자에게 물었다. 저 뒤에 있는 펠릭스는 까마귀 사진을 찍겠다고 잔뜩 쌓인 쓰레기 봉지 위를 낑낑대며 기어오르고 있었다.
"돈이든 마약이든 다 내놔." 남자는 음악을 듣는 것처럼 고개를 끊임없이 까딱거리며 위협했다. "…전화기랑 몽땅 다."

헨리는 어리둥절한 표정을 지었다.

"저 새끼는 왜 저래?" 검은 쓰레기 봉지가 산처럼 쌓인 곳으로 기어 올라간 펠릭스는 이제 두 다리만 보였다.

"확실하지는 않지만," 헨리가 답했다. "내 생각에 당신은 지금 강도질을 하는 것 같군요."

"장난 아니거든!" 남자가 크게 소리치자 까마귀가 날아갔다. 두 사람이 있는 곳으로 펠릭스가 가까이 다가오자 남자는 그의 집채만 한 덩치를 보고 자신감을 잃었다.

"안녕하신가." 펠릭스가 강도에게 아는 체했다.

"뭐야. 거인 같네. 어쨌든, 그 카메라 내놔."

"솔직히 말하자면 그거 아주 좋은 생각입니다." 헨리가 끼어들며 미소 지었다. 펠릭스는 그 두 사람을 무시하고 방금 찍었지만 망친 사진들을 휙휙 넘겨봤다.

"너!" 남자는 발끈해서 소리쳤다. "날 똑바로 봐! 난 지금 비즈니스 하려는 거야!"

그러자 펠릭스는 아무렇지도 않게 팔을 뻗어 남자의 손을 잡고 뒤로 확 꺾었다. 남자는 고통스러워하다가 칼을 놓쳤다.

"이런 제에에엔장!" 강도는 욕을 내뱉으며 다친 손을 주물렀다.

"애들 장난감 빼앗기는 식은 죽 먹기야." 펠릭스는 강도에게 칼을 다시 건넸다.

"맞아, 그런데 저것 봐." 헨리가 말했다. "이제 자네 때문에 저 자식은 콤플렉스가 생겼잖아. 『싸이코』에 나오는 킬러처럼 칼을 무섭게 치켜들었어" 헨리는 남자의 손을 아래로 꺾어 칼을 땅바닥에 떨어뜨렸다.

"아아!" 울상이 된 강도는 고통에서 벗어나려 애썼다.

"좋은데." 펠릭스는 고개를 끄덕이며 칼을 주워 강도의 손에 쥐어 주었다. "좋아. 이제 나한테 덤벼."

"싫어!" 화가 난 남자는 큰 소리로 거부했다. 그의 자메이카 억양은 이젠 약간 런던 남부 억양처럼 들렸다. "날 얕잡아보잖아! 나는 강도라고!"

헨리는 펠릭스를 팔꿈치로 쿡 찔렀다. "내가 처리해도 될까?"

"왜 혼자만 재미 보려는데? 내가 너보다 훨씬 빨리 처리할 수 있어."

"어쩌면. 하지만 자넨 일을 늘 엉망으로 처리하지." 헨리는 펠릭스를 쳐다보며 강조했다. "생각 좀 해보자. 자넨 이놈의 무기를 빼앗아서 이 자식을 저쪽 벽에 몰아붙여. 여러 번. 저기 날카롭게 튀어나온 파이프에 꽂아버려. 아니면 머리를 깨버리던가. 시체는 가장 가까운 데 있는 쓰레기통에 처박아버리자고… 저기 있는 커다란 파란색 쓰레기통."

자메이카 남자는 뒤에 있는 쓰레기통을 흘깃 봤다. 걱정하는 표정이 그대로 드러났다.

"그것보다 더 좋은 방법도 있어?" 펠릭스가 물었다.

"있어. 조금 교묘하게 처리하면 돼." 헨리가 대답했다. "저놈이 자네에게 돌진하게 해봐. 칼을 저렇게 잡고 있으면 한 방향으로만 휘두를 거야. 그러니까 저 자식의 칼 잡은 손을 붙잡아 간에 푹 꽂아버려."

"간은 오른쪽에 있어? 왼쪽에 있어?"

"오른쪽. 갈비뼈 바로 밑에 있어. 그 다음엔 저 자식이 '도망가게' 그냥 두자고. 큰길로 뛰어가 도움을 청하는 동안, 우리는 즐겁게 가던 길을 가는 거야. 2분에서 3분 정도면 쓰러지고, 구급차가 도착할 때쯤이면 과다출혈로 죽겠지. 우린 혐의가 없어. 이미 우린 저 자식 근처에도 없을 테고."

"이 새끼가 정하게 하는 게 좋겠다." 펠릭스가 제안했다.

"그거 괜찮은 생각이야." 헨리가 동의했다. 두 사람이 몸을 돌리자 그 남자는 이미 저 멀리 도망가고 있었다. "이런."

"우리가 너무 어렵게 생각했어." 펠릭스는 실망한 표정으로 투덜거렸다.

"응… 그런 것 같군."

✦✦✦✦

같이 걷던 펠릭스가 걸음을 멈췄다. 헨리는 내셔널 갤러리 18번 전시실 입구로 들어서서 분홍색 직물로 벽을 두른 이브 생로랑관 안으로 계속 걸어 들어갔다. 머리 위에 있는 둥근 아치형 유리 지붕은 온실 유리처럼 갤러리 내부를 환한 빛으로 가득 채웠다. 헨리는 얼굴에 흉터가 있고 따분하게 생긴 남자 옆을 지나쳤다. 그 남자에게서는 강렬한 힘이 느껴지고 주위에는 정적이 감돌았는데, 그건 단순히 그의 내성적인 성격보다는 훨씬 더 어두운 무엇인가에 뿌리를 두고 있다는 걸 헨리는 알고 있었다. "리누스." 헨리는 고개를 끄덕여 인사했다.

"헨리."

그다음 입구에는 몸에 딱 달라붙는 드레스를 입은 키 큰 여인이 서 있었다. 소피아였다. 머리카락은 금발로 탈색하고 새빨간 힐을 신은 그녀는 주변과 자연스럽게 섞이려 하지 않았다. 어차피 그런 방법도 모를 터였다. 그녀는 미인계를 쓰듯이 온몸으로 사람들의 시선을 사로잡았다. 순진하고 오만해서 쉽게 믿지 말아야 하는 것도 곧이곧대로 믿어버리는 남자들뿐만 아니라… 여자들도 그녀에게 끌렸다.

소피아는 헨리가 전시실 맨 끝을 향해 걸어가자 장난치듯 손을 흔들었다. 그곳에는 은발의 여인이 헨리를 등지고 앉아 벽에 걸린 그림에 시선을 고정하고 있었다. 헨리는 가지고 있던 무기와 주머니 속 내용물, 심지어 구두끈까지 이미 빼앗겼으므로 여인은 헨리가 가까이 오도록 허락했다. 헨리가 벤치 끝으로 오자 여인은 마침내 자리에서 일어났다. 더 가까이 오지 말라는 무언의 지시였다. 우아하게 나이 들고 명품 의상을 세련되게 갖춰 입은 이 아름다운 여인은 그 긴장되는 상황에서도 상당히 여유로워 보였다. 헨리보다 30센티미터 이상 작았지만, 전시실을 압도하는 당당한 존재감은 전혀 힘을 잃지 않았다.

헨리는 소피아가 총을 꺼내는 모습을 곁눈으로 확인했다. 다른 이들도 똑같이 총을 꺼내 들 터였다.

"헨리!" 여인은 그를 다정하게 맞았지만, 두 사람은 서로 5미터 정도 떨어져 있었다.

"레베카." 헨리도 여인에게 미소 지었다. 그의 시선은 여인이 감탄하며 바라보고 있던 그림으로 향했다. 곱슬머리 용사가 연인의 품에 안겨 잠을 자는 동안, 어두운 곳에 숨은 수상한 인물들이 슬며시 접근하는 모습을 그린 그림이었다.

"이 작품 마음에 들어?" 레베카가 헨리에게 물었다.

헨리는 몸을 돌려 그림을 충분히 감상했다. "루벤스 작품이죠?"

레베카는 고개를 끄덕이며 그 그림을 한 번 더 바라봤다. "이 그림의 배경 이야기 알아?"

"대략 알아요." 헨리가 대답했다. "그림의 주인공은 삼손과 델릴라죠. 제가 알기로는 삼손은 위대한 용사였어요. 하지만 사랑하지 말아야 할 여자에게 마음을 빼앗겼죠. 그녀는 삼손을 배신하고 그의 비밀을 적들에게 넘겨요. 그들은 삼손을 감옥에 가두고요."

헨리는 여인을 인정할 수밖에 없었다. 그녀는 극적인 상황을 연출하는 재주가 늘 뛰어났다. 긴장된 분위기 속에 침묵이 계속되었다. 두 사람은 그림에 얽힌 전설의 의미를 잠시 깊이 생각했다.

"헨리, 나한테 하고 싶은 말 있어?"

헨리는 주변의 총구들이 일제히 자신을 겨누는 걸 느꼈다. 그는 레베카가 등 뒤에 숨긴 게 무엇인지도 정확히 알았다. "딱히 없습니다." 그는 무심하게 대답했다.

레베카는 등 뒤에 숨겼던 사진 여러 장을 한쪽 손으로 꺼내 보였다. 극장 뒤편 보도에 서 있는 헨리와 스칼릿이 활짝 미소 짓는 모습을 선명하게 포착한 컬러 사진들은 결혼사진처럼 정교하게 구도가 잘 잡혀 있었다. 펠릭스가 처음으로 괜찮게 촬영한 사진이 헨리의 운명을 결정지으려 하다니, 운이 나빠도 이렇게 나쁠 수가 없었다.

"스칼릿 딜레이니." 레베카가 중얼거렸다. "런던 경찰청 형사… 예쁘네. 하긴, 자넨 늘 예쁜 애들을 좋아하긴 했지."

"제게 하실 말씀이 있나요, 레베카?"

"내가 물으면 진실한 답을 들을 수 있을까?"

"알아낼 방법은 하나뿐이죠." 헨리는 어깨를 으쓱했다.

"좋아, 그렇다면 말할게." 레베카가 말했다. "이 사진들에 대해 설명해 주겠어, 헨리?"

"물론이죠. 그녀는 제가 일하는 현장을 목격했어요… 그 일이요. 말다툼이 있었고 저는 빠져나왔어요. 끝인 줄 알았는데 그녀가 멘델레예프 바에 나타나서…"

"그래, 마침 러시아 남자 건을 깔끔하게 처리해서 칭찬하려 했어." 여인이 무표정한 얼굴로 말했다.

"전 상황을 안정시키고 그녀를 제압한 다음, 제가 묵는 호텔로 데려갔어요."

"그때 거기서 그 여자를 죽였어야지!" 어마어마한 존재감을 발산하는 데다가 좀처럼 감정을 드러내지 않는 레베카였지만, 그만 참지 못하고 매섭게 쏘아붙였다. "사실, 처음 봤을 때 없앴어야 했어."

"나중에도 기회가 있다고 생각했어요." 헨리는 차분하게 답했다. "그 여자는 충동적이고 앞뒤를 가리지 않아요. 개인적인 문제에 사로잡혀 어떻게든 출세하고 싶어 하죠. 갈까마귀 체포에 혈안이 되어 다른 건 눈에 들어오지도 않아요. 그러니 마음대로 조종하기에 아주 좋죠."

"그럼, 그 여자를 이용하려고 했다는 거야?" 레베카는 믿지 못하겠다는 듯 웃었다.

"사실, 이미 이용했어요." 헨리는 평상시 보였던 자신감을 잠시나마 다시 발휘했다. "게다가 그 여자는 제게 빚진 게 있어요. 그리고 당신은 제게 거의 불가능한 일을 주셨잖—"

"그 일을 하겠다고 먼저 자원한 건 자네라는 사실을 잊었나?"

"생각해 보세요. 경찰 도움을 받으면 당신에게 제게 맡긴 그 일 처리가 얼마나 더 쉬워질지."

레베카는 헨리를 잠시 바라보다가 손에 든 사진을 다시 내려다봤다. "정말 예쁘네." 그녀는 안됐다는 듯 한숨을 쉬었다. 그리고 헨리가 들어올 때 지나쳐 온 안경 쓴 남자에게 명령했다. "그 여자를 죽여."

"실수하시는 겁니다." 헨리가 불쑥 말하자 레베카는 등 뒤로 숨겼던 다른 한 손을 꺼내 헨리의 이마를 향해 작은 총을 겨눴다.

"자네가 지금 실수를 너무 많이 하는 듯한데." 레베카가 지적했다.

"그럴 수도 있어요. 하지만 이건 그냥 버리기에는 너무 좋은 카드에요. 강력계 형사를 마음대로 부릴 수가 있다고요. 사진을 좀 보세요!" 헨리는 맨 위 사진을 가리켰다. "이 멍청한 여자는 이미 저한테 넘어왔다고요! 우린 이 기회를 이용할 수 있어요. 그 여자를 이용할 수 있다고요."

"그 여잔 남자친구와 동거 중이란 건 알아?"

"제 능력을 잘 아시잖아요. 그렇죠?" 헨리가 건방지게 대답하자, 잔뜩 굳어 있던 여인의 얼굴에 갑자기 미소가 번졌다. 여인은 총을 내렸다.

"자넬 감시할 거야." 레베카가 헨리에게 경고했다.

"당연히 그러시겠죠."

"자넬 죽이고 싶지 않아, 헨리."

헨리는 고개를 끄덕이고 그 자리를 떠나려 했다.

"아, 헨리." 레베카가 헨리를 불렀다. 그는 걸음을 멈추고 뒤로 돌아 그녀를 바라봤다. "단물만 빨아먹고 바로 뱉어. 일이 끝나지미지 머리에 총알을 박이 비리리고. 처음부터 그렇게 했어야지. 그 여자는 진즉에 죽은 목숨이어야 했어."

"당연하죠." 헨리는 어깨를 으쓱하고 다시 뒤로 돌아 전시실에서 나갔다.

18장

20펜스짜리 금화

프랭크는 책상에 앉아 컴퓨터를 켰다. 고물단지 컴퓨터가 부팅되는 동안 북적거리는 사무실을 경멸하는 눈초리로 바라봤다. 입이 아주 귀에 걸린 상사가 일거수일투족이 그대로 노출되는 사무실에서 왔다 갔다 하는 걸 보니 기분이 무척 좋아 보였다. 사실, 사람들은 하나같이 모두 스칼릿에 대해, 그리고 갈까마귀 연쇄살인 수사와 관련해 절실히 필요했던 이 중요한 진전을 두고 와글와글 떠드는 듯했다.

"이 변덕스러운 놈들." 프랭크는 조용히 욕설을 내뱉었다. 그는 불과 몇 주 전만 해도 남자 화장실 문 뒤에 내기판을 붙이고 돈을 걸었던 바로 그 인간들이 이제는 스칼릿에게 떼거리로 몰려들어 아양을 떠는 모습을 지켜봤다. 부서 소속 형사들 절반 이상은 '돌아버린 딜레이니'가 언제쯤 갑자기 폭발할지를 놓고 내기했고, 그녀의 희생자가 될 사람의 이름을 알아맞히면 점수를 두 배

주기로 했었다. 희생자 후보들은 스칼릿 자신에서부터 미국 대통령에 이르기까지 다양했다. 프랭크는 화장실 문에 붙은 내기판을 그대로 두기로 했다. 볼일 보러 화장실에 갈 때마다 화가 머리끝까지 치밀었지만, 사람들이 그녀 몰래 뭐라고 수군대는지 알아두는 편이 차라리 더 낫겠다고 판단해서였다. 불같이 화를 냈다간 헛고생만 할 테고, 사람들이 다음에 또 어떤 작당을 꾸미는지 프랭크와 스칼릿 둘 다 모르고 있는 것보다는 그편이 나았다.

프랭크는 주머니에서 구겨진 종이쪽지를 꺼내 괴발개발 갈겨쓴 메모를 힘들게 읽었다.

멘델레예프 바 8:30 pm

프랭크가 내부 시스템에 멘델레예프 바를 입력하자마자 사건 보고서가 화면에 불쑥 나타나 깜짝 놀랐다. 그것도 바로 전날 밤에 작성된 걸 알고는 더더욱 놀랐다. 불안감이 점점 엄습했다. 그는 보고서를 더블 클릭하고 읽기 시작했다.

"어이, 페르난데스!" 프랭크는 어떤 형사에게 자리로 와 달라고 손짓했다. "어젯밤, 이 멘델레예프 바 사건은 뭐지?"

"드미트리 파블로프." 콧수염을 기른 페르난데스 형사는 먼저 사망자 이름부터 말했고, 그가 누군지 기억해내라는 듯 잠시 말을 멈췄다. "러시아 조폭이자 인신매매범인데, 하여간 쓰레기 같은 새끼였어. 도버 근처에서 벌어진 총격전 소식 들었지? 트럭에 실려 가던 여자아이들이 발견된 사건." 프랭크는 고개를 끄덕였다. "누군가 그 자식의 인신매매 사업을 방해했어. 대성공이었지.

처음엔 총격전이 있었고, 나중에 그 자식이 저녁 식사를 하다가 전채 요리를 담은 접시에 코 박고 쓰러졌다가 온몸에 불이 붙었어!" 페르난데스는 큰 소리로 웃었다. "그놈이 죽었다고 해서 이 세상에 크나큰 손실은 아니야."

프랭크는 화면에 뜬 보고서를 다시 훑어봤다. "수사할 거야?"

"그래야겠지." 페르난데스가 답했다. "그런데 이런 조폭 사건은 보통 어떻게 되는지 잘 알잖아. 이 자식 죽었다고 울어줄 사람은 아무도 없어. 증거도 깡그리 타버렸고. 잘 진척되진 않을 거야."

"단서는 전혀 없어?" 프랭크가 물었다. 여느 때처럼 자연스럽게 물으려 했지만 실패했다.

페르난데스는 얼굴을 찡그렸지만, 프랭크가 왜 관심을 보이는지 캐묻지는 않았다. 두 사람은 산전수전 다 겪으며 오랫동안 함께 일한 사이이므로 그는 프랭크를 일단 믿고 사건 내용을 말해보기로 했다. "범인은 어떤 커플, 말 그대로 남녀커플이 있었다던데?" 그는 수첩을 꺼냈다. "그 남자를 본 사람의 목격담을 그대로 말해볼게. '지금까지 봤던 사람 중에 가장 잘생긴 남자였어요. 전 『매직 마이크(Magic Mike)』도 봤어요. 두 번이나요. 그런데 거기 출연한 미남 배우들도 저리가라였어요. 슈퍼맨이랑 미스터 다아시*를 적당히 섞어서 에드워드 컬렌**을 위에 뿌린 사람 같았어요.' 이렇게 말하더라고." 그는 어깨를 으쓱했다. "그 남자는 파블로프가 죽기 전에 같이 저녁을 먹었고, 나중엔 어떤 '매력적인 붉은 머리 여자'와 바에 있었대."

"붉은 머리?" 프랭크는 속이 울렁거렸다.

---

* Mr. Darcy, 『오만과 편견』의 남자 주인공
** Edward Cullen, 『트와일라잇』의 남자 주인공

"응. 초록색 드레스를 입었고. 키는 약 177센티미터." 페르난데스는 말을 계속했다. "그 여자하고, 슈퍼맨인지 미스터 다아시인지를 닮았다는 그 남자는 파블로프가 불타기 1분 전쯤 그곳을 떠났다는군. 보안 카메라 영상을 요청해 놨어."

프랭크는 고통스러운 표정을 지울 수 없었다.

"왜 물어보는데, 프랭크?"

"미안. 주말에 거기서 어떤 여자와 저녁을 먹을 생각이었거든." 프랭크는 거짓말했다.

"진짜?" 페르난데스는 잘했다는 듯 씩 웃었다. "놀랐어. 다시 여자 만나는 거야?"

"그런 셈이지." 프랭크는 주위를 의식했다.

"잘됐네. 이젠 그럴 때가 되었어." 다른 형사가 끼어들었다. "하지만 그 여자가 커다란 재떨이처럼 타 버린 장소를 좋아하지 않는다면, 다른 데를 예약하는 게 좋겠는데."

++++

스칼릿은 무대 끝에 걸터앉아 다리를 흔들거렸다. 우울한 조명이 켜진 객석은 살해된 여인의 마지막 말에 귀 기울이며 생각에 잠기기에 완벽한 장소였다. 헤드폰을 쓰고 전선을 목 아래로 늘어뜨린 그녀는 리처드슨이 마지못해 넘겨준 녹음 파일을 재생했다. 그리고 이디스 도나휴 여사가 살해된 당시 남편에게 남긴 음성메시지 볼륨을 높였다.

"스티븐, 나 이디스야. 당신 휴대전화로 연락하는 거야. 집 전화는 통화 중이어서. 나랑 얘기하고 싶다면서… 그건 불공평해. 난 그런 거 못 참아."

스칼릿은 녹음 파일을 앞으로 몇 초 돌려 눈을 감고 더 집중해 들었다. 여사의 말투와 음색이 갑작스레 변했다. 그 부분이 바로 미리 녹음된 소리로 대체된 지점인 게 확실했다.

"…나랑 얘기하고 싶다면서… 그건 불—"

스칼릿은 고개를 절레절레 저으며 한 번 더 재생했다.

"…얘기하고 싶다면서… 그건—"

삐걱거리는 소리가 분명히 들렸다. 놀라서 헉하는 소리도 희미하게 들린 듯한데? 다시 그 부분을 재생했다.

"…싶다면서…"

삐걱거리는 소리였다. 헉하고 숨을 들이쉬는 소리도 들렸다. 누가 마룻바닥 위를 급히 걸어갈 때 났던 발소리가 미리 녹음된 메시지 소리에 묻히기 전에 들릴 수도 있지 않을까?

스칼릿은 헤드폰을 벗고 휴대전화 연락처에서 기술 서비스 팀 전화번호를 찾았다. "안녕하세요, 크리스? 딜레이니 형사예요. 네… 네. 고마워요. 흥미진진한 하루였어요. 말이 나와서 말인데, 오디오 파일 하나 보내도 될까요? 좋아요. 배경과 주변 소음을 모두 추출해주실래요?… 고마워요." 전화를 끊은 스칼릿은 자신이 시신을 찾아냈다는 소식이 강력계 부서 말고 다른 부서들에까지 벌써 전해졌다는 걸 알고 우쭐했다.

스칼릿은 오디오 파일을 크리스에게 전송하고 잠시 망설였다. 그녀의 엄지손가락은 통화 기록에 남아 있는 미저장된 번호 위에서 계속 맴돌았다. 긴장되기도 하고 흥분하기도 한 스칼릿은 입술을 깨물며 주위에 아무도 없다는 걸 확인한 뒤 전화를 걸었다.

맑고 푸른 물이 흐르는 강이 있다. 더럽고 탁한 갈색 물이 흐르는 강도 있다.

누가 뭐라 해도 템스강은 그 두 번째 유형에 속한다고 헨리는 생각했다. 템스강 옆 3층 건물 창문에 매달린 그는 강에 떨어지지 않으려고 고군분투하는 중이었다. 헨리는 창문을 통해 건물로 침입하려 했지만, 뜻대로 되지 않았다. 그는 주머니에 넣어둔 휴대전화가 울리자 무선 이어폰으로 전화를 받았다.

"여보세요?" 건물 옆에 매달려 있는데도 꽤 차분한 목소리였다.

"…스칼릿이에요."

"아, 딜레이니 형사님." 헨리는 조금 긴장된 목소리로 답했다. "런던 경찰청의 스타가 된 기분이 어때요?"

"솔직히 말해요?… 끝내주게 좋아요."

"그렇다니 저도 기분이—아, 젠장!" 그는 말을 잇지 못하고 발을 딛고 있던 곳에서 미끄러져 밑으로 3미터 정도 떨어지다가 한 층 아래 창문 밑 선반을 가까스로 붙잡았다.

"헨리? 듣고 있어요?"

"네." 헨리는 두 발로 벽을 더듬으며 디딜 곳을 찾았다. 어깨의 극심한 통증이 또 시작되었다. "듣고 있어요."

"어디예요?"

헨리는 간신히 선반 위로 올라왔다. "강 아래 창고에 있어요."

"창고 안에서 뭘 하는—"

"창고에 매달려있어요." 헨리는 그녀의 말을 정정했다.

"저기요, 더 말하지 마세요. 알고 싶지도 않아요." 스칼릿은 크게 심호흡했다. "한 건 더 해결하고 싶어요."

"그럴 줄 알았어요." 헨리는 창문 잠금장치를 열려고 시도했다.

"오늘 현장에서 쓸 만한 걸 찾았어요?"

"네, 감식반 요원들이 시체가 있던 벽 안에서 부러진 목걸이를 찾았어요. 갈까마귀의 첫 번째 실수일 수도 있어요… 저기, 우리 한 건 더 수사할 수 있을까요?"

"할 수 있죠." 헨리의 손에 들려 있던 도구가 강물에 빠졌다. "제기랄."

"방금 첨벙 소리였어요?"

"맞아요." 초조해진 헨리는 잠금장치를 여는 대신 주먹으로 유리창을 깼다. "오늘 밤 어때요?"

"어디서 보면 될까요?"

"내가 묵는 곳?" 헨리는 먼저 장소를 제안한 뒤, 창문 손잡이를 열고 마침내 건물 안으로 기어 올라갔다.

"7시?" 스칼릿이 시간을 제안했다.

"이건 데이트예요."

"아니에요, 그건—" 스칼릿은 헨리가 전화를 끊기 전에 간신히 아니라고 말했다.

\#\#\#\#

273번 사진

프란체스카 라벨르

오드리 윌모어

크리스 히스코트

프랭크는 도무지 일이 손에 잡히지 않았다.

시계를 보자 허공만 멍하니 쳐다보느라 또 20분을 허비했다는 걸 깨달았다. 지난 3일 동안 꼬박 매달린 이 단조로운 작업은 스칼릿이 찾아낸 결과물과 비교하면 더없이 하찮아 보였다. 그녀가 발견한 시신은 과학 수사연구소에 있고, 부러진 목걸이 조각은 각종 검사가 진행되고 있었다. 그리고 갈까마귀가 누구든, 제아무리 똑똑하더라도 실수할 수 있다는 걸 스칼릿이 확인해냈다는 사실이 훨씬 더 중요할 수도 있었다.

프랭크는 키보드의 엔터를 눌렀다. 다음으로 넘어가기 전에 지금 화면에 보이는 사진은 그가 만든 참석자 목록과 대조할 필요도 없었다. 그 사진은 아까 확인한 젊은 남자가 잔뜩 흥분해서 술잔을 높이 쳐들고 있는 것만 제외하고는 이전 사진과 똑같았다. 힘이 쭉 빠진 프랭크는 다시 엔터를 눌렀다.

컴퓨터를 잘 다루는 동료 중 한 명이 뛰어난 실력을 발휘하여 타임라인에 따라 사진들을 재배열한 덕분에, 프란체스카 라벨르가 사망한 날 밤 누가 있었는지 시간 경과에 따라 눈으로 확인할 수 있었다. 그 작업은 큰 도움이 되었지만, 그만큼 프랭크의 일은 거의 똑같은 사진들을 연달아 확인해야 해서 더욱 힘들었다. 그는 허영심에 찌들고 돈 자랑하며 버릇없는 젊은이들 사진을 보며 밑도 끝도 없이 틀린 그림 찾기만 하고 있다는 생각이 들었다.

프랭크는 지친 눈을 쓱쓱 비볐다. 잠시 휴식이 필요했다. 화장실에 갔지만, 출입문 뒤에 붙어 있는 그 혐오스러운 내기판을 마주하자 마음의 위인을 기의 얻지 못했다. 그 내기판은 프랭크의 피폐한 정신 상태를 건드리고 말았다. 그는 내기판을 뜯어내 쓰레기통에 쑤셔 넣었다. 그리고 문을 쾅 열고 화장실에서 뛰쳐나갔다.

"아 진짜, 프랭크!" 머피가 버럭 짜증을 냈다. 머피의 셔츠가 뜨거운 커피로 흠뻑 젖고 말았다. "똑바로 좀 보고 다닐래요?"

“너 지금 뭐라고 했어?” 프랭크의 말투에 날이 서 있었다. 근처에 있던 사람들이 무슨 일인가 하는 표정으로 쳐다봤다. 프랭크는 싸울 기세가 되어 복도에 서 있는 머피를 노려봤다.

머피는 프랭크를 달래려고 뒤로 한 걸음 물러나 씩 웃었다. “신경 쓰지 마세요. 다음엔 좀 더 조심해요.” 그리고 프랭크의 어깨를 가볍게 툭 쳤다.

하지만 프랭크는 머피를 느닷없이 벽으로 밀치고 목덜미를 잡아 화장실로 끌고 들어갔다. 두 남자는 바닥을 구르며 주먹을 날리고 몸싸움을 벌였다. 동료들이 달려와 두 사람을 붙잡고 강제로 떼어놓았다.

“이봐! 이봐!” 누군가 고함쳤다. 몰려든 사람들이 반으로 갈라지더니 그리피스 경감이 들어왔다. 그는 바닥에 앉아 있는 머피를 먼저 봤고, 남자 둘에게 붙잡혀 거칠게 숨을 몰아쉬는 프랭크를 쳐다봤다. “도대체 여기서 뭣들 하는 거야?”

머피는 얼굴을 쓱쓱 닦고 피투성이가 된 손을 쳐다봤다. “아무것도 아닙니다, 경감님.” 그가 대답했다. “미끄러졌어요. 프랭크는 절 일으켜주려고 했어요.”

“그래?” 그리피스가 물었다. 진실을 말하면 몇 주 동안 경위보고서 작업에 시달리고 징계위원회에 회부될 테니 차라리 거짓말을 하는 편이 훨씬 나았다. “프랭크?”

“네. 일으켜주고 있었습니다.” 프랭크는 그를 붙잡은 동료의 팔을 뿌리치고 넥타이 모양을 바로잡았다.

“오늘은 이만 퇴근하도록 해.” 그리피스가 프랭크에게 지시했다.

“전 괜찮습니다.”

“이만 퇴근하라니까, 프랭크!” 그리피스 경감이 윽박질렀다. “14

년 동안 당신은 '다른 사람을 일으켜' 준 적이 한 번도 없었어. 문제가 뭔지 모르겠지만, 해결하고 와. 내일부터는 원래 모습으로 돌아오도록. 알겠나?"

"네, 알겠습니다."

"좋아. 다들 자리에 가서 일들이나 해!"

⁂

40분 뒤, 프랭크는 오랫동안 내버려 두다시피 한 그의 집에 점점 가까이 다가갔다. 마침내 그는 이웃들이 몇 년 동안 불평해온 게 무엇인지 알아볼 수 있었다. 벽에서 페인트칠이 벗겨져 제멋대로 무성하게 자란 잔디밭 위로 떨어져 나갔다. 집은 안팎을 잘 짜서 만든 웅장한 현대식 무덤 같았다.

문턱을 다 넘어가기도 전에 프랭크가 키우는 스태퍼드셔 불테리어인 맥스가 잔뜩 흥분해 달려 나와 그를 반갑게 맞았다. 프랭크는 맥스와 몇 분 동안 복도에서 뒤엉켜 놀다가 끙끙대며 일어나 부엌으로 갔다. 일주일간 전자레인지로 데워 먹고 남은 음식이 싱크대에 쌓여 썩어가고 있었다. 그는 맥스가 먹을 애견 비스킷을 한가득 부어 주고 거실로 갔다. 오늘 있었던 여러 사건 때문인지 그의 발길은 저절로 벽난로 위 선반으로 향했다.

누렇게 색이 바랜 결혼사진이 그보다 나중에 찍은 붉은 머리 소녀 사진에 둘러싸여 있었다. 한 액자에서 다른 액자로 옮겨갈 때마다 사진 속 소녀는 점점 더 성장했다… 그리고 그 소녀를 맡아 키운 위탁 가정도 계속 바뀌었다. 프랭크는 후회하며 과거를 기억해냈다. 그리고 맨 끝에는 런던 경찰청장이 직접 수여한 메달이 먼지를 잔뜩 뒤집어쓴 채 세워져 있었다. 프랭크의 '뛰어난 용기'를 간소하게 표창하는 도금된 싸구려 메달이었다.

프랭크는 메달을 집어 들고, 찬찬히 바라보며 그날의 불쾌한 기억에서 벗어나려 애썼다. 적어도 천 번은 그렇게 한 듯했다. 메달을 받을 자격이 없다고 생각하지는 않았다. 프랭크는 그날 용감했고, 대부분은 도망쳤을 테지만 그는 한 걸음도 물러서지 않았다. 문제는 프랭크가 그날 한 행동이 이타심이나 선행에 뿌리를 둔 게 아니라 좌절감과 복수심, 불만에서 비롯되었다는 점이었다. 용기가 서로 다른 방식으로 나타났을 뿐이라고 자위하고 있었다.

진정으로 자신을 내려놓고 통제력을 잃은 채 커리어를 저버리고 순수한 감정으로 행동했던 바로 그때가, 경찰에 30년 몸담는 동안 유일하게 공로를 인정받은 때였다는 사실은 웃지 못 할 아이러니였다. 불리한 환경과 조건 아래 일하는 경찰이 도덕적으로 해이해진 상태에 있다는 서글픈 흔적인 셈이었다.

프랭크는 메달을 다시 제자리에 놓고, 잔디 깎는 기계가 아직 잘 작동하는지 확인하러 창고로 걸어갔다.

****

마크는 즐거운 하루를 보냈다. 무척 대단한 하루였다.

마크는 더 일찍 도착한 버스를 잘 탔을 뿐만 아니라, 3학년 부주임 교사로 승진했다. 공식 직함은 아니므로 급여가 늘어나거나 근무 포인트가 올라가지는 않았지만, 책임이 훨씬 늘어나고 회의에도 자주 참석해야 했다. 그리고 학년 전체를 관장하려면 1년에 4일에서 6일만큼 교사 연수를 받지 못하는 손해를 보겠지만, 자신의 이력서는 꽤 인상적으로 보일 터였다. 하지만 이미 이 지역 최고의 학교에서 근무하고 있으므로 좋은 이력서가 당장 필요하지는 않았다. 그렇긴 해도, 나중에 3학년 주임 교사로 임명되기에 무척 유리한 입장이라는 건 누구도 부정할 수 없었다. 하지만 현재 3학년 주임 교사는 클래펌 타운 초등학교의 주임 교사(은퇴했거나 사망한 교사 모두 포함) 중에서 가장 젊고 건강한 사람이었다.

"아, 빌어먹을!" 마크는 버스에서 내리며 이젠 망했다는 생각에 욕을 불쑥 내뱉었다. 옆에 있던 노부인이 화들짝 놀랐다.

마크는 늘 그랬듯이 계단 밑 공간에 자는 사람이 아무도 없는지부터 확인하고 집에 들어갔다. 스칼릿의 핸드백과 신발이 항상 놓여있는 그 자리, 계단 옆 마룻바닥에 나동그라져 있었다. 위층 샤워 물이 천장에서 새어 나와 문 옆에 둔 양동이로 뚝뚝 떨어졌다.

"자기야!" 마크는 위층을 향해 반갑게 외쳤다.

아무 대답이 없자 그는 고양이 알키의 머리를 다정하게 긁어주고 아래층으로 내려갔다.

스칼릿은 거의 20분 뒤에 삐걱거리는 계단을 밟고 안락한 지하 부엌으로 내려왔다. 양쪽 끝은 높은 벽에 가려진 데다가 창문으로 들어오는 자연광은 극히 일부였으므로 그곳은 저녁 식사를 즐기기에 적당할 만큼 늘 어둑어둑했다.

스칼릿은 '엉덩이가 예뻐 보여서' 특히 마크가 좋아하는 청바지 차림이었고, 어깨를 드러내는 상의에 느슨하게 올린 반 묶음 머리를 했다. 마크가 좋아하는 스타일이었다.

"예쁜데." 마크의 칭찬에는 늘 공포심이 약간 깃들어 있었다. 그는 혹시 오늘이 생일인지, 기념일인지, 아니면 어떤 특별한 날인지 궁금했다. 그런 날을 깜박 잊은 자기에게 죄책감을 느끼게 하려고 스칼릿이 일부러 잘 꾸미고 있는 건지 머리를 쥐어짜며 고민했다.

"오늘 밤에 좀 나갔다 올게."

"아." 실망한 마크는 조금 전 칼로 잘게 다진 양파를 내려다봤다.

"같이 일하는 여직원들하고," 스칼릿은 급하게 말을 덧붙였다. "축하하기로 했어. 오늘 끝내주는 하루였거든."

"나도." 마크가 말했다. 마냥 좋다고 할 수 없는 '승진'은 실은 별 것 아니긴 했다. 그래도 앤드루 램스바텀은 오늘 수업이 끝날 때까지 바지에 오줌을 두 번만 지렸다(교문을 나설 때 지린 건 포함하지 않았다). 그리고 조금 일찍 온 버스를 놓치지 않고 탄 일도 무척 기분 좋았다. "재미있게 놀다 와." 마크는 앞치마로 손을 닦았다.

"저기, 이디스 도나휴 살인 사건 알지?"

"응." 마크는 눈빛을 반짝였다.

"오늘 아침에 그녀의 목 없는 시신을 내가 가벽 뒤에서 찾았어!"

"오!… 정말 대단해!" 하지만 마크의 표정은 토할 듯해서 어쩐지 진심 같지 않았다.

"그렇지? 비닐로 싸여 있었어. 그래서 아무도 시신이 거기서 부패하는 냄새를 맡지 못했어." 마크는 뭐라고 반응해야 할지 몰라 그녀를 멀뚱멀뚱 쳐다보기만 했다. "좋아. 이젠 자기가 말할 차례야." 스칼릿이 말했다.

"아니야. 별로 중요한 일 아니야. 가기 전에 뭣 좀 먹을래?"

"벌써 늦었는데."

"요즘 얼굴 보기 힘들다."

"알아. 하지만 꼭 보상할게. 무슨 말인지 알 거야." 스칼릿은 엉큼한 미소를 지었다.

"설마?"

스칼릿은 고개를 끄덕였다. "밤에 파자마 입고 『엑스 파일』 보면서 도미노 피자를 마음껏 먹는 거야."

마크는 평생 받을 크리스마스 선물을 한꺼번에 받은 듯 기뻐했다.

"아무튼 난 이제 가볼게." 마크는 스칼릿을 따라 계단을 올라갔다.

"올 때까지 기다릴까?"

"아니." 스칼릿은 열쇠를 집어 들고 스웨이드 부츠를 신었다.

"저녁 좀 남겨 놓을까?"

"조금만, 일부러 남기지는 마." 스칼릿은 밖으로 나가며 인사했다. "안녕!"

"사랑해!" 마크가 큰소리로 외쳤다. 눈앞에서 문이 쾅 닫혔다.

스칼릿이 떠난 빈자리에는 적막한 집에 떠돌아다니는 유령처럼 그녀의 향기가 아련히 풍겼다. 마크는 또 혼자서 밤을 보내야 한다는 생각이 들자 그 자리에 우두커니 서서 스칼릿이 남긴 향을 맡았다. 벌써 그녀가 그리워졌다.

별안간 현관문이 쾅 열리더니 스칼릿이 다시 들어와 마크를 힘껏 끌어안았다.

"무슨 일 있어?" 스칼릿이 꼭 안고 계속 놓지 않자 마크가 물었다. 하지만 그녀는 마크를 더 세게 끌어안았다. "…스칼릿?"

"아무것도 아냐. 나도 사랑해." 스칼릿은 팔을 풀고 그의 뺨에 입을 맞춘 뒤 서둘러 밖으로 나갔다.

레드 카펫에서 일어난 일

토니 윌슨은 졸린 눈을 간신히 뜨고 있었다. 급하게 짜깁기로 만든 라디오 프로그램은 이제 고인이 된 이디스 도나휴 여사의 인생을 긍정적으로 되짚어보고 있었지만, 잠을 깨는 데는 별로 도움이 되지 않았다.

저 앞에는 길을 막은 원뿔 모양 바리케이드 몇 개가 오렌지색으로 번쩍이며 멋진 광경을 만들어냈다. 어떤 사람이 혼자서 저녁때까지 작업한 결과였다. 토니는 사이드미러로 차 뒤쪽을 확인하고 운전대를 돌려 새로 지어진 아파트 단지 밖에 리무진을 주차했다.

평소 하던 대로 토니는 승객으로 맞을 유명인을 구글에서 미리 검색하고 왔다. 그의 10대 딸은 자신이 좋아하는 아이돌을 아빠가 오늘 태우고 다닐 예정이라는 소식을 듣자 뛸 듯이 기뻐했다. 오늘 밤 그는 현재 차트 1위를 달리고 있는 팝스타 키아 로즈를

O2 아레나에서 열리는 화려한 시상식장으로 모실 예정이었다.

키야만 괜찮다면, 토니는 딸의 사인북에 사인해 달라고 부탁할 생각이었다. 그는 벌써 조수석에 사인북을 올려두었다. 토니의 부탁에 키야가 어떻게 반응하느냐에 따라, 같이 장난스러운 표정을 지으며 사진 찍자고 부탁할 생각도 있었다.

길고 힘든 밤이 될 것이었다. 이런 행사가 있으면 늘 그랬다. 시상식이 끝나면 젊고 아름답고 유명한 사람들을 위한 축제가 비로소 시작되었다. 일단 키야를 최고의 애프터 파티가 열리는 바 또는 클럽에 안전하게 모시고 나면, 다른 유명인들을 도우려 고용된 사람들과 같이 밖에 앉아 술에 취한 고객들이 돌아오길 기다리며 줄담배를 피울 시간이 기다리고 있었다.

오히려 잘 된 걸지도 몰라. 토니는 깨달았다. 모자란 잠을 보충할 기회야. 생각만 해도 하품이 또 절로 나왔다. 그는 계기판의 디지털 화면을 보고 시간을 확인했다.

19:00

토니는 어둠 속에 타다 남은 불처럼 은은히 빛나는 숫자들을 보자 졸음을 참을 수 없었다. 무거운 눈꺼풀이 저절로 스르르 닫혔다. 앉은 채로 꾸벅꾸벅 졸다가 푹 쓰러지자 잠에서 확 깼다. 그는 자세를 고쳐 앉고 정신을 차리려고 얼굴을 한 대 세게 때렸다.

"오늘따라 왜 이러지?" 토니가 중얼거렸다. 한 번 더 시간을 확인하고 밖으로 나가는데 하마터면 모자를 빼먹고 나갈 뻔했다.

19:01

토니는 시원한 공기를 마시자 기운이 났다. 그는 아무것도 없는 하늘을 올려다봤다. 런던 생활 8년째였다. 이제는 차량이 밀려들어도 잘 대처했고, 텁텁한 공기와 점점 늘어나는 적대적인 사람들도 참을 수 있었다. 그는 재빨리 차 문을 잠갔다.

새로 지어진 이 스마트 단지는 이 지역이 다시 활기를 찾는 데 주도적인 역할을 했다. 이 단지의 성공적인 개발 사례를 두고, 인근 지역들도 낯 두꺼운 대기업을 끌어들여 원래 살던 사람들을 내몰고 고급 건물을 지을 기회를 엿보고 있었다. 토니는 정문으로 걸어가 '안식처 6'이라는 표시가 붙은 버튼을 눌렀다.

"누구세요?"

"안녕하세요, 로즈 양. 저는 토니입니다. 오늘 밤 모실 기사입니다." 그는 회사에서 알려준 인사말을 큰 소리로 읊었다.

"7시에 오기로 했잖아요." 토니가 겨우 1분 늦었다고 조금 불만인 듯했다. 하지만 토니는 계속 공손하게 대하고 직업 정신을 지키기로 했다.

"혹시 제가 들어드릴 개인 소지품이 있습니까?" 토니는 인터폰에 대고 물었다.

"아니요." 키야의 목소리가 스피커에서 웡웡거렸다. "거기서 기다려요. 금방 나갈게요."

토니는 개처럼 얌전히 기다리란 말을 거부하고 느긋하게 차로 걸어갔다. 작은 승리에 우쭐해진 그의 얼굴에 미소가 피어올랐다. 차에 묻은 페인트 얼룩을 문질러 지우던 중에 저 길 멀리서 진행 중인 보수 공사 작업이 눈에 들어왔다. 좁은 길에서 힘들게 차를 꺾어야 할 생각을 하자 잠시 화가 치밀었지만, 곧 오른쪽을 가리키는 우회로 표지판을 찾아냈다.

지도에서 이동 경로를 확인하려 하는데, 마침 아파트 정문이 덜컹 닫히고 특이한 의상을 입은 키야가 걸어왔다. 그녀는 토니가 뒷문을 열고 기다리는데도 그를 한 번도 쳐다보지 않았다. 토니는 그녀의 드레스 자락이 차 안에 다 잘 들어갔는지 확인하고 서둘러 앞으로 와 운전석에 앉았다. 그리고 백미러로 키야를 쳐다보며 손님에게 해야 하는 두 번째 인사말을 했다. "앉으신 자리가 편하길 바랍니다. 발 옆에 냉장고가 있으니 언제든지 물과 샴페인을 마셔도 됩니다." 이 젊은 스타에게 애써 많이 권할 필요는 없었다. 그녀는 이미 냉장고를 열어 음료병을 꺼내고 있었다. "실내 온도는 괜찮으십니까?"

"괜찮아요."

"차 문 옆에 태블릿이 있으니 라디오나 음악을 들으셔도 됩니다. 손님께서 부르신 노래도 저장되어 있을 겁니다." 토니는 미소를 지으며 즉흥적으로 말을 보탰다.

"그냥 조용히 가면 안 될까요?" 키야는 토니의 말이 지겨운 듯했다.

"알겠습니다." 토니는 딸이 부탁한 사인북을 가방에 도로 집어넣었다. "프라이버시를 지켜 드리겠습니다."

"좋아요."

토니는 앞뒤 좌석을 분리하는 검은색 스크린을 올려서 두 사람 사이를 가렸다. "진짜… 재수 없는… 년" 그는 조그만 소리로 욕설을 내뱉고 내비게이션을 설정한 뒤 근무일지에 출발시각을 기록했다.

19:03

토니는 조용한 길에 들어선 뒤, 정신을 몽롱하게 하는 불빛이 길을 막은 곳을 향해 차를 몰고 가다가, 우회로 표지판에 따라 방향을 크게 틀고 작은 샛길로 들어섰다. 하지만 얼마 안 가 임시 신호등에 걸리고 말았다.

토니는 한숨을 푹 쉬고 핸드브레이크를 당겼다. 인적이 끊긴 길을 이쪽저쪽 바라보며 손가락으로 운전대를 톡톡 두드렸다. 곧 바뀔 기색 없이 어둠 속에서 활활 타오르는 빨간색 신호등 불을 쳐다볼수록 눈에 무리가 갔다.

그때 뒤에서 갑자기 자동차 경적이 시끄럽게 울렸다.

"제기랄!" 토니는 깜짝 놀라 숨이 턱 막혔다. 핸드브레이크를 풀고 출발하는데, 마치 다른 세상에 온 듯 운전석이 초록색으로 빛났다. 어디 아픈 건 아닌지 걱정되어 몇 시인지 확인했다.

19:03

고작 몇 초간 눈을 감았던 게 틀림없었다.

정신이 더 맑아진 토니는 큰길로 들어서자 속도를 높였다. 그는 눈부시게 빛나는 스타들이 저 멀리 모여 있는 곳을 향해 차를 몰았다.

25분 뒤, 토니와 키야가 탄 차는 승객들을 곧 내려놓을 리무진 행렬 뒤에 합류했다. 인위적으로 만들어진 명성의 이면에는, 이 자리에 선택받은 유명인 수십 명이 구름처럼 피어오르는 배기 가스에 갇힌 채 직거래 장터에서 거래되는 소 떼처럼 이끌려 나와 세상 사람들에게 품평을 받겠다고 대기하고 있었다. 모두 레드 카펫 위에 '화려하게 입장'할 준비 중이었다.

마침내 키야가 내릴 차례가 되었다. 토니는 정신없이 팔을 흔드는 주차 안내 요원들의 지시에 따르며 저도 모르게 긴장되어 심장이 요동쳤다. 그는 차를 세운 뒤 서둘러 모자를 쓰고 차 밖으로 나왔다. 벌떼처럼 모여든 카메라맨들의 기대에 찬 시선을 의식하며 차 뒤로 걸어가 뒷문을 활짝 열었다.

잠시 비현실적인 세상에 온 듯했다. 쥐죽은 듯 사방이 고요했다. 카메라 플래시도 터지지 않았다. 방금 도착한 이 슈퍼스타의 이름을 외치는 사람이 아무도 없었다. 그때 차 뒷좌석에서 뭔가 툭 떨어져 땅 위를 굴러가다 토니의 발에 부딪혀 멈췄다. 빽빽하게 몰려든 취재 기자들의 시선이 일제히 땅바닥으로 쏠렸다. 토니도 아래쪽을 힐끗 쳐다봤다. 지금 눈에 보이는 게 무엇인지 전혀 감이 오지 않았다. 그제야 플래시 불빛이 사방에서 펑펑 터지고 고함과 비명이 뒤섞여 온 세상이 순식간에 아수라장으로 변했다. 리무진의 텅 빈 내부는 환한 조명을 받아 숨김없이 노출되었고, 키야의 절단된 머리는 토니의 발 근처에 덩그러니 놓여 있었다.

토니는 키야의 예쁜 얼굴에 깊게 긁힌 자국을 뚫어지게 내려다보며 그대로 얼어붙었다. 그는 의도하지 않았지만, 결국 키야 로즈와 함께 사진을 찍기 위해 포즈를 취하고 말았다.

블랙아웃

헨리가 마지막에 전달한 지시에 따라 스칼릿은 로맨틱하게 불이 밝혀진 공 바(GǑNG bar)로 들어갔다. 헨리는 먼저 와서 그녀를 기다리고 있었다. 스칼릿은 꾸민 듯 안 꾸민 듯한 옷차림을 신경 써서 연출했지만, 더 샤드 건물의 52층에 있는 이곳에 들어오자 너무 초라하게 입고 온 것 같아 부끄러워졌다.

"한잔할래요?" 헨리는 스카치위스키를 벌써 두 잔째 마시고 있었다.

"우린 범죄 현장을 둘러보기로 했잖아요." 조바심을 내며 대답한 스칼릿은 처진 목 부분을 끌어 올려 브래지어 끈을 가렸다.

헨리는 우울해 보였다. 스칼릿은 그가 장난스럽게 대꾸하지 않고 고개만 끄덕이다가 바텐더를 손짓해 부르자 적잖이 놀랐다.

"물 주세요." 스칼릿은 깔끔하게 옷을 입은 여성 바텐더에게 주문했다. 헨리의 얼굴에 못마땅하다는 표정이 스치자 재미있어졌다. 스칼릿은 헨리를 더 놀리고 싶어 일부러 한마디 덧붙였다. "수돗물로요."

두 사람은 의자에서 일어나 창문 옆 조용한 곳으로 자리를 옮겼다. 반짝이는 도시 풍경은 가장 황홀한 순간을 맞이하고 있었다. 저 멀리 보이는 하늘은 아직 밝았지만, 석양이 깔리면서 단조로운 색상의 건물들에 불이 들어와 총천연색의 꽃을 피웠다. 꺼져가는 촛불이 마지막으로 몸을 불살랐지만 두 사람은 모르고 있었다. 그들을 감싸주는 따뜻한 불빛은 시간이 갈수록 줄어들었다.

"오늘 정말 아름다워요." 헨리가 칭찬하자 스칼릿은 수줍게 웃으며 옆으로 빠져나온 머리카락을 귀 뒤로 넘겼다.

"당신은 너무 아저씨처럼 입었는데요." 스칼릿도 헨리에게 한마디 했다. 그의 정장 재킷은 의자 등받이에 축 걸쳐졌고, 흰 셔츠의 위쪽 버튼 두 개는 풀려 있었다. 소매는 몇 번 접어 올렸다. 헨리는 위스키 잔을 천천히 돌리다가 멈추고 미소 지었다.

"내가 보낸 건 살펴봤어요?" 스칼릿이 물었다.

"봤어요. 내가 부탁한 건 구했어요?"

"구했어요." 스칼릿은 물잔을 옆으로 치우고 가방에서 서류 뭉치를 꺼내 그 자리에 올려놨다. "그런데 설득하느라 힘들었어요. 운전기사의 진술서와 현장에서 쓴 근무일지도 있고, 또 내비게이션도 있는데, 그게 왜 또 필요한지 이해하지 못하더군요. 솔직히 나도 잘 모르겠어요." 스칼릿은 꺼져가는 촛불을 바라보며 불만을 삭였다.

"필요하겠다는 직감이 들었을 뿐이에요." 헨리가 어깨를 으쓱했다. 이제는 목소리가 평상시와 가까워졌다. 그는 뒤로 기대앉아 술잔을 비웠다. "어쨌든, 타이밍이 가장 중요하니까요."

헨리가 빈 잔을 내려놓자 바텐더가 홀연히 나타나 새로 따른 스카치위스키 잔을 그의 앞에 놓고, 정교하게 만든 진토닉을 스칼릿 가까이 내려놓았다. 스칼릿은 받지 않으려 했지만, 조그만 스틱과 잎으로 장식하고 베리 열매를 띄워 장식한 모습에 마음을 뺏기고 말았다. 마치 깨끗한 강물을 유리잔에 담은 듯했다.

"이제 우린 그 여자의 수법을 알아요." 헨리가 말했다. "자, 우리가 처음에 알게 된 걸 이 키야 로즈 사건에 적용해 봅시다. 그 여자는 우리가 어떤 의문을 품길 바랄까요?"

스칼릿은 어떻게 대답할지 곰곰이 생각했다. '그 여자는 어떻게 이동 중인 리무진에 들어와 승객을 목 졸라 죽이고 목을 절단하고 시신을 없앴는데도 피는 몇 방울만 남기고 기사 몰래 도망쳤을까.'

헨리는 생각에 잠긴 스칼릿을 바라보며 계속 아무 말이 없었다.

"하지만 그건 불가능해요." 스칼릿은 얼굴을 찌푸리며 입을 열었다. "그리고 리무진 뒷좌석에서 그렇게 깨끗하게 머리를 절단할 방법은 없어요. 그러니, 진짜 의문점은 이거예요. 살인범은 어떻게 희생자를 뒷좌석에서 꺼내 목을 절단하고 다시 가져다 놓을 정도로 차를 오랫동안 멈추게 했을까? 그 차는 한 번에 이동했고 기사도 알아채지 못했는데 말이에요."

헨리는 테이블로 손을 뻗어 내비게이션 자료를 옆으로 치웠다. "내비게이션이 차 안에 있었다면, 그 자료에 있는 시간은 신빙성이 없어요." 헨리가 설명했다. "당신은 기사가 쓴 근무 일지를 확인해 봐요. 난 추적 장치 GPS 데이터를 확인할 테니." 헨리는 스칼릿이 간신히 얻어온 인쇄물을 가져갔다. "같이 비교해 볼래요?"

"뭘 찾을 건데요?" 스칼릿은 앞에 놓인 근무 일지를 흘깃 쳐다보며 물었다.

"잃어버린 시간." 헨리가 대답했다. "키야가 타기로 한 장소에 도착한 시간은요?"

"19시 정각."

"18시 54분." 헨리는 카드 게임이라도 하듯 바로 이어서 답했다.

스칼릿은 어깨를 으쓱했다. "사람 실수일까요? 시계가 느렸을까요?"

"글쎄요." 헨리는 계속 진행했다. "키야를 태우고 떠난 시간은요?"

"19시 3분" 스칼릿은 근무 일지에서 확인하고 답했다.

"18시 57분" 헨리가 재빨리 답했다. "또 6분 차이가 나요." 스칼릿은 머릿속으로 계산해 봤다. "내리기로 한 곳에 도착한 시간은요?"

"19시 28분."

"19시 28분." 헨리는 눈썹을 치켜떴다.

"시간이 맞아떨어지네요." 스칼릿은 흥분해서 진토닉을 과감하게 한 모금 마셨다.

"그런 것 같군요." 헨리가 고개를 끄덕였다. "즉, 키야를 태우고 떠난 시간과 내릴 장소에 도착한 시간 사이에 6분이 빈다는 뜻이에요."

헨리는 GPS 데이터 문서를 휙휙 넘기다가 다시 맨 처음 부분을 보며 이마를 찌푸렸다. "여길 봐요." 그는 똑같은 좌표가 반복되는 부분마다 손가락으로 짚었다. 그 좌표는 두 번째 페이지에도 이어졌다. "차가 움직이고 나서 기사는 약 20초 정도 운전하다가 한 장소에 5분도 훨씬 넘게 머물러요. 기사가 어떻게 진술했는지 다시 알려줄래요?"

스칼릿은 쌓인 문서에서 7쪽 짜리 진술서를 꺼내 필요한 부분만 소리 내 읽었다. "기사의 말에 따르면 보수 공사 때문에 도로가 막혀서 우회로 표시를 따라 샛길로 들어섰다고 했어요." 그녀는 페이지를 넘겼다. "그리고 임시 신호등 앞에서 몇 초 멈췄는데… 뒤에 있던 성질 급한 차가 왜 빨리 안 가냐고 경적을 울렸다고 했어요."

"바로 그겁니다." 헨리는 확신에 차 대답했지만, 눈으로는 구석에 있는 어떤 남자가 술잔을 비우고 계산하러 바에 올라가는 모습을 계속 좇았다.

스칼릿은 뭐가 뭔지 모르겠다는 표정으로 진술서를 내려놓았다. "하지만 기사는 이렇게 말했어요. 겨우 몇 초 멈췄다는데요."

"아까 내가 말했듯이," 헨리는 딴 데 정신이 팔린 듯했다. "내비게이션이 차 안에 있었다면, 그걸 믿으면 안 돼요."

스칼릿은 아까보다 훨씬 더 당혹스러워했다. "사람들은 아무 이유 없이 인생에서 6분이라는 시간을 잃어버리진 않아요. 그걸 모를 리도 없고요."

헨리가 주시하던 낯선 남자는 코트를 입고 모자를 눌러쓴 뒤 자리를 떠났다.

"…그렇겠죠?"

"진짜 미안해요. 잠깐 실례할게요." 헨리는 스칼릿에게 양해를 구하고 테이블에서 일어나 걸어갔다. 스칼릿은 헨리가 출입구 밖으로 사라지는 모습을 지켜봤다. 조금 당황한 그녀는 한숨을 쉬고 진토닉을 길게 한 모금 마셨다. 헨리가 벗어놓고 간 재킷이 덩그러니 남아 있었다.

…스칼릿의 시선은 헨리의 재킷으로 향했다.

그녀는 술잔을 내려놓고 출입구 쪽을 다시 확인한 뒤 테이블 건너편으로 손을 뻗어 재킷을 잡아 옆자리에 놓았다. 첫 번째 주머니에서는 샹그릴라 카드키가 나왔다. 다른 주머니에서는 이상하리만큼 깔끔하게 정돈된 지갑이 나왔다. 그 안에는 현금 약 300파운드와 각각 다른 이름으로 발급된 운전면허증 두 개가 있었고, 운전면허증 이름으로 발급된 신용카드 두 장도 들어있었다. 의외의 결과에 어리둥절해진 스칼릿은 안주머니에서 작고 딱딱한 원판을 꺼냈다. 매끄러운 금속 원판에 미세한 구멍들이 뚫린 모양을 보자 더욱 당황스러웠다.

스칼릿은 어깨너머로 뒤쪽을 한 번 더 재빨리 확인하고서 그 장치를 귀에 대고 흔들어봤다. 마치 크리스마스 선물이 무엇인지 알아내려는 모양새였다. 그리고 힘을 주어 떼어 보려고 했다. 그 방법도 효과가 없어 그 장치를 손으로 돌려 보자 갑자기 둘로 뚝 갈라져 스칼릿을 놀라게 했다. 장치에서는 삐 하는 소리가 부드럽게 울렸고, 점점 약해지다가 사라졌다… 그러자 주변의 색상도 일제히 사라지고 사방이 어둠에 잠겼다.

✦✦✦✦

스칼릿은 눈을 떴다. 얼굴에 시원한 바람이 불어왔다.

그녀는 밖에 있었다. 낯선 거리에 누워있었다. 어떻게 거기까지 왔는지 기억이 나지 않았다. 손바닥은 낯선 콘크리트에 닿아 있었고, 등에는 단단한 바닥이 느껴졌다. 그녀는 공포에 사로잡혀 걷잡을 수 없이 숨이 가빠졌다.

"이봐요! 정신 차려요!" 헨리가 그녀의 손을 잡고 옆에 웅크리고 앉아 있었다. 스칼릿은 이 세상을 처음 본 시각장애인처럼 놀란 얼굴로 주변을 둘러봤다. "괜찮아요. 괜찮아… 이젠 안전해요."

스칼릿은 조금씩 호흡을 조절하게 되자, 헨리에게 기대어 가쁜 숨을 몰아쉬었다. "하지만 우린 조금 전… 난 앉아 있었는데…" 그녀는 손목시계로 시간을 확인하자 더욱 혼란에 빠졌다. 시곗바늘은 그녀가 마지막으로 확인했을 때와 똑같은 위치에 있었다. "아니야… 아니야. 그럴 리가 없어." 그녀는 믿지 못하겠다는 듯 중얼거렸다. 헨리를 쳐다보자 현기증이 핑 돌았다. "당신 지금 피 흘려요!"

헨리는 자신의 흰 셔츠를 내려다봤다. "아, 내 피가 아니에요." 그러자 스칼릿은 눈을 동그랗게 뜨고 자신의 몸을 정신없이 더듬었다. "딜레이니 형사님… 스칼릿!" 헨리는 그녀의 이름을 크게 부르고 두 손을 꽉 잡았다. "당신 피도 아니에요." 헨리는 스칼릿의 턱을 들어 올렸다. "당신에게 아무 일도 없게 할 거예요. 몇 분 있으면 괜찮아져요. 긍정적으로 봐요, 적어도 당신은 아직 토하지는—"

"속이 별로에요." 스칼릿은 말을 마치자마자 배수구에 얼굴을 대고 한바탕 구역질했다.

"…앓은 게 아니군요." 헨리는 중얼거리며 손수건을 건넸다.

"고마워요… 잠깐만요. 설마…" 스칼릿은 생각을 정리하려 애썼다. 술에 잔뜩 취한 기분이었다. "나한테 무슨 짓을 한 거예요?"

"난 아무 짓도 안 했어요." 헨리는 살짝 뒷걸음치며 방어하듯 대답했다. "돌아와 보니 내 물건들이 테이블에 흩어졌고, 당신은 그 옆에 쓰러져 있었어요!"

"그렇다면, 날 다른 데로 옮겨야겠단 생각을 한 거네요?!" 스칼릿은 쏘아붙이자 두통이 더 심해져 머리가 깨질 듯했다.

"음." 헨리는 죄지은 사람처럼 입을 열었다. "당장 거기서 나와야 했어요. 화장실을 엉망으로 만들었거든요."

"그 남자 피에요?" 스칼릿이 헨리의 피 묻은 셔츠를 가리키며 물었다.

헨리는 미소지었다. "네, 그 남자 피에요."

스칼릿은 끙하고 신음했다. "난 여기 어떻게 왔어요?"

"택시를 타고 도로 끝에서 내렸어요. 그다음엔 여기까지 안겨 왔어요."

"…누가 안았죠?" 스칼릿은 의심하듯 물었다.

"이번엔 내가 안았죠." 헨리가 강조했다. "봐요, 당신 상의도 더러워졌잖아요."

스칼릿은 버럭 화내며 일어나려 했지만, 처음 몇 초 동안은 헨리를 붙잡아야 겨우 똑바로 설 수 있었다. "대체 그 장치 속에 뭐가 들어 있었어요? 마약… 같은 거예요?"

"꼭 그런 건 아니에요. 체내 흡수율과 또 몇 가지 요인 때문에 마약으로는 이런 작업을 하기엔 예측하기 너무 어려워요. 누군가의 인생에서 몰래 6분을 훔치고 싶으면 시간을 정확하게 재야하거든요." 헨리는 스칼릿에게 그 조그만 금속 디스크를 건넸다. "그래서 이런 게 필요해요."

"왜 그걸 가지고 있어요?" 스칼릿은 따지듯이 물었다.

"여기 오기로 했으니까요." 헨리의 대답은 간결했다. "나 같은 일을 하는 사람들은 그 장치를 꽤 많이 써요. 그건 사람을 무력화시키는 약제 같은 건데요, 안쪽이 여러 부분으로 나뉘고 원격으로 실행할 수 있어서 필요한 만큼 양을 조정할 수 있어요."

스칼릿은 조그만 프리스비처럼 생긴 그 장치가 보기 싫어 헨리에게 다시 건넸다.

"그런데… 여긴 어디예요?" 스칼릿이 물었다. 헨리는 그 장치를 다시 주머니에 넣었다.

"키야가 죽은 현장이에요. 지금은 밤 8시 20분이고요. 여기로 오는 길에 당신 시계가 가리키는 시간을 내가 바꿨어요. 시간이란 단지 보는 관점에 불과하다는 걸 보여주려고요. 저쪽이 키야를 태운 곳이에요." 헨리는 허름한 무단 점유 건물처럼 보이지 않는 깨끗한 건물을 가리켰다. 깨끗한 건물은 인근에서 그것이 유일했다. "도로 보수 공사는 저쪽." 그는 도로 끝을 가리켰다. "우회로는 저쪽." 두 사람은 모퉁이를 돌아 걸어갔다. "운전기사와 키야는 잃어버린 몇 분 동안 여기 멈춰 있던 게 분명해요."

그 거리 한쪽은 버려진 공장 벽면이 차지했고, 다른 쪽은 보안 철책이 설치되어 안쪽에 있는 창고를 둘러싸고 있었다.

스칼릿은 모퉁이를 돌아봤다. "신호등이 가짜였다면, 도로 보수 공사도 가짜였겠네요."

"조사해볼 만하겠군요." 헨리는 별로 볼 것 없는 도로를 바라봤다.

"하지만 당신 가설에는 문제가 하나 있어요." 스칼릿은 아직도 몸이 휘청거려 머리를 붙잡고 있었다. "속이 너무 안 좋아 미치겠어요. 난 분명히 정신을 잃고 뻗었다고요."

"그래서 시간을 정확하게 설정하는 게 중요해요. 당신은 그 운전기사보다 훨씬 더 오래 기절했어요. 그리고 내가 멀리 데려오기도 했고요." 헨리가 이유를 설명했다. "운전기사가 뭐라고 말했는지 진술서 봤죠? 그날 밤 '평소와 다르게 피곤'했고, 또 '하품이 끊이지 않았다'라고 했어요."

"우연의 일치 같은데요."

"아니에요. 갈까마귀는 리무진에 미리 접근해 시간을 바꾸고 무력화시키는 약제 같은 걸 쓴 게 틀림없어요." 헨리는 주머니에서 그 장치를 꺼냈다. "아마 두 개 썼을 겁니다. 하나는 앞좌석, 다른 하나는 뒷좌석." 그는 신중한 태도로 말을 덧붙였다. "용량을 조절할 수 있는 거 기억하죠? 공기 중에 아주 조금만 배출하면 졸리기만 해요."

"신호등 앞에서 잠시 눈을 감았을 때 왜 그랬는지 의심도 못 할 정도겠네요!" 스칼릿은 마침내 깨달았다.

"그 여자는 아예 무력화시키는 약제를 작동시켰을 거예요." 헨리는 살인 현장을 바라보며 설명하는 듯했다. "의식을 잃은 키야를 리무진 뒷좌석에서 끌어내 시신을 처리하기 위해 다른 차로 옮겼을 거고요. 거기서 키야의 목을 조르고, 키야의 얼굴에 자신의 트레이드마크인 할퀸 자국을 남겼겠죠. 그리고 목을 절단한 뒤 그 목을 가지고 리무진으로 돌아와요. 그리고 기사에게 무력화 약제든 뭘 썼든 리무진에서 시간을 다시 정확하게 맞춘 다음 사라졌을 겁니다⋯ 눈 깜짝할 사이에 6분이 사라지는 거죠." 헨리는 바로 이거라는 듯 손가락으로 딱 소리를 내며 말을 마쳤다.

"정확히 6분 뒤에 운전기사를 깨우는 건 어떻게 했을까요?" 스칼릿이 질문을 던졌다.

"그 진술서를 보면 어떤 차가 뒤에서 경적을 울렸다고 하지 않았어요?"

"그 사람이 살인자였어!" 스칼릿은 숨을 헉 들이마셨다. 흩어져 있던 모든 조각이 제자리에 맞춰졌다. "머리 없는 시신은 그 차 뒤에 실렸을 거예요!"

"아마 밴 같은 차였겠죠. 밤에 목을 절단할 장소가 필요하다면… 또 도로 보수 공사 차량으로도 쓰려면."

"그럼, 그 밴을 찾으면 갈까마귀를 잡을 수 있겠네요." 스칼릿의 목소리가 들떴다. 그녀는 혹시 보안 카메라가 있을까 하는 기대감에 주변의 버려진 건물들을 올려다봤다.

헨리는 휴대전화를 꺼내 손전등 기능을 켜고 스칼릿 쪽으로 돌아오면서 포장도로를 자세히 살폈다. "낮에 와 봐야겠어요. 만약 여기가 그 장소라면, 이용된 차량이 밴이든 아니든 피가 떨어져 있을 겁니다."

"내일 아침에 현장 감식반을 여기로 보낼게요." 스칼릿은 그 황량한 도로에 황금이라도 깔린 듯 도로를 흐뭇하게 바라봤다. "고마워요."

"별말씀을." 헨리가 대답했다. "당신하고 같이 연쇄 참수 살인범을 쫓는 경찰 놀이는 즐거워요. 진심이에요. 하지만 난 그냥 단순한 호의로 이 일을 하는 게 아니에요." 그 말을 듣자 스칼릿은 뱃속이 뒤틀렸다. 불법 거래를 하기로 했을 때부터 이 순간이 올까 봐 줄곧 두려웠다. "당신이 해줘야 할 일이 있어요."

등에 이가 있다

"기가 막히는군." 프랭크는 스칼릿이 이번에 준비한 서커스를 보고 중얼거렸다.

환한 조명 아래 세워진 증거물 보호 텐트는 서커스단의 대형 천막 역할을 했다. 서커스단 천막 주변을 바쁘게 돌아다니는 알록달록한 의상의 광대들처럼, 거리를 재는 감식반 요원이 외발자전거처럼 생긴 거리측정기 위에 당장이라도 올라탈 듯이 바삐 움직였다.

프랭크는 현장에서 가능한 한 가까운 자리에 주차를 했다. 몇 걸음 옮기자마자 누가 그를 불렀다. 프랭크는 낡아빠진 자동차에서 뿜어져 나오는 담배 연기 쪽으로 걸어가 운전석에서 담배를 피우는 그리피스 경감에게 몸을 숙였다.

"안녕하세요, 경감님."

"왔는가. 오늘은 기분이 어때?" 그리피스 경감은 안부를 묻자마자 마른기침을 쏟아냈다.

"좋습니다. 감사합니다."

"잘 됐군." 그리피스가 말했다. "왜냐하면, 난 방금 자네와 딜레이니가 갈까마귀 연쇄살인 사건 수사를 지휘하도록 했어."

"지휘라고요?" 프랭크는 의아해했다. 지휘라는 타이틀이 생기더라도 피할 수 없는 부서간의 다툼이 벌어지기 시작하면 별로 달라질 게 없기 때문이었다. "딜레이니는 아직 경장에 불과해요."

"자넨 경장이 아니니 다행이야." 그리피스는 담배꽁초를 창밖에 버리고 시동을 걸었다. "나한테 고마워할 필요는 없어."

그리피스가 탄 고물 자동차가 털털거리며 움직였다. 환경을 또 오염시킬 게 뻔했다. 프랭크는 시커먼 매연에 콜록대며 한숨을 푹 쉬었다. "그럴 생각도 없었어요."

광란의 현장으로 걸어 들어간 프랭크는 스칼릿을 바로 찾아냈다. 그녀는 여러 부서에서 나온 고참 경관들과 화기애애하게 대화하는 중이었다. 그녀는 프랭크를 보자 미소를 지으며 브리핑을 끝내고 걸어왔다. "오셨군요."

"안녕."

"아까 그 인간 거짓말 탐지기들은 제가 실제로 이 사건을 맡을 능력이 안 되지만 큰소리만 뻥뻥 치고 있다는 걸 눈치챘을까요?

"아까 봤을 땐 잘하고 있던데." 프랭크는 사람들로 북적거리는 범죄 현장을 둘러봤다. "경관들이 이렇게 많은 줄 몰랐어." 그는 무표정한 얼굴로 중얼거렸다.

"핏자국을 찾았어요." 스칼릿은 흰색 텐트가 쳐진 곳을 가리켰다. "잘했어." 프랭크는 고개를 끄덕였다. "또 한 건 했군."

스칼릿은 프랭크의 말투가 뭔가 이상한 걸 눈치채고 잠시 망설이다가 설명을 이어갔다. “범인은 분명히 밴을 이용했을 거예요. 가짜 도로 공사 현장을 만들고 신호등을 설치한 뒤 살인까지 하려면 말이에요. 그래서 동네 사람들을 수소문하는 중이고, 보안 카메라 영상도 입수하고 있어요. 타이어 자국도 분석하고요. 하지만, 솔직히 저는 범인이 뭔가 할 일을 찾고 있었다고 생각해요. 제 생각에—”

“멘델레예프 바.” 프랭크는 스칼릿의 말을 가로챘다.

스칼릿의 표정이 변했다. 당황한 표정을 한참 뒤에 바로잡으려 했지만, 설득력이 없었다. “네?”

“멘델레예프 바.” 프랭크는 같은 말을 반복했다. “그날 밤 러시아 조폭 하나가 암살되고 불에 탔어.”

스칼릿은 얼굴을 찌푸렸다. “그래서요?”

“목격자가 이렇게 말했다던데. 그 러시아 조폭하고 같이 식사한 남자가 붉은 머리 여인과 바에 있었다고.” 프랭크는 초조한 눈으로 스칼릿을 바라봤다. “CCTV 확인할까?”

스칼릿은 방어하듯 팔짱을 꼈다. “맞아요.” 그녀는 작은 소리로 말했다. “거기 있었어요.”

“같이 있던 남자는 누구지?”

“중요한 사람 아니에요. 그냥 아는 사람이에요.”

“마크는 그 사람이… 누구인지 알아?”

“마크가 알아야 할 이유는 없잖아요.”

“영화배우 저리가라 할 만큼 잘 생겼다고 하던데?”

“으음…” 스칼릿은 움찔했다. “그렇게 볼 수도 있겠죠… 만약 프랭크가 그런 쪽에 관심 있으시다면요.”

“잘생긴 남자를 말하는 거야?”

"네. 이미 얘기했잖아요." 스칼릿이 톡 쏘아붙였다. "이 일에 대해서는 절 믿어달라고 했고, 절 믿겠다고 하셨잖아요."

"그건 네 눈앞에서 그 러시아인이 화염병처럼 불탔다는 걸 알기 전이었어."

현장 감식반원 한 명이 느릿느릿 걸어왔다. "실례합니다. 딜레이니 형사님?"

"지금 바빠요!" 두 사람은 동시에 소리를 질렀다.

"프랭크, 수사가 지금 진전되고 있어요." 스칼릿이 목소리를 높였다. "저는 세상이 주목하는 연쇄살인 사건 수사를 지휘하고 있다고요! 늘 원했던 일이에요. 제가 뭘 하든 제대로 하고 있다고 믿어주세요."

"그만한 대가를 치를 가치가 없는 일도 있어."

그 말을 듣자 스칼릿은 코웃음을 쳤다. "참 쉽게 말씀하시네요. 동료들이 프랭크를 항상 따돌리진 않잖아요, 용감하게 해결한 대표적인 사건이 있으니까요. 내 아버지를 쫓아갈 때도 원칙대로 하셨어요?"

프랭크는 대답하지 않았다.

"뒤로 물러서라고 했어도, 가만히 있으라는 지시에 따르라고 했어도, 그렇게 했을까요?"

다시 한 번, 프랭크는 아무 말도 하지 않았다.

"전 괴물을 추적하고 있어요, 프랭크. 갑자기 양심을 들먹이시는데, 전 양심 따위는 전혀 필요 없어요. 절 도와주지 못하겠다면 적어도 방해는 하지 마세요." 말을 끝낸 스칼릿이 자리를 박차고 나가자 프랭크의 눈에 눈물이 어렸다.

****

런던 경찰청에 돌아온 스칼릿은 잠시 뒤 증거물 보관실을 나와 복도 저편 화장실로 곧장 들어갔다. 화장실에 아무도 없는 걸 확인한 뒤, 맨 끝 칸막이로 급히 들어가 문을 잠갔다. 그리고 헨리의 부탁을 받아 그녀가 서명하고 반출한 문서 파일을 열었다. 폴 윌리엄스. 28세. 자신의 지하 아파트에서 사망한 채 발견된 프리랜서 취재 기자. 약물 과다 복용.

스칼릿은 섬뜩한 사진들은 건너뛰고, 윌리엄스와 경찰이 전에 만난 내용 부분을 펼쳤다. 그 만남은 수사와 관련이 있었고, 불과 몇 주 전에 이루어졌다. 그녀는 페이지를 넘기고 당시 경관이 작성한 보고서를 꼼꼼히 읽어내려갔다.

윌리엄스 씨는 채링 크로스 경찰서에 자진 출두했습니다. 극도로 불안해 보였으며 피해망상과 수면 부족 증상이 뚜렷했습니다. 면담이 진행되는 동안 윌리엄스 씨는 투약 이력을 남기지 않고 처방되는 약을 먹었습니다.

스칼릿은 근처에서 문이 쾅 닫히는 소리가 들리자 잠시 가만히 귀를 기울였다.

윌리엄스 씨는 목숨을 잃을까 두렵다고 호소했습니다. 그는 다른 사건을 취재하던 중에 우연히 런던 밖에서 활동하던 범죄 조직을 찾아냈으며, 그 조직의 손에 '제거될 것이라고' 믿었습니다. 그는 이렇게 말했습니다. "이건 상상보다 훨씬 큽니다. 부패가 광

범위하게 퍼져 있다는 말이에요." 그는 사람들이 얼마나 많이 연루되었는지 말하지 못했지만, 이 조직은 거리낌 없이 활동하기 위해 여러 대기업과 자선 단체를 이용하고 있다고 진술했습니다. 또 그 조직의 '요원' 중 한 명의 외모를 묘사했습니다. 20대 중반 동유럽 출신 남성이며, 키가 크고 상당히 근육질입니다. 머리가 짧고 문신이 있습니다.

문이 확 열리고 사람들이 큰 목소리로 떠들며 화장실로 들어왔다. 스칼릿은 재빨리 파일을 챙겨 가방에 넣어 밖으로 나왔다.

갈까마귀 살인 사건의 '공동 수사 지휘' 형사로 지위가 올라가고 고작 3시간 지났을 뿐인데, 스칼릿의 책상에는 어느새 서류가 산더미처럼 쌓여 있었다. 그녀는 자리에 앉기 전에 책상 위에 올라온 서류들을 빠르게 넘겨 가며 확인했다. 그중 가장 부담스러워 보이는 서류 뭉치에 붙은 메모지를 보고 그 위에 쓰인 낙서를 해독하려 했다.

등에 이가 있다.
바로 이거야-
-멍청이

스칼릿은 고개를 절레절레 흔들고 무슨 뜻인지 알아내기를 포기했다. 그때 저쪽 책상에 앉아 있는 프랭크가 눈에 띄었다. 그는 우울한 얼굴로 바닥만 멀거니 쳐다보며 편의점 파스타를 입에 욱여넣고 있었다. 죄책감을 느낀 스칼릿은 프랭크의 자리로 걸어갔다.

"슬림 누들." 스칼릿은 허접한 포장지에 적힌 상품 이름을 소리

내 읽었다. 솔직히 평가해 포장이 그런 식이면 아무도 사 가지 않을 게 뻔했다. "'1인분.' 이렇게 강조하다니 차라리 잘됐네요. 저도 옆에서 같이 먹을 뻔했거든요."

프랭크는 희미하게 웃었다.

"아까 일 말이에요." 스칼릿이 말을 꺼내려 하자 프랭크는 손사래를 쳤다. "우리 괜찮은 거죠?"

"항상 그랬어." 프랭크가 답했다.

"파티 사진 작업은 어떻게 되어 가세요?

"오늘까지 해서 목록으로 만든 게 53장이야."

"나쁘진 않네요."

"그런데 54장이 또 들어와서 합계는 마이너스 1장이 되어버렸어. 하지만 오늘 아직 시간이 많으— 아, 제기랄!" 그는 시간을 확인하자 펄쩍 뛸 듯 놀랐다. "현장에서 새로 들어온 소식은?"

"법의학팀에서 아직 알아보는 중이에요. 두 사람의 혈흔이 나온 건 분명한데, 현시점에선 그게 전부에요." 스칼릿이 말했다. "극장에서 찾은 부러진 목걸이는 어떻게 됐어요?"

"지난번과 같아. 지문을 일부 확보했는데, 이디스 여사의 것은 아니야. 일치하는 사람도 아직 못 찾았어."

스칼릿은 끙 앓는 소리를 냈다. "왜 이런 작업은 다 느려터질까요?"

"굼벵이 같은 법의학팀에 빨리 확인해 달라고 닦달하는 사람들이 한둘이 아니니까. 하지만 모두 실패했지." 프랭크의 말투는 조심스러웠다.

두 사람은 서로를 바라보며 싱긋 웃었지만 아직은 어색했다. 뭔가 겉돌았고 부자연스러웠다.

"잠시 나갔다 올게요." 스칼릿이 말했다.

"여기보다 더 재미있는 데가 있어?"

"법의학 담당자들이 조사를 마쳤으면 보석상에 목걸이를 가져가 보려고요. 새로운 정보를 알아낼 수도 있으니까요."

"같이 가 줄까?"

"아뇨." 스칼릿은 조금 급하게 대답했다. "…말씀 감사해요. 하지만 사진 작업하시는 데 방해되지 않으려고요. 몇 시간만 갔다 올게요. 나중에 얘기해요." 스칼릿은 프랭크가 또 뭐라고 하기 전에 가방을 집어 들고 부리나케 뛰어나갔다.

⁂

프랭크는 스칼릿이 꼬마였을 때부터 잘 알고 지냈기 때문에 그녀가 거짓말을 하면 단번에 알아차렸다. 그는 다 먹지 않은 슬림누들 1인분을 그대로 버렸다. (이걸 다 먹는 사람은 프랭크보다 위장이 훨씬 튼튼할 것이다) 그리고 30초 뒤에 열쇠를 챙겨 그녀의 뒤를 따라갔다.

⁂

프랭크는 비둘기 똥으로 하얗게 얼룩진 벤치에 힘없이 앉았다. 호수 건너편에서 그는 스칼릿이 세인트 제임스 공원 호수가 보이는 카페 테이블에 자리 잡는 모습을 지켜봤다. 아무런 일 없이 시간만 흐르자 공원 입구 옆 아이스크림 트럭에서 뭐라도 사 왔으면 좋았을 텐데 하는 생각이 들었다. 마침내, 정장을 말쑥하게 차려입은 남자가 스칼릿이 기다리는 테이블로 와서 앉았다. 음료를 주문하는 모습을 보니 두 사람은 친해 보였고, 가까운 사이인 듯했다.

프랭크는 아이스크림 트럭이 있는 쪽을 힐끗 돌아봤다. 우거진 나무 사이로 노란색 트럭이 스쳐 보였다. 깊은 숲속에 숨은 표범을 찾는 듯했다. 뱃속이 꼬르륵거렸지만, 다시 카페를 바라봤다. 스칼릿이 가방을 열고 무엇인가 꺼냈다. 프랭크는 그것이 구겨진 사건 파일이란 걸 단번에 알아봤다. 스칼릿과 함께 있는 남자는 그 파일을 휙휙 넘겨보며 고개를 끄덕이다가 음료가 나오자 옆으로 치웠다.

15분이 지났다. 그동안 프랭크는 호수 위를 노니는 오리들에게 이름을 하나씩 다 지어주었다. 그때 두 사람이 테이블에서 일어났다. 프랭크도 벤치에서 일어나 카페를 향해 천천히 걸어가면서 그들이 서로 인사하고 반대 방향으로 헤어지는 모습을 쭉 지켜봤다. 스칼릿은 공원 안쪽으로 향했고, 정체불명의 남자는 프랭크 쪽으로 다가오기 시작했다.

프랭크는 걸음을 멈추고 호수를 내다보는 척하면서 그 남자가 뒤에서 지나가자 속으로 열까지 세었다. 앞에 펼쳐진 경치에 싫증이 날 즈음, 그는 남자를 따라 웅장한 애드미럴티 아치*를 향해 걸어갔다. 애드미럴티 아치는 공격받기 쉬운 버킹엄 궁전을 지키는 마지막 방어선처럼 꿋꿋이 자리를 지켰다. 프랭크는 그 옆 그늘에 주차된 아이스크림 트럭도 놓치지 않았다.

아이스크림이 콧수염처럼 입 주변에 묻은 프랭크는 길을 건너가 트래펄가 광장으로 들어섰다. 그는 이곳에 오자 아니나 다를까 역사에 대한 강한 열정에 사로잡혔다. 넬슨 기념탑 아래 사자

---

* Admiralty Arch. 커다란 대형 아치 세 개로 이루어진 우아한 건축물

상 받침대는 개미 떼처럼 몰려든 관광객들에게 이미 점령당했다. 프랭크는 4개의 청동 사자상 중 하나 앞을 지나 그 정장 입은 남자를 남몰래 따라갔다. 사자상은 기념탑을 지켜야 하는 본연의 임무를 다하지 못한 채 속수무책으로 당하고 있었다.

전해지는 이야기에 따르면, 빅벤이 종을 열세 번 울리면 거대한 랜시어 사자들*이 살아나 버릇없이 등에 올라탄 여행자들을 전부 집어삼킨다는 말이 있다. 또 트래펄가 광장 남동쪽 구석에는 문이 달린 가로등 기둥이 있다. 대부분 모르고 그대로 지나치는 이곳은 세계에서 가장 작은 경찰서라는 소문이 있다. 프랭크는 먹고 남은 콘을 쓰레기통에 버리고 내셔널 갤러리 계단을 올라갔다.

스칼릿과 함께 있었던 그 남자는 입구에 길게 늘어선 줄을 그대로 지나치며 직원을 향해 고개만 끄덕이고 당당하게 안으로 들어갔다. 프랭크는 경찰 배지를 제시하고 들어갈까 했지만 곧 마음을 접고 티켓을 받아 다른 입장객들처럼 보안 검색을 통과했다. 프랭크는 그 남자를 놓쳤을까 봐 애가 탔다. 다행히 동관 복도 맨 끝에 가 있는 남자를 찾았다. 프랭크는 점점 더 발걸음을 빨리했다. 모퉁이까지 오자 그 남자는 출입이 차단된 복도로 들어갔다.

프랭크는 조심스럽게 다가가 출입금지 안내판을 넘어 불 꺼진 복도를 따라 여러 사람의 목소리가 웅얼웅얼 들리는 곳을 향해 이동했다. 복도는 자연광이 환하게 들어오는 화려한 전시실로 이어져 있었다. 근육질의 남자가 그 입구에 프랭크를 등지고 서 있었다. 프랭크는 벽면에 우묵하게 들어간, 어두컴컴한 벽감으로 황급히 몸을 숨겼다. 입구에서 약 6미터 떨어진 그곳에서는 전시실

---

* 에드윈 랜시어(Edwin Landseer)는 19세기 영국의 화가 겸 조각가로서, 넬슨 기념탑 아래 청동 사자상을 조각했다

대부분이 보였고, 그 정장 입은 남자도 잘 보였다. 하지만 그와 이야기를 나누고 있는 상대방은 보이지 않았다. 반대편 입구에는 매력적인 여자가 서 있었고, 안쪽 벽에는 안경 쓴 남자가 언뜻언뜻 보였다. 거리도 멀고 소리가 울려서 그들의 대화를 도저히 알아들을 수 없었다. 하지만 그들 중 한 명이 근처에 있어서 더 가까이 다가가면 위험했다.

프랭크는 조심스럽게 휴대전화를 꺼내 카메라 앱을 열고 벽에서 가능한 한 멀리 떨어져 나왔다. 그는 근육질 남자 어깨너머로 스칼릿이 만난 정장 입은 남자를 한가운데 놓고 화면을 확대했다. 다른 두 사람도 화면 양쪽에 들어오게 해서 구도를 잡고 완벽하게 촬영할 순간이 오기를 기다렸다.

찰칵.

카메라 촬영 소리가 복도를 따라 울려 퍼지자 프랭크는 황급히 몸을 숨겼다. 그는 휴대전화를 가슴에 꼭 붙여 화면 빛이 새어나가지 않게 하며 숨죽인 소리로 욕설을 내뱉었다.

문가에서 경계를 서고 있던 남자는 그 소리를 들었다.

그들 모두 들었다.

전시실은 일순간 조용해졌고, 다섯 명의 눈길은 어두운 복도로 집중되었다. 칼집에서 톱날 칼을 뽑아 드는 소리가 날카롭게 울렸다.

"젠장." 프랭크는 들릴락 말락 욕설을 내뱉었다. 그는 휴대전화 설정과 메뉴 화면을 허둥지둥 서툴게 넘기며 백라이트를 어둡게 하거나 음향 효과를 끄려 했지만, 둘 다 실패했다. "제발 좀… 제발."

그 남자는 우람한 덩치에 비해 놀랄 만큼 민첩하게 움직였다. 그는 암흑 속으로 살금살금 나아갔다. 어두운 복도는 움푹 들어간 공간과 벽에 걸린 그림들이 어지럽게 뒤섞인 모습이었다.

휴대전화 설정 변경을 포기한 프랭크는 벽에 등을 꼭 붙이고 서 있었다. 숨소리를 진정시키자, 웅얼웅얼 들리던 대화 소리는 어느새 그쳤고 불길한 적막감이 감돌았다. 어둠 속에서 그의 옆에 걸린 그림 한 점이 어렴풋이 보였다. 시들어 죽어가는 꽃다발이 꽂힌 화병 그림이었다. 그나마 꽃 한 송이는 살아남으려고 안간힘을 쓰는 듯했다. 정해진 운명에 반항하듯 희미하게 색이 남아 있었다. 시간이 얼마 남지 않았다는 걸 연상시키는 장면이었다.

\#\#\#\#

펠릭스는 단독으로 서 있는 전시품 뒤에 몸을 숨기고 유심히 살폈다. 앞에 보이는 공간은 텅 비어 있었지만, 그 위치에서 보니 벽에 우묵하게 들어간 벽감이 저쪽에 또 있었다. 더 깊고 커서 사람 하나쯤은 숨을 정도였다. 그는 전시실에 있는 사람들을 돌아보며 지원을 요청하는 손을 흔들었지만, 아무도 반응이 없었다.

그는 다시 손을 흔들었다.

펠릭스는 그들에게 이쪽이 보이지 않는다는 걸 깨닫자 다시 어두컴컴한 복도를 향해 돌아섰다. 칼을 들어 공격할 준비를 하고 저쪽 벽감을 향해 조금씩 움직였다. 잠시 멈추고 모퉁이를 돌자 시든 꽃 그림만이 눈에 들어왔다. 머리 위에서는 환기 장치의 통풍구와 배관이 가끔 찰칵 소리를 내며 윙윙 돌아갔다. 그는 고개를 저으며 칼을 도로 집어넣었고, 보기 흉한 꽃 그림을 향해 얼굴을 찡그리며 전시실로 돌아갔다.

갈색 보석

스칼릿은 해턴 가든으로 이동했다. 런던 보석상들이 모여 있는 이 지역은 올드 플레이하우스 극장에서 회수한 부러진 목걸이에 관한 정보를 알아내기에 적당한 장소 같았다. 스칼릿은 버스에서 내려 휴대전화를 꺼내다가 지나치게 화려한 그 장신구 조각을 땅에 또 떨어뜨렸다. 두 시간 만에 벌써 세 번째였다. 그녀는 쭈그리고 앉아 목걸이에 묻은 더러운 진흙을 최대한 닦아내고 경멸어린 눈초리로 빤히 쳐다봤다. 투박하게 다듬은 유리 겉면을 보고 있자니 값어치가 전혀 없어 보였다.

스칼릿은 펜던트를 다시 주머니에 넣고 휴대전화로 지도를 확인했다. 수맥 찾는 지팡이처럼 휴대전화를 들고 길을 따라가다가 '펠로우 & 선즈' 명판이 달린 보석상에 도착했다.

활기 넘치는 보석상 주인은 80대 초반으로 보였다. 그가 매장

안쪽에서 15분 넘게 목걸이를 감정하는 동안 스칼릿은 이메일을 확인했다. 주인의 아들로 보이는 직원 한 명은 이 작은 매장의 유일한 다른 손님과 상담하는 중이었다. 스칼릿은 그 틈을 타 마크와 잠시 메신저를 주고받았다.

안녕 💋

안녕 자기야

잘 있었어?

응

피를 찾았어 ☺

잘해써

잘했어

똥 발견

내 책상 밑에서

집에서?!

학교에서

학부모 모임

준비하던 중에

더러워

분명 앤드루야

작은 똥

아니, 큰 똥이야

사실은

그러니까…

가봐야 해

아, 알았어. 안녕

사랑해 💋

"너무 오래 기다리게 해서 미안합니다." 주인이 카운터에 다시 나타났다. 그는 어딘지 모르게 달라진 듯했다. 말투가 진지해져서 쾌활했던 목소리가 단조롭게 들렸다. "말씀드리기 전에 꼼꼼히 확인하고 싶었습니다."

"도움이 될 만한 것을 알아내셨어요?"

나이 든 주인은 부자연스러운 미소를 지었다. "따로 조용히 얘기하는 게 좋겠군요." 주인은 다른 손님이 있는 방향을 가리키며 장소를 옮기자고 제안했다. 그 손님은 귀를 쫑긋 세우고 두 사람의 대화를 빠짐없이 엿듣고 있었다. "들어오시죠." 그는 뒤에 있는 문을 열고 비좁은 작업실로 스칼릿을 안내했다.

전문가 의식이 투철한 주인은 그 조잡한 목걸이가 마치 대관식용 보석이라도 된다는 듯 벨벳 쿠션 위에 조심스럽게 올리고 면장갑을 낀 뒤 자리에 앉아 다시 주의 깊게 살폈다. 이마를 찡그리자 커다란 돋보기 너머로 이마의 굵은 주름이 도드라졌다. 그는 최종 감정 의견을 내기 전에 한 번 더 마지막으로 감정했고, 그동안 스칼릿은 끈기 있게 기다렸다.

"부러졌다니 유감입니다." 그는 환한 불빛 아래 빛나는 목걸이를 주의 깊게 바라봤다. 수술대 위에 누운 환자를 대하는 의사 같았다. "나머지 부분은 없는 것 같군요?"

"그런 것 같아요." 스칼릿이 대답했다. "범죄 현장에 있었던 물건이니, 나머지 부분이 있었다면 아마 바닥 마루판 사이에 떨어졌거나 청소하다가 쓰레기통으로 직행했겠죠."

얼굴이 일그러지는 걸 보니 그 주인은 이 일을 너무 진지하게 받아들이는 게 분명했다. "그렇다면 유감입니다."

"그럼… 이 목걸이에 대해 말씀해주시겠어요?" 스칼릿이 재촉했다.

"미안합니다." 주인은 재빨리 기운을 차렸다. "저도 이런 물건은 처음 봐서요." 스칼릿은 혼란스럽다는 표정을 지었다. "손상되긴 했지만, 이건 희소성이 높은 22캐럿 다이아몬드 다섯 조각으로 만들었어요. 최고 품질의 다이아몬드, 에메랄드, 루비를 동그랗게 깎아 그 주위를 둘렀고—"

"다이아몬드라고요?" 스칼릿은 깜짝 놀라 그의 말을 끊었다. "진짜 다이아몬드에요?"

"아, 그렇습니다." 그는 활기차게 대답했다.

"큰 것들도요?"

"음… 네." 주인은 스칼릿이 몰랐다는 사실에 놀란 눈치였다. "하나같이 다 백금 틀에 박혀 있어요. 만든 스타일도 그렇고, 보석을 아끼지 않은 걸 봐도 온통 중동식이에요. 누가 봐도 자신의 지위를 알 수 있게 한 겁니다."

스칼릿은 똑바로 앉아 그 흉물스럽게 생긴 펜던트를 바라봤다. 그다음 질문을 하지 않을 수가 없었다. "이런 건 얼마 정도 하나요?"

주인은 종이를 한 장 집어 들었다. 그 역시 같은 걸 궁금해 했던 게 틀림없었다. 종이 위에는 대략 스케치한 그림 밑에 계산식이 적혀 있었다. "적게 잡아도… 물론, 현재 상태 기준입니다." 그는 숨을 빠르게 들이마셨다. "아마 4에서 4.5 정도일 겁니다."

"아." 말도 안 되게 비싼 보석이라는 사실은 의심할 여지가 없었다. 하지만 이 나이 많은 보석상 주인이 지금까지 했던 말과 행동을 보면 더 비쌀 것이라고 예상했었기에 스칼릿은 다소 실망했다. 그녀는 펜을 꺼내 메모했다. "현재 상태에서는 4천에서 4천 5백."

"백만."

"네?"

"백만." 보석상 주인은 스칼릿의 말을 정정했다. "4백만에서 4백 50만 파운드*."

"이런 미친 맙소사!" 그녀가 불쑥 내뱉었다. "죄송해요. 프로답지 않은 말이었어요. 하지만… 이런 미친 맙소사!" 또 그 말이 튀어나왔다. 스칼릿은 아까 공원 쓰레기통에 빠뜨리는 바람에 바닥에 고인 썩은 물까지 뒤져 찾아냈던 이 다이아몬드 펜던트를 바라봤다.

"대략 추측해 보면, 완전한 상태라면 5백만에서 6백만 파운드입니다." 주인은 값비싼 보물을 대하듯 펜던트를 조심스러우면서도 정중하게 건넸다. "형사님은 이 물건의 주인을 찾는 걸 도와달라고 했지만, 그럴 필요는 없겠군요. 주인이 형사님을 찾을 겁니다. 누군가 분명히 이걸 찾고 있을 겁니다."

⁂

프랭크는 사무실로 돌아온 즉시 올슨을 찾아갔다. 올슨은 스키니 진과 복고풍 티셔츠를 즐겨 입는 순진한 청년이었고, 프랭크가 해결하고 싶은 IT 문제가 생길 때마다 도움을 구하는 사람이었다. 프랭크를 늘 잘 받아주지만, 사회성은 조금 모자란 그 젊은이는 그래도 같이 지내다 보면 좋아지는 사람이었다. 그는 현대 사회에서 점점 구닥다리가 되어 가는 나이 든 프랭크에게 왠지 모를 연민을 느꼈다.

---

* 약 67억 원에서 76억 원

"올슨!" 프랭크가 반갑게 인사했다.

"프랭크." 올슨도 미소 지었다. 그는 하던 일을 멈추고 의자를 돌려 프랭크를 쳐다봤다. "오늘은 무슨 일 도와드려요?"

"그렇게 티가 나?"

"휴대전화 들고 있잖아요."

"아, 맞다." 프랭크가 중얼거렸다. 올슨에게 늘 그렇게 부담만 주는 것 같아 언짢은 기분이 들었다. "사진을 한 장 찍었어. 거기서 얼굴들만 분리해서 시스템에 올려 줘."

"별로 어렵지 않을 거예요." 올슨은 프랭크를 안심시켰다. "해상도는 좋아요?"

"음, 재빨리 찍고 아무도 모르게 빠져나왔어. 뭐, 나쁘지 않아."

올슨은 얼굴에 떠오른 미소를 감추려 애쓰며 손을 내밀었다. "비밀번호는 아직도 1234죠?"

"응, 게다가 잊어버리지도 않았어." 프랭크는 자랑스러워했다.

올슨은 프랭크의 휴대전화에서 가장 최근에 찍은 사진을 띄우고 눈에 보이는 얼굴들을 하나씩 차례대로 확대했다. "좋아요. 좋아요. 이거면 되겠어요." 올슨은 화면을 넘기고 프랭크에게 휴대전화를 건넸다.

"다 했어?" 프랭크는 깜짝 놀랐다.

"다 했어요." 올슨은 어깨를 으쓱했다. "방금 제 이메일로 첨부해서 보냈어요. 다 되면 시스템에 올려드릴게요. 어떤 사건번호에 링크 걸어드려요?"

"지난번과 같은 것?" 기대에 가득 찬 프랭크는 씩 웃었다.

"…알았어요." 올슨은 지난번 그의 부탁을 받고 규정을 남몰래 어겨가며 도와준 답례로 가장 좋아하는 맥주를 실컷 얻어 마신 일이 생각나 피식 웃었다. "뭐 좀 건지면 이번엔 제가 쏠게요."

****

"프랭크!" 스칼릿은 사무실 문 사이로 머리를 쑥 내밀며 프랭크를 큰 소리로 불렀다. "도와주실 게 있어요." 그녀는 화해의 손길을 내밀었다.

프랭크는 바로 자리에서 일어나 스칼릿을 따라 엘리베이터로 갔다. "어디 가는 거야?" 프랭크가 물었다.

"도난사건 담당 부서에 가요." 스칼릿이 버튼을 누르며 대답했다.

"왜?"

스칼릿은 부러진 목걸이를 프랭크에게 건넸다. "조심조심 만지세요." 스칼릿이 경고했다. "4백만 파운드가 넘어요."

그 말에 기겁한 프랭크는 목걸이를 받자마자 툭 떨어뜨렸다. 허리를 굽혀 목걸이를 주워 올리는데 등허리에서 우두둑하는 소리가 두 번이나 났다. "4백만?!" 그는 전부 다 들으라는 듯 큰 소리로 중얼거렸지만, 복도에 있는 사람 중에서 약 절반만 알아들었다. 그는 입을 헤벌린 채 목걸이를 뚫어지게 바라봤다. 두 사람은 서로에게 가졌던 불편한 감정을 잠시 잊었다.

"도난사건 담당 형사와 얘기하려고요. 누가 그 목걸이를 도난 신고했는지 알려줄 사람은 바로 그 사람들이니까요."

그 특이하면서도 값비싼 보석을 도둑맞았다는 신고 접수 보고서를 찾는 데는 2분도 걸리지 않았다.

"그럼, 목걸이 주인은 멀쩡히 살아있네요?" 깜짝 놀란 스칼릿이 물었다.

"게다가 우릴 아주 들들 볶아대요." 도난사건 담당 형사는 눈을 가늘게 뜨고 컴퓨터 화면을 보면서 답했다. "여기 내용을 보니까, 그 여자가 어제도 전화해서 왜 아직도 못 찾았냐고 한바탕 난리를 쳤다는데요. 어이, 맥그리거!" 그는 손을 흔들어 어떤 형사를 불렀다. "자네가 그 커다란 다이아몬드 목걸이 사건 담당하지?"

"네, 왜요?"

프랭크는 부러진 펜던트를 들어 올렸다. 그 형사의 눈이 빛났다. 프랭크는 그것을 엘리베이터 옆에서 스칼릿에게 받았을 때부터 한순간도 손에서 놓지 않았다. 그렇게 갈망했지만 이루지 못한 버킷리스트 항목 전부를 가능하게 해줄 물건을 잠시만이라도 손에 들고 있자니 꿈만 같았다. 그는 마음이 어지러웠다. 엘리노어를 잃기 전에 그녀가 누리게 해줄 수 있었던 삶이 어땠을지 상념에 잠겼다. '언젠가는' 일본에 놀러 가거나 사파리 여행을 하고 싶다는 그녀의 소망은 몇 개월 치 월급만 있으면 언제든 실현할 수 있었지만, 이미 너무 늦어버렸다. 그동안 이 보기 흉한 펜던트는 어떤 돈 많은 여자의 목에 쓸데없이 매달려 있었을 터였다.

"우리는 갈까마귀 연쇄살인 사건을 수사하고 있어요." 스칼릿이 설명했다. "그 목걸이는 갈까마귀의 살인 현장 중 한 곳에서 발견됐어요. 목걸이 주인은 어떤 사람인가요?"

"아미라 압달라." 형사는 컴퓨터 화면에서 이름을 확인했다.

"사우디 출신이고, 족장의 상속녀예요. 신보다도 돈이 많아요." 형사의 동료가 끼어들었다. "지난 몇 년 동안 마운트배튼 호텔 꼭대기 두 개 층을 빌려 살고 있어요. 그리고, 맞다, 짐작했겠지만 특권의식에 찌들어 남들을 무시하는 기분 나쁜 사람이고요."

"무슨 생각해?" 프랭크가 스칼릿에게 물었다. "만약 살아있다면, 그 여자가 갈까마귀일까?"

"그럴 수도 있지만 의심스러워요. 돈이 차고 넘치긴 해도 이렇게 비싼 목걸이를 하고 직접 살인하고 다니지는 않겠죠."

"희생자의 물건이겠지?"

"앞으로 당할 희생자겠죠." 스칼릿이 동의했다. "어쩌면 바로 다음 희생자일 수도? 그렇게 치밀하게 살인을 계획하려면 반드시 목표물에 가까이 접근해야 할 거예요."

"맞아. 그런데 우리가 아는 한, 갈까마귀는 늘 희생자가 죽은 후에 전리품을 가져갔어." 프랭크가 지적했다.

"하지만 전리품으로 가져간 것들 중에 수백만 파운드짜리는 없었잖아요, 그렇죠?"

"말 되네."

"정말 갖고 싶었나 보죠." 스칼릿이 추리했다. 그녀는 두 사람의 대화를 넋 놓고 듣고 있던 도난사건 담당 형사들을 돌아봤다. "그 사람 연락처 있으세요?"

23장

분개한 상속녀

"말도 안 돼." 프랭크는 투덜거리며 손목시계를 또 내려다봤다. 프랭크와 스칼릿은 마운트배튼 호텔의 휘황찬란한 로비에서 기다리는 중이었다. "40분이나 기다렸어. 엉덩짝만 움직이면 되는데 뭘 이리 꾸물대."

"그러게요." 스칼릿은 심드렁하게 대꾸했다. 개인적으로는 이 짧은 휴식시간을 반기고 있었다. 물밀 듯 쏟아지는 이메일을 확인할 수 있어서였다. 그건 물이 뚝뚝 새는 집 욕실 때문에 늘 신경을 곤두세우는 일과 비슷했다. 그녀는 이메일 수신함을 확인할 때마다, 집에 들어갈 때 욕실에서 떨어지는 물을 받아두려고 계단 옆에 둔 양동이가 혹시 넘치지는 않았나 걱정할 때와 똑같은 불안감을 느꼈다. "법의학팀에서 그러는데, 도로에서 채취한 혈액 샘플 중 하나가 키아의 것과 일치한다고 해요." 그녀는 이메일을 소리 내서 읽었다. "다른 한 개는 결과를 기다리고 있고요."

프랭크는 알겠다고 고개를 끄덕인 후 시간을 또 확인했다. "어휴, 차라리 갈까마귀한테 확 당해버려라."

마침 때맞춰 엘리베이터 문이 열리고 똑같은 정장을 입은 덩치 큰 남자들이 우르르 몰려나와 호텔 로비에 넓게 자리를 잡았다. 한 명은 똑바로 걸어 나와 프랭크 옆 창문을 등지고 서서 옥상을 예의주시했다.

"이게 뭔 난리야?" 프랭크가 스칼릿에게 묻는 동시에 두 번째 엘리베이터가 도착하고 문이 열렸다. 안에 있는 사람들은 먼저 온 동료들이 아무 이상 없다는 신호를 보낼 때까지 밖으로 나오지 않았다.

그때 피부가 가무잡잡하고 도자기처럼 완벽한 여인이 경호원들을 거느리고 당당하게 로비로 걸어 나왔다. 간결하게 화장한 얼굴과 검은 머리카락은 순백의 드레스와 대조되어 마치 오래된 흑백영화 주인공이 총천연색으로 빛나는 무대에 화려하게 등장한 듯했다. 너무 놀라 할 말을 잃은 두 형사 앞에 그녀가 앉자 경호원들은 미리 연습이라도 한 듯 차례대로 자리를 비켰다. 여인은 다리를 꼬고 짜증난다는 듯 긴 손톱을 딱딱 부딪쳤다.

"으음… 압달라 씨." 스칼릿은 주저하며 입을 열었다. "저는 딜레이니 형사이고, 이분은—"

"다른 형사에게 들었어요." 여인이 스칼릿의 말을 잘랐다. "당신이 내 목걸이를 찾았다고… 음, 목걸이 전체는 아니지만, 어쨌든 감사합니다… 감사드려야겠죠, 하여간. 그게 오늘 만나기로 한 유일한 이유에요. 3분 주겠어요."

"좋습니다." 스칼릿은 만만찮은 이 여인에게 말하려고 몸을 기울였다. 가장 가까운 곳에 있는 경호원이 그녀를 유심히 지켜봤다. "목걸이를 찾은 장소 때문에 여기 왔습니다. 우린 이런 생각이…"

"어디서 찾았는데요?"

"시체 밑에서 찾았습니다."

그녀는 끔찍하다는 표정을 지었다. "깨끗이 닦았길 바랄게요. 왜 도난사건 담당 형사가 아니라 강력계 형사가 내 물건을 가져왔는지 이제야 이해가 되네요."

"…우린 이런 생각이 듭니다." 스칼릿은 그녀가 두 번이나 무례하게 말을 끊었는데도 아랑곳하지 않고 계속 말을 이어나갔다. "당신 목숨이 상당한 위험에 처했을 수도 있어요."

여인에게는 그 말이 우습게만 들린 듯했다. "형사님, 절 해치려는 사람들이 얼마나 많은지 알기나 해요? 날 납치해서 아버지를 협박하려는 사람이 얼마나 많은데요? 까마득한 옛날 거래가 잘못되었다고 그 보복으로 아버지의 외동딸을 죽이려는 사람들은요? 내가 왜 저 사람들을 끼고 다니겠어요?" 여인은 그들 주위에 일정한 간격을 두고 서 있는 경호원들을 가리켰다.

"갈까마귀에 대해 들어보셨죠?" 스칼릿이 화제를 바꾸자 여인의 하늘을 찌를 듯한 자신감이 처음으로 꺾였다.

"물론이죠." 여인은 마음이 불편한 듯 앉은 자세를 바꿨다. "그런데… 그게 무슨 상관—"

"당신 목걸이는," 이번엔 스칼릿이 그녀의 말을 끊고 대화의 주도권을 잡았다. "갈까마귀가 살해한 목이 절단된 시신 밑에서 발견되었어요."

아미라 압달라는 사람들로 북적이는 로비를 긴장된 얼굴로 둘러본 뒤, 흠 하나 없는 매끈한 얼굴에 억지로 미소 지었다. "그게 누구든 중요하지 않아요. 이 호텔의 꼭대기 두 개 층은 난공불락의 요새예요. 아무도 날 해치지 못해요."

"그놈은 할 수 있어요, 분명히 그렇게 할 거예요." 스칼릿이 장담했다. 스칼릿 옆에 잠자코 앉아 있던 프랭크는 그녀의 직설적인 말을 듣고 한쪽 눈썹을 치켜세웠다. "런던 경찰청이 24시간 보호해 드리고 싶습니다."

"거부하겠어요."

"이건 부탁이 아닙니다." 스칼릿의 말은 단호했다. 오만한 그 여인은 충격받은 표정이었다. 누군가에게 안 된다는 말을 듣는 게 처음인 것 같았다. "당신만의 문제가 아닙니다. 연쇄 살인범이 활개 치며 돌아다니고 있어요. 벌써 세 명을 살해했어요. 그리고 이 목걸이… 그리고 당신, 우리가 한발 앞선 건 이번이 처음이에요. 갈까마귀는 당신을 죽이러 올 겁니다. 당신의 목을 자르려고 할 가능성이 아주 커요. 게다가 그놈이 도망치면 다른 사람들이 얼마나 더 많이 죽을까요? 당신은 손댈 수 없다는 그 순진한 생각 때문에 말이죠."

프랭크는 그만하라는 듯 스칼릿의 발을 밟았지만, 스칼릿도 이미 자신의 표현이 과하다는 사실을 알고 있었다. 분개한 상속녀는 자리에서 일어났다. "그만하시죠." 그녀는 경호원 중 한 명에게 고개를 끄덕였다.

"압달라 씨." 스칼릿이 불쑥 그녀를 불렀다. 그때 똑같이 생긴 레인지로버 세 대가 호텔 밖에 멈춰 섰다. 검게 선팅한 차창은 차 본체, 바퀴 색과 같았다. "제가 이 사건 수사를 지휘하는 데는 이유가 있어요. 저는 갈까마귀가 저지른 살인 사건을 혼자서 한 건도 아니고 두 건이나 밝혀냈습니다. 전 범인을 이해해요. 어떻게 생각하는지도 알아요. 정말입니다. 전 당신을 보호할 수 있어요."

몹시 까다로운 이 여인은 한숨을 푹 쉬고 스칼릿을 오랫동안 바라봤다. 그리고 프랭크를 쳐다봤다. "사실인가요?"

"전부 사실입니다." 프랭크가 답했다.

"그럼, 저 여자분이 그 모든 일을 해냈다면, 당신의 역할은 무엇인가요?"

프랭크는 스칼릿을 바라봤다. "정신적으로 힘이 되어 주고, 기분 좋아지라고 치어리더 역할도 하고… 양심을 잃지 말라고 강조하는 일도 합니다."

여인은 스칼릿을 돌아봤다. "당신이 마음에 들어요. 진심이에요. 자, 당신에게 호의를 베풀겠어요. 경찰은 필요 없어요. 저 위에는 나만을 지키는 용병 조직이 있어요. 대부분 무장했고, 전부 다 내 목숨을 걸고 신뢰하는 사람들이에요." 스칼릿은 입을 열고 뭔가 항의하려 했지만, 이번에는 여인이 주도권을 잡았다. "하지만, 당신의 충고에 따라 다음 주 내내 호텔에만 있겠어요. 우리가 편안하게 지낼 만큼 생필품을 충분히 확보하는 대로, 이 건물 안팎의 사람들 모두와 연락을 끊겠어요. 마지막으로, 우리가 봉쇄에 들어가기 전에 당신은 위로 올라와 최종 점검을 하세요. 우리가 놓쳤을지도 모르는 게 있으면 알려주고, 또 경호원들에게 설명하세요. 받아들이시겠어요?"

스칼릿은 프랭크를 쳐다봤다. 그는 대답 대신 어깨를 으쓱했다. "네."

"좋아요. 난 일이 있어 나가봐야 하고, 점검 준비하려면 몇 시간 걸릴 거예요. 그러니 오늘 밤 8시에 여기로 오세요." 그녀는 말을 마치고 뒤로 돌아 당당하게 걸어 나갔다. 검은 정장을 입은 경호원들도 뒤를 줄줄이 따랐다. 그녀는 밖에서 대기 중인 차에 올라탔다.

****

90년대 중반에 적갈색 포드 몬데오 자동차를 산 것은 탁월한 결정이었다. 자연스럽게 노화하고 부식하면서 생기는 흠집이 눈에 잘 띄지 않았기 때문이다. 그 덕에 처음 샀을 때부터 똥차 같았던 차를 25년 넘게 몰고 있다는 사실을 숨길 수 있어서 더 좋았다. 적어도 프랭크는 그렇게 믿고 싶었다.

마운트배튼 호텔에서 조금 떨어진 곳에 주차한 프랭크는 최신식 '중앙 잠금장치' 기능을 사용해서 차 문을 한꺼번에 잠금 해제했다. 그때 휴대전화가 울렸다. 프랭크가 통화하는 동안 스칼릿은 차에 걸터앉아 기다렸다.

"프랭크, 저 배리예요."

"…"

"…배리 올슨."

"아! 어떻게 되었어?" 프랭크는 스칼릿이 들을까 봐 신경이 쓰였다.

"분리한 사진들을 시스템에 올렸어요. 그들 중 한 명이 누군지 벌써 찾았어요."

"정말 빠르네." 프랭크가 조심하며 말했다. "누구?"

"남자고, 안경을 꼈어요. 금발이고 얼굴에 흉터가 있고요."

"그래, 누굴 얘기하는 건지 알겠어."

"다음에 만나면 자세히 알려드릴게요. 그런데…" 올슨은 잠시 말을 멈췄다. 전화기 너머로 종이가 부스럭거리는 소리만 들렸다.

아마 보고서를 읽고 있는 듯했다. "그 자식 무척 안 좋은 놈이에요. 그러니까… 사악해요. 진짜 나쁜 놈이에요." 그는 숨을 훅 들이마셨다. "저기요, 프랭크, 제가 참견할 일은 아니지만, 지금 그 일에 사건번호가 없다면 꼭, 반드시 있어야 해요."

"알겠어." 프랭크는 스칼릿에게 잠깐만 기다리라고 손짓했다.

"걱정되서 말씀드리는 거예요."

"진짜 고마워." 프랭크가 올슨에게 말했다. "있잖아, 있다가 사무실에 들어가면 같이 얘기하자고. 지금 가는 길이야."

"곧 봐요."

"좋아. 고마워." 프랭크는 휴대전화를 치우고 스칼릿을 바라봤다. "미안. 돌아가야겠어. 다른 사건에 문제가 생겼다는군." 그는 애매하게 설명했다. "같이 갈래?"

"전 따로 갈게요." 스칼릿이 말했다. "먹을 것 좀 살까 해서요."

"그럼, 나중에 보자." 프랭크가 차에 올라타 시동을 걸자 엔진에서 털털거리는 소리가 났다. 그는 스칼릿에게 손을 흔들고 차를 뺐다. 그리고 스칼릿이 바로 휴대전화를 꺼내 누군가에게 전화하는 모습을 백미러로 지켜봤다.

****

헨리는 발가락 사이를 파고드는 모래의 까끌까끌한 감촉을 즐기며 인적 없는 해변에 서 있었다. 바다에 유출된 기름처럼 햇볕이 바닷물 표면에 닿아 반사되는 모습을 바라보던 중에 별안간 휴대전화가 진동했다. 그는 조금 전 찾아낸 형광 분홍색 양동이를 내려놓고 전화를 받았다.

"딜레이니 형사님!" 헨리는 반갑게 인사하며 눈을 감고 신선한 공기를 깊이 들이마셨다.

"진전이 있었어요."

"잘되었군요."

"부러진 목걸이의 주인을 찾았어요." 스칼릿이 있는 런던의 차량 엔진 소리와 분노에 찬 외침 등의 소음이 너무 커서 목소리가 선명하게 들리지 않았다. "아미라 압달라. 지금 멀쩡히 살아있으니 아마 다음 목표일 거예요. 조금 전에 그 여자를 만났는데… 거짓말 안 보태고 진짜 까탈스러운 사람이에요."

갈매기 두 마리가 상자에 담긴 감자튀김을 놓고 꽥꽥거리며 싸웠다.

"그 소린 뭐예요?" 스칼릿이 물었다.

"갈매기들이에요."

"지금 어디예요?"

"노퍽 해안이에요." 헨리는 우연히 찾아낸 이 바위투성이 해안을 쭉 둘러봤다. "쉬는 날이라서요." 그리고 설명을 덧붙였다. "방금 이런 생각을 하고 있었어요. 예를 들어, 필요한 정보를 털어놓게 하려고 사람을 모래에 묻는다고 해 봐요. 그 사람을 질식시키려면 사실 어깨보다 더 깊이 모래로 덮을 필요가 없어요."

"그런 걸 생각한다고요?"

"이건 사람이 숨을 쉴 때 가슴이 늘어나고 줄어드는 것과 관련이 있어요. 모래가 사람 갈비뼈 위에 덮여 있으면, 숨을 내쉴 때마다 아주 미세한 모래알들이 미끄러져 내려와 모래알 사이의 공간을 채워요. 그렇게 조금씩 계속 쌓이면 숨을 쉴 때 폐가 부풀어 오를 공간이 없어져요. 그러면 숨길은 아주 깨끗한데도 질식해 죽는 거죠. 놀랍지 않아요?"

"다음엔 해변에서 책을 읽든지 아니면 다른 걸 하는 게 어때요?" 스칼릿이 제안했다. "어쨌든… 아미라 압달라는," 그녀는 다시 본론으로 돌아왔다 "늘 같이 붙어 다니는 경호원들이 여럿 있어요. 경찰의 도움엔 털끝만큼도 관심이 없고요. 간신히 설득해서 그들이 당분간 봉쇄에 들어가기 전에 그녀가 사는 곳을 오늘 밤 잠시 점검하기로 했어요."

"그럼, 그녀는 지금 어디 있죠?" 헨리가 당황한 목소리로 물었다.

"외출했어요."

"외출이라고요?"

"오늘도 평소처럼 지내는 것 같아요. 아까 말했듯이, 까다로운 여자예요."

"난 몇 시에 어디로 갈까요?"

"그건 문제가 있겠는데요."

"그럴지도. 하지만 몇 시에 어디로 갈까요?" 헨리가 다시 물었다.

"그 여잔 내가 거기 있는 것도 질색했다고요!"

"한번 시도해 해봐요. 목걸이가 압달라 씨의 것이라면, 갈까마귀는 그녀를 해치러 분명히 올 거예요. 그 자리에 나도 있어야 해요. 우린 거래했잖아요, 딜레이니 형사님."

"알거든요!" 스칼릿이 발끈했다. "…8시. 마운트배튼 호텔. 로비에서 10분 전에 봐요."

"거기서 봐요." 헨리는 전화를 끊으려 했다.

"잠깐만요. 헨리!"

"듣고 있어요."

"당신도 해야 할 일이 있고, 내가 무슨 말을 해도 당신 마음을 바꿀 수는 없겠죠. 당신은 내게 빚진 것도 없고요. 하지만… 내가 먼저 그놈을 체포하게 해 주세요. 갈까마귀를요. 당신이 뭘 하든 내가 먼저 수갑을 채워 끌고 나오게 해주세요."

헨리는 한참 동안 아무 말이 없었다.

"생각해 볼게요." 헨리는 전화를 끊고 휴대전화 화면을 내려다보며 이마를 찌푸렸다. 그는 시간을 확인한 뒤 기억하고 있는 번호로 서둘러 전화를 걸었다.

"무슨 일이지?" 어떤 여성의 목소리였다.

"그때 얘기한 건 관련해서," 헨리는 용건을 짧게 했다. "오늘 오후에 소피아가 필요합니다."

"연락하라고 할게."

전화가 끊겼다.

헨리는 다시 한 번 바다 공기를 한껏 들이마신 뒤, 발치에 있는 남자를 내려다봤다. 부드러운 바람이 불어와 그의 듬성듬성한 머리카락을 날리자 흐리멍덩한 두 눈이 잘 드러났다. 머리와 목, 어깨만 모래 위에 튀어나와 있었다. 남자의 얼빠진 입 모양을 보니 헨리가 알아내려 했던 비밀을 털어놓기 일보 직전이었던 듯했다. 헨리는 간발의 차이로 '실패'라고 여기기로 했다.

"젠장." 못마땅한 헨리는 들고 있던 양동이를 남자의 보기 흉한 머리에 덮어씌운 뒤, 신발을 들고 떠났다.

24장

지름신이 내리다

카밀 다거는 리야드의 정세가 불안해져 아미라 압달라가 영국으로 거주지를 돌연 옮겨야 했던 이후부터 그녀의 경호부대에서 일했다. 그동안 보안이 심각하게 뚫린 적이 세 번 있었다. 그 중 두 번은 어떤 상황이었는지 파악했지만, 나머지 한 번은 어떤 상황이었는지 몰랐다. 호텔 직원으로 가장한 기자와 관련된 사례였다고만 들었다. 물론 지금은 전부 처리되었다.

하지만 오늘따라 이상하게 걱정이 앞섰다.

이번 일은 새로 임명된 경호 대장으로서 자신의 능력을 실전에서 시험할 첫 번째 기회이기도 했다. 하지만 아미라 압달라는 곧 닥칠 수도 있는 위험을 별로 신경 쓰지 않는 듯했다. 그녀는 여느 때처럼 고집스럽게 일상 루틴을 따랐다. 카밀이 가장 신뢰하는 부하들은 쇼핑백을 가득 들고 다녔고, 고도로 훈련된 팀원들은 미용실과 페디큐어 매장을 터벅터벅 왔다 갔다 하면서 눈에 띄는 신발 가게도 빠짐없이 들러야 하는 짐꾼 신세가 되고 말았다.

메이크업 카운터 주변에 흩어진 그녀의 경호팀은 셀프리지스 백화점의 복잡한 매장들을 끊임없이 오가는 사람들을 빈틈없이 살폈다. 카밀의 부하들은 사람들이 아미라 압달라가 메이크업을 받는 근처에 오지 못하도록 지속적으로 돌려보내야 했다. 메이크업 담당자는 갖가지 브러시와 펜슬을 사용해 아미라 압달라의 얼굴을 화장하는 중이었다. 경호 대장 카밀은 마침내 인내심이 바닥나고 말았다.

"얼마나 더 걸려요?" 그는 큰 소리로 으르렁댔다.

"거의 다 됐어요." 가느다란 브러시를 손에 든 여인이 미소 지으며 대답했다.

"여긴 마음에 안 들어." 카밀이 말했다.

그는 반드시 이 매장에서 메이크업을 받겠다는 어떤 여자 고객과 실랑이를 벌이는 부하를 쳐다보며 불안한 듯 발을 툭툭 움직였다.

"진정해, 카밀." 가죽 의자에 누운 아미라 압달라가 타일렀다. "저기 가서 커피나 좀 마시지 그래?"

"우린 여기 있으면 안 됩니다. 이곳은 너무 개방되었어요."

"완벽해요!" 메이크업 담당자는 아미라 압달라의 얼굴을 바라보며 감탄했다. 그녀는 뒤로 물러나 아미라 압달라에게 거울을 건넸다.

"이젠 가도 되겠습니까?" 카밀이 아미라 압달라에게 물었다.

메이크업 담당자는 아미라 압달라와 30분 넘게 구매 상담했던 화장품들을 포장하러 갔다.

"응, 가자." 아미라 압달라가 일어섰다. "…샴페인 바로."

카밀은 조그맣게 투덜거리며 그녀가 산 물건들을 손에 들었다. 그리고 그녀의 뒤를 따라 백화점 중심부의 커다란 공간에서 어지럽게 돌아가고 있는 에스컬레이터로 향했다.

✦✦✦✦

헨리의 차는 런던으로 가는 큰 도로를 따라 속도를 냈다. 도로 소음이 전화 신호음에 묻혔다.

"안녕하세요, 마운트배튼 호텔입니다." 호텔 직원은 고상하게 꾸민 말투로 전화를 받았다.

"한 가지 도와주셨으면 합니다." 헨리가 말했다. "오늘 밤 전망 좋은 방을 예약하고 싶은데요, 높은 층에 방이 있을까요?

"확인해 보겠습니다. 아! 운이 좋으시네요. 49층에 방이 하나 있습니다. 저희가 일반 고객께 드리는 가장 높은 층입니다."

"그 정도면 좋습니다."

"이그제큐티브 스위트룸입니다. 가격은—"

"상관없어요."

"어떤 이름으로 예약해 드릴까요?"

"헨리 데블린."

"예약했습니다, 데블린 씨. 기다리고 있겠습니다."

✦✦✦✦

"고마워. 또 신세를 졌네." 스칼릿은 전화를 끊었다.

누가 보기 전에 얼른 방탄조끼를 가방에 넣은 스칼릿은 출산을 앞둔 동료의 사물함을 닫았다. 그 친구는 당분간 총격전을 피할 생각이었는데, 상당히 현명한 생각이었다.

스칼릿은 낡아빠진 배낭의 지퍼를 잠근 뒤 어깨에 둘러메고 서둘러 탈의실을 빠져나왔다.

ᐩᐩᐩᐩ

올슨에게서 자신의 사진에 찍힌 용의자 리누스 베리먼에 관한 보고서를 전달 받은 이후, 프랭크는 계속 얼굴을 찡그리고 있었다. 어디든 교묘히 잘 빠져나가는 이 스웨덴 남자의 파란만장한 과거를 눈으로 확인하자, 올슨이 왜 불안해했는지 이젠 충분히 이해할 수 있었다. 프랭크는 사진에 보이는 사람들의 케이스를 이제 막 조사하려던 참이라고 거짓말하며 올슨을 안심시켰다. 또 든든한 지원군 없이 혼자서 그들 중 누구도 사진찍지 않겠다고 약속했다.

스칼릿이 지저분한 배낭을 메고 사무실로 들어오자, 프랭크는 그 보고서를 잽싸게 접어 서랍에 집어넣었다.

"6시 30분." 스칼릿이 시계를 보며 큰 소리로 말했다. "곧 호텔로 갈까 봐요. 보안을 강화하기 위해 호텔 측에서 뭘 해줄 수 있는지 알아보려고요."

"아무것도 해주지 않는다는 데 5파운드 걸겠어."

"난 안 걸래요." 스칼릿은 프랭크 말이 옳다는 생각이 들었다.

"못 보던 가방이네?" 프랭크가 농담을 던졌다.

"갈아입을 옷이에요" 스칼릿은 거짓말을 했지만, 묘하게 설득력이 있었다. 아주 짧은 기간 동안 거짓말을 너무 많이 한 결과였다. "일을 마치고 마크와 같이 시간을 보낼 수도 있어서요. 곧 퇴근하실 거죠?"

프랭크는 당황스러워했다. "나도 같이 가는 거 아니야?"

"말도 안 되는 소리 마세요." 스칼릿이 말했다. "호텔에서 고작 5분 동안 일 좀 처리하겠다고 둘 다 오늘 밤을 낭비하는 건 의미가 없어요. 오늘 무슨 요일이죠?"

프랭크는 얼른 생각나지 않았다. "토요일."

"토요일마다 독서 모임이 있잖아요. 몇 주나 빠졌어요. 거기나 가세요." 프랭크는 상처받은 얼굴이었다. "아무 문제 없을 거에요." 스칼릿은 프랭크에게 장담했다.

"정말 괜찮겠어?"

"당연하죠!" 스칼릿은 프랭크에게 미소 짓고 뒤돌아 갔다.

"스칼릿!" 프랭크는 스칼릿을 불러 세웠다. 그녀는 뒤를 돌아봤지만, 프랭크는 무슨 말을 해야 할지 몰랐다. 그 스웨덴 남자가 저지른 잔혹 행위 목록이 아직도 마음에 걸렸다. 하지만 프랭크는 스칼릿과 화해한 지 얼마 되지 않았는데 또다시 논쟁에 휘말리면 안 된다는 것도 잘 알았다. 결국, 프랭크는 그냥 넘어가기로 마음먹었다. "조심해."

****

스칼릿은 호텔에 도착하자 호텔로 들어오는 화물을 적재하는 하역장으로 안내받았다. 마운트배튼 호텔 당직 지배인은 그녀의 요청사항에 적극적으로 협조했다.

"그럼, 여기에 경찰차가 있어도 될까요?" 스칼릿이 지배인에게 물었다.

"문제 되지는 않을 겁니다. 짐을 내려놓는 작업을 하고 있지만 않으면요."

"그런데 여긴 정확히 어디에요?"

매니저는 무슨 뜻이냐는 듯한 멍한 표정이었다.

"호텔 전체적으로 보면요. 그러니까, 앞쪽? 뒤쪽? 옆쪽?"

"뒤쪽입니다." 지배인이 말했다. "호텔 건물을 쭉 따라 측면도로가 있고요."

"아무나 이용 못 하나요?"

"입구에 있는 차단기를 통과해야 합니다. 입구엔 인터폰이 있고요."

스칼릿은 고개를 끄덕였다. "직원들에게 전달해 주세요. 경찰차가 보이면 뒤쪽으로 돌아 여기로 보내달라고요."

"물론입니다."

"이거 여기에 두고 가도 될까요?" 스칼릿은 허름한 배낭을 벗으며 그에게 물었다.

"좋으실 대로요." 스칼릿은 철제 캐비닛에 배낭을 올리고 눈에 띄지 않게 밀어 넣었다.

"고맙습니다. 도움이 많이 되었어요."

두 사람이 복잡하게 얽힌 미로 같은 호텔 지하에서 빠져나온 순간, 스칼릿의 휴대전화에 메시지가 도착했다는 울림이 왔다.

Room 497

스칼릿은 그 문자를 확인하고 얼굴을 찡그렸다. 그리고 친절한 매니저에게 다시 한 번 감사인사를 한 뒤, 로비를 지나 엘리베이터로 향했다. 건물 높이 올라갈수록 귀가 터질 듯 먹먹해져서 반짝이는 문틈에 시선을 집중했다. 목적 층에 가까워질수록 엘리베이터 속도가 느려졌다. 울렁거리는 듯한 마음을 억누르며 엘리베이터에서 나오자 마음이 놓인 그녀는 가장 가까운 방의 방문을 톡톡 두들겼다.

헨리는 따뜻한 미소를 지으며 스칼릿을 맞았다. 그는 옆으로 비켜나 그녀를 호화로운 스위트룸으로 들어오게 했다. 정장 재킷이 침대 발치에 펼쳐져 있었고, 창문 옆에 기다란 소총이 세워져 있었다.

"이 방을 다음 주까지 예약해 놨어요. 이 호텔에 갈까마귀가 나타난다면, 우리가 있어야 할 장소는 여기예요. 가능한 이곳에 붙어 있어야 해요. 연락을 받았을 때 너무 멀리 있으면 아무 소용없으니까요." 헨리는 나름대로 판단했다. "아직 20분 남았어요. 한잔할래요?"

"제안은 고마워요." 스칼릿은 창가 쪽으로 걸어갔다. 그녀는 호텔 건물 앞의 번화한 중심가를 내려다보며 살며시 미소 지었다. "하지만 사양할게요."

그래도 헨리는 미니 냉장고를 열고 작은 샴페인 병을 꺼내 코르크 마개를 따더니 유리잔 두 개에 나눠 따랐다.

"당신이 한 말에 대해 생각하던 중이었어요." 헨리는 샴페인 잔을 스칼릿 옆 테이블에 내려놓았다. "당신 말이 맞아요. 우린 둘 다 원하는 것을 얻고 여기서 나갈 수 있어요. 한 가지 문제가 있다면, 방아쇠를 당겨야 하는 마지막 순간에 당신이 도덕적으로 갈등을 겪느냐는 거죠."

스칼릿은 그 말에 흥미 없어 보였다. "방아쇠를 당기는 건 내가 아니라 당신이에요."

헨리는 활기 넘치는 도시를 내려다보는 스칼릿을 물끄러미 바라보며 말했다. "비유적으로 말한 거예요."

"난 내가 무슨 일을 하려는지 잘 알고 있어요." 스칼릿은 샴페인 잔을 들고 헨리의 눈을 똑바로 바라봤다. "여기서 도덕적 갈등을 겪을 일은 없어요." 그녀는 장담했다. 창문 옆에 세워 둔 소총은 모래 위에 굵게 그은 선처럼 두 사람 사이를 명확하게 갈라놓았다. 헨리가 스칼릿에게 완전히 넘어오라고 요구하고 있는 윤리적인 경계선처럼.

조금 뒤 헨리가 고개를 끄덕였다. "체포하세요." 헨리가 말했다. "당신이 그 신출귀몰한 살인범을 찾아내고 실제로 잡을 수도 있다는 걸 온 세상에 보여줘요." 스칼릿의 맥박이 빨라졌다. "그 여자를 밖으로 데려온 다음, 뒤로 두 걸음 물러나요. 나머지는 내가 처리할게요." 헨리는 샴페인 잔을 들었다. "서로에게 유익한 파트너십을 위하여."

스칼릿은 호텔 건물 뒤 하역장에 숨긴 방탄조끼를 떠올리며 미소 지었다. 그녀는 이 사건을 해결하려고 수 차례 도덕적 원칙을 어겼으나, 사건의 말미에 이른 지금까지 그래도 양심을 완전히 잃지 않았다는 사실에 마음이 놓였다.

"서로에게 유익한 파트너십을 위하여." 스칼릿도 따라 말하며 헨리와 잔을 부딪쳤다.

가장 멋지게 속이는 사람이 이기는 것으로 하죠.

압달라의 추락

헨리는 아미라 압달라의 경호 대장을 넋 나간 얼굴로 올려다봤다. 펠릭스보다 덩치가 크고 성질이 나빠 보이는 데다 턱수염도 덥수룩한 괴물 같은 남자였다.

"이 사람은 누구요?" 카밀 다거는 스칼릿에게 강압적으로 물었다. 경호원 두 명이 헨리와 스칼릿의 뒤로 다가왔다.

"헨리 데블린." 스칼릿은 너무 가까이 다가온 경호원을 유심히 쳐다보며 대답했다. "이번 경호 건을 자문하는 사람이에요."

"경찰?"

"아니에요."

헨리보다 머리 하나가 더 큰 카밀은 그를 뚫어지게 쳐다봤다. "당신 전문 분야는 정확히 뭐요, 데블린 씨?"

"실용적인 보안 관리와 함께 알고리즘을 기반으로 한 위험방지 시설을 구축하는 방법을 자문합니다." 헨리는 막힘없이 줄줄 대답했다. 스칼릿은 꽤 놀라웠지만, 이 덩치 큰 경호 대장은 별로 그렇게 보이지 않았다.

"어째 만들어낸 듯한데."

"그렇게 들릴 겁니다. 만들어 낸 게 맞아요. 제가 그 회사를 차렸습니다. 5년 전, 프리랜서로 처음 전향했을 때였죠. 아까 말한 일도 하고, 사람 목숨을 살리는 일도 합니다. 수수료만 후하게 준다면요."

경호 대장은 좀 웃긴다는 듯이, 아니면 대놓고 화내는 것처럼 툴툴거렸다. 어느 쪽인지 구별하기 어려웠다. 그는 부하들에게 명령했다. "몸수색 해봐. 철저하게."

스칼릿과 헨리는 둘 다 두 손을 머리 위로 올렸고, 부하들은 두 사람의 온몸을 구석구석 더듬어 수색했다.

"이거 마치고 술 한 잔 사야겠어요." 헨리는 유머 감각이라고는 눈곱만큼도 없는 경호원이 그의 몸을 수색하며 점점 아래쪽을 만지자 농담을 던졌다. "…아, 거긴 그만하시죠." 헨리는 경호원에게 힘주어 말했다. 그는 헨리의 사타구니 부분을 지나치게 의심하는 눈초리였다.

카밀의 부하들은 만족한 듯 고개를 끄덕이며 뒤로 물러섰다. 경호 대장은 마침내 스칼릿과 헨리를 엘리베이터로 안내하고 목에 걸려있던 보안 카드를 꺼냈다. 엘리베이터에서 눈에 잘 띄지 않는 틈에 보안 카드를 끼우자 문이 닫히고 엘리베이터가 움직이기 시작했다.

"카드 정보가 확인되면 엘리베이터는 다른 층에 절대 멈추지 않습니다." 카밀이 설명했다.

스칼릿은 지난 20분 동안 엘리베이터를 타고 그 아찔하게 높은 곳으로 세 번째 올라가자 불편함을 감추려고 희미하게 미소 지었다. 지금까지 본 남자 중에 덩치가 가장 큰 세 남자 사이에 헨리와 함께 끼어 옴짝달싹 못 하고 올라가야 했다. 스칼릿은 그들이 끝이 보이지 않는 암흑 위를 떠받들고 있는 얇은 엘리베이터 바닥을 너무 맹신하고 있다는 생각을 지울 수 없었다.

"자, 우리에게 경호에 대해 조언이라도 해주려고 왔습니까?" 카밀은 스칼릿에게 도발하듯이 물었다.

"꼭 그런 건 아니에요." 스칼릿은 숨을 고르며 대답했다.

"아까 얘기할 때 압달라 씨는 살아있었습니다. 그렇죠?"

"네네." 스칼릿은 간신히 대답했다. 기압 차이로 꽉 막힌 귀가 또 터질 듯했다.

"그럼 우리가 일을 제대로 하고 있다는 겁니다."

무척 괴로운 몇 초 뒤에 엘리베이터는 천천히 멈췄고, 스칼릿은 다른 사람들을 따라 긴 복도에 들어섰다. 아까 들렀던 아래층과 배치는 같았지만, 여기를 독점 사용하는 투숙객은 자기 취향에 따라 마음대로 인테리어를 하도록 허용되었다는 사실은 명백했다. 카밀이 앞장서서 맨 끝에 있는 열린 문으로 그들을 안내했다.

"직원 숙소입니다." 카밀이 설명했다. "그리고 저건 보안 카메라입니다." 그는 복도 양쪽 끝 천장에 달린 검은색 반구형 모양의 물체 두 개를 가리켰다. "…경비견도 있어요." 그는 무표정한 얼굴로 말했다. 나비 리본을 달고 털이 북슬북슬한 포메라니안 한 마리가 열린 문 사이로 달려와 카밀에게 펄쩍 뛰어올랐다. 험상궂게 생긴 이 남자는 강아지를 들어 올려 아기처럼 꼭 안고 호텔의 꼭대기 층으로 향하는 계단을 올라갔다.

그들은 선선한 밤공기를 들이마시며 밖으로 나왔다. 해는 도시 위로 보라색과 파란색이 어우러진 빛의 향연을 펼치며 지평선 너머로 지지 않으려 애쓰고 있었다. 하지만 스칼릿을 숨 막히게 한 건 그 광경이 아니었다. 그건 나무가 울창하게 우거진 정원에 고풍스러운 그네가 커다란 버드나무 가지에 매달린 채 있는, 꿈같이 아름다운 옥상 테라스였다. 스칼릿은 호텔 건축 공사가 처음 시작될 때부터 바로 그 자리에 지상 정원이 존재했고, 건물이 한 층씩 올라가면서 그 정원을 하늘로 밀어 올린 게 틀림없다는 터무니 없는 생각이 문득 들었다.

분수대와 인공폭포에서 떨어지는 물은 주위를 둘러싼 벽으로 흘러내려 믿기 어려울 만큼 멋진 인피니티 풀의 한쪽 끝으로 모여들었다. 인피니티 풀의 가장자리는 유리여서 물이 옆으로 쏟아지는 듯한 환상적인 분위기를 자아냈다. 종이 랜턴 속에 켜진 촛불들이 사방에서 깜박거렸고, 그 빛은 정원 주변의 건축물에서 새어 나오는 아늑한 불빛에 더해졌다.

"압달라 씨의 거처입니다." 카밀은 강아지를 내려놓고 옥상에서 가장 웅장한 건축물을 가리키며 큰 소리로 말했다. "그리고 저긴 손님 거처입니다." 그는 옆에 있는 건축물을 가리키며 말을 이었다. "내 숙소입니다." 그는 계속 소개했다. "여긴 경호원 숙소, 저기도, 저쪽도." 그는 나머지 방들도 하나씩 가리키며 설명했다. "보안 카메라 일곱 대로 옥상 전체를 360도 돌아가며 지켜봅니다. 옥상은 방탄유리로 둘렀습니다."

"압달라 씨는 지금 어디 있나요?" 스칼릿이 카밀에게 물었다. 머릿속으로는 정원에 있는 그네를 한번 타볼 적당한 핑곗거리를 찾을 생각에 골몰해 있었다.

"명상하고 계십니다." 카밀이 대답했다. "다음에는 수영, 그 다음에는 가볍게 한잔하시고 리야드에 계신 어머니와 영상통화를 하십니다. 그리고 나서 잠자리에 드십니다. 매일 밤 똑같습니다. 그러니 부탁하겠습니다." 카밀은 난공불락의 요새를 가리켰다. "당신이 하기로 한 일만 하다 가시죠."

헨리 역시 이 당당하고 사치스러운 야외 정원과 건축물에 크게 감명받은 듯했다. 스칼릿은 건물 가장자리에 서 있는 그에게 다가갔다. 그는 인피니티 풀에서 넘치는 물이 유리벽을 타고 아래로 흘러 물받이에 고이는 모습을 바라보고 있었다.

"어떻게 시작할까요?" 스칼릿이 헨리에게 물었다. "내가 옥상을 맡을 테니, 당신은 아래층?" 헨리는 고개를 끄덕였다. "특별히 더 찾아봐야 할 것이 있을까요?"

"보면 알 겁니다." 헨리가 자신 있게 말했다. "정해진 일정대로 움직이면 경호에 좋지 않아요. 또, 압달라 씨를 오랫동안 혼자 두어선 안 돼요. 그리고 엘리베이터 문에 잠금장치가 있는 것 봤죠? 우리가 가자마자 이 사람들은 그 장치를 봉인해야 해요. 아주 당연한 겁니다."

스칼릿은 목소리를 낮췄다. "하지만 솔직히 지금 우린 저 사람들 시간만 낭비하는 것 같아요. 누가 됐든 여기까지 올라와 그녀에게 접근하기는 불가능해요."

"물론 기본적으로는 나도 같은 생각이에요. 그래도 계속 살펴보죠." 헨리가 말했다. 그는 다시 계단 통로로 걸어갔고, 인상이 험악한 경호 대장이 뒤를 따랐다.

++++

"이 방들을 둘러볼 수 있을까요?" 헨리는 아미라 압달라를 위한 화려한 왕국 아래층으로 내려가 카밀에게 물었다.

카밀은 짜증스러운 한숨을 내쉬며 보안 카드로 가장 가까운 곳에 있는 문을 열었다. 그러자 헨리가 아래층에 예약한 방과 구조가 동일한 스위트룸이 나타났다. "창문은 전부 보안장치를 해 두었습니다."

헨리는 고개를 끄덕이고 방을 한 바퀴 돌았다. "아래층에서 천장으로 구멍을 뚫고 여기로 올라올 가능성은 고려해 봤습니까?" 카밀의 표정을 보니 그는 한 번도 그런 생각을 한 적이 없는 것 같았다. "그럴 가능성도 생각해 보시죠. 여기 깔린 카펫을 다 걷어내면 좋겠군요. 특히 옷장과 침대 밑을요. 바닥에 난 큰 구멍이 가려질 만한 장소 말입니다."

카밀은 걱정스러운 얼굴로 주위를 둘러봤다.

"다음은요?" 카밀이 물었다.

††††

흰색 가운을 걸친 아미라 압달라가 맞은편 문간에 나타났다. 스칼릿은 아직 손님 거처를 점검하던 중이었다. 그녀는 거리감이 느껴지는 이곳 여주인에게 인사하려고 입을 열었지만, 유명하고 부유한 사람들의 삶에 매료당해서인지 입이 떨어지지 않았다. 그 대신, 스칼릿은 자리에 서서 그 아름다운 여인이 멀리 보이는 붉은 노을을 향해 당당하게 걸어가는 모습을 창문 너머로 바라봤다. 한 손에는 샴페인 잔을, 다른 손에는 폭신한 수건을 든 그녀의 모습은 현실 세계에서 펼쳐지는 이국적인 향수 광고의 한 장면처럼 보였다.

옆에서 감시하던 경호원이 헛기침을 하자 스칼릿은 공상에서 퍼뜩 깨어났다. 그녀는 경호원을 쳐다보며 말했다. “여기는 다 괜찮아 보여요.” 스칼릿은 큰 소리로 말하고 밖으로 나간 다음 테라스를 지나 아미라 압달라에게 걸어갔다. 그녀는 검은 머리카락을 남김없이 수영모 속으로 밀어 넣고 있었다.

“딜레이니 형사님.” 아미라 압달라가 고개를 끄덕였다. “무슨 문제라도 있었나요?” 그녀가 마치 관심이 있다는 듯 물으며 입고 있던 가운을 벗자 아무런 무늬가 없는 검은색 수영복을 입은 몸이 드러났다.

“지금까지는 사소한 문제들 외에는 없었습니다.”

“잘됐군요.” 결점 하나 없이 아름다운 여인이 대답했다.

대화는 그걸로 끝이었다. 아미라 압달라는 물안경을 쓰고 수영장으로 뛰어들었다. 그녀가 낀 하트 모양의 다이아몬드 팔찌가 스칼릿의 눈에 띄었다. 사람들 대부분은 그런 팔찌를 끼고 수영하기는커녕 포장 상자에서 꺼낼 생각조차 하지 못할 터였다. 그녀는 수영장 양쪽 끝을 왕복하기 시작했다.

스칼릿은 이웃한 건물 옥상을 바라봤다. 갑자기 누군가 그들을 감시하고 있다는 느낌을 떨쳐낼 수 없었다.

\#\#\#\#

헨리가 한 말에 카밀도 공감했다. 두 남자는 바닥이 가려진 부분을 더 효과적으로 점검하기 위해 구역을 나누어 돌아다녔다.

“더 없습니까?” 몸집이 거대한 카밀이 복도에서 헨리를 다시 만나자 그에게 물었다. 헨리는 고개를 가로저으며 말했다. “계속 찾으세요.”

두 사람은 다시 흩어져 옆방 두 곳을 수색했다.

****

햇빛이 점차 약해지자 태양열을 이용한 조명에 불이 하나씩 들어왔다. 스칼릿의 발밑에서 별 모양 빛이 반짝였고, 버드나무에 치렁치렁하게 걸린 수많은 전구에도 일제히 불이 들어와 따스하게 빛났다. 수영장 물도 분홍색과 푸른색이 뒤섞여 끊임없이 색이 변했다. 마치 누가 페인트를 풀어 섞는 듯했다.

"다음은 압달라 씨의 거처를 확인하고 싶어요." 스칼릿은 조금 떨어진 곳에서 그녀를 지켜보는 경호원에게 부탁했다.

그는 무뚝뚝하게 고개를 끄덕이고 동료들에게 무전기로 알린 뒤 스칼릿을 안내했다.

****

헨리는 복도에서 카밀이 돌아다니는 소리를 들었다. 별다른 특이사항을 찾지 못한 그는 옷장 문을 닫고 복도로 나가자마자 걱정스러운 표정을 지었다. "저 문은 전에도 열려 있었어요?" 헨리는 그 말을 듣고 당황한 카밀에게 살짝 열린 비상구 문을 가리켰다.

카밀의 눈이 휘둥그레 커졌다. 그는 총집에서 총을 꺼내 들고 헨리에게 소리쳤다. "여기 그대로 있어요!" 헨리는 고개를 끄덕이며 카밀의 명령에 따랐고, 이 거대한 남자가 비상구 문을 조심조심 통과해 계단 통로로 사라지는 모습을 바라봤다.

****

억만장자 여인이 옥상 수영장에서 수영을 즐기는 동안, 스칼릿은 그녀의 호화로운 여러 개의 방 중에서 첫 번째 방에 들어갔다.

이상하게도 스칼릿은 질투심에 사로잡히기는커녕 갑자기 피시앤 칩스를 먹고 싶었고, 집에 있는 편안한 소파가 생각났으며, 밤에 마크와 함께 시시껄렁한 TV 쇼를 보며 빈둥거리던 시간이 무척 그리워졌다.

높이 솟은 이 호텔 꼭대기에서 벌써 2년 넘게 살고 있다고 했지만, 아미라 압달라의 방은 사람이 사는 방 같지 않았다. 벽에 사진 하나 걸려 있지 않았고, 느긋하게 쉴 때 입을 만한 헐렁한 옷도 보이지 않았다. 외로움을 나눌 만한 친구나 가족도 없었다. 그녀의 목숨을 지키는 대가로 후한 보수를 받는 경호원들만 있을 뿐이었다.

스칼릿은 아미라 압달라가 삼엄한 경계 속에서 유리 벽 수영장 양쪽 끝을 왕복하는 모습을 지켜 보며 그녀가 안 됐다는 생각이 문득 들었다. 세상 모든 것을 가진 여자이지만… 가진 건 아무것도 없었다.

⁂

헨리는 비상구 옆에서 서성이다가 문이 조금 열린 곳을 통해 인기척을 살폈다. "카밀?" 그는 경호 대장을 불렀다. "…카밀?" 그는 아무도 없는 복도를 힐끗 돌아본 뒤 쥐죽은 듯 고요한 계단 통로로 들어섰다. "카밀?"

진홍색 웅덩이가 맨 위 계단에 넓게 퍼져 있었고, 핏방울이 내려가는 계단 여기저기 흩어진 다른 핏자국을 쫓아가듯 계단 가장자리 밑으로 뚝뚝 떨어지고 있었다. 난간 너머를 내려다보자 한 층 아래에 몸이 뒤틀려 쓰러진 거구의 남자가 보였다. 피범벅이 된 남자는 숨을 쉬려 헐떡일 때마다 입에서 거품을 토해냈다.

헨리는 급히 계단을 내려가 죽어가는 카밀의 옆에 무릎을 꿇고 목에 뚫린 상처를 손으로 압박했다. 하지만 쏟아지는 피를 막으려는 시도조차 소용없었다.

헨리는 피 묻은 손을 셔츠에 문질러 닦고 카밀의 손에 들린 무전기를 빼서 송신 버튼을 눌렀다. "카밀이 쓰러졌다! 아래층 계단 통로. 그 여자가 여기 있다. 갈까마귀가 건물에 있다!" 그는 무전기를 허리에 차고 카밀의 보안 카드를 꺼낸 뒤 축 늘어진 손 밑에서 권총도 빼냈다. "미안해요." 헨리는 살 시간이 얼마 남지 않은 카밀에게 등을 돌리고 계단을 뛰어 올라갔다.

⁂

"거기 그대로 계십시오!" 경호원 중 한 명이 아미라 압달라에게 소리쳤다. 그는 방금 공석이 된 경호 대장 직책을 그대로 이어받았고, 나머지 경호원들은 수영장 바깥 가장자리로 일사불란하게 모여들었다.

무력한 상황에 빠진 스칼릿은 그 자리에 서서 경호원들과 그들의 그림자만 바라볼 수밖에 없었다.

그때 갑자기 누가 뛰어가는 소리가 계단 통로 위로 울렸다. 경호원들은 각자 무기를 들고 소리가 들리는 쪽으로 일제히 돌아섰다. 카밀이 흘린 피로 피투성이가 된 헨리가 옥상에 나타나자, 한 경호원이 본능적으로 총을 발사해 헨리의 머리 뒤 유리창을 산산조각 냈다.

"쏘지 마세요! 쏘지 마세요!" 스칼릿이 외쳤다. 헨리는 두 손을 들고 그대로 얼어붙었다.

"총과 무전기, 키 카드입니다." 헨리는 가지고 온 물건들을 바닥에 내려놓았다. "갈까마귀가 가져가게 버려둘 수 없었어요."

헨리는 뒤로 천천히 물러나 스칼릿 옆에 섰다.

"기마 경찰을 출동시켰어요." 스칼릿은 걱정스러운 목소리였다. 긴장한 기색이 뚜렷했다.

"너, 너, 그리고 너, 아래층으로!" 새로 경호 대장이 된 남자가 명령했다. 명령을받은 경호원들은 어두컴컴한 계단 통로로 서둘러 달려갔다. "가서 잡아!"

주위가 다시 조용해지자 종이 랜턴들이 바람에 부드럽게 흔들렸다. 경호원들이 필사적으로 보호하려는 아미라 압달라는 겁에 질려 수영장에 갇혀 있었다. 경호원 모두 지직거리는 무전기 소리에 귀를 기울였다.

"1번 방 이상 무… 3번 방으로 이동."

"2번 방 이상 무."

"4번 방 이상 무!"

"경호 대장은요?" 스칼릿이 조그만 목소리로 묻자 헨리는 안타까워하며 고개를 가로저었다. "이 호텔 전체를 봉쇄해야 해요." 스칼릿이 휴대전화로 그 내용을 전달하기 위해 전화를 하려는 순간, 헨리의 표정이 갑자기 굳어지더니 수영장 쪽으로 한 걸음 내디뎠다. 그때 총을 장전하는 찰칵찰칵 소리가 밤하늘을 가득 채웠다.

"물러서!" 경호원이 헨리에게 명령했다.

"얼굴을 봐요!" 헨리는 그에게 외쳤다. "압달라 씨의 얼굴을 보라고요!"

어리둥절해진 경호원은 몸을 돌려 극심한 공포에 빠진 아미라 압달라의 얼굴을 내려다봤다. 스칼릿은 경호원의 다리 사이로 그녀의 얼굴을 잠깐 목격했다. 완벽한 얼굴에 전에는 분명히 없었던 다섯 개의 긁힌 자국이 생겨 피가 흘러내리고 있었다.

"그녀를 수영장에서 꺼내요!" 헨리는 경호원들을 향해 달려가며 외쳤다. "꺼내라고요—"

그 순간, 굉음과 함께 큰 폭발이 일어났다. 수영장 주위를 둘러싼 무장 경호원들은 볼링 핀처럼 맥없이 흩어졌다. 유리 조각들은 면도날처럼 날카로운 눈송이가 되어 허공으로 튀어 올랐다. 수영장 물이 쓰나미처럼 밀려들어 아직 넘어지지 않은 사람들을 쓰러뜨렸다. 공포에 질린 스칼릿은 폭발로 생긴 거대한 파도가 강타하면서 건물 밑으로 물이 콸콸 쏟아지는 모습을 지켜볼 수밖에 없었다. 아미라 압달라는 유리벽이 부서져 사라진 옥상 끝으로 물에 휩쓸려 떠내려가면서 찢어질 듯한 비명을 질렀다.

⸙⸙⸙⸙

헨리는 아미라 압달라를 쫓아갔지만, 물이 세차게 흘러 몸을 고정할 수 없었다. 물 깊이는 얕았지만 수영장 바닥을 단단히 디딜 수 없어 헨리는 점점 옥상 끝 벼랑으로 밀려갔다. 두 사람 다 건물 밖으로 몸이 넘어가려는 찰나에 헨리는 간신히 한 손으로 그녀의 손목을 잡았다. 그는 재빨리 다른 한 손으로 부서진 유리벽 일부를 꽉 붙잡고 매달렸다. 고통스러운 비명이 터져 나왔다. 아미라 압달라는 도시 위 허공에서 봉제 인형처럼 매달린 채 허우적거렸다.

"헨리!" 그는 스칼릿이 외치는 소리를 들었다. 헨리가 붙잡은 유리가 쩍쩍 갈라지기 시작했다. 그의 손에 매달린 아미라 압달라는 마구 발버둥을 쳤다. 물은 계속해서 두 사람 머리 위로 쏟아졌다. 그녀를 꽉 잡은 헨리의 손이 조금씩 헐거워졌다… 결국 그는 손을 놓고 말았다.

++++

운 좋게도 그 광경을 목격한 사람들이 있었다. 런던은 그렇게 굉장한 구경거리를제공한 적이 없었다. 초현실적인 공상 과학 영화에서나 볼 수 있는 꿈같은 장면이 펼쳐졌다. 깎아지른 듯 높은 건물 꼭대기에서 별안간 거센 폭포가 터지더니 50층 건물 아래로 물이 무섭게 쏟아졌다. 그리고 그 물은 환하게 켜진 불빛을 받아 반짝였다. 콘크리트 바닥에 폭포수가 부딪힐 때 났던 굉음은 몇 킬로미터 떨어진 곳까지 울렸고, 지하 세계에서 울리는 천둥소리처럼 땅이 뒤흔들렸다.

하지만 그 폭포수는 처음 생겼을 때처럼 돌연 사라졌다. 물웅덩이 몇 개와 파괴된 아스팔트 바닥이 폭포수가 존재했다는 유일한 증거를 남겼다.

26장

물음표

"…그리고 딜레이니 형사와는 어떤 관계입니까?"

"오랫동안 알고 지낸 친구일 뿐입니다." 헨리는 손바닥에 박힌 유리 파편들을 계속 떼어 내며 대답했다. 런던 경찰청이 현장에 켜 둔 조명이 축축한 아스팔트를 환하게 비췄다.

"친구." 경관은 큰 소리로 메모하면서, '친구' 뒤에 물음표가 있는 것처럼 목소리 끝을 약간 올렸다.

"어쨌든 우린 같이 저녁을 먹을 계획이었어요." 헨리는 말을 계속했다. "그래서 이 일 얘기가 나왔을 때 제가 먼저 제안했어요. 내가 그런 쪽 일을 하니 도움이 될 수도 있겠다고요."

"어떤 일을 하는지 다시 한 번 알려주시겠습니까?"

"실용적인 보안 관리와 함께 알고리즘을 기반으로 한 위험방지 시설을 구축하는 일을 합니다."

"지어낸 것 같은데요."

"그렇게 들린다고 하더군요."

"신분증 있습니까?"

"물론입니다." 헨리는 지갑을 꺼내 오랫동안 사용한 듯 손때가 탄 운전면허증과 축축하게 젖은 명함을 꺼내 경관에게 건넸다.

"금방 돌아오겠습니다."

경관은 헨리의 신분을 확인하러 갔지만, 헨리는 크게 걱정하지 않았다. 그와 함께 일하는 컴퓨터 팀원들은 모두 천재였고 업계 최고였다. 위조문서와 유령회사, 합법적인 시스템 사용 이력과 웹사이트를 척척 만들어냈고, 심지어 꼼꼼한 스크립트까지 갖춘 전화 상담원들도 있었다. 그들은 지금까지 한 번도 실수한 적이 없었다.

++++

텅 빈 거리는 전류에 감전되듯 삽시간에 경찰들로 채워졌다. 프랭크는 헨리의 무척 설득력 있는 행동을 유심히 바라봤다. 만약 프랭크가 어리숙한 사람이었다면, 그 역시 죽음을 두려워하지 않고 영웅처럼 뛰어든 이 낯선 남자의 말을 믿었을 터였다. 하지만, 헨리를 조사하던 경관이 헨리에게서 멀어져 무전기를 꺼낼 때 프랭크는 분명히 봤다. 스칼릿이 길 건너편에서 걱정스러운 얼굴로 헨리에게 남몰래 손을 흔들자, 헨리는 아무도 보는 사람이 없다고 생각했는지 그녀를 향해 장난스럽게 웃어 보이는 실수를 저질렀다.

"진짜 미치겠군." 프랭크는 자기도 모르게 중얼거렸다. 하지만 불쾌한 기분은 오래가지 않았다. 그 장면을 목격한 사람이 또 있다는 사실을 깨닫고 이번에는 걱정에 빠졌다.

현장에 방금 도착한 페르난데스 경사는 담요를 어깨에 두른 잘

생긴 남자와 10미터 떨어진 곳에서 목격자 진술을 하는 붉은 머리 형사를 번갈아 가며 관찰했다. 멘델레예프 바에서의 목격자 진술 내용을 기억해내자 모든 아귀가 잘 맞아떨어졌다. 이제 프랭크가 할 수 있는 일은 아무것도 없었다.

****

"감사합니다, 데블린 씨." 경관은 헨리에게 신분증을 돌려주었다. 말투가 싹 바뀐 걸 보니 신원 확인을 모두 정상적으로 마친 게 분명했다. "옥상에서 굉장히 용감하셨다고 들었습니다."

"저분을 더 도와드리지 못해 마음이 아플 뿐입니다." 헨리는 환한 전조등 빛을 받으며 땅바닥에 덮인 흰색 시트를 안타까운 표정으로 바라보며 대답했다. 기자들은 굶주린 개떼처럼 몰려들어 저쪽 그늘진 곳에서 대기하고 있었다.

경관은 이해한다는 듯 고개를 끄덕이며 말했다. "이제 가셔도 됩니다. 몸을 좀 말리셔야겠네요." 헨리가 자리에서 일어나 스칼릿이 있는 방향으로 걸어가고 있는데, 체격이 다부지고 피부가 거친 남자가 홀연히 나타나 그의 앞길을 가로막았다.

"스칼릿의 친구 맞아요?" 그 남자는 분명히 의도적으로 헨리를 막아 세웠는데도 가볍게 대화하자는 듯 질문을 던졌다.

"맞습니다." 헨리는 악수를 청했다. "헨리 데블린입니다."

"애쉬 경사입니다. 프랭크 애쉬." 프랭크는 헨리와 악수하며 그를 위아래로 훑어봤다. "추워 보이는군요."

"꽤 춥습니다."

"그럼 오래 붙잡지 않겠습니다." 프랭크가 말했다. "물어볼 질문이 하나 있는데, 괜찮겠어요?" 프랭크는 안주머니에서 수첩을 꺼내기 위해 손에 들고 있던 따뜻한 보온병을 헨리에게 건넸다. "자, 그게 뭐였더라?… 뭐였지?" 프랭크가 큰 소리로 중얼거리며 기억을 해내려 애쓰는 동안 헨리는 찬바람을 맞으며 몸을 떨었다. "아, 맞다! 드미트리 파블로프라는 사람과는 어떤 관계입니까?"

순간, 두 남자의 시선이 잠시 상대방에게 고정되었다. 그 뜬금없는 질문은 헨리를 노골적으로 비난하는 것과 마찬가지였다.

조금 뒤 헨리는 고개를 가로저었다. "들어본 적 없습니다."

"화재경보기는요?" 프랭크는 능글맞게 웃었다.

"전혀 모르겠네요. 도움이 되지 못해서 죄송합니다."

"어쩔 수 없죠." 프랭크는 한숨을 쉬며 수첩을 치우고 헨리에게 보온병을 돌려달라고 손짓했다. "어쨌든 고맙군요."

헨리는 두 손으로 잡은 보온병을 내려다보며 망설였다.

"고맙습니다. 이제 그만…" 프랭크는 보온병을 돌려달라고 또 재촉했다. 그때 스칼릿이 이쪽을 향해 발걸음을 옮겼다.

"죄송합니다." 헨리는 뭔가 생각을 잠긴 듯하다가 물에 젖은 손수건을 꺼냈다. "저 때문에 보온병에 피가 많이 묻었어요. 우선 좀…"

"아뇨, 아뇨, 괜찮아요." 프랭크는 그대로 받으려 했지만, 헨리는 손수건을 사용해 보온병을 깨끗이 닦은 후, 수건으로 감싼 채 프랭크에게 건넸다.

"또 질문하실 게 있으세요?" 헨리가 물었다. 그는 자신의 지문을 그렇게 쉽게 넘겨주기에 업계에서 너무 잔뼈가 굵은 사람이었다.

"없습니다." 프랭크는 속이 쓰렸다.

그때 스칼릿이 두 사람에게 다가왔다. "별일 없는 거죠?" 스칼릿이 물었다. 두 사람 사이의 긴장감을 알아차린 게 분명했다.

"당연하죠." 헨리가 대답했다. "갈까요?" 헨리는 프랭크를 돌아봤다. "만나서 아주 반가웠습니다. 프랭크 애쉬 경사님."

"네." 프랭크가 대답했다. "나중에 봅시다."

++++

범죄 현장에서 나오는 번쩍이는 불빛이 백미러에 비쳤다. 스칼릿은 헨리를 위해 히터를 켜고, 교차로에서 우회전한 뒤 더 샤드 방향으로 차를 몰았다. 둘 다 몇 분 동안 아무 말도 하지 않았다. 이 조용한 순간은 두 사람이 오늘 밤 겪은 사건의 충격을 완화할 시간이었다. 허세를 부리며 강한 척하고 싶었던 스칼릿은 손이 덜덜 떨리는 걸 어찌할 수 없었다.

차 안의 온도가 불편할 정도로 올라가자 헨리는 몸을 기울여 히터를 껐다.

"그런데, 아까 날 멈춰 세운 그 나이 든 분과는 잘 아는 사이예요? 프랭크 애쉬경사라는 사람."

"그 사람은 건들지 말아요." 스칼릿은 헨리를 똑바로 바라보며 쏘아붙였다. 그 바람에 그들이 탄 차는 하마터면 이층 버스 뒤를 들이받을 뻔했다. "털끝만큼도 건드렸다간 가만 안 둬요. 알겠죠?"

"알겠어요." 헨리는 정중하게 물어봤을 뿐이라는 듯 어깨를 으쓱했다.

"실크 스카프가 없었어." 스칼릿이 큰 소리로 중얼거렸다.

"네?"

"다른 희생자들은 실크 스카프로 목이 졸려 살해되었어요. 우린 그게 살인범의 시그니처를 상징하고, 또 중요하다고 여겼잖아요. 하지만 이번에는…"

두 사람은 또 잠시 아무 말도 하지 않았다.

"그 여자를 봤어요, 혹시 관심이 있다면."

"누굴 봤다고요?"

"갈까마귀."

스칼릿은 운전대를 휙 꺾어 차선 두 개를 걸쳐 위태롭게 달리다가 도로 경계석에 올라타고 나서야 차를 멈춘 다음 헨리에게 집중했다. 자동차 경적이 여기저기서 시끄럽게 울렸다.

"'그 여자를 봤다'라니, 무슨 말이죠?"

"눈 깜짝할 순간이었어요… 옥상 끝에 매달려 있을 때… 하지만 그 여자예요. 확실해요."

"그리고요?"

"그 여자가 창문 너머로 아미라 압달라와 나를 지켜봤어요. 아시아인. 어쩌면 한국인? 20대 후반 같았어요. 키가 꽤 크고 초록색 눈이 인상적이었어요. 아, 옆머리는 싹 밀었어요. 윗머리는 길고 검은색이었어요."

"헨리!" 스칼릿은 잔뜩 흥분해서 크게 외쳤다. "엄청난데요! 진짜 그 여자를 봤군요! 경찰에 알려도 돼요?"

"이미 말했어요."

스칼릿은 차량 사이에 끼어들 틈이 날 때까지 기다리다가 기어를 넣고 출발했다.

"진짜 용감했어요. 아까 당신의 행동 말이에요." 스칼릿이 칭찬했다. "아미라 압달라를 구하려 그렇게 뛰어들다니."

"솔직히 말하면, 그 높은 건물 가장자리로 휩쓸릴 줄은 생각도 하지 못했어요. 알았더라면 그렇게 하지 않았을 겁니다."

"그래도, 정말 용감했어요. 피도 눈물도 없어 보이는 헨리 데블린이 그렇게 다른 사람을 걱정해줄지 누가 알았겠어요?" 스칼릿은 그를 보며 다정하게 미소 지었다.

"난 전혀 그런 사람이 아니에요." 헨리가 단호하게 말했다. "갈까마귀를 잡는 데 도움이 될 만한 유일한 사람이 말그대로 변기 속에 빨려들어 가듯이 죽게 생겼으니까요. 아미라 압달라가 추락해 버리면 다시 모든 게 원점이겠구나 하는 생각이 들어서 뛰어들었던 것 뿐이에요."

스칼릿의 미소가 한순간 무너졌다. "꼭 그렇게 말을 해야 해요?"

****

프랭크는 사무실로 헐레벌떡 돌아왔다. 주변은 온통 밤의 침묵에 잠겨 있었다. 그는 자신의 책상을 그대로 지나쳐 창문 옆 책상으로 걸어갔다. 책상에 올려 둔 여러 개의 사진 액자에 담긴 페르난데스 형사와 그의 대가족이 빤히 그를 바라봤다. 그는 보온병을 책상에 내려놓고 온통 어질러진 파일들을 뒤지기 시작했다.

"돼지우리가 따로 없군." 프랭크는 불룩한 폴더 사이에서 납작하게 눌린 잼 도넛과 반쯤 먹고 남은 과자 봉지, 그리고 말라 죽은 거미 사체처럼 보이는 것을 발견하고 투덜댔다. 하지만 잔뜩 어질러진 편이 그에게 더 유리했다.

프랭크는 이제 서랍들을 뒤지기 시작했다. 두 번째 서랍에서 원하는 걸 찾았다. 멘델레예프 바에서 드미트리 파블로프가 살해된 사건 관련 파일이었다. 그는 파일을 열고 서류를 빠르게 넘기다가 CD를 하나 찾아냈다. 앞면에 마커 펜으로 이렇게 적혀 있었다.

보안 카메라 영상

1~6번 카메라

19:00 - 21:00

프랭크는 보는 사람이 아무도 없는지 흘깃 둘러본 뒤 CD를 케이스에서 꺼내 주머니에 집어넣고 서류철을 챙겨 서랍에 도로 집어넣었다. 그는 안도의 한숨을 내쉬며 출입문을 향해 걸어갔다. 책상 위에 있는 과자부스러기와 사진들과 서류들 사이에 놓아둔 반짝이는 보온병은 아직 따뜻했다.

사람들을 하나로 묶어주는 것들

전날 밤 아미라 압달라가 어디로 추락했든, 스칼릿은 그녀의 망가진 시신을 차마 확인할 수 없었다. 검시관이 벽에서 시신 냉장 보관 트레이를 빼내고 있는 지금도 마찬가지였다. 당황스럽게도 금속 트레이의 3분의 1까지만 얼룩진 흰 천으로 덮여 있었다. 검시관은 아무 경고 없이 그 천을 휙 걷어냈다. 스칼릿은 목구멍에 올라온 쓰디쓴 담즙을 삼키며, 몸체가 거의 남지 않은 아미라의 시신을 바라봤다.

"아, 마음 단단히 먹어요." 검시관은 이제야 생각났다는 듯 중얼거렸다. 스칼릿은 검시관을 몰래 노려보며, 왜 이런 때마다 너무 늦게 경고하는지 알고 싶었다. "이 여자는 다리부터 먼저 땅에 떨어진 듯합니다." 검시관은 굳이 하지 않아도 되는 설명을 덧붙였다. 매력이 넘쳤던 그녀는 지금은 갈비뼈 아래로 아무것도 남아 있지 않았다. 게다가 산산조각이 난 뼈대에는 인체 조직 덩어리들만 드문드문 붙어 있어 처참한 모습이었다. 그래도 머리는 비교적 온전하게 형체가 남았다. 두개골 뒤쪽은 함몰되었어도 앞쪽은 대부분 알아볼 수 있었다. 난데없이 생겼던 다섯 개의 긁힌 상처는 창백한 얼굴 위에 구불구불 남았다.

"이게 남아 있는 전부입니다. 유감스럽게도." 검시관은 단조로운 어조로 설명했다. 그는 검시관 경력의 황혼기에 접어들어서인지 이 정도로 끔찍한 상태의 시신을 접해도 당황하지 않았다. "거리에 쏟아져 흐른 물이 엄청났죠. 다 터져 곤죽이 된 시신을 가까운 배수구로 모조리 쓸어냈을 겁니다. 배수로에 내려가서 찾아보라 할 수도 있겠지만, 솔직히 뭘 알아낼 수 있을지 모르겠어요. 이미 심하게 오염되었을 테니."

"왜…" 스칼릿은 시신 트레이를 다시 들여다보며 머뭇거렸다. "…왜—"

"왜 머리만 남았냐고요?" 검시관이 추측하자 스칼릿은 고개를 끄덕였다. "수영모하고 물안경이 있어서였죠. 그게 머리 위와 옆부분을 받쳐줬어요." 검시관이 설명했다. "그게 없었더라면 머리는 수박처럼 다 깨져서 시신의 나머지 부분과 같이 배수구로 쓸려갔을 겁니다."

"알겠습니다." 스칼릿이 단호하게 말했다. 다행히 검시관은 속을 울렁거리게 하는 그 시신을 천으로 덮었다. "희생자와 이야기를 나눴어요." 시신이 놓인 금속 트레이가 다시 냉장고로 들어가자 스칼릿이 입을 열었다. "폭발이 일어나기 약 5분 전쯤에요. 그땐 얼굴에 긁힌 상처가 하나도 없었어요."

"그러잖아도 형사님한테 물어보려고 했어요." 검시관은 손 씻는 곳에 눈길도 주지 않은 채 곧바로 샌드위치를 집어 한 입 베어 물었다. "나트륨." 그는 입에 음식을 가득 넣고 우물거리며 말했다. "염소 소독 처리된 수영장 물에 나트륨이 반응했어요. 그리고 긁힌 자국이 아닙니다. 화상이에요."

"화학물질인가요?" 스칼릿이 얼굴을 찡그렸다. "그러니까, 액체 같은 건가요?"

"이 경우에는 가루예요."

"어떻게 하면 나트륨 가루를 사람 얼굴에 뿌려서 그렇게 깔끔한 라인이 생길 수 있어요?"

"그런 경우는 없어요, 딜레이니 형사님. 절대로요."

****

프랭크는 사무실 건너편에서 페르난데스가 CD를 찾느라 책상을 마구 뒤지며 엉망으로 만드는 광경을 바라봤다. 페르난데스는 엉망진창인 근무 공간을 보고 농담을 던진 동료와 싸움도 붙을 뻔했지만, 그래도 꿋꿋하게 주변의 정리되지 않은 서류를 남김없이 살폈다.

의자에 등을 대고 구부정하게 앉은 프랭크는 몸을 숨기려고 컴퓨터 모니터를 오른쪽으로 10센티미터 정도 옮겼다. 그때 스칼릿이 들어왔다. 아주 절묘한 타이밍이었다.

"누구한테서 숨는 거예요?" 스칼릿이 불쑥 묻자 프랭크는 벌떡 일어나 그녀의 팔을 잡고 재빨리 밖으로 나갔다.

"아야! 프랭크! 어디 가는 거예요?"

프랭크는 엘리베이터 호출 버튼을 미친 듯이 누르면서 불안한 표정으로 뒤를 보며 사무실 문 안쪽을 살폈다. "일단 여기서 나가자."

****

스칼릿과 프랭크는 길 건너 템즈 강으로 향했다. 빅 벤이 있는 엘리자베스 타워가 다시 말끔해진 모습이 눈에 익숙해지는 데는 아직도 시간이 걸렸다. 그 전에는 웨스트민스터 궁전 맨 끝에 있는 이 유명한 타워에 보수 공사가 진행되면서, 부러진 팔다리를 고정하는 부목처럼 건축 공사 비계가 타워 전체를 오랫동안 뒤덮고 있었다. 마치 전면의 시계 숫자판처럼 비계도 이 타워에 영원히 남을 듯했다. 프랭크는 마침내 걸음을 멈추고 난간에 몸을 기대어 강물을 바라봤다. 스칼릿도 그 옆에 나란히 섰다.

"진짜 왜 이러시는데요, 프랭크?"

프랭크는 주머니에서 CD를 꺼냈다. "이게 뭔지 알아?" 프랭크는 CD를 스칼릿에게 건넸다. 그녀는 CD를 뒤집어 손 글씨로 적은 라벨을 눈으로 읽었다. "멘델레예프 바 보안 카메라 영상이야. 내가 페르난데스의 파일에서 꺼냈어."

스칼릿은 화가 잔뜩 난 얼굴이었다. "왜요?! 부탁하지도 않았잖아요!"

"내가 달리 무슨 선택을 할 수 있었겠어?" 프랭크는 버럭 화내며 스칼릿 쪽으로 돌아섰다. "그 친구가 널 봤어."

"누가 뭘 봤다고요?"

"페르난데스. 그 친구가 어젯밤 너와 헨리를 봤어. 그리고 다 알아냈지."

스칼릿은 얼굴을 문질렀다. "젠장."

"그래. 기분이 엿 같을 거다." 프랭크의 말투가 부드러워졌다. "이게 유일한 사본인지, 다른 사람 컴퓨터에 벌써 저장되었는지는 모르겠어. 하지만 뭐라도 했어야 했다고. 안 그래?"

"이 문제는 신경 쓰지 마세요, 프랭크. 전 지금 제 문제만 해도 차고 넘쳐요. 프랭크가 이 일 때문에 직장 생활이 위태로워질까 봐 걱정하긴 싫어요."

"아주 오래 전부터 늘 그래 왔는데, 뭘." 프랭크가 히죽 웃었다. 스칼릿의 얼굴에도 쑥스러운 미소가 번졌다. 두 사람은 오래 전 스칼릿이 형사로 근무하기 시작한 첫 주에 그녀의 순찰차를 몰고 도망간 '시체' 사건을 떠올리고 있었다. 어떻게 그 사건이 그냥 넘어갈 수 있었는지 프랭크조차 알지 못했다. "어쨌든, 네가 틀렸어. 네 문제는 내 문제야. 넌 지금도, 앞으로도 항상 내 골칫거리야."

"왜 저한테 늘 뭔가 빚진 것처럼 구세요?" 스칼릿이 따졌다.

프랭크는 죄지은 사람처럼 눈을 돌리며 왼쪽 뺨에 남은 커다란 흉터를 의식했다. 새살이 돋아난 흉터는 조금도 옅어지지 않아 유독 눈에 띄었고, 그의 얼굴에 영원히 남을 운명이었다. 그는 잠시 말이 없다가 크게 심호흡을 했다. "우린 널 입양하려 했어… 엘리노어하고 나 말이야. 관련 기관과 미팅도 했어. 필요한 양식도 작성했지. 반드시 입양할 생각이었어."

스칼릿은 말문이 막혔다. 전혀 몰랐던 사실이었다.

"그런데 막판에 계획을 바꿨어. 더 멋진 삶을 꿈꿨거든." 프랭크가 계속 말했다. "난 경찰청에서 밝은 미래가 거의 보장되었고, 엘리노어는 먼 곳으로 여행을 무척 떠나고 싶어 했지. 엘리노어와 진지하게 대화해서 입양하지 않기로 한 그날 밤 기억이 아직도 생생해. 네가 우리보다 더 좋은 가족을 만나리라 확신했거든. 그런데 일이 잘 풀리지 않았어. 난 승진하지 못했고, 엘리노어는 건강이 나아지지 않았어. 게다가 넌 가진 것 하나 없이 당장 입을 옷가지만 들고 거지소굴 같은 곳들을 전전했지. 그러니 이 낯설지 만 멋진 남자가 네 삶에 비집고 들어온 건 놀랄 일이 아니야." 프랭크는 씁쓸하게 웃다가 스칼릿을 바라봤다. "솔직히 말해서 그건 내 인생에서 가장 크게 후회되는 일이야… 물론 내 인생에 후회되는 일은 그것 말고도 많지만 말이야. 미안하구나."

스칼릿은 눈물을 닦느라 젖어버린 손바닥으로 프랭크의 손을 토닥거리며 미소 지었다. "저한텐 항상 프랭크가 있었잖아요. 필요할 때마다 언제든지 통화했어요. 저한테 충분히 잘해주셨어요. 도로 갖다 놓으세요… 제발요."

"이럴 시간 없어." 프랭크는 스칼릿의 손에서 CD를 낚아챘다.

"프랭크, 안 돼요!"

프랭크가 CD를 반 동강 내고 강물에 떨어뜨리자 스칼릿은 숨이 턱 막혔다.

"이제 우린 한 배를 탔어. 하지만 나에게 전부 다 말해줘야 해. 지금 진행되는 모든 일을 말하는 거야. 그렇지 않으면 우리 둘 다 빠져나갈 수 없어."

야단맞는 10대 소녀 같은 표정을 짓고 있던 스칼릿은 갑자기 울음을 터뜨리며 반항하는 눈빛이 허물어졌다. 그녀는 마침내 전부 다 털어놓았다.

****

프랭크는 오후 시간 대부분을 집중하지 못한 채 멍하니 앉아 있었다. 스칼릿이 그동안 속여왔던 일들은 생각보다 훨씬 더 심각했다. 그는 넋 놓고 들여다보고 있는 모니터 화면이 시간 초과로 잠금 모드에 들어 가지 않도록 가끔 마우스를 클릭했다. 이메일 몇 개도 열어보긴 했다. 하지만 이내 프랭크의 사고 흐름은 스칼릿과 자신에게 다가올 폭풍 같은 사건으로 되돌아가는 걸 피할 수 없었다.

이상하게도 프랭크는 마음 한 켠에서 자신의 형사 커리어가 스칼릿을 보호하다 끝날 것 같다는 생각을 늘 해왔다. 어쩌면 그걸 바랐을 수도 있었다. 자신의 진가를 증명하고 자신의 실수를 스스로 만회할 마지막 기회였다. 그것은 한 편의 시처럼 감정을 자극하는 결말을 불러올 게 분명했다. 오래 전 만만치 않았던 적수의 딸에게 수호천사가 되겠다고 자처한 것은 엘리노어를 잃은 후 그의 삶에 조금이라도 의미를 부여해준 유일한 일이었다. 하지만 스칼릿이 세상 걱정 없이 만만하게 살아가는 모습을 보고 있자니, 그녀를 제대로 알고 있었나 하는 의구심이 고개를 쳐들었다.

우울한 생각에 빠졌던 프랭크는 어디서 많이 본 보온병이 눈앞에 탁 놓이자, 제정신으로 돌아왔다. 어리둥절한 얼굴로 올려다보니 페르난데스가 웃고 있었다.

"안녕." 페르난데스가 인사했다. "이거 자네 물건 같은데."

"흐음." 프랭크는 모호하게 대답했다. 머릿속이 복잡해졌다.

"범죄 현장에서 그걸 발견했어." 페르난데스가 설명했다. "자네가 놓고 갔을 거야."

"아." 프랭크는 마음이 조금 놓였다. "고맙네."

페르난데스는 프랭크에게 계속 친절하게 대하며 그의 책상 기장자리에 걸터앉았다. "그런데 말이야, 내가 말한 '범죄 현장'은, 난데없이 하늘에서 미녀가 떨어져 죽은 현장이 아니야. 내 서랍 속 사건 파일에서 진행 중인 수사와 관련된 증거물을 도둑맞은 현장을 말하는 거야."

프랭크의 주름진 피부는 그의 무표정한 얼굴을 늘 돋보이게 했다. "자네, 날 놀리는 거지?" 그는 크게 웃으며 물었다.

"지난번 멘델레예프 바 사건에 관해 자네가 질문을 쏟아냈잖아." 페르난데스가 계속 추궁했다. "그때 난 붉은 머리 여자 그리고 슈퍼맨과 미스터 다아시를 섞어놓은 남자 얘기를 했어. 그런데 자네에게 말한 보안 카메라 영상이 담긴 CD가 사라졌고, 자네의 더럽게 맛없는 인스턴트커피 보온병이 CD가 사라진 장소에 있었어. 난 자네가 그녀를 보호하고 있다는 걸 알아."

"누굴 보호해?" 프랭크가 쿡쿡 웃었다. "자네 제정신이야?"

"우린 오래된 친구야, 프랭크. 하지만 범죄를 저질렀다면 자네를 신고할 거야."

"당연히 그러시겠지." 프랭크도 페르난데스처럼 차분하게 말했다. "그런데 너무 억측이 심한거 아니야? 나라면 충분한 증거 없이 이런 일을 경감님께 일러바치지 않을 거 같은데 말이지."

"아, 지금 확보하는 중이야." 페르난데스는 다시 일어나면서 강조했다. "그건 걱정하지 마."

"그래도 우린 지금 친구지?" 프랭크가 묻자 페르난데스는 웃음을 터뜨렸다.

"나중에도 우린 친구야. 조심해. 알았지?"

프랭크의 미소는 흐트러지지 않았지만, 책상 밑에서는 한쪽 다리가 계속 떨렸다. 그는 페르난데스가 걸어가는 뒷모습을 바라보면서, 한 편의 시 같은 결말이 예상보다 훨씬 빨리 다가올 것 같다는 생각이 들었다.

28장

1996년 8월 7일 아침

행운의 칼잡이, 또 살인

혼돈에 빠진 런던 경찰청

사람들의 눈길을 단번에 사로잡는 헤드라인이었지만, 프랭크의 관심은 받지 못했다. 그는 18시간 교대근무를 마치고 허공을 응시했다. 북적거리는 사무실의 불협화음은 의미 없는 잡음에 불과했고, 또 다시 살해당한 죄 없는 젊은 여성의 피는 그의 셔츠 소매 끝에서 지금도 말라가고 있었다.

탈진하면 누구든 상태가 좋지 않았다.

자신이 얼마나 강하다고 생각하는지는 중요하지 않았다. 잠이 부족하면 용감한 자와 비겁한 자, 강한 자와 약한 자 누구든 가리지 않고 망가질 수 있었다.

그날 밤의 기억은 흐릿하고 뚝뚝 끊겨 있었다. 몇 시간 짜리 기억은 3초짜리 기억 몇 개로 줄어들었다. 부정적인 트라우마를 겪으면 인간의 마음은 이렇게 변했다. 이번에 살해당한 여자는 다른 희생자들과 달랐다. 너무 어렸다. 많아야 19살로 보였다. 또 붉은 머리였는데, 이번에는 긴 곱슬머리였다. 프랭크는 혹시 뭔가 다른 의미가 있는지 궁금해졌다. 물론 그게 중요한 문제는 아니다. 그녀 또한 다른 희생자들과 마찬가지로 비극적인 운명을 맞았다.

"프랭크?… 프랭크!"

그의 이름을 부르는 소리가 비로소 귀에 꽂혔다. 프랭크는 멍한 표정으로 눈을 깜박거렸다. 그리고 조그만 회의실에 앉아 있다는 걸 뒤늦게 깨달았다. 상사가 대답을 기다리고 있었다.

"네?"

상사는 고개를 절레절레 저었다. "자네 꼴을 봐, 프랭크. 마지막으로 눈 붙인 게 언제였어?" 그의 질문에 프랭크는 어깨만 으쓱했다. "이건 자네 잘못이 아니야. 책임자는 나야. 자네로서는 역부족일 수 있어." 그는 경감이라기보다는 걱정하는 아버지처럼 젊은 형사를 타일렀다. "사건과 거리를 둬야 해. 자네는… 자네는 이 사건을 해결할 수 없어. 아무도 못 해. 벌써 희생자가 일곱 명이야. 그런데 자네는 그들 하나하나를 모두 가족처럼 생각하고 있어. 건강에 좋지 않다고. 이봐, 자넨 지금 엘리노어도 아프고 해서 집에 챙겨야 할 일이 많아. 자네를 위해서라도 내가 모질게 나서야겠군."

프랭크는 아무런 반응도 보이지 않았다.

"내 말 듣고 있나, 프랭크? 이 사건을 다른 사람에게 넘기겠네."

"네, 알겠습니다."

"지금까지 고생했네. 이런 일들은 원하는 대로 진행되지 않을 때도 있어."

"네, 알겠습니다."

"집에 가서 씻고 쉬다 와. 알겠나?"

프랭크는 고개를 끄덕이고 자리에서 일어났다.

다시 사무실로 걸어가는 중에도 너무 멍해서 아무것도 느낄 수 없었다. 너무 지쳐 잠도 오지 않았다. 하지만 실패를 인정하고 형사로서 체면을 구기는 일이 뒤따르리란 걸 알 정도의 의식은 또렷했다. 그는 책상으로 돌아갔다.

"이봐, 친구. 안타깝군. 괜찮아?" 얼굴이 앳된 친구이자 이 사건의 수사 파트너인 매튜스가 물었다.

강력계에서는 뉴스가 쏜살같이 퍼지곤 했다.

"집에 가기 전에 커피 타 줄 테니 마시고 운전해." 매튜스는 말을 마치고 탕비실 쪽으로 부리나케 달려갔다.

"애쉬 형사님?" 프랭크가 아직 잘 모르는 경관이 그를 불렀다. 그녀는 몇 주 전에 다른 부서에서 온 경장이었다. "형사님이 아까 경감님과 같이 계실 때 형사님을 찾는 전화가 왔어요." 프랭크는 간신히 눈을 뜨고 있는 데에만 집중했다. "마리 오캘러핸이라는 여자였어요. 당장 형사님과 통화해야 한다고 했는데, 그때 전화가 끊겨 전화번호를 받지 못했어요."

"알았어요. 고마워요." 프랭크가 자리에 앉자마자 매튜스가 낡은 머그잔 두 개를 들고 왔다.

"무슨 일이야?" 매튜스는 자리에 앉으며 물었다.

"오캘러핸." 프랭크가 중얼거렸다. "왜 들어본 것 같은 이름이지?"

"런던에 사는 빌어먹을 아일랜드 이민자 새끼들을 모조리 면담해서 그럴지도." 매튜스는 말을 마치고 책상 위 서류들을 훑어봤다. "여긴 없어. 자네한테 있는 거 아냐?"

프랭크는 커피를 반쯤 급히 들이키다가 입 안을 온통 데였다. 카페인보다 화상이 잠을 깨우는 데 효과가 더 좋았다. 제정신이 든 그는 가득 쌓인 서류를 찾아보기 시작했다. 그러다 키어런 오캘러핸이란 이름으로 최근에 타이핑된 보고서를 찾아냈다. 오캘러핸의 가장 가까운 친족은 배우자인 마리였다. 두 이름이 나란히 있는 걸 보자, 프랭크는 예전에 갈색 벽지를 바른 어둠침침한 거실에 앉아 별로 생산적이지 않은 면담을 했던 사실을 어렴풋이 기억해냈다. 대체 누가 거실에 갈색 벽지를 바를까?

매튜스가 관심 있게 지켜보는 가운데, 프랭크는 수화기를 들고 파일에 있는 번호로 전화를 걸었다. 통화중이라는 신호음이 귀에 짜증나게 울렸다. 그는 수화기를 내려놓았다.

"왜 그래?" 매튜스가 물었다.

"아무 일도 아닐 거야. 전화해 달라길래 해 봤을 뿐이야." 프랭크가 대답했다. 하지만 그는 왠지 모르게 그게 다가 아니라는 느낌이 들었다. "집에 가는 길에 들러볼게."

프랭크의 말을 듣고 매튜스의 표정이 어두워졌다.

"어차피 가는 길이니까 괜찮아." 프랭크는 커피를 마저 마시고 매튜스가 말리기 전에 자리에서 일어나면서 말했다. "쫓겨나기 전에 마지막으로 풋내기들이 일으킨 자살 사건과 술집 패싸움 뒤치다꺼리나 하려는 거야." 프랭크는 농담을 던지고 재킷을 챙겨 밖으로 향했다. "무슨 일 있으면 전화할게."

++++

프랭크는 전에 왔던 그 집을 알아보지 못했다. 하지만 그건 당연했다. 프랭크와 매튜스는 지난 몇 주 동안 무수히 많은 사람을 면담했고, 25세에서 40세 사이의 아일랜드 출신 남성이라면 모두 다 찾아내느라 7백만 명이나 사는 이 도시에 터무니없이 커다란 그물을 쳤기 때문이었다. 그 집은 너무 평범해서 눈에 띄지 않았다. 그 거리에 지어진 작은 빅토리아풍 이층집 100채 중 한 집이었다.

프랭크는 주소를 한 번 더 확인하고 밖으로 나와 차 문을 닫으려다가, 길에서 조금 떨어진 곳에 주차된 은색 폭스바겐 캠퍼 밴을 발견했다. 그러자 앞뒤가 맞지 않는 정보의 심연 속으로 사라졌던 목격자 진술 내용이 기억났다. 프랭크는 경계 차원에서 근무용 권총을 조수석 수납공간에서 꺼냈다. 그는 근무 중일 때마다 권총을 그곳에 두곤 했는데, 그건 규정 위반이었다. 그 끔찍한 물건을 가지고 다니기 싫었기 때문이다. 하지만 현장을 수사하려면 권총을 휴대해야 했다.

프랭크는 이제 이 총은 반납해야겠다고 생각했다.

그는 권총집을 허리에 차고 차량번호를 메모한 뒤 현관으로 다가갔다.

현관문을 쿵쿵 노크하고… 또 노크했다.

인기척이 없고 문도 잠겨 있지 않자, 프랭크는 집 주위를 더 살펴보라는 뜻으로 받아들였다. 건물을 지을 때 지붕으로 덮은 폴리카보네이트는 당장이라도 머리 위에서 무너질 듯했다. 옆문에는 테이프로 붙여놓은 손글씨 메모가 바람에 펄럭이고 있었다. 프랭크는 그 메모를 유리창에 대고 똑바로 편 다음 읽어보았다.

밖에서 놀고 있으렴, 우리 아가.

금방 데리러 올게. 사랑해.
집에는 들어가지 마.

프랭크는 얼굴을 찌푸리며 통로 끝까지 걸어가 뒤뜰을 살폈다. 어린 소녀가 어린이용 풀장 안에서 노는 모습을 보자 배 속이 꼬인 듯 울렁거렸다. 많아봤자 여섯 살이나 일곱 살 정도로 보였다. 햇살은 소녀의 길고 곱슬곱슬한 빨간 머리에 반사되어 붉게 타오르는 듯했다. 그날 아침 해가 런던 북부에 떠올랐을 때 발견된 여인도 그랬듯이. 그녀의 피는 아직도 프랭크의 옷에 묻어 있었다.

'밴 차량. 불길한 내용의 메모. 붉은 머리 소녀.'

프랭크는 총을 뽑아 들고 통로를 따라 다시 건물 뒤로 돌아가 탄창을 확인했다. 문손잡이를 비틀자 무늬 있는 유리문이 열리고 아무도 없는 부엌이 나타났다.

"오캘러핸 부인!" 프랭크는 큰 소리로 불렀지만, 작은 거실로 이동할 때에도 귀가 먹먹할 정도의 침묵만 흘렀다. 프랭크는 아직 그녀의 얼굴이 떠오르지 않았다. 그래도 보기 흉한 벽지는 기억이 생생했다.

커튼이 반쯤 열려 있어서 그나마 억압적이고 침울한 분위기는 다소 진정되어 있었다. 저쪽 벽에는 상자 모양의 구형 텔레비전이 켜져 있었지만, 볼륨은 최대한 낮춰져 있었다. 소리를 내지 못하게 재갈을 물린 듯했다. 재떨이 끝에 아슬아슬하게 놓인 담배 끝에서 한 줄기 연기가 피어올랐다. 마치 흐릿한 유령이 거실 구석의 안락의자에 앉아 쉬는 듯했다.

"오캘러핸 부인!" 프랭크는 다시 그녀를 찾았다. 프랭크는 어린 소녀가 밖에서 아직 잘 놀고 있는지 창문 너머로 확인하고 나무 계단을 올랐다. 한 칸씩 오를 때마다 발밑에서 삐걱거리는 소리가 났다.

집은 여전히 침묵 속에 잠겨 있었다.

왼쪽에는 화장실, 정면에는 아이 방이 있었다. 오른쪽에는… 프랭크는 피곤한 눈을 가늘게 뜨고 눈 앞에 펼쳐진 모습에 집중했다. 여자의 한쪽 다리가 더블 침대 옆으로 축 처져 있었다.

"오캘러핸 부인?" 프랭크의 목소리가 갈라졌다. 그는 총을 들고 문을 확 열어젖힌 다음 안방으로 들어갔다.

어쩌면 극심한 피로를 견딜 수 없어서, 어쩌면 피바다를 이룬 살인 현장을 하루에 두 번이나 봐서, 어쩌면 살인마를 드디어 찾아냈다는 격한 감정이 치밀어 올라서, 프랭크는 자신도 모르게 총을 든 손을 내렸다. 방 저편에서 생기 없는 눈으로 프랭크를 빤히 쳐다보는 여인의 얼굴을 이제야 알아봤다. 칼에 찔린 상처가 그녀의 몸 앞부분에만 적어도 스무 군데는 되는 듯했다. 하지만 범행에 사용된 흉기는 눈에 띄지 않았다. 그녀는 폴라로이드 사진들이 흩어진 침대 위에 쓰러져 있었는데, 그 사진들은 옆에 뒤집혀 있는 상자 안에 보관되었던 듯했다.

프랭크는 머뭇거리며 앞으로 걸어가 총을 내려놓고 광택이 나는 폴라로이드 사진 한 장을 집어 들어 살폈다. 마치 그의 옛날 기억을 손에 들고 있는 듯했다. 첫 번째 희생자인 제시카 팔머가 대학 기숙사 방 침대에 묶인 사진이었다. 왼쪽 손목이 부러져 힘없이 늘어져 있었다. 속박에서 벗어나려고 발버둥 쳤지만 실패한 흔적인 듯했다. 프랭크가 처음 발견했을 때 모습 그대로였다.

프랭크는 다른 사진들로 어질러진 이불 위로 그 사진을 툭 떨어뜨렸다. 그렇게하면 끔찍한 기억을 쉽게 잊을 수 있기를 바랐다.

순간, 뭔가 움직이는 게 얼핏 보였다. 앞쪽 벽에 달린 거울을 보자 프랭크의 뒤에 있는 문 열린 옷장에서 코트 소매가 흔들리고 있었다.

프랭크는 지금 이 방에 있는 상대방이 눈치채지 못하도록 하기 위해 동요하지않으려고 애쓰며 아주 천천히 총을 향해 손을 뻗었다.

그때 재킷과 셔츠, 드레스가 줄줄이 걸린 옷장 레일이 갑자기 튀어나와 프랭크를 덮쳤다. 옷가지를 뒤집어쓴 프랭크가 허우적대는 틈을 타 난데없이 피투성이 칼날이 나타나 그를 향해 파고들었다. 프랭크는 문신으로 가득한 남자의 팔을 붙잡고 침대 위로 쓰러졌다. 프랭크 밑에는 죽은 지 얼마 안 된 마리 오캘러핸이 깔렸다. 그 주변은 그녀의 남편이 앗아간 불쌍한 영혼들의 이미지로 둘러싸였으며, 그 위로는 그 연쇄살인범이 프랭크에게 칼을 내리꽂으려 하고 있었다.

그 남자는 어딜 봐도 프랭크보다 힘이 셌고 체중은 더 나갔다. 칼날이 프랭크의 얼굴에 점점 더 가까이 다가왔다. 프랭크는 총을 잡으러 온 힘을 다해 손을 뻗었다. 손가락이 총에 스쳤지만, 남자의 칼끝이 프랭크의 뺨을 미끄러지듯 베어버리는 바람에 잡을 수 없었다.

프랭크는 점점 힘이 빠지고 손이 떨리기 시작했다. 자신을 공격한 남자의 얼굴에 음흉한 웃음이 떠올랐다. 둘 다 이젠 끝이라는 걸 알았다. 남자가 마지막 일격을 가하기 위해 몸의 무게 중심을 옮기자 침대 스프링이 시끄럽게 삐걱거렸다. 그때 총 손잡이가 프랭크의 손으로 미끄러져 들어왔다. 프랭크는 남자의 옆구리에 총구를 대고 방아쇠를 당겼다.

자신을 찍어 누르던 남자의 육중한 무게가 일순간 가벼워지자 프랭크는 간신히 숨통이 트였다. 한편, 오캘러핸은 문간으로 나가 떨어져 털썩 주저 앉았다가 계단을 타고 내려가는 듯하더니, 도망쳐 버렸다.

아주 잠깐이나마 프랭크는 남자를 쫓아가지 말고 그냥 거기에 누워있을까 생각했다. 상황이 이런데 누가 그를 비난하겠는가? 그는 죽을 뻔한 데다가 얼굴의 상처도 심각했다. 하지만 정신을 차리고 결심하기도 전에 벌떡 일어나 용의자를 쫓아 피로 얼룩진 계단을 내려갔다. 용의자는 벌써 현관문에 가 있었다.

프랭크는 또 총을 쐈다. 총알은 누렇게 변색한 벽타일을 깨뜨렸다. 조준을 잘하지 못했어도 오캘러핸을 공포에 떨게 할 만큼 가까웠다. 오캘러핸은 고통스러워하며 뒤뜰을 들여다보더니 반대 방향으로 도망쳤다. 프랭크는 조금 뒤에서 그를 쫓았다.

"경찰을 불러요!" 프랭크는 깜짝 놀란 이웃 사람을 지나쳐 오캘러핸을 쫓아가며 큰소리로 외쳤다. 오캘러핸이 콘크리트 바닥에 피를 더 많이 흘리면서 두 사람 사이의 거리가 조금씩 좁혀졌다. "키어런, 꼼짝 마!" 프랭크는 차들이 쌩쌩 다니는 도로를 재빨리 건너며 소리를 질렀다. 오캘러핸은 일렬로 주차된 차량 뒤로 사라졌다.

프랭크는 총을 쏠 준비를 마치고 기다렸지만, 오캘러핸이 저편에서 나타날 낌새는 전혀 보이지 않았다. 그는 주차된 차량 밑을 살피려고 몸을 구부렸다가 조심스럽게 인도로 올라섰다. 금속 물체가 철렁철렁 흔들리는 소리가 들리는 곳으로 달려가자, 이제까지 여덟 명을 살해하며 온 나라를 공포에 떨게 한 연쇄 살인범이 지금은 처량하게도 철제 울타리를 힘겹게 기어오르려 하고 있었다.

"다 끝났어, 키어런." 프랭크가 말했다. 그 말을 인정하듯 이 아일랜드 남자의 어깨가 축 처졌다. 그는 탈출하려는 헛된 시도를 포기하고 뒤로 물러나 두 손을 들고 프랭크를 향해 돌았다.

키어런은 고개를 가로저었다. "대체 왜 그 상자를 들여다봤을까?" 그는 마치 모든 게 아내 탓이라는 듯한 억센 아일랜드 코크 억양으로 중얼거렸다.

프랭크는 마리 오캘러핸이 필사적으로 자신에게 전화를 거는 모습을 상상했다. 그건 결국 그녀의 목숨을 앗아간 전화였다.

"알았던 것 같아… 마음속으로는." 오캘러핸은 생각에 잠겨 계속 혼잣말했다.

오캘러핸이 저지른 범죄 현장이 프랭크의 머릿속을 하나씩 빠르게 지나갔다. 가장 순수한 형태의 절대악을 처음 목격한 순간이었다.

"저항하지만 않았어도 죽이지는 않았어." 키어런은 다친 옆구리 쪽으로 한쪽 팔을 내리며 고통으로 움찔했다.

무슨 이유에서인지 프랭크는 엘리노어의 모습을 떠올렸다. 현재의 엘리노어가 아니라, 피할 수 없는 최후를 맞게 될 그녀의 모습이었다. 어차피 승패가 정해진 싸움에서 마침내 암이 승리하는 순간에 프랭크는 엘리노어 곁에서 그녀의 손을 잡고 있을 터였다. 이 괴물 같은 인간이 활개 치고 다니는 동안 자신은 엘리노어를 빼앗겨야 한다는 사실에 분노했다. 프랭크는 오늘 아침에 걸려온 전화에 대해 왜 자신 혼자만 알고 싶어 했는지 비로소 깨달았다. 바로 지금이 그가 바라던 순간이었다. 프랭크는 괴물 같은 그 인간을 독대하고 싶었다. 그 모든 분노 때문에라도 단둘이서만 만나고 싶었다.

"나한테 칼을 내리라고 하지 않은 듯한데." 오캘러핸은 알 건 다 안다는 듯 말했다.

"맞아." 프랭크는 쉰 목소리로 조용히 대답했다.

"날 체포하겠다고 하지도 않았어."

"맞아."

오캘러핸은 힘들게 몸을 움직였다. 그러다 울컥하며 프랭크에게 물었다. "그 아이는 어떻게 되지… 내 어린 딸?"

"내 알 바 아냐." 프랭크가 대답했다.

오캘러핸은 처음으로 희미하게 감정을 내보이며 심지어 후회하는 듯한 표정을 지었다. 그는 프랭크의 눈을 똑바로 바라봤다. "아냐, 신경 써 줘. 부탁 하나만 들어주겠어? 제발 내 딸한테 말해줘. 아빠가—"

프랭크는 방아쇠를 당겼다. 맞은편 남자의 가슴 한가운데에 검은 구멍이 뚫렸다. 오캘러핸은 무릎을 털썩 꿇고 입가에 피를 흘리며 그에게 힘없이 미소 짓더니 바닥에 푹 엎어졌다.

프랭크는 눈을 감고 살인마가 마침내 죽었다는 사실에 안도하며 한숨을 쉬었다. 그는 비틀거리며 오캘러핸의 집을 향해 멍하니 걸어갔다. 경찰차의 번쩍이는 파란 불빛이 점점 다가왔다. 그는 잠시 걸음을 멈추고 유리문에 얼굴을 비춰 보면서 보기 흉한 상처를 가렸다. 그리고 어린이용 풀장에서 혼자 노는 붉은 머리 꼬마 소녀에게 다가가 무릎을 꿇고 인사했다.

윔블던 동부의 윔블

런던은 터져나갈 듯했다. 숨이 막힐 듯 답답한 더위가 기승을 부리자, 우뚝 솟은 사무용 건물들을 가득 채웠던 사람들이 이미 다른 사람들로 꽉 들어찬 거리에 꾸역꾸역 쏟아져 나왔다. 술집은 하나같이 다 초만원이었고, 잔디밭에는 동물 배설물만 없으면 어디든 정장 차림의 사람들이 흩어져 앉아 일광욕을 즐겼다. 영국인들은 섭씨 25도가 넘는 화창한 날이면 당연히 공휴일로 지정해야 한다고 주장했다.

헨리는 토트넘 코트 로드를 터덜터덜 걸어가는 인파에 묻혀 가다가 문득 스칼릿이 생각났다. 갈까마귀를 붙잡겠다는 그녀의 집요한 투지도 떠올렸다. 만약 헨리와 스칼릿이 갈까마귀 용의자를 붙잡았다면 그녀가 두 사람의 합의를 지켰을지, 아니면 헨리가 총을 들고 잠복 중이란 걸 알면서도 그녀가 갈까마귀를 밖으로 유인해 죽게 했을지 궁금해졌다.

헨리는 두 사람 모두 그 답을 알 수 없으리라 생각했다.

사람들은 계속 지나갔고, 또 수십 명이 한꺼번에 몰려가기도 했다. 하지만 사람들의 이동 속도가 느려지면서 시야에서 사라질 즈음이면 그들은 벌써 잊혀진 존재가 되었다.

헨리는 길 건너편 상황은 좀 나아졌는지 궁금해서 그쪽을 쳐다봤다. 그러자 지나가는 군중보다 머리 하나만큼 훌쩍 큰, 몸집이 거대하고 낯익은 인물이 눈에 띄었다. 헨리가 걷는 속도에 맞춰 펠릭스가 따라오고 있었다.

"흥미로운데." 헨리가 중얼거렸다. 헨리는 올레 & 스틴 베이커리 유리창 너머로 뭔가 고르는 척하며 지나가다가, 약 열 걸음 뒤에서 리누스의 독특한 백금색 머리카락이 유리에 비친 모습을 찾아냈다. "허, 걱정되는데." 헨리는 아까 한 말을 정정하고 앞쪽을 바라봤다. 걸어가는 사람들은 반대 방향에서 헨리를 향해 다가오는 놀랄 만큼 아름다운 여인 앞에서 양쪽으로 갈라지고 있었다.

"…젠장."

소피아는 거기에서 조금 떨어진 곳에 있는 고풍스러운 작은 카페를 가리켰다. 레베카가 작은 야외 테라스에 마련된 외딴 테이블에 앉아서 기다리고 있었다. 헨리는 사람들의 물결에서 벗어나 두 팔을 들었다. 소피아가 헨리의 몸수색을 철저히 한 다음 총과 서류 가방을 가져갔다. 헨리가 테이블에 다가가자 리누스와 펠릭스는 주변에 자리를 잡았다.

"레베카." 헨리가 미소 지었다. "진짜 반가운데요."

"헨리. 여기 앉아." 레베카는 두 사람 앞에 놓인 잔에 차를 따랐다. "듣자 하니 갈까마귀가 또 공격했다는데."

"맞습니다."

레베카는 고개를 끄덕였다. 그녀는 더 언급하지 않고 다음 주제로 넘어갔다. "아름다운 딜레이니 형사는 어떻게 되고 있어?"

"도움이 되고 있어요." 헨리는 차분하게 말하려 애썼다.

레베카는 차를 젓다가 돌연 멈췄다. "'도움이 되고 있다'니, 자세히 말해 봐."

"제 서류 가방…" 헨리의 말을 듣고 레베카는 소피아에게 가방을 가져오라고 손짓했다. "가방 안주머니에 9밀리미터 권총이 있어요." 헨리가 미리 알려주자 소피아는 가방을 열고 총을 꺼내 한 걸음 물러섰다.

헨리는 가방에서 갈색 종이 서류철을 꺼내 레베카 앞으로 쓱 밀어냈다. 그녀는 그것을 집어 들고 휙휙 넘기며 살폈다. "이건 뭐지?" 그녀가 물었다.

"그 기자가 얼마나 많이 알아냈는지, 그리고 경찰은 기자의 주장을 얼마나 진지하게 받아들일지 몰라서 걱정하셨잖아요. 제가 그 '걱정'을 덜어드린 겁니다." 헨리는 찻잔으로 손을 뻗었다.

레베카는 고개를 끄덕이며 서류철을 내려놓고 헨리를 다정하게 바라봤다. "오, 헨리, 자네가 무척 그리울 거야. 이 업계를 떠나는 사람은 많지 않아."

"떠나길 원하지 않는 사람도 있어요." 헨리가 대답했다. 레베카가 과거에 세 번이나 이 업계를 떠났다가 제 발로 돌아온 사례를 지적하고 있었다.

레베카는 민망하다는 듯이 웃었다. "우리 중에는 이 일을 너무 오래 해서 그런지, 떠나고 싶다는 게 어떤 느낌인지 모르는 사람도 있어." 그녀는 잠시 말을 멈췄다. "문제는, 자네가 내 부하 중에서 최고라는 사실이야."

"전 최고의 부하가 맞습니다." 헨리가 동의했다. "하지만 문제는, 당신이 저를 특히 더 총애한다는 사실이죠." 그 말을 듣고 레베카가 싱긋 웃었다. "…하지만 전 지쳤어요."

"우린 모두 지쳤잖아, 그렇지?" 레베카는 한때 무척 사랑했던 런던을 이제 못 알아보겠다는 듯 혼잡한 거리를 바라봤다.

"어쨌든, 우리 합의는 계속 유효하죠?" 헨리가 물었다.

레베카는 차를 길게 한 모금 마시고 대답했다. "지킬 수 없는 합의를 하는 목적은 처음부터 그 합의를 지키는 게 불가능했기 때문이지." 그녀는 잠시 생각에 잠겼다. "하지만 맞아, 헨리. 우리가 한 약속을 우리가 지키지 않으면, 우린 뭐가 되겠어?"

헨리는 고개를 끄덕이고 차를 마저 마셨다. "하실 말씀 또 있으세요?"

"사실, 할 말이 있어. 직접 말해주고 싶었어. 난 리누스에게 그 예쁜 형사를 처리하라고 지시했어… 적당한 때가 되면."

말이 끝나자마자 헨리는 스웨덴 출신이자 한때 의사로 일했던 리누스를 쳐다봤다. 헨리는 레베카의 결정에 반발한다는 속마음을 들키고 말았다. 리누스는 자기 일을 조금 지나치게 즐기는 사람이었다. "저를 못 믿으세요?" 헨리가 물었다.

레베카는 교묘하게 즉답을 피하며 미소 지었다. "난 결정했어. 하지만 걱정하지는 마. 조용히 잘 처리하라고 지시했으니까. 자, 내 기억이 맞다면, 자네는 처리해야 할 불가능한 과제가 20% 남았어."

****

"여기 뭐가 묻었어요." 스칼릿이 손가락으로 가리키자, 등에 기름 얼룩이 잔뜩 묻은 상대 남자는 재킷 벨크로에 붙어 있던 더러운 휴지를 떼어 냈다.

"이런!" 그는 떼어 낸 것을 책상에 내려놓고 땟국물이 줄줄 흐르는 얼굴로 씩 웃었다.

스칼릿은 '땅딸보 데이브'라는 사람의 전화를 받고 부랴부랴 윔블던 동부 쓰레기 매립지 및 재활용부지로 왔다. 이곳 매니저인 데이브는 무척 힘들었을 테지만 스칼릿이 부탁했던 짙은 오렌지색 토스터를 드디어 찾아냈다. 스칼릿은 '사무실' 창문 너머로 바깥을 쳐다봤다. 그 사무실은 조립식 컨테이너 건물 안에 있어서 큰 거부감 없이 들어갈 수 있었다. 그녀는 똑같은 형광 작업복을 입은 남자들 여러 명이 런던 시의회에서 고용한 웜블*처럼 다른 사람들이 버린 쓰레기를 아무 생각 없이 다시 정리하고 뒤지는 모습을 바라봤다.

"여기요." 데이브가 큰 소리로 불렀다. 그는 스칼릿이 전에 알려준 일련번호와 일치하는지 한 번 더 확인했다. "바로 이거에요." 맨손으로 만지지 말라고 여러 번 부탁했는데도 데이브는 토스터를 손으로 덥석 잡아 비닐봉지에 넣었다.

"누가 이걸 여기에 실어왔는지 알아낼 수는 없겠죠?" 스칼릿은 바보 같은 질문을 괜히 했다는 생각이 들었다.

"네. 저도 몰라요." 데이브는 그런 건 신경쓰지도 않았다.

"지난 몇 주 사이에 이 주변에서… 뭔가 이상한 게 나오지 않았나요?" 스칼릿은 혹시나 해서 또 질문했다.

"뚱보 테드가 머리가 셋 달린 비니 베이비 인형을 찾았어요. 곧장 이베이에 올렸죠."

---

* Womble, 두더지를 닮은 가상의 동물이며, AFC 윔블던 마스코트이기도 하다

"그런 거 말고… 사람의 유해라든지… 신체 일부 같은 거요."

"신체 일부라고요?" 데이브는 열심히 머리를 굴렸다. 스칼릿은 그의 기억력이 그렇게 나쁘지 않으리라 확신했다. "가장 마지막으로 봤던 신체 일부는 저 세탁기에서 찾은 엄지발가락인데요."

"최근 일이에요?" 스칼릿은 기대를 너무 많이 하지 않기로 했다.

데이브는 기억을 떠올리며 볼을 부풀렸다. "벌써 6개월 전이에요. 그래도 재미있는 이야기죠. 난 의학 드라마를 많이 봤거든요. 그래서 그 발가락을 보고 속으로 중얼거렸어요. '데이브, 지금이 중요한 순간이야. 이걸 빨리 얼음 위에 놓고 근처 병원마다 전화해서 발가락이 잘린 환자가 있는지 알아내야 해. 차로 쌩 달려가면 접합 수술시간에 딱 맞출 수 있어.'라고요."

데이브는 말을 마쳤지만, 더 이야기하고 싶은 듯했다.

"그래서…" 스칼릿은 그 다음 말을 부추겼다. "그렇게 했어요?"

"아뇨, 굉장히 바빴고 또 스티브가… 아파서 빠지는 바람에 그냥 버렸어요." 데이브는 사실을 털어놓았다. 그리고 쓰레기로 넘치는 휴지통을 의미심장한 눈빛으로 힐끗 보자 스칼릿은 이젠 그만 가야겠다는 생각이 들었다.

"알겠어요." 스칼릿은 증거물이 담긴 테스코 비닐봉지를 들었다. "보안 카메라 영상을 확인하러 나중에 누가 올 거예요. 준비해주실 수 있으세요?"

"네네."

"작업장을 조금 보고 가도 될까요?"

"형사님 집처럼 편히 둘러보세요." 데이브는 때 묻은 손으로 사무실 문을 열고 자신이 일군 쓰레기 왕국으로 안내했다.

****

프랭크는 돋보기안경을 쓰고 자리에 앉아 있었다. 눈을 가늘게 뜨고 몇 시간씩 모니터만 들여다보고 있으니 이젠 얼굴이 아팠다. 그는 팝스타 키야 로즈와 그녀의 전 매니저 랜디 싱클레어 사이에 벌어진 치열한 법정 다툼을 취재한 기사를 자세히 읽었다. 싱클레어 씨는 키야의 싱글이 처음으로 차트 1위를 차지하기 전날 밤 키야에게 해고당한 후에 그녀에게 받지 못한 밀린 임금 수십만 파운드를 돌려받아야 한다고 주장했다. 그는 키야가 '비뚤어진 코를 반듯하게 교정하느라' 돈을 펑펑 써버리는 바람에 자신에게 임금을 지불하지 못했다고 폭로했다.

프랭크는 해당 페이지를 조금 더 스크롤하다가 얼굴을 돋보이게 화장한 이 스타가 노출이 심한 의상을 입고 전성기 때의 눈부신 미소를 지으며 무대에서 공연하는 사진을 찾았다. 목에는 그녀가 어딜 가나 걸고 다니기로 유명한 두꺼운 황금 펜던트가 빛났다. 그 펜던트는 갱단 싸움에서 죽은 오빠의 것으로, 그녀가 살해된 후 행방이 묘연해졌다.

프랭크는 거미줄처럼 복잡한 다이어그램에 메모를 추가했다.

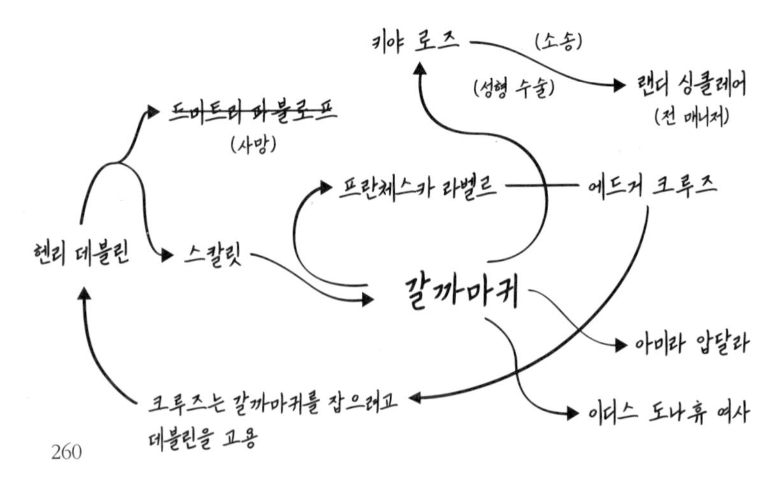

“뭐 하고 계세요?” 스칼릿이 불쑥 묻자 프랭크는 너무 놀라 심장마비를 일으킬 뻔했다.

프랭크는 노트를 그녀에게 보여주었다. “주요 인물 사이의 연결고리를 찾고 있어.”

“그래서… 뭘 좀 알아내셨어요?”

프랭크는 피식 웃었다. “내가 또 모르는 건 뭐지?”

“없어요, 정말이에요.” 스칼릿이 말했다. “그래서 뭘 알아내셨는데요?”

“음… 이 사람들 전부… 내가 만든 다이어그램에 나온다는 거.” 프랭크는 의자에 털썩 앉아 메모를 한쪽으로 밀었다. “어디 갔다 왔어?”

“법의학팀에요. 프란체스카 라벨르의 이웃이 건물 밖 쓰레기 수거통에 던진 토스터를 법의학팀에 가져다 줬어요. 법의학팀이라면, 누가 수거하라고 명령했는지… 혹은 누가 수거했는지 알아낼 수도 있어서요.” 그녀는 어깨를 으쓱했다. “물론 성공할 가능성은 별로 없어요. 그런데 팀원들에겐 뭘 하라고 하셨어요?

“헨리가 말한 대로 키가 크고 눈이 녹색인 20~30세 아시아계 여성을 찾아보라고 했어. 이상하게도 오전 내내 전혀 불평하지 않던데.”

“네, 진짜 이상하네요.” 스칼릿이 동의했다. “지금은 뭘 하고 계셨어요?”

“사진 확인 작업. 수영장을 날려 버린 폭발물도 추적하고 있어. 화학 회사 리스트를 확보해서 작업하고 있지.”

“바쁘시군요. 이만 갈게요.” 스칼릿은 뒤돌아 걸어갔다.

“잠깐, 스칼릿!” 프랭크는 스칼릿을 불러 세웠다. 그는 잠시 망설이다가 전날 스칼릿이 솔직히 털어놓은 뒤부터 그의 머릿속을 맴돌던 생각을 말로 꺼냈다. "헨리 데블린은 드미트리 파블로프를 죽였어. 그놈도 쓰레기 같은 새끼야. 솔직히, 다른 사람도 꽤 많이 죽였을 걸."

스칼릿은 경계하듯 팔짱을 꼈다.

"내 말은, 이 일이 다 끝나면, 그 사람이 얼마나 도움이 되었든, 희생자를 구하려고 얼마나 용감하게 나섰든… 네가 어떻게 생각하든…"

스칼릿은 불편한 기색이었다.

"난 그놈에게 수갑을 채울 거야. 다른 살인범들에게 하듯이. 모르는 척 넘어가지 않아. 난 그놈과 별로 친하지 않잖아. 네가 명심해야 할 것 같아 알려주는 거야."

"더 하실 말씀은요?" 스칼릿은 못 견디겠다는 표정이었다.

프랭크는 고개를 저었다. "없어."

스칼릿은 쌀쌀맞게 고개를 까닥하고 다시 갈 길을 갔다. 프랭크는 그새 잠긴 모니터 화면을 풀자마자 방해물을 또 맞이했다. 이번에는 올슨이었다. 이 괴짜 청년이 입은 스키니 진은 하체로 흘러가야 하는 혈액을 차단할 게 분명했다. 올슨은 프랭크 옆에 무릎을 구부리고 앉으려다가 생각을 접었다.

"어떻게 지내세요, 프랭크?" 올슨은 반갑게 인사하더니 돌연 목소리를 낮췄다. "할 얘기가 두 가지 있어요. 먼저, 그때 찍은 사진 있잖아요. 사진의 얼굴들에만 정신이 팔려서 앞쪽에 찍힌 걸 알아보지 못했어요. 그런데 그 덩치 큰 남자 목덜미가 잘 찍혀 있더라고요." 올슨은 물고기 문신처럼 보이는 확대 사진을 프랭크에게 건넸다. "흑돌고래예요." 올슨이 설명했다. "그건 러시아 흑돌고래 감옥에서 복역했다는 뜻이거든요. 그런데 이것도 보세요." 올슨은 다른 사진을 보여주었다. "여기 보이는 건 갱단 이름과 활동 구역이에요. 국경에 인접한 라트비아, 에스토니아, 벨라루스. 그놈은 이 지역 출신이 분명해요."

프랭크는 적잖이 놀란 듯했다. "두 번째는?"

"미리 알려드리는 거예요. 페르난데스가 정보를 캐고 다녀요. 그래서 우리가 꽤 친하다는 것도 알아낸 거 같아요."

그의 말은 감동적이었다. 프랭크는 올슨의 진심을 미처 깨닫지 못했었다.

"페르난데스는 프랭크가 담당 업무 외에 다른 일을 진행하는 게 있는지 알고 싶어 했어요. 그런데 저한텐 프랭크에게는 알리지 말라고 했어요."

프랭크는 잘 알아듣지 못한 듯했다. "…뭐라고?"

"페르난데스가 뒷조사하고 다닌다고요." 올슨이 요약해서 답했다.

"아, 알았어. 고마워." 프랭크는 사무실 건너편을 바라봤다. 페르난데스는 전화 통화에 열중하고 있었다. "나 때문에 거짓말하지는 마."

"그러기엔 좀 늦은 것 같은데요." 올슨은 어색하게 웃었다. "그 덩치 큰 남자 그리고 리누스 베리먼… 그 둘은 '예테보리의 구울'* 이라고도 불리죠. 곤란한 일이 양쪽에서 생길 거예요. 그러니… 몸조심하세요, 아셨죠?"

---

* 예테보리(Gothenburg)는 스웨덴에서 두 번째로 큰 도시이며, 구울(Ghoul)은 무덤을 파헤쳐 시체를 뜯어먹는 악귀를 말한다

****

오후 3시가 조금 넘어 스칼릿의 사무실 전화가 울렸다.

"딜레이니입니다." 스칼릿이 전화를 받았다. "…확실해요?" 잔뜩 흥분한 스칼릿은 전화를 건 사람이 말하는 내용을 메모 패드에 받아 적었다. "네… 네. 고마워요."

스칼릿은 수화기를 내려놓고 자리에서 일어났지만, 어디서부터 시작해야 할지 몰라 잠시 서 있었다. 그 짧은 전화 통화가 모든 걸 바꿨다. 그녀는 과감하게 결심하고 아까 급하게 받아 적은 메모지를 뜯어 마침 옆에 지나가던 여자 후배의 팔을 붙잡았다.

"2분 안에 이 사람 집 주소하고 사진을 준비해 줘." 스칼릿이 지시하자 깜짝 놀란 젊은 여형사는 아무 말도 못 하고 멀뚱멀뚱 쳐다봤다. "1분 50초 남았어." 스칼릿은 그녀를 팔꿈치로 슬쩍 밀어 빨리 가라고 재촉하고 프랭크에게 걸어갔다.

프랭크는 지루해 보였다.

"중요한 일이 생겼어요." 스칼릿이 말했다. "도와주시겠어요?"

프랭크는 스칼릿의 긴장된 어조를 바로 눈치챘다. 그는 무슨 일인지 묻지도 않고 바로 일어나 스칼릿의 자리로 걸어갔다. 스칼릿의 지시를 받은 형사는 사무실 저쪽 프린터로 허둥지둥 달려갔지만, 종이를 새로 채워야 하자 짜증을 내며 프린터를 걷어찼다.

"괜찮아?" 프랭크가 물었지만, 스칼릿은 생각을 정리하느라 전혀 알아듣지 못했다.

얼굴에 땀이 송골송골 맺힌 그 형사는 1분 30초 동안 열심히 작업한 결과물을 들고 달려왔다. 스칼릿은 그녀에게 고개를 끄덕하고 심호흡한 뒤 프랭크를 쳐다봤다.

“시작할게요.” 스칼릿은 프랭크의 도움을 받아 책상 위로 올라갔다. “모두 주목해 주시겠어요?!” 시끌벅적한 소음을 뚫고 그녀가 외쳤다. “실례합니다! 모두 주목해 주시겠어요?!”

조용히 하자는 쉿 소리가 사무실 구석구석까지 퍼졌다.

스칼릿은 흑백 사진을 높이 들었다. 프린터에서 나온 지 얼마 되지 않아 아직 따뜻했다. “이름은 선정린.” 그녀는 사진을 주위에 둘러 보이며 크게 외쳤다. “여러분, 이게 그 여자입니다. 이 사람이 갈까마귀예요.”

흥분하여 웅성거리는 소리가 사방에서 터져 나왔다.

“이 여자는 마운트배튼 호텔의 목격자 진술과 일치합니다. 법의학팀에 따르면,키야 로즈가 살해된 장소로 추정되는 거리에서도 이 여자 혈흔이 나왔어요.” 스칼릿은 이제 막 자리에 앉은 그 후배 형사에게 고개를 돌렸다. “이 여자 집으로 무장경찰들을 당장 출동시켜.”

그녀는 고개를 끄덕이고 수화기를 들었다.

“모두 지금 하시는 일을 잠시 멈추고 이 용의자에게 집중해주세요. 우리가 해야 할 일은 용의자의 가족관계, 금융기록, 자주 가는 장소, 동료들… 파악할 수 있는 모든 정보입니다. 필요하시면 언제든지 프랭크 형사님과 저에게 연락 주세요. 고맙습니다.” 스칼릿은 말을 마치고 책상에서 내려왔다.

“점점 잘하고 있군.” 프랭크가 칭찬했다. 스칼릿은 가방과 열쇠를 챙겨 들었다.

“우리가 갈 때까지 기다리라고 해.” 스칼릿은 통화 중인 형사에게 지시했다. “우리도 지금 가는 중이라고 전해 줘.”

“우리?” 프랭크는 귀를 의심했다.

"이제 거의 다 왔어요, 프랭크. 어서 같이 가요." 스칼릿은 벌써 엘리베이터를 향해 성큼성큼 걸어갔다.

"아니야. 문 부수고 들어가 나쁜 놈들을 덮치는 건 젊은이들이 해야지." 프랭크는 스칼릿의 걸음을 따라잡는데도 힘들어 숨을 헐떡거렸다. "널 도와줄 사람들은 많아. 난 여기서 대기하다가, 그 여자가 거기 없으면 대안을 찾아볼게." 엘리베이터 문이 열렸다. "게다가," 스칼릿이 안으로 들어서자 프랭크가 말했다. "…네가 해낸 거야… 늘 그렇듯이."

스칼릿은 미소 지으며 버튼을 눌렀다.

프랭크는 엘리베이터 문을 붙잡고 몇 마디 덧붙였다. "어서 가서 그 괴물을 잡아. 넌 그럴 자격이 있어."

30장

다 같이 콩가!

“내 뒤에 붙어요. 늘 뒤에 있어야 해요. ‘이동’ 하면 움직이고, ‘정지’ 하면 멈춰야 합니다. 알겠습니까?” 특수화기사령부 팀장이 지시했다. 스칼릿은 방탄조끼를 단단히 갖춰 입었다.

“알겠습니다.” 스칼릿은 고개를 끄덕이며 그들의 목적지인 허름한 건물 벽 주위를 살폈다. 쭉 늘어선 초라한 상점들 뒤쪽에는 지그재그로 이어진 철제 계단이 있었는데, 낡아빠진 현관까지 연결되어 있었다.

“젠장, 쪄 죽겠네.” 팀장은 덥다고 투덜대다가 건물 옥상을 올려다보며 대원과 교신했다. “로미오 원, 보이는가?”

“보이지 않습니다.” 스칼릿의 방탄조끼에 부착된 무전기에서 지직거리는 소리가 흘러나왔다.

“음, 온종일 우두커니 서 있으면 안 돼. 총은 장식품이 아니야.” 팀장이 대원들에게 전달했다. 똑같은 검은색 유니폼을 입은 대원들 모두가 불편해 보였다. 팀장은 숨이 턱턱 막히게 하는 헬멧을 도로 썼다. "베타 팀, 너희만 믿는다."

"그럼 제가 보스인가요?" 여성 대원이 총을 점검하며 농담을 던졌다.

"난 챙겨야 할 사람이 있어서 꼼짝하지 못해. 안 그래?" 팀장은 아예 대놓고 불만을 드러냈다. 지금까지 한 말만으로도 스칼릿이 이번 작전에 얼마나 달갑지 않은 손님인지 충분히 깨닫게 했음에도, 팀장은 부족하다고 느낀 듯했다. 그렇다고 주눅이 들 그녀가 아니었다. 그는 목적 달성을 위한 도구이자 수단에 불과했다. 그는 스칼릿처럼 용의자를 찾기 위해 직장 생활을 위태롭게 하거나 징역형에 처할 각오를 하거나 양심을 팔지 않았다.

"손을 여기 올려요. 당신이 어디 있는지 알아야 하니까." 그는 스칼릿의 한쪽 손을 자신의 어깨에 올렸다. 다른 팀 대원들은 주차장을 잰걸음으로 가로질러 이동했다. "좋아, 알파 팀 이동."

스칼릿은 두 걸음 앞에서 움직이는 팀장과 속도를 맞추려 애쓰며 나머지 대원들을 따라 계단 밑으로 이동한 뒤 다 같이 몸을 웅크렸다. 대원들은 위에 보이는 문간을 향해 총을 겨눴다. 잠시 뒤 베타 팀 대원들이 줄줄이 철제 계단을 올라갔다. 마치 장례식장에 검은 옷을 입고 문상하러 온 사람들이 일렬로 서서 콩가 춤을 추는 듯했다. 그들은 문을 부술 때 쓰는 공성 망치를 휘두를 공간을 확보하려고 주위에 흩어졌다.

"준비하세요." 팀장이 작은 목소리로 알렸다. 위로 올라간 대원이 카운트다운을 시작하자 스칼릿은 심장이 터져나갈 듯했다. 공성 망치를 한 번 휘두르자 얇은 문이 쾅 열렸다. "들어가!" 팀장이 크게 외쳤다. 스칼릿은 즉시 일어나 앞에 보이는 팀장의 부츠만 쳐다보며 서둘러 계단을 따라올라가 부서진 문 안으로 들어갔다.

"이상 무!" 여기저기서 대원들이 외쳤다. 이 음울한 아파트 내부는 예상했던 대로 불쾌했다. 종잇장처럼 얇아 빛을 가리지 못하는 커튼은 레일에 힘없이 달려 있었고, 휴지통에는 오랫동안 방치된 쓰레기가 넘쳤으며, 부엌 조리대 위에는 먹다 남은 음식이 가득 쌓여 있었다.

터무니없는 생각이긴 했지만, 스칼릿은 그동안 자신이 쫓았던 이 지저분한 괴물에게 약간 실망했다. 이젠 어엿한 이름도 있고 풀럼 지역에 낡아빠진 아파트도 소유한 그 괴물이 더욱 인간처럼 느껴지기 시작했다.

"팀장님!" 누가 소리쳤다.

팀장은 스칼릿을 똑바로 바라봤다. "당신은 여기 있어요." 그는 스칼릿에게 지시를 마치고 모퉁이를 돌아 사라졌다. 스칼릿은 더러운 부엌에 혼자 남았다.

스칼릿은 그들의 대화를 엿들으려고 귀를 기울이며 복도를 따라 안쪽으로 조금씩 움직였다. 목소리가 멀어지는가 싶으면 안쪽으로 더 이동했다. 모퉁이까지 거의 다가오자 팀장이 그녀를 불렀다.

"딜레이니 형사님! 좀 보셔야 할 것 같습니다!"

스칼릿은 자세를 똑바로 하고 몇 초 기다렸다가 모퉁이를 돌았다. 순간, 입이 절로 벌어졌다. 그녀는 눈앞에 나타난 혼란스러운 광경이 무엇인지 이해하려고 애쓰지 않을 수 없었다. 복도 맨 끝의 누런 벽은 알고 보니 벽이 아니라 두꺼운 보안 문이었다. 활짝 열린 그 문 너머로 화려한 방이 보였다. 헐어빠진 리놀륨 바닥재는 적갈색 마호가니 바닥에 맞닿아 있었고, 군데군데 벗겨진 벽지는 은은하게 빛나는 벽돌로 뒤덮여 있었다.

기절할 듯 놀란 스칼릿은 그 가짜 벽을 지나가자 또 다른 차원의 문을 통과하는 느낌이 들었다. 볼품없는 겉모습 뒤에 숨었던 이 호화롭고 널찍한 공간에 발을 들여놓자, 이 괴물에게 처음 품었던 생각이 다시 고개를 들었다.

"여깁니다." 팀장은 스칼릿에게 안으로 들어오라고 손짓했다. 저쪽 벽을 따라 높이 쌓인 수많은 컴퓨터 화면을 제외하면 화려한 모델하우스 그 자체였다. "그 여자가 혹시 해커입니까?" 현장이 이렇다 보니 팀장이 그렇게 질문할 만했다. 스칼릿의 눈길은 책상 밑 수납공간으로 향했다. 인공 폐가 작동하듯 어딘가에서 환풍기들이 돌다가 꺼졌다 반복했다. 네온 불빛은 먹이를 노리는 맹수의 눈처럼 어둠 속에서 빛났다.

"제가 알기로는 아니에요." 스칼릿은 솔직히 대답했다. 그녀는 책상으로 걸어가 일회용 장갑을 끼고 키보드 옆에 쌓인 각종 스케치와 마구 휘갈겨 쓴 문서들을 자세히 살폈다. 그리고 잠시 후, 올드 플레이하우스 극장에서 공연된 이디스 도나휴 주연 연극의 구겨진 티켓을 발견했다. 그리고 키야 로즈를 시상식에 데려가기로 했던 리무진 회사 명함도 찾았다. 그리고 무엇보다도 '나트륨' 라벨이 붙은 조그만 파우더 튜브도 나왔다.

"어쨌든 범인은 이 여자가 맞는 거죠?" 팀장이 물었다.

"그건 확실해 보여요." 스칼릿이 대답했다. 계산식이 여럿 적힌 종이를 치우자 지난주 신문 한 페이지가 나타났다. 스칼릿도 대략 알고 있던 내용이었다. E.W.라고만 알려진, 수많은 논란을 불러일으키는 환경운동가가 그녀의 대의명분 실현을 위해 나흘 뒤 특정인들만 참석하는 행사에 나타나 드디어 정체를 밝히고 경찰에 자수한다는 신문 기사였다.

"팀장님!" 대원들이 어린이 장난감 보석함 같은 상자를 들고 급히 달려오며 팀장을 불렀다. "다른 방에서 이걸 찾았어요." 그들은 값싼 장신구처럼 보이는 것들을 꺼내 늘어놓았다. 큼직한 황금 펜던트 옆에 피 묻은 브로치가 놓였다. 반짝이는 귀걸이는 다이아몬드 팔찌 옆에 있었는데, 스칼릿은 그 팔찌가 아미라 압달라의 것임을 단번에 알아봤다. 장신구마다 희생자 이름이 적힌 라벨이 꼼꼼하게 붙었고, 밀봉된 비닐봉지에 들어있었다. 희생자별로 분류된 중요한 증거물이었다.

"왜 여기 있을 리 없다고 하는 건지…" 스칼릿은 하트 모양의 팔찌를 다시 바라보며 중얼거렸다. 그 팔찌를 마지막으로 본 것은 주인이 손목에 낀 그대로 빌딩 옥상에서 물에 휩쓸려 떨어졌을 때였다. 브로치 역시 의외였다. 사람들은 갈까마귀가 이디스 도나휴의 결혼 반지를 전리품으로 가져갔다고 확신했었다.

"방금 갈까마귀 둥지를 찾은 것 같습니다." 팀장은 의기양양하게 큰 소리로 말했다.

"빈 둥지에요." 스칼릿은 갈까마귀가 수집해 놓은 섬뜩한 전리품들을 찡그린 얼굴로 내려다보며 중얼거렸다.

"어쨌든 이 정도면 그 여자도 우리가 여기 왔었다는 걸 알 겁니다." 팀장이 스칼릿의 어깨너머로 말했다. 그는 사방에 설치된 보안 카메라들을 가리켰다. "이제 돌아오지 않을 겁니다."

스칼릿은 신문 기사를 접어 증거물 봉투에 집어넣고 미소 지었다. "그 여잔 돌아오지 않아도 돼요. 우리가 잡으러 갈 테니까요."

####

저녁 햇살이 사무실 창문으로 쏟아져 들어와 이미 근무를 마치고 퇴근했어야 할 사람들을 조롱하고 있었다. 하지만 프랭크는 신경 쓰지 않았다. 그는 생각지도 못한 쪽으로 갑작스레 방향을 바꿔 다른 일에 몰두하고 있었다. 그 결과, 사형제도가 오늘날에도 사우디아라비아에서 널리 시행되는 처벌 방식이라는 사실을 알아냈다. 특히, 도시 광장에서의 공개 참수형은 이 왕국이 선호하는 사형 방식이었다.

이렇게 시간 가는 줄 모르고 검색을 거듭하다 보니 프랭크는 성공한 사업가 살몬 파델의 최후를 알고 적잖이 놀랐다. 그는 다름 아닌 압바스 압달라, 즉 아미라 압달라의 아버지가 목격자로 진술한 증언에 근거해 사형을 선고 받았다. 리야드에서 피비린내가 유달리 더 많이 진동한 사형 집행일에 파델의 시신은 몰려든 군중에게 빼앗겨 행방이 묘연해졌다. 그의 유족은 '참을 수 없는 불의'가 저질러졌다고 강력히 항의했으며 시신 없는 무덤에서 고인을 애도해야 했다. 이는 이슬람교 신자들에게 특히 더 의미가 있는 우발적인 사태였다.

프랭크는 가라앉은 기분을 달래고 싶어서 이번에는 경찰이 이디스 도나휴 여사의 남편을 면담한 신문 기사를 검색해 읽었다. 여사의 남편은 아내가 살해당한 날 밤에 집에서 예정에 없던 디너 파티를 하던 중이었으며, 고조할머니 때부터 대대로 물려받은 결혼반지 반환 문제와 함께 그 집은 두 사람의 이혼에 따른 재산 분할에 상당히 큰 걸림돌이었다고 했다.

이번에는 프란체스카의 파티 손님 리스트에 있는 이름들을 구글에서 차례대로 검색했다. 뒤로 갈수록 이전 사람보다 더 부유하고 권력 있는 사람들이었다. 처음에는 희생자들 사이에 뚜렷한 연결고리가 없다고 생각했지만, 어쩌면 희생자들의 주변 인물들 사이에 연결고리가 있겠구나 하는 생각이 들었다. 하지만 그들이 누리는 특권과 사회적 지위만 찾았을 뿐, 인생의 30분을 또 낭비하고 말았다.

프랭크는 사진 분류 작업을 또 미루고 싶어서 이번에는 기술팀에서 보내온 두꺼운 출력물을 우편물 정리함에서 꺼냈다. 눈을 가늘게 뜨고 쓸데없이 아주 작은 글씨로 작성된 문서를 읽다 보니 무슨 내용인지 깨닫는 데 시간이 걸렸다. 그 문서는 프란체스카 라벨르가 휴대전화로 주고받은 문자 메시지와 메신저 앱 대화의 전체 사본이었다. 그는 문서들을 휘리릭 넘겼다. 잠시 시원한 바람이 필요한 것 말고는 다른 이유가 없어서 책상 한쪽에 올려놓다가 뭔가 눈에 띄었다. 그는 지금 헛것을 보는 건 아닌지 다시 한 번 확인한 뒤 수화기를 들고 기술 서비스 팀에 전화했다.

"안녕하세요, 강력계 프랭크 애쉬 형사입니다. 프란체스카 라벨르 살인 사건 데이터 담당자를 바꿔주시겠습니까?"

몇 초 후에 목소리가 명랑한 여성에게 연결되었다. "안녕하세요, 수지입니다."

"프란체스카 라벨르의 휴대전화 메시지 출력물을 보고 있었는데, 이해하기 힘든 부분이 있군요."

"요청하신 대로 지난달부터 주고받은 메시지를 하나도 빠짐없이 복구했어요. 역순으로 나와 있어요." 그녀가 대답했다.

"제가 문의하는 것은 여기 맨 위에 있는 메시지입니다. 전에는 본 적이 없어요."

수화기 너머로 키보드 치는 소리가 들렸다. "말씀하신 그 메시지는 몇 시에 보낸 걸로 나와 있나요?"

"밤 12시 53분." 프랭크가 답했다. "프란체스카가 마지막으로 목격된 즈음입니다."

"아, 네." 그녀가 답했다. "그 옆에 복구되었다는 표시가 보이죠? 우리가 복원했다는 뜻입니다."

"그걸 복원했다고요?"

"프란체스카가 그 문자를 삭제했거든요." 그녀가 설명했다. "그래서 전에는 못 보셨던 거예요."

"그렇군요. 알겠습니다. 고맙습니다." 프랭크는 전화를 끊고 수수께끼 같은 단어 하나짜리 메시지를 뚫어질 듯 바라봤다. 프란체스카 라벨르는 그 문자를 받고 몇 분 뒤 몸이 안 좋다며 방에 들어가 다시 나오지 않았다.

+447642367896

00:53 옥상 (복구)

프랭크는 수화기를 계속 든 채 그 문자를 보낸 번호로 전화를 걸었다. 신호가 세 번 가더니 전화가 끊겼다는 메시지가 흘러나왔다. 그때 스칼릿이 사무실로 들어왔다.

"저 왔어요." 스칼릿은 불만스러워 보였다. "가능한 한 빨리 왔어요. 모두 아직 여기 있어요?"

"거의 다." 프랭크는 수화기를 내려놓았다. "뉴버리는 농땡이 쳤겠지. 그 재수 없는 자식. 내가 사람들 불러 모을까?"

"하실 수 있으시면 부탁드려요. 잠시 뒤에 올게요."

****

아니나 다를까, 프랭크가 갈까마귀 용의자 정보를 파악하던 사람들을 모두 한자리에 모으는 데는 15분 이상 걸렸다. 그런데도 그는 마음이 조금 들떠 보였다. 스칼릿은 회의가 지연되자 오히려 반가웠다. 그동안 화장실도 갔다 왔고, 동료들 앞에서 작전 결과를 발표하기 전에 마음을 가라앉힐 수 있었다. 그리피스 경감이 회의실로 들어오자 사람들은 일제히 입을 다물었다. 그는 문을 닫고 뒤쪽에 자리를 잡았다.

"시작하겠습니다." 스칼릿은 피곤한 듯 한숨을 쉬고 입을 열었다. "먼저, 퇴근할 예정이시던 분들께 죄송합니다. 꼭 필요하지 않았다면 이 일로 여러분을 붙잡아 두지 않았을 겁니다. 그럼, 모두 아시다시피, 조금 전 저는 합류—"

"아, 씨팔." 회의실 입구에서 누가 불쑥 욕을 내뱉었다. 테이크아웃 커피를 손에 든 남자가 나타나 회의를 중단시켰다. "빌어먹을 삽질을 2시간 넘게 하고 딱 5분 나갔다 왔는데 이런 지랄 염병할…"

"입 닥치고 앉아, 뉴버리!" 회의실 어딘가에서 그리피스 경감이 윽박질렀다.

그 버릇없는 젊은 형사는 빈정거리며 경례를 붙이더니 가운뎃줄 빈자리에 앉았다. 그리고 스칼릿에게 계속 이어서 말해도 된다는 신호를 보냈다.

"자, 아까 말씀드린 대로…"

스칼릿은 특수화기사령부와 공동 작전에서 알아낸 내용을 10분 동안 자세히 전달했다. 가짜 벽 뒤에 비밀의 방이 있었고, 그곳에 고성능 컴퓨터들이 쌓여 있었다는 내용이었다.

"그럼, 이 여자가 갈까마귀라고 보면 될까?" 스칼릿이 말을 마치자 그리피스 경감이 질문했다.

스칼릿은 고개를 끄덕였다. "목격자의 진술이 있습니다. 또 그 여자의 피가 범죄 현장 중 한 곳에서 검출되었고, 과거 살인과 관련된 증거들이 그곳에서 발견되었습니다. 네, 경감님. 이 사람이 갈까마귀입니다."

"그럼, 알아낸 사실을 오늘 밤 공식 발표하도록 하지." 그리피스는 힘주어 말했다. "내일 아침까지 온 국민이 이 선정린이란 용의자를 찾도록 하겠어. 그 환경운동가가 다음 살인 목표라는 건 얼마나 확신하나?"

"제가 회수한 문서를 샅샅이 찾아보면 더 많이 알아낼 수 있을 겁니다." 스칼릿이 대답했다. "하지만 지금으로서는 그게 전부입니다."

"알았어. 윌킨스? …윌킨스, 여기 있나?" 집합한 형사 중에서 그리피스가 윌킨스를 찾자 어떤 나이 많은 형사가 손을 들었다.

"네, 경감님."

"자네가 가장 많이 알고 있을 테지. 지금까지 있었던 일을 들려주겠나?" 그리피스는 윌킨스에게 그렇게 지시하고 스칼릿에게 말했다. "윌킨스는 E.W.라는 인물을 전부터 수사하고 있었어." 그러자 구석에 앉은 이 조용한 형사에게 사람들의 이목이 한꺼번에 쏠렸다.

"음… 물론입니다." 윌킨스는 머뭇거리며 일어나 입을 열었다. "음, 도크랜드*에서 터진 그 사건은 지난 2월 강력반으로 이관되었습니다."

"도크랜드?" 프랭크는 그 사건에 대해 알고 싶은 눈치였다

* 런던 동쪽 템스강 언저리에 있는 항구 지역

"그곳 물류 센터 화재 당시에… 노숙자가 그 건물에 있었어요." 윌킨스가 설명하자 회의실에 모인 사람들은 이제야 생각났다는 듯 고개를 끄덕였다. "물론, E.W. 그녀는 노숙자가 그 안에 있었다는 걸 알 수 없었겠죠. 하지만 과실치사가 맞습니다. 그래서 E.W.가 그 건물에 불을 질러 세상에 알리려던 메시지는 다소 빛을 잃고 말았습니다."

"그래서, 그 여자는 누굽니까?" 프랭크가 질문했다.

"그게 골칫거립니다. 아무도 모르거든요. E.W.의 SNS는 다른 인플루언서들을 통해 전달됩니다…" 프랭크는 고개를 끄덕였지만, 윌킨스의 말을 알아듣지 못한 게 분명했다. "현장에서 찍은 사진이 몇 장 있지만, 아무것도 알아낼 수 없습니다. 여자인데 인종은 모릅니다. 키는 165에서 172센티미터 사이로 추정됩니다. 초록색 복면으로 얼굴을 가리고 평범한 청바지와 티셔츠 차림으로 다닙니다." 윌킨스는 계속 설명했다. "그 행사가 열린다고 발표되자 그 여자를 잡을 좋은 기회라고 생각했습니다. 그런데 행사에 필요한 자금마저 우리가 추적할 수 없는 해외 계좌에서 송금되었습니다."

"단서는 하나도 없어요?" 스칼릿이 물었다.

"수백 개가 있어요." 그가 대답했다. "하지만 여러분의 도움이 필요합니다."

"도와드릴게요." 스칼릿이 장담했다. "E.W.는 무슨 뜻이에요? 이름 약자인가요?"

"자연을 지키는 여전사(Eco Warrioress)의 약자인데, 대기업들과 난개발을 일삼는 산업계에서는 눈엣가시 같은 존재입니다. 노숙자 사망 사고가 일어나기 전까지 E.W.는 이 세상에 피해를 줬다기보다 착한 일을 훨씬 더 많이 했습니다. 그분은 많은 사람에게 영감을 준 사람입니다."
"윌킨스도 그 여자한테 넘어갔구먼." 누가 놀리자 윌킨스 형사는 얼굴이 홍당무처럼 빨개졌다.
"어… 네. 저기요." 아까 늦게 들어온 형사가 커피 컵을 흔들며 외쳤다. "질문 있습니다."
"뭔데, 뉴버리?" 프랭크가 씩씩거렸다.
"그럼, 자연을 지키는 여전사라는 이 사람을 세상 사람 누구도 모른다면, 갈까마귀는 어떻게 그 여자를 알고 죽이려는 겁니까?" 회의실은 찬물 끼얹듯 조용해졌다. 매우 타당한 지적이었다. 프랭크는 뭔가 말하려 입을 열었지만 얼굴만 찡그렸다. "제 말은, 갈까마귀는 어떻게 그녀를 알고, 또 도대체 왜 그녀를 죽이려는 걸까요?" 뉴버리가 질문을 던졌다.
"이전 살인 사건들과 같은 이유입니다." 스칼릿이 대답하며 다시 주도권을 잡았다. "불가능한 상황에서 불가능한 목표물을 살해하고, 관객들에게 자신의 천재성을 목격하도록 한다. 제 생각엔 E.W.도 거기에 딱 들어맞습니다. 정체불명의 사람보다 접근이 더 불가능한 사람이 누가 있을까요?"
회의실 여기저기서 열띤 대화가 이어졌고, 스칼릿의 생각에 동의한다며 수군대는 소리가 들렸다. 하지만 뉴버리는 할 말이 더 있었다. 그는 자리에서 벌떡 일어나다가 옆 사람에게 뜨거운 커피를 엎질렀다.
"네, 또 잠깐만요!" 뉴버리의 목소리는 웅성거리는 소리를 뚫고 쩌렁쩌렁 울렸다. 회의실은 점차 조용해졌다. "그냥 제 생각인데요, 만약 갈까마귀도 이 E.W.가 누군지 모른다면, 우리가 E.W.가 누군지 알아내겠다고 하는 건 시간과 자원의 낭비에 불과합니다."

"뭣 때문에 그래, 이 잘난 양반아?" 뉴버리 때문에 조금 전 화상을 입은 사람이 꾸짖었다. "E.W.가 누군지 알아내서 E.W에게 미리 경고를 하거나, 행사에 오지 말라고 하거나, 행사를 아예 취소하면 되잖아."

뉴버리는 쿡쿡 웃었다. "순진한 양반이시네. 갈까마귀를 잡기 일보 직전인데 딜레이니 형사나 청장님이 과연 미끼를 포기할까요?" 스칼릿은 죄지은 사람처럼 눈을 돌렸다. "제 요점은, 위험 요인이 정체불명의 이 환경운동가가 아니라는 겁니다. 갈까마귀는 E.W.를 쫓아다니거나 등쳐먹으려는 게 아니에요. 진짜 위험한 건 그 행사 자체, 그러니까 행사가 열리는 건물, 행사 준비와 관련 있는 회사들… 또 그날 온 다른 손님들한테 있어요. 갈까마귀는 뭘 계획했든 이미 준비를 다 마쳤을 겁니다. 자기가 죽일 목표물이 누군지 알기도 전에요. 우린 그 점에 집중해야 합니다."

회의실에 모인 사람들은 답변을 기다린다는 듯 스칼릿을 다시 바라봤다. 스칼릿은 이 건방진 젊은 형사가 꽤 마음에 들었다. "뉴버리 맞죠?" 그는 조심스럽게 고개를 끄덕였다. "나중에 얘기해요. 당신이 할 일이 있겠군요."

뉴버리는 만족스러워하며 자리에 앉았다.

"갈까마귀 용의자 사진을 대중에 공개하겠습니다. 그리고 그 환경운동가가 주최하는 행사는 계획대로 진행합니다." 스칼릿은 회의실에 모인 사람들에게 말했다. "우린 그날 밤 행사장 구석구석을 이 잡듯이 뒤지고, 경찰을 수없이 배치해 그 여자를 문전에서 잡겠습니다." 스칼릿은 프랭크를 쳐다봤다. "형사님, 더 하실 말씀 있으세요?" 하지만 프랭크는 뉴버리의 말을 듣고 깊은 생각에 빠져 스칼릿의 말이 들리지 않았다. "프랭크?"

프랭크는 급히 정신을 차리고 고개를 저었다. "아니, 없어."

마지막으로, 스칼릿의 배가 요란하게 꾸르륵거렸다. "그럼, 회의는 이것으로 마치겠습니다."

하늘이 붉게 타올랐다. 해가 저물며 이번이 정말 마지막이라는 듯이 이 세상에 존재하지 않던 색조를 도시 위에 드리웠다. 프랭크는 프란체스카 라벨르의 펜트하우스에 들어가 혼자 서 있었다. 그는 선등 스위치를 켜려고 손을 뻗다가 그만뒀다. 그리고 긴 그림자들이 나무 바닥을 가로지르며 비치다가 어둠 속에 뒤엉키는 모습을 바라보며 오랜만에 고요한 순간을 만끽했다. 프랭크는 왜 이렇게 멀리까지 왔는지 잘 몰랐다. 아까부터 계속 명치가 답답하게 당겼는데, 지금 이 문제를 해결해야 나아질 듯했다.

30여 년 동안 형사로 일하면 직감을 믿는 법을 알게 된다.

프랭크는 휴대전화를 꺼내 '옥상'이라는 단어를 타이핑했다. 그리고 프란체스카 라벨르가 움직였을 경로를 따라 침실로 들어가 문을 닫을 때까지 휴대전화 화면을 들여다봤다. 다음으로는 바닥의 말라붙은 핏자국에 발을 딛고 창가로 다가갔다. 창문은 그가 이 현장에 처음 도착했을 때처럼 단단히 닫혀 있었고, 누가 손댄 흔적이 없었다. 옆 빌딩 꼭대기에 있는 텔레비전 안테나가 석양빛 속에 붉게 빛났다. 프랭크는 거기에 안테나가 있는 줄 전혀 모르고 있었다. 옆 빌딩 창문 몇 개에 불빛이 환히 들어와 그 안에 있는 사람들이 편히 쉬면서 빈둥거리는 모습이 보였다.

프랭크는 한숨을 푹 쉬며 방 안쪽으로 돌아섰다. 앞으로 또 30년이 지나면 직감과 배고픔의 차이를 구별할 수 있을지 궁금해졌다. 저녁으로 라자냐를 먹을지 코티지 파이를 먹을지 깊이 고민하며 밖으로 나가는데, 책상 위에 새로 쌓인 우편물이 눈에 들어왔다. 관리인이 가지고 올라온 게 분명했다. 프랭크는 여기 좀 더 있어도 굶어 죽지 않으리라 생각하고 우편물들을 휙휙 넘겨봤다. 각종 청구서와 은행 명세서가 대부분이었는데, 무엇인가가 그의 눈에 띄었다. 부유층 고객을 대상으로 한 유리창호 제조회사에서 보낸 한 페이지짜리 안내문이었다.

휴렛 글레이징 솔루션즈

입주민 여러분께,

아시겠지만, 4번 아파트에 누수 문제가 몇 차례 있었습니다. 저희는 이 문제를 여러 번 해결하려 했습니다만, 지금 1번 아파트에도 비슷한 문제가 발생했다고 연락 받았습니다.

그러므로 이 건물의 모든 창문과 출입구 틈막이를 한 번에 교체하시라고 권고드립니다. 아쉽게도 하자 보증 기간은 만료되었습니다. 하지만, 이 건물 내 모든 주거시설 레이아웃이 거의 같으므로, 저희는 이 서비스를 할인된 가격인 1995파운드로 제공해드릴 수 있습니다.

이 서비스를 이용하시고 싶으시면…

프랭크는 얼굴을 찌푸리며 침실로 돌아갔다. 그의 직감에 따르면 분명 뭔가 있었다. 흐릿해지는 빛 속에서 그는 바닥의 피 얼룩과 어질러진 더블 침대, 커다란 창문을 연달아 바라봤다. 창문 너머로 옥상 안테나 끝부분이 벌겋게 달아오른 쇠막대기처럼 빛났다.

"개새끼." 프랭크는 큰 소리로 욕설을 내뱉었다. 마침내 깨달았다. 그는 안내문을 주머니에 구겨 넣고 서둘러 엘리베이터로 돌아 왔다.

⁂

헨리는 높은 데 올라가도 두렵지 않고 멀쩡했지만, 그래도 떨어지지 않으려 조심하는 편이었다. 하지만, 이번에는 지붕을 받치는 서까래 밑 공간이 너무 비좁고 후텁지근해서 작업하기가 상당히 힘들었다.

무게를 지탱하는 목제 들보에 걸터앉아 드릴로 구멍을 뚫는데, 불안하게도 뭔가 쩍 갈라지는 소리가 들렸다. 헨리는 작업을 중단하고 잠시 기다렸다… 바닥에 떨어져 죽지 않았음에 감사한 그는 눈가에 맺힌 땀을 닦고 아주 느리게 작업을 계속했다. 그러다가 들보에 올려둔 휴대전화가 난데없이 부르르 진동하자 소스라치게 놀라 떨어질 뻔했다. 하지만 그만두지 않고 드릴로 계속 구멍을 뚫으며 목숨을 건 위험한 작업을 계속했다. 휴대전화는 계속 진동하며 들보 끝으로 점점 더 밀려갔다.

아직 시간이 있었다. 헨리는 고양이처럼 반사 신경이 빨랐다.

드릴이 목제 들보 밑면까지 뚫은 순간, 헨리는 그제야 휴대전화를 잡으려 손을 뻗었다. 하지만 휴대전화는 허공을 뚫고 약 9미터 아래 바닥으로 떨어졌다. 헨리는 고양이도 언젠가는 늙어 동작이 굼떠지고 실수할 수 있다는 걸 분명히 깨달았다.

그때, 근처에 있는 출입문이 열렸다. 헨리는 재빨리 손전등을 끄고 다리를 위로 끌어 모아 들보 위에 바짝 드러누웠다. 꼼짝하지 않고 눕는 것 말고는 아무것도 할 수 있는 게 없었다. 저 아래 나타난 손전등 불빛이 동굴처럼 어두운 이 공간을 훑었다. 헨리가 숨어 있는 곳 바로 밑에까지 경비원이 걸어왔다. 헨리가 입은 검은 바지의 다리 부분이 밝게 비쳤다. 경비원의 손전등에서 흘러나오는 빛은 바닥에 떨어진 휴대전화에서 불과 10여 센티미터 떨어진 데서 멈추더니 이번에는 뒷벽을 밝게 비췄다. 아무 이상 없다고 판단한 경비원은 밖으로 나갔다. 출입문이 덜컹거리며 그의 뒤에서 닫혔다.

마음을 놓은 헨리는 볼을 부풀리며 저 밑에 떨어진 조그만 검은색 직사각형 모양의 휴대전화를 내려다봤다. 틀림없이 산산조각이 났겠지만, 어떻게든 그 휴대전화를 회수해야 했다. "젠장."

####

스칼릿은 전화가 음성 사서함으로 넘어가자 전화를 끊었다.

아무래도 헨리에게는 내일 아침에 업데이트를 해줘야 할 듯했다.

스칼릿은 길모퉁이에 우두커니 서 있다가, 무척 좋아하는 상점 불빛 속에서 서성거리며 지금보다 단순하게 살았던 시절을 떠올렸다. 마크와 함께 시내 중심가를 느긋하게 돌아다니고 점심을 먹고 쇼핑을 하고 커피를 마신 그날 오후로부터 2주도 채 지나지 않았다. 더없이 행복했고, 비할 데 없이 완벽한 날이었다. 하지만 스칼릿은 지금 그때가 그리운 건지 확신이 들지 않았다. 저녁 식사 시간이어서인지 거리는 조용했다. 그녀는 두 사람이 사는 집 지하실 창문 옆에 수북이 쌓인 쓰레기를 보고 혀를 쯧쯧 차며 현관에 들어섰다. 나중에 치우겠지만… 더 정확히 말하면 마크가 치울 터였다.

"늦었네!" 스칼릿이 현관을 들어서자마자 마크가 반겼다.

마크는 멋을 냈다. 머리카락은 '파티' 스타일로 정리했다. 평소

스타일과 크게 차이가 없긴 했지만, 오존층에 피해를 줄 만큼 스프레이를 많이 뿌렸다. 생일날 스칼릿이 사 준 재킷도 꺼내 입었는데, 아래쪽에 달린 세일 꼬리표는 볼썽사나웠다. 스칼릿은 자신이 어리둥절한 표정만은 짓지 않았기를 바랐다.

"왜 그렇게 어리둥절한 표정이야?" 마크가 물었다.

젠장.

"잊어버렸구나. 그렇지?"

"아니야." 스칼릿이 반박했다. "잊어버리지 않았어. 일요일이잖아—"

"월요일이야."

"아 맞다. 월요일이네. 오늘 밤 외출하기로 했지. 조금 전까지도 일에 붙잡혀 있었어. 20분 내로 준비할게." 스칼릿은 그렇게 약속하고 부츠를 벗어 던진 뒤 계단을 뛰어 올라갔다.

⁂

"택시가 5분 뒤에 온대!" 마크가 큰소리로 알렸다. "저쪽 집 사람들이 부동산 중개인을 바꾼 것 봤어?" 마크는 휴대전화를 쳐다보며 계단을 올라갔다. "중개인이 문제라고 생각했나 봐. 월세를 3천 5백 파운드나 받겠다는 건 문제가 아니고… 오늘 진 마실까? 아니면 와인은—" 마크는 말문이 막혔다. 스칼릿은 입은 옷 그대로 침대에 쓰러져 입을 벌리고 조용히 코를 골고 있었다.

마크는 한숨을 푹 쉰 다음 휴대전화에 즐겨찾기로 등록한 연락처 중 세 번째를 찾았다.

"안녕하세요, 도미노 피자입니다!"

31장

대등한 입장

오전 6시 52분, 알레한드로 페르난데스 경사는 런던 경찰청 엘리베이터에서 내렸다. 아침 식사로 먹은 매콤한 부리또 냄새는 그 비좁은 공간에 몇 시간은 남을 듯했다.

그는 돌연 걸음을 멈추더니 걱정스러운 얼굴로 변했다. 심장마비가 온 건지, 폐가 손상되었는지 아니면 극심한 소화불량일 뿐인지 잘 몰랐지만, 가슴에 뭔가 쿵 하는 충격이 분명히 느껴지자 그 세 가지 중에서 하나에 해당할 듯한 느낌을 받았다.

페르난데스는 일찍 출근하는 편이었다. 평소 그는 아내, 장모님, 자녀 네 명과 강아지 두 마리에 치여 살다 보니 집은 늘 소란이 끊이지 않았지만, 그래도 밤에 몇 시간은 조용했다.

물론 운이 좋을 때만 그랬다. 그는 사무실로 들어가다가 또 걸음을 멈췄다. 이번에는 몸이 아픈 응급 상황이 아니라, 문 옆 책상에 팔다리를 쭉 뻗고 자고 있는 남자가 눈에 띄어서였다.

프랭크는 세상 모르게 깊은 잠에 빠져 있었다. 밤새 거기서 잔 듯했다.

페르난데스는 사무실에 누가 또 있는지 확인한 다음 프랭크에게 다가갔다. 컴퓨터 화면에는 아무것도 없었다. 오랫동안 아무런 작업이 없어 전원이 꺼진 게 틀림없었다.

그는 프랭크 주변에 잔뜩 어질러진 물건들을 살펴봤다. 그의 왼쪽에는 나이츠브릿지 아파트 건물 화재 대피용 평면도가 있었다. 프랭크는 노트 위에 엎드려 침을 흘리고 있었는데, 그 노트에는 조금 불안한 내용의 메모가 줄줄이 적혀 있었다.

- 발레 튀튀를 입고 기절한 남자는 토악질 비노와 무척 닮았고, 둘 다 주량을 통제하지 못해. 어쩌면 둘이 형제일 수도?
- 튀튀는 어디에서 나온 걸까? 녀석이 가지고 왔을까?
- 입 똥내 케니의 본명은 케니가 아니야! 제프야.

프랭크의 휑한 뒤통수가 그다음 몇 줄을 가렸다.

- 금발 머리 베키는 밤 10시 50분에 흑갈색 머리 베키로 변해. 하지만 베키의 눈은 금발 머리와 훨씬 더 어울려.
- 맨발 소녀의 남자친구는 바람을 피운다. 신발 신은 여자하고.

"이런, 프랭크." 페르난데스는 프랭크가 진심으로 걱정되어 조그맣게 중얼거렸다. 그는 프랭크의 어깨 쪽으로 몸을 기울여 지저분하게 낙서 된 종이쪽지도 확인했다.

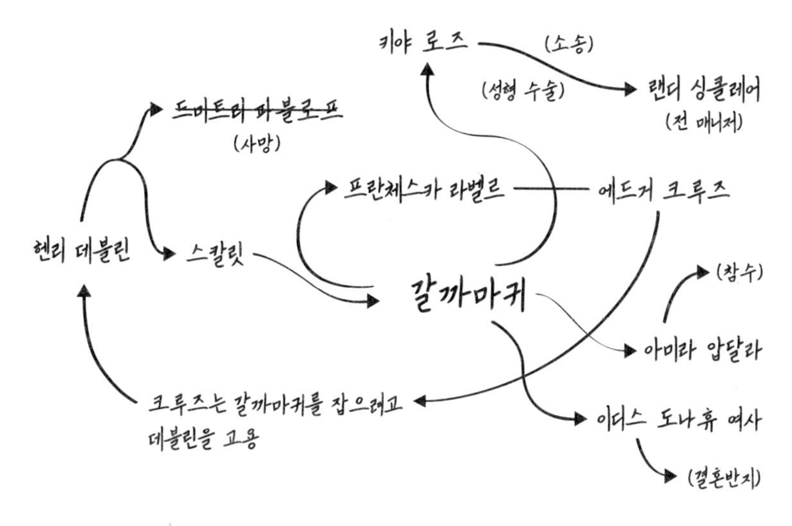

페르난데스의 시선은 '스칼릿'이라는 이름에 꽂혔다. 화살표 반대 방향에는 헨리 데블린이 있었고 살해당한 드미트리 파블로프로 이어졌다. 페르난데스는 씩 웃으며 휴대전화를 꺼내 카메라 앱을 열었다. "잡았다. 요놈."

****

스칼릿은 눈을 감았다. 헤드폰 볼륨을 올리자 시끌벅적한 사무실 소음이 점점 사라졌다. 기술 서비스팀 동료들은 그녀가 요청했던 사운드 파일을 며칠 전에 보내줬지만, 스칼릿은 이제야 그 파일을 들어볼 시간이 생겼다. 동료들은 마법 같은 컴퓨터 기술을 써서 이디스 도나휴 여사가 남편에게 남긴 음성메시지의 소리를 효과적으로 반전시켰다. 이제 고인이 된 그녀의 허스키한 목소리는 발걸음 소리, 삐걱거리는 소리, 쿵쾅거리는 소리가 뒤섞인 잡음 속에 묻혀 희미하게 들리는 바스락거리는 소리에 불과했다.

도나휴 여사의 목소리가 사전 녹음된 가짜 목소리로 대체되는 지점이 되자, 스칼릿은 이번엔 다르게 들리길 바라며 바짝 긴장했다. 어쩌면 여사가 뒤를 돌아보고 깜짝 놀라 도망치는 소리까지는 아니더라도, 도와달라고 외치는 소리가 들릴지도 몰랐다. 하지만 여사는 그렇게 하지 않았다. 귀에 거의 들리지 않는 헉하는 소리가 오래전 그녀에게 관심을 잃은 이 세상에 남긴 이별 인사였다.

제아무리 강력계 형사라지만 그 사운드 파일은 듣기 힘들었다. 이상하게도 비디오 영상을 보는 것보다 소리를 듣는 게 훨씬 더 힘든 듯했다. 알아들을 수 없는 소리마다 온갖 상상이 꼬리를 물었다. 스칼릿은 도나휴 여사, 그리고 갈까마귀와 함께 분장실에 있는 듯한 느낌을 받았다. 바로 자신이 직접 겪고 기억하는 내용 같았다. 부츠 소리? 스칼릿은 분장실로 걸어가는 무거운 발걸음 소리를 듣고 재빨리 기록했다… 뒤이어 귀에 익숙한, 바닥 판이 삐걱거리는 소리가 들렸다. 사실, 그건 대단한 발견은 아니었다. 갈까마귀가 하이힐을 신고 사람 목을 절단하리라고는 생각지도 않았다. 그녀는 더 집중해 들었다. 석고보드 판이 벽에 맞춰지면서 긁히는 소리가 들렸다. 힘이 세야겠네? 또 급히 기록했다. 녹음 파일에서 전에 들었던 소리가 아니라, 듣지 못했던 소리였기 때문이었다.

스칼릿은 몸집이 작은 선정린이 왜 분장실 저쪽으로 시체를 끌고 가지 않고 안아 들어 옮겼는지 궁금했다. 증거를 남기지 않으려 했던 걸까? 녹음되고 있는 음성메시지가 신경 쓰여서였을까? 어쩌면 운동을 아주 열심히 해서 그렇게 힘쓰는 일이 가능했을지도? 스칼릿은 방금 생각한 내용을 글로 적어 밑줄을 긋고, 갈까마귀가 분장실을 떠날 때 문이 닫히는 소리에 귀를 기울였다. 이제는 고요한 가운데 둔한 목소리, 즉 탁탁거리고 펑펑 터지는 소리만 번갈아 가며 들렸다…

"딜레이니 형사님?"

깜짝 놀란 스칼릿은 의자에서 떨어질 뻔했다. 순간 그녀는 짜증이 나서 헤드폰을 벗고 뉴버리를 쏘아봤다. 스칼릿은 이 말 많은 젊은 형사가 전날 회의에서 인상적인 발언을 한 뒤 그를 비공식 부관으로 삼았다. 사실, 그가 하는 일은 비서가 하는 자질구레한 일을 미화한 업무에 불과했다. 하지만 확실히 도움이 되었다. 아침에 뉴버리는 풀럼에 있는 선정린의 아파트에서 대기 중인 사람들을 조율하는 틈틈이 스칼릿을 위해 온갖 잡다한 일들을 처리했다. 선정린의 아파트 밖 도로에 차를 대고 무작정 기다리는 방송국 관계자 여섯 명을 위해, 대중 매체 관리라는 명분으로 어쩔 수 없이 경찰 자원이 낭비되고 있었다. 그 사람들은 자신들이 무심코 비밀을 누설하고 있다는 사실을 모르는 듯했다. 그래도 스칼릿은 그녀가 짊어진 무거운 짐을 뉴버리가 덜어주고 있어 고마울 따름이었다.

그들이 쫓는 용의자의 사진은 스칼릿이 본 모든 신문 1면에 도배되다시피 했다. 금요일 밤 '환경운동가의 정체 공개'라는 대형 행사를 불과 72시간 앞두고 공식 수사가 시작되었다. 행사 기획자들과 연락이 닿아 그 행사와 관련 있는 회사들과 직원들 리스트가 스칼릿의 모니터 옆에 높이 쌓여 햇볕을 가릴 정도였다. 하지만 게스트 리스트는 구할 수 없어 답답하기만 했다. 그 환경운동가만의 교묘한 홍보 방식에 따라, 행사 시작 2시간 전까지도 누가 초대받았는지 알 수 없었다. 시간이 갈수록 언론의 취재 열기는 광란의 도가니로 바뀌었고, 스칼릿은 스트레스가 점점 더 심해졌다.

스칼릿은 프랭크가 걱정되었다. 프랭크는 왠지 불안해 보였지만, 사무실에서 그에게 두 마디 이상 말을 붙일 여유가 없었다. 또한 전날 밤 망친 외출 계획을 보상하고 싶어 그날 아침 마크를 위해 시간을 조금 할애했다. 출근 전에 아침 식사를 준비해 촛불로 식탁을 밝혔고, 전날 저녁 식사 때 입으려 했던 드레스 차림으로 스파클링 와인병을 따서 마크를 놀라게 했다. 하지만 고맙다는 인사가 미적지근하게 들리자 기분이 더 가라앉기만 했다.

그런 노력은 선기톱으로 크게 다친 상처 위에 깁스를 하는 것처럼 어색했지만, 지금으로서는 그녀가 할 수 있는 최선이었다.

경찰의 다른 야간근무 역시 바빴다. 익명의 제보가 접수되어 캠든 타운에 있는 건물을 급습했다. 마약 혐의로 세 명을 체포했고, 경관 한 명의 코가 부러졌다. 하지만 그것 말고 주목할 만한 일은 거의 없었다. 한편, 그날 밤 컴퓨터 과학자들은 선정린이 군사 기밀 취급 수준으로 정교하게 짠 암호화 프로그램을 보고 쩔쩔맸다. 복구된 하드 드라이브에 담긴 정보를 알아내느라 애쓸 시간에 차라리 달나라 여행을 다녀오는 편이 더 빠를 정도였다.

"…뭐?" 스칼릿이 대답했다. 그녀는 다른 데 정신이 팔려서 뉴버리의 말을 제대로 듣지 못했다.

"방금 법의학팀과 통화했다고요." 뉴버리가 대답했다. 그의 목소리는 힘이 넘쳤고, 잔뜩 흥분한 듯했다. 뉴버리에게 일을 많이 시키지 않았다는 증거였다. "쓰레기장에서 찾아온 토스터에서 프란체스카 라벨르의 DNA를 찾았대요."

스칼릿은 눈을 깜박이며 뉴버리를 쳐다봤다. 무슨 말인지 정확히 이해하는 데 시간이 좀 걸렸다. 그녀는 자리에서 벌떡 일어났다. "그렇다면 프란체스카의 시신이 그 쓰레기 수거통에 들어있었다는 말이잖아!"

"맞아요." 뉴버리가 대답했다.

"이거 엄청난 발견이야!"

"맞아요." 그가 동의했다.

스칼릿은 그 자리에서 계획을 짰다. "이 사실을 쓰레기장 보안 카메라 영상 분석 담당자에게 전달해. 이젠 그 일이 최우선 순위라고." 스칼릿은 책상에 둔 휴대전화와 자동차 열쇠를 챙겼다. "필요하다는 게 있으면 뭐든지 도와줘." 스칼릿은 이미 저 멀리 걸어가면서도 뉴버리에게 계속 지시했다. "누가 그 통을 수거해갔는지 반드시 알아내야 해."

뉴버리는 고개를 끄덕였다.

"프랭크!" 스칼릿의 목소리가 사무실에 울려 퍼졌다. 잔뜩 지쳐 일하던 그녀의 멘토가 고개를 들었다. "경감실로 오세요! 중요한 걸 알아냈어요!"

****

무장 경찰들을 태운 차량이 속도를 높여 웨스트민스터 다리 위 차량 행렬을 지나쳐 갈 때 엔진에서 굉음이 울렸다. 그 차량은 윔블던으로 향하는 도로에 진입해 다른 차들을 요리조리 피해 달려 나갔고, 뒤따르는 호위 차량의 사이렌 소리가 온 도시에 울려 퍼졌다. 복장과 장비를 완벽하게 갖춘 경찰들에게 둘러싸인 스칼릿과 프랭크는 창문 없는 특수차량 뒷칸 안의 희미한 불빛에 의지해 그들에게서 빌린 복장을 착용하며 몸의 균형을 잃지 않으려 애썼다.

그리피스 경감은 주저하지 않고 윔블던 동부 쓰레기 매립지 및 재활용부지 급습 명령을 내렸다. 그렇게 규모가 엄청난 사건을 종결 지을 수 있다니, 그건 거부할 수 없는 유혹이었다. 사람들은 충동적으로 행동했고, 신속한 조치를 위해 요식 행위를 건너뛰었다. 약속 받은 영광은 잠재적인 위험보다 더 중요했다.

"아이쿠, 젠장!" 프랭크는 숨이 턱 막혔다. 운전자가 느닷없이 튀어나온 장애물을 피해 방향을 휙 틀자 프랭크의 몸이 옆으로 넘어갔다. 바닥에 쓰러지기 전에 무장 경찰 한 명이 그를 재빨리 붙잡았고, 요양원에 사는 노인을 돌보듯 프랭크를 자리에 앉게 도와주었다. 프랭크는 부끄러워하며 고맙다고 인사한 뒤, '난 이런 일을 하기엔 너무 늙었어'라는 표정으로 스칼릿을 쓱 쳐다보고는 헬멧을 눌러 썼다.

무장 경찰 네 팀과 경찰견 두 마리, 헬리콥터까지 동원된 이번 작전은 규모도 큰 데다가 언론의 관심도 상당히 쏠릴 것이므로, 특공대는 자신들을 따라오는 강력계 형사 두 명의 복장과 장비도 완벽히 갖출 것을 비롯하여 모든 일을 규정대로 엄격히 처리하도록 했다.

무전기들이 동시에 삑삑거리더니 지직거리는 잡음이 울리고 메시지가 전송되었다. "…목적지에 접근 중."

그들이 탄 차가 빠른 속도로 달리다가 과속방지턱을 쿵 넘자, 그 충격으로 사이렌 소리가 끊겼다. 과속방지턱을 또 넘자 소리가 다시 한 번 끊겼다. 마지막으로 속도를 더 올리다가 미끄러지듯 멈췄다. 차 문이 쾅 열리자 눈부신 햇살이 쏟아져 들어왔다. 스칼릿과 프랭크는 팀원들을 따라 차 뒤편에서 나왔다.

방향 감각을 잃고 어질어질한 두 사람은 한동안 주변을 둘러보며 정신을 차려야 했다.

특수화기사령부 소속 무장 경찰들이 시끄럽게 소리를 질렀다. 그들이 가장 잘하는 일이었다. 그들은 주민들에게 집 밖으로 나오지 말라고 고함을 쳤고, 밝은 형광 작업복을 입은 쓰레기 매립지 일꾼들을 한자리에 모았다. 땅딸보 데이브가 스칼릿의 눈에 띄었다. 그는 무장 경찰 세 명이 그를 데리러 들어오자 입을 떡 벌린 채 아무 말도 하지 못했다. 컨테이너로 대충 지은 성에서 쫓겨난 왕의 모습이었다. 경찰견 핸들러들은 프란체스카 라벨르가 입던 옷을 경찰견들의 코에 대고 그녀의 체취를 맡게 했다. 하늘에서는 헬리콥터가 나타났다. 마치 신이라도 된 것처럼, 아수라장이 된 현장을 높은 곳에서 내려다보며 즐거워하는 듯했다.

"맙소사." 프랭크가 중얼거렸다. "이렇게까지 하는데 아무것도 못 찾아내는 건 아니겠지?"

스칼릿은 대답하지 않았다. 그 순간, 그녀의 본능에 얼마나 많은 일이 걸려 있는지 인정하고 싶지 않았기 때문이다. "우리 각자 한 바퀴 돌아 봐요." 스칼릿이 제안했다. 어느 쪽이 되었든 그녀의 운명이 어떻게 될지 꼭 알아내고 싶었다. "여기서 만나요."

"조심해." 프랭크가 스칼릿에게 당부했다. 두 사람은 서로 반대 방향으로 걸어갔다. 양쪽에 쌓인 커다란 금속 컨테이너 사이에 들어서자 스칼릿은 상대적으로 작아 보였다. 그녀는 정문에서 멀어졌고 경찰견 한 마리 옆을 지나갔다. 경찰견 핸들러는 자신이 들어갈 수 없는 조그만 틈으로 경찰견이 들어가도록 유도하고 있었다. 대형 차량용 도로가 나타나자 스칼릿은 그 도로를 따라가다가 걸음을 멈추고 벌겋게 녹이 슨 쓰레기 수거통 안을 들여다봤다. 잡초가 무성하게 자란 걸 보니 오랫동안 그곳에 방치된 것 같았다.

스칼릿은 계속 걸어갔다. 무전기에서 삐빅 소리가 나더니 메시지가 들렸다. "전원 위치 확인."

그녀는 미로에 갇힌 쥐 같다고 생각하며 철제 계단을 통해 '유리'라는 표시가 붙은 컨테이너 위로 올라갔다. 그리고 어떻게 생겼을지 충분히 예상할 수 있는 이곳 광경을 두루두루 살펴봤다. 바깥 울타리를 따라 아스팔트 도로가 커다란 고리 모양으로 이어졌고, 똑같이 생긴 컨테이너들 너머로 움푹 파인 넓은 공터가 보였다. 높은 곳에서 보면 그 공터는 가정 및 일반쓰레기장보다 훨씬 더 원대한 목적으로 지어진 원형경기장처럼 보였다. 헬리콥터는 계속 머리 위에서 맴돌았지만, 무전 교신이 없는 걸 보니 땅 위에 있는 나머지 동료들과 마찬가지로 특이점을 발견해내지 못한 것 같았다.

스칼릿은 계단을 내려와 다시 도로를 따라 걸었다. 직원 전용 표지판이 세워진 구역 앞에서 도로가 끊기자 호기심이 솟았다. 무장 경찰들이 근처에 보이지 않아 혼자 그 구역에 들어가 조사를 하기로 했다. 다른 컨테이너들과 따로 떨어진 데다가 어쩐지 불길해 보이는 화물 컨테이너들이 있는 쪽으로 가까이 갈수록 아스팔트 도로는 다 낡아 뜯어지고 흙처럼 부스러졌다.

"경찰입니다!" 스칼릿이 소리쳤다. "여기 누구 있어요?"

지나가는 산들바람만 대답했다.

스칼릿은 첫 번째 컨테이너로 천천히 걸어가 무거운 문을 힘껏 잡아당겨 열었다. 안에는 모양이 서로 다른 의자들, 담배꽁초가 쌓인 머그잔을 제외하고 텅 비어 있었다. 이 컨테이너는 비 오는 날이면 일꾼들이 쉬다 가는 휴식 공간이었다.

두 번째 컨테이너의 열린 문 사이로 쑥 들어가자 클래식 자동차가 한 대 보였다. 차 부품들이 바닥에 죄다 널브러진 걸 보니 누가 그 차를 다시 조립하는 듯했다.

실망스럽게도 세 번째 컨테이너는 이곳 직원들이 쓰레기장에서 발견한 괜찮은 물건들을 넣어두는 곳임이 분명했다. 아주 멀쩡해 보이는 자전거, 높이 쌓인 보드게임들, 장난감과 스포츠 장비들이 보관되어 있었다. 힘이 빠진 스칼릿은 문을 열고 커다란 고리 모양의 큰 도로로 다시 나왔다. 아까 본 경찰견 핸들러 말고 다른 핸들러가 경찰견을 데리고 반대 방향에서 오고 있었다. 그의 손에 잡힌 목줄이 끊어질 듯 팽팽했다. 독일 셰퍼드 경찰견이 풀밭을 지나 바깥 울타리 쪽으로 가려고 목줄을 마구 끌어당겼기 때문이었다.

스칼릿은 발걸음을 재촉했다. 경찰견이 킁킁대며 냄새를 맡다가 시끄럽게 짖어댔다.

어느새 그녀는 뛰어가고 있었다. 경찰견이 뭔가 발견한 듯 울타리 옆에서 서성이며 계속 컹컹 짖었다. 경찰견 핸들러는 울타리 바깥에 우거진 나무들 너머를 눈여겨봤다.

"트로이1, 여기는 인디아98. 북동쪽 구석에 뭔가 있다." 헬리콥터에 탄 동료들이 알렸다. 뒤쪽에서 헬리콥터 날개가 세차게 돌아가는 소리가 들렸다.

핸들러와 경찰견에게 뛰어가던 스칼릿은 10여 미터를 남기고 울타리 바깥으로 빠져나갈 틈새를 발견했다. 그물 모양의 철제 울타리가 바닥에서 뜯어져 말려 올라간 곳이 있었다. 그녀는 헬멧과 거추장스러운 전술 조끼를 벗어 던지고 곧장 달려가 그 앞에 드러누워 틈새를 빠져나갔다. 무장 경찰들이 속속 합류했다. 울타리 건너편으로 넘어간 스칼릿은 불안해하는 경찰견이 앞발로 땅을 파헤치는 곳을 향해 달려갔다.

"앞으로 쭉 가세요." 경찰견 핸들러가 울타리에 대고 스칼릿에게 외쳤다. 그녀는 무성한 덤불 속으로 뛰어들었다. 헬리콥터가 뒤에서 날아오는 소리가 들리자 심장이 요동쳤다.

땅은 울퉁불퉁했고 아래로 경사가 져 있었다. 앞에 보이는 나무들 사이로 공터가 보였다. 하지만 그때 부츠가 어딘가에 걸려 벗겨지고 말았다. 스칼릿은 균형을 잃고 앞으로 넘어져 최근에 흙이 덮인 곳으로 데굴데굴 굴러 떨어졌다.

"젠장." 스칼릿은 흙먼지를 가득 들이마시고 콜록콜록 기침하며 투덜댔다.

멍이 들고 속이 메스꺼워진 스칼릿은 현기증이 가라앉을 때까지 기다렸다가 천천히 네발 자세로 일어나 어디로 떨어졌는지 주변을 살폈다.

"이럴 수가!" 스칼릿은 숨이 턱 막혔다. 불과 약 1미터 떨어진 곳에 창백한 손이 땅 위로 튀어나온 걸 보고 기겁하여 뒤로 물러났다.

스칼릿은 가쁜 숨을 내쉬며 여성의 것으로 보이는 손가락들을 응시했다. 그 손가락들은 순진한 영혼을 잡아채 지하 세계로 끌고 가려는 듯 쭉 뻗어 있었다. 조금씩 숨이 정상으로 돌아오자 이제는 뭔가 썩어가는 냄새가 나고 천 마리는 됨직한 파리 떼가 윙윙거리는 소리가 들려 얼굴이 절로 찌푸려졌다. 보고 싶지 않았지만, 힘들게 고개를 돌려 깊은 흙구덩이 바닥을 내려다봤다. 무수히 많은 시체가 시커먼 진흙 그리고 악취가 진동하는 구정물이 뒤섞인 곳에 일부 잠긴 채 차곡차곡 쌓여 있었다.

스칼릿은 구역질이 났다. 손으로 코와 입을 막고 나무들이 있는 쪽으로 기어 올라갔다. 깨끗한 공기를 필사적으로 찾으며 무전기를 더듬더듬 찾았다. "프랭크, 여기는 스칼릿." 손가락이 부들부들 떨려 간신히 송신 버튼을 누를 수 있었다. 규칙을 빠짐없이 지키고 전문성을 잃지 않아야 한다는 생각은 사라졌다. "프랭크, 듣고 있어요?!"

지직거리는 소리가 나더니 프랭크의 걱정스러운 목소리가 들렸다. "스칼릿? 어디야?"

"프랭크! 도와주세요."

32장

서류 가방 익사 사건

열차 차량 불빛이 깜박거렸다.

불가사의한 빛이 어두컴컴한 터널에 번쩍였다.

흔들거리는 레일을 따라 달리며 일정하게 덜커덩거리는 열차 소리가 열린 창문을 통해 쏟아져 들어왔다.

스칼릿은 살아가면서 맞이할 최악의 사건을 조금 전 겪었다는 확신이 들었다. 아까 느낀 공기를 아직도 생생하게 느낄 수 있었다. 부풀어 오른 시체들은 부패하여 질퍽한 수프처럼 변했고, 최근에 쌓인 시체들은 이미 죽은 상태인데도 어떻게든 그 속에 잠기지 않겠다는 듯 더러운 오물에 뒤섞여 아래위로 조금씩 움직였다. 스칼릿은 몸서리를 쳤다.

부탁하지 않았는데도 프랭크는 늘 그럴 생각이었던 듯 자연스럽게 스칼릿을 대신해 현장을 통제했다. 그리고 기회를 봐서 스칼릿이 조용히 현장을 빠져나가게 했다. 스칼릿은 프랭크에게 그 끔찍한 뒤처리를 맡기고 가자니 마음이 영 찜찜했지만, 그곳에 더는 있을 수 없었다.

열차는 전에 브레이크를 한 번도 사용해 본 적이 없다는 듯 '끼익'하는 소리가 내며 멈춰섰다. 스칼릿은 열차에서 내려 웨스트민스터 역에서 걸어 나와 런던 경찰청으로 발걸음을 옮겼다. 얼마 안 가 위압적인 회색빛 경찰청 건물에 다다르자, 잠시 걸음을 멈추고 그 유명한 경찰청 회전표지판이 경쾌하게 회전하는 모습을 바라봤다. 그녀가 찾아낸 소름 끼치는 현장에 대해 위아래 할 것 없이 설명해 달라는 거센 압박과 질문 폭격을 당할 것이라고 약속하는 듯했다.

스칼릿은 회전표지판을 등지고 서서 몇 시인지 확인한 다음 휴대전화를 꺼내 마크에게 전화했다.

"안녕, 자기야!" 전화벨이 세 번 울리자 마크가 반갑게 인사했다. "점심 먹는가 보네, 맞지?"

"응, 맞아. 스케이트 파크 클럽 사람들하고 셰익스피어 희곡을 낭독하기로 했는데 아무도 오지 않았어… 이번에도. 그래서 M&S에서 샌드위치를 사 왔어. 오늘 어땠어?"

스칼릿은 그녀를 괴롭히는 문제들을 마크에게 알리고 도움을 받고 싶었을 수도 있었다. 마크는 평소와 달리 풀 죽은 그녀의 말투를 알아채지 못했을 수도 있었다. 하지만 마크는 별로 알고 싶지 않은 듯했다. 스칼릿은 미소를 지으며 "괜찮았어."라고 대답하고, 저녁으로 뭘 먹을까 얘기하면 되었다. 걷잡을 수 없이 소용돌이치는 삶에서 정상적인 요소가 하나라도 절실하게 필요한 시기였다. 하지만 정상적인 상태가 오히려 두 사람 사이의 간극이 점점 더 벌어지고 있다는 것을 강조할 뿐이라는 사실은 잔인한 아이러니였다.

스칼릿은 누군가와 이야기를 하고 싶었다. 어떻게든 밖으로 끄집어내야 할 무엇이 마음속에 남아 있다는 느낌이 들었다. 마크는 절대 이해할 수 없고 프랭크는 성향이 다른 사람이니 그녀의 얘기를 들어줄 사람은 한 사람밖에 없었다.

스칼릿은 심호흡을 하고 힘내서 미소를 지었다. "괜찮았어. 저녁으로 뭘 먹을지 궁금해서 전화했어."

++++

스칼릿은 헨리의 지시에 따라 웨스트민스터 부두에서 오후 1시 46분 정각에 템즈 클리퍼 보트에 탑승했다.

강물 위에서 주위 풍경을 바라보자, 속속들이 잘 아는 이 도시를 한 발 물러난 채 간신히 알아볼 수 있었다. 무척 오랜만에 외국의 수도에 처음 관광하러 와서 잔뜩 신난 여행자가 된 기분이었다. 런던을 상징하는 랜드마크들이 무채색 빌딩 숲에 파묻혀 사람들의 관심을 끌기 위해 경쟁하듯 가까이 다가오다가 어느새 멀어졌다. 평소에는 숨 막힐 듯 답답했던 많은 인파와 차량은 매혹적이었고 시끌벅적했으며 미래의 가능성으로 가득 차 보였다.

스칼릿은 뒤 갑판에 앉아 햇볕을 쬐면서, 하얀 물거품을 일으키며 보트 뒤로 밀려난 강물이 서서히 잠잠해지는 모습을 물끄러미 바라봤다. 그녀는 심란한 마음을 그렇게 쉽게 잠재울 수 있으면 좋겠다고 생각했다.

++++

헨리는 어렴풋이 보이는 런던탑을 등지고 서서 보트가 다가오는 모습을 바라봤다. 보트는 엔진이 꺼지고 미끄러지듯 부두에 들어왔다. 평소답지 않게 캐주얼한 차림인 그는 텅스텐을 가득 채운 무거운 배낭을 메고 런던 동부를 돌아다니느라 땀에 흠뻑 젖었다. 가방에 붙은 등산용 카라비너 고리 무게도 더해져 훨씬 더 무거웠다. 물론 텅스텐보다 더 무거운 금속을 고를 수도 있었지만, 큰 가방을 사서 채우기만 하면 되는데 굳이 값비싼 금이나 백금을 낭비할 필요는 없을 터였다. 게다가 마침 남는 게 있어서이기도 했다.

헨리는 부두에 나와 있는 사람들을 둘러보고 이 보트가 맞는지 다시 한 번 시간을 확인했다.

"손님, 탑승하시나요?" 입구에서 대기하는 젊은 여성이 그에게 물었다.

"…네." 그는 마음을 굳히고 보트에 올랐다. 무거운 가방을 메고 선실을 통과하여 뒤쪽 갑판으로 향했다.

"죄송합니다!" 헨리는 갑판에 발을 내딛자마자 어떤 사람과 쿵 부딪히는 바람에 급하게 사과했다. 60대 중반으로 보이는 그의 왼쪽 손목에는 이상하게도 서류 가방이 수갑으로 채워져 있었다. "괜찮으세요?" 헨리는 활짝 웃으며 그 남자에게 묻는 동시에 어깨에 멘 무거운 배낭을 슬며시 내려 보트 밖 강물로 떨어뜨렸다. 전부 한 번의 움직임인 듯 자연스러웠다.

남자가 당황스럽다는 표정을 짓기도 전에, 서류 가방 손잡이에 헨리가 남몰래 끼운 카라비너 고리와 무거운 배낭에 연결된 줄이 팽팽하게 당겨졌다. 떨어지는 배낭의 무게 때문에 서류 가방을 놓친 남자는, 서류 가방에 연결된 수갑 체인이 확 당겨지면서 같이 보트에서 떨어졌다.

헨리는 재빨리 주위를 살피며 7초 동안 일어난 이 사건을 아무도 눈치채지 못했는지 확인하고 탁한 강물 속을 들여다봤다. 아무것도 보이지 않았다. 강물은 배낭과 서류 가방, 헨리의 목표물을 한 번에 삼켜버렸다. 그는 아무 일도 없던 척 유유히 휘파람을 불며 스칼릿에게 다가갔다.

"여기 자리 있어요?" 헨리는 대답을 기다리지 않고 스칼릿 옆에 앉아 경치를 바라봤다. "이틀 넘게 소식이 없길래 슬슬 걱정되었어요. 도덕적으로 타락했지만, 매력적이면서 피도 눈물도 없는 범죄 파트너를 또 구한 줄 알았거든요." 헨리가 농담을 던졌지만, 스칼릿은 한마디도 듣지 못한 듯 강물만 멍하니 바라봤다. "난 말이에요—" 헨리가 말을 끝내기도 전에 스칼릿은 그를 와락 끌어안았다. "이봐··· 이봐요." 헨리가 부드럽게 달래며 그녀를 안았다. "왜 그래요? 무슨 일이에요?"

스칼릿이 마음속에 담아둔 모든 걸 후련하게 털어냈을 무렵, 두 사람을 태운 배는 도크랜드를 지나 강 상류로 돌아가고 있었다. 선정린의 거처 급습, 거기서 찾아낸 증거, 다음 희생자로 의심되는 사람, 금요일 밤으로 예정된 호화로운 행사, 마지막으로 쓰레기 매립지에서 발견한 참혹한 장면에 관한 이야기가 한꺼번에 터져 나왔다.

한 번에 이해하기에는 내용이 너무 많았다. 헨리는 몇 분이 지나서야 완전히 이해했다.

"그런데··· 쓰레기 매립지를 어떻게 찾아냈어요?" 헨리가 물었다.

"프란체스카 라벨르의 아파트 뒤에 있는 땅에 움푹 찍힌 자국이 있었어요." 스칼릿이 설명했다. "이웃 사람이 그곳에 있던 쓰레기 수거함을 기억해 냈어요. 토스터를 그 안에 버렸다고 하더군요. 그래서 그 토스터를 찾아냈어요. 그런데 프란체스카의 DNA가 거기서 검출된 거죠."

헨리는 스칼릿이 희생자를 이름으로만 부르는 걸 이번에 처음 들었다. 좋은 징조는 아니었다. 그는 무겁게 한숨을 쉬었다. "당신은 너무 똑똑해서 탈이에요. 그거 알죠?"

스칼릿은 기분이 꽤 나아졌는지 미소를 지었다. 둘은 보트가 세인트 캐서린 부두 입구에 닿을 때까지 잠시 아무 말도 하지 않았다.

"저기, 지금이라도 이 일에서 손 떼요." 헨리가 말했다. "당신은 이미 능력을 충분히 증명했잖아요." 헨리의 예상대로 그녀는 고개를 저었다.

"그러기엔 너무 멀리 와 버렸어요… 아니, 너무 깊이 파고들었다고 봐야 하나." 스칼릿은 자신이 한 말을 정정했다.

"'충분히'라고 보는 게 좋지 않아요?" 헨리가 제안했다.

"얼마나 더 깊이 파고들 수 있을까요?"

"파고들어 봤자 무덤 깊이 만큼이죠."

"당신이 날 지켜주는 동안에는 그럴 일 없어요." 스칼릿이 미소를 지었다. 헨리는 불편한 듯 앉은 자세를 바꿨다. "난 이 일을 끝까지 해낼 거예요."

"그럼 이걸 가지고 있어요." 헨리는 주머니에서 9밀리미터 권총을 꺼내 스칼릿의 무릎에 올려놓았다. "다 끝날 때까지만요."

스칼릿은 총을 들어 뒤집어 보다가 헨리에게 돌려줬다. "고마워요, 하지만…"

헨리는 적어도 총을 주려는 시도는 했다는 사실에 만족했다.

"당신은 대체 어떻게 이런 일을 하는 거죠?" 스칼릿이 물었다. 런던탑이 다시 보이기 시작했다. "그 모든 사람, 그 모든 죽음이 당신을 따라다닐 텐데?"

"죽음은," 헨리가 대답했다. "…따라다니지 않아요. 죽음은 거기서, 그 순간에 끝나요. 그걸로 끝이에요."

스칼릿은 혐오스러우면서도 부럽다는 표정으로 그를 바라봤다.

"난 신을 믿지 않아요." 헨리는 계속 말했다. "그런 생각을 하게 될 만큼 많은 사람의 눈에서 불빛이 꺼지는 걸 봤어요. 늘 같아요. 항상 똑같은 순서대로 감정을 느끼죠. 두려움, 희망, 절대 오지 않을 무언가가 올 것이라는 희망, 그리고 눈 깜짝할 순간의 깨달음, 그 다음에는…"

"그 다음에는?" 스칼릿이 재촉했다.

"아무것도 아닌 존재가 돼요." 헨리는 속내를 있는 그대로 말한 것 같아 깜짝 놀랐다. "우리가 들어있는 이 육체가 아무것도 아니라는 걸 깨닫는 거죠. 이 육체는 그릇이지, 우리가 아니에요."

스칼릿이 당혹스러워하는 걸 보니 헨리는 잘 설명하지 못하고 있는 것 같았다. "내가 하려는 말은, 오늘 당신이 구덩이에서 본 시체들은 이제 더는 사람이 아니라, 사람이 남기고 떠난 고깃덩어리와 뼈에 불과하다는 거예요. 그들은 구덩이 속에 처박힌 걸 신경 쓰지 않아요. 그들을 사랑하는 사람들만 거기에 신경 쓰죠. 그리고 사실 자신들이 얼마나 처참한 모습으로 발견되었는지는 앞으로도 결코 알지 못할 거예요." 헨리는 고개를 저으며 말을 이었다. "미안해요. 전혀 도움이 되지 않는 말만 해서."

"사실, 도움이 돼요." 스칼릿이 말했다. "이상하게도." 두 사람은 서로를 바라보며 웃었다. 그때 헨리는 어디서 많이 본 배낭이 강물을 따라 떠내려가는 걸 보고 그쪽으로 주의가 쏠렸다. 배낭이 찢어져 내용물이 다 빠진 듯했다.

"우리 다른 얘기나 할까요?" 스칼릿이 화제를 바꿨다.

"좋죠." 검은색 서류 가방도 떠내려가자 헨리는 걱정스러운 표정을 짓지 않으려 애썼다.

"오늘 하루 동안 죽음을 너무 많이 봤어요." 스칼릿이 말했다.

…물에 빠져 죽은 서류 가방 주인의 한쪽 팔이 물 위로 뻗어 나와 가방 뒤를 따라갔다.

헨리는 스칼릿을 다시 어색하게 끌어안았다. 그 순간 시체는 보트 바닥에 쿵 부딪힌 후 물속으로 사라졌다.

두 사람은 웨스트민스터 부두에 내렸다. 헨리는 스칼릿의 차가 주차된 곳까지 그녀를 데려다 주었다. 그동안 그들의 대화는 점점 더 우스꽝스러워졌다.

"보여줘요!" 스칼릿이 요구했다.

"네? 여기서요?"

"네. 보여주지 않으면 거짓말이라 생각할 수밖에."

"좋아요." 헨리는 보도 한가운데서 돌연 걸음을 멈췄다. 셔츠 자락을 빼서 벨트 버클을 풀고 바지를 약간 내려 등 아래쪽에 있는 오래된 흉터를 드러내 보이자 지나가던 많은 사람들이 별걸 다 본다는 표정으로 쳐다봤다.

"총상?" 스칼릿은 꽤 놀란 듯했다.

"화살에 맞았어요."

스칼릿은 그 다음 질문을 하고 싶어 입을 열었지만, 거기까지만 하기로 했다. "아, 그래요? 그럼, 이걸 보고 눈요기나 하시죠."

스칼릿은 블라우스를 끌어올려 복부에 있는 깊이 할퀸 상처들을 드러냈다.

"끔찍하군요." 셔츠 자락을 다시 넣던 헨리가 움찔했다. "깨진 유리에 베였어요?"

"복수심에 불타는 고양이 짓이에요." 스칼릿은 차 문을 열면서 말했다. 잠시 무거운 침묵이 흘렀다. 둘 다 여기서 대화를 끝내고 싶지 않았다. "난 행사장에 가서 점검하려고요. 같이 가준다면 환영할게요."

"그건 어렵겠어요." 헨리의 말은 진심이었다. "하지만 금요일 밤 행사장에 날 들여보내 줘요."

스칼릿은 고개를 끄덕이고 가방을 조수석에 던졌다. 그리고 그 자리에 엎드려 차 밑에 뭔가 설치된 게 없는지 확인한 다음 차를 출발시켰다.

****

기중기가 시체가 담긴 자루를 또 내려놓았다. 흙구덩이에서 빼낸 21번째 영혼이었다. 현장감식 요원이 DNA 샘플을 기록하고 시체 자루 겉면에 바코드를 부착한 뒤 스캔하면, 다른 두 사람은 바퀴 달린 들것에 시체 자루를 올려놓고 밀고 갔다. 슈퍼마켓 계산대에서 계산을 마친 시리얼 상자를 카트에 담아 옮기는 듯했다.

프랭크의 배가 천둥 치듯 꾸르륵거렸다. 그는 점심을 아예 건너뛰었다는 걸 뒤늦게 깨달았다. 그리고 아침도. 생각해 보니 어제 저녁도 먹지 않았다.

시체 자루 구석에서 지독한 악취를 풍기는 액체가 새어 나와 흙 위에 새카만 긴 줄이 만들어졌다. 프랭크는 숨을 크게 들이마시고 그 줄을 밟지 않으려 껑충 뛰어 다가갔다.

“여성. 20에서 30세. 시신의 머리, 현재로서는 행방을 알 수 없음.” 현장감식 요원이 시체 구덩이에서 작업을 마친 동료가 전달한 사체의 인상착의를 소리 내 읽으며 프랭크에게 알렸다.

“가장 먼저 이것부터 신원을 확인합시다.” 프랭크는 그렇게 말한 다음, 뒤로 물러나 돌무더기가 쌓인 곳으로 갔다. 그곳은 다시 숨 쉴 수 있는 곳을 표시한 지점이었다.

기중기가 다시 움직이기 시작했다.

프랭크는 뭔가 계속 마음에 걸렸다. 갈까마귀의 짓으로 알려진 희생자 수보다 시체 수가 훨씬 많을 뿐 아니라, 살해 방식도 가지각색이기 때문이다. 시체들은 총과 칼에 맞거나 둔기로 외상을 입고 목이 부러져 죽었다.

살인자는 어쩌면 다양한 살해 방식을 실험하거나 살해 방법을 배우는 중일 수도 있다. 혹은 어쩌면, 정말 어쩌면 완전히 다른 사건일지도 모른다.

⁂

행사를 알리는 표지판을 세우는 것만으로도 버려진 창고가 ‘행사 공간’으로 멋지게 탈바꿈할 수 있다는 사실은 놀라울 따름이었다.

스칼릿은 커다란 동굴 같은 메인 홀을 한 바퀴 돌았다. 사람들은 조명과 스피커를 설치하고, 카트에 장비를 실어 날랐다. 또, 둥그렇게 말린 두꺼운 검은색 전선을 풀며 바쁘게 움직였다. 전선 끝의 연결 장치는 뱀 송곳니처럼 툭 튀어나와 있었다.

초록색 고급 카펫이 프레젠테이션 구역을 표시하는 한편, 수많은 디스플레이 화면이 견고한 금속 프레임 안에서 복잡한 미로를 만들어 가며, 이 논란 많은 환경운동가의 가장 유명한 업적을 영상으로 내보냈다. 스칼릿은 그 전시 공간을 돌아다니다가 그해 초 물류 센터에서 일어난 비극적인 사건을 보도한 커다란 화면 앞에서 걸음을 멈췄다.

"시작하세요!" 누가 크게 외치는 소리가 들렸다. 그러자 머리 위에 있던 조명이 쾅 소리를 내며 꺼졌고, 스칼릿 주변에서 무드 조명이 빛을 발했다. 스칼릿은 디스플레이 화면 빛을 받으며 영상이 흘러나오는 모습을 바라봤다. 여러 뉴스가 짤막짤막하게 하나로 편집된 영상, 불에 탄 건물에서 발견된 남자의 생전 사진 영상이 나오더니, 걷잡을 수 없이 타오르는 불길 영상이 뒤를 이었다. 스칼릿의 붉은 머리카락은 불타는 화염과 뿌연 연기 영상을 배경으로 더욱 생생하게 보였다.

넋을 빼놓을 만큼 환상적이었다. 끔찍하기도 했지만 그만큼 아름다웠다. 좋은 의도로 시작한 일이 예상치 못한 피해로 이어진다는 사실을 사나운 불길이 명명백백히 보여주었다.

"좋은데요!" 아까 들은 목소리가 또 우렁차게 들렸다. 그러자, 조명이 다시 들어오면서 홀 구석구석까지 환한 빛으로 넘쳤다.

하지만 스칼릿은 그 자리에 계속 남아 있었다. 그녀는 텅 빈 화면에 비친 자신의 모습을 응시했다. 불은 사라졌어도 타닥거리며 불타는 소리가 귓가에 맴돌았다.

좋은 놈,
도덕적으로 위태위태한 놈,
믿을 수 없을 만큼 잘생긴 놈

프랭크가 버스에서 내려 6분 동안 터덜터덜 걸어 집에 도착한 때는 거의 자정이 다 된 시각이었다.

이번에는 보건 규정 덕분에 그곳에서 벗어날 수 있었다. 상사들은 프랭크와 교대할 사람을 반드시 찾아줘야 했다. 규정이 없었더라면 그들은 조명등을 환하게 비춘 구덩이 묘지에 프랭크를 밤새도록 내버려 뒀을 터였다.

땅을 파면 팔수록 시체들이 더 많이 나왔다. 33구가 발견되었고 계속 늘어나는 중이었다. 아침까지 얼마나 더 발견될지 아무도 예상할 수 없었다.

프랭크의 작은 집은 훨씬 큰 두 집 사이에 끼어 있어서 어둡고 눈에 띄지 않았다. 이 거리의 집들은 처음엔 다들 고만고만하게 시작했지만, 다른 집들은 수십 년 동안 화려하게 증축하고 조경 공사를 했다. 그래서 프랭크가 사는 62 게인즈버러 크레센트는 집

안에서 혼자 성적이 좋지 못한 아이처럼 뒤처져 있었다. 하지만 이 집 또한 프랭크에게는 필요 이상으로 큰 집이었다. 할 수만 있다면 그는 위층 방 하나를 기꺼이 허물고 싶었다. 지붕 아래 춥고 아무것도 없는 그 공간은 그가 얼마나 외로운지 상기시켜줄 뿐이었다.

현관문을 열자 불쾌한 냄새가 확 풍겼다. 집 안에 들어와서 보니 맥스가 강아지 침대에 시무룩하게 엎드려 있었다.

"네 잘못이 아니야." 프랭크는 허리를 굽혀 맥스의 귀 뒤를 살살 긁어주며 달랬다. "다 내 잘못이야. 자, 저녁 먹자."

프랭크는 그의 직업상 반려동물을 키우는 것이 잔인한 일이라는 걸 잘 알고 있었다. 그 불쌍한 동물은 주인을 대신해 혼자 고독한 삶을 살아야 할 운명이었다. 프랭크는 맥스를 포기할까도 여러 번 고민했지만, 그 생각은 오래가지 않았다. 그는 부엌으로 들어가 강아지 사료 캔을 열어 맥스의 밥그릇에 부었고, 그가 먹을 그레이비 소스 미트볼 통조림을 다른 그릇에 부었다. 두 그릇에 담긴 내용물은 거의 똑같아 보였다.

프랭크는 전자레인지로 데운 미트볼을 거실로 가져와 텔레비전을 켰다. 심야 영화로 『좋은 놈, 나쁜 놈, 못난 놈(The Good, the Bad and the Ugly)』*이 방영되자 기운이 번쩍 났다. 그는 10분 동안 화면을 보다가 눈을 감았다.

날이 밝자, 맥스는 프랭크의 발치에서 자고 있었다. 텔레비전에서는 성난 진행자가 분노한 관객 앞에서 화가 난 출연자들을 인

---

* 한국에는 『석양의 무법자』로 알려져 있다

터뷰하고 있었다. 카메라는 잘난 척하는 목사를 휙 비췄다. 그건 많은 의미가 있었다. 신 그리고 신을 섬기는 하인들만큼 문제를 일으키고 즐거워하는 사람은 없었다.

"맙소사." 프랭크는 허리를 펴고 앉았다. 눈을 감았을 때나 밤새 자고 난 지금이나 피곤하기는 매한가지였다. 잠을 자고 나니 맛없어 보였던 저녁 식사는 상태가 더 나빠졌다. 한 숟갈도 뜨지 않은 음식은 무릎 위에서 차갑게 굳어 있었다.

프랭크는 샤워를 하고 옷을 갈아입고 복도를 청소한 뒤, 맥스를 데리고 오랫동안 미뤘던 동네 산책을 했다. 그는 보온병에 커피를 가득 채워 들고 현관을 나가려다가 걸음을 멈추고 계단 아래 특이하게 생긴 벽장을 쳐다봤다. 그동안 아무 생각 없이 수없이 지나쳤지만, 이상하게도 지금은 그곳에 마음이 끌렸다. 오래 전 그의 목숨을 구했던 직감과 똑같은 것을 지금 또 느꼈다.

프랭크는 부서질 것 같은 벽장 문을 열고 상자 몇 개를 꺼낸 뒤, 마지막으로 자격증을 갱신한 이후 한 번도 꺼내지 않은 총과 탄약을 보관한 작고 검은 상자를 꺼냈다. 그는 권총집 스트랩을 풀어 가슴에 걸치고 재킷으로 총을 가렸다.

총을 써야 하는 상황에 마주할지 여부와는 상관없이, 다사다난한 하루가 그들 모두를 기다리고 있었다.

****

프랭크가 문을 열고 들어오자, 사무실은 사람들로 들썩였다. 부서 전체에서 그의 책상만이 유일하게 비어 눈에 띄었다. 책상으로 걸어가는데 스칼릿이 허둥지둥 달려왔다.

"다행이다! 오셨군요." 스칼릿은 혹시 미행하는 사람이 있는지 확인하듯 뒤를 돌아봤다. "커피 드실래요?" 프랭크는 대답 대신 커피가 든 보온병을 들어 올렸다. 하지만 스칼릿은 벌써 엘리베이터를 향해 저만치 걸어가고 있었다. "여기 말고 다른 데로 가요. 몇 분이면 돼요."

두 사람은 엘리베이터를 탔다. 스칼릿은 로비 버튼을 눌렀다. 로비에 있는 카페는 이 건물에서 따뜻한 음료를 마시러 다녀오겠다고 적당히 핑계를 댈 수 있는 유일한 장소였다.

"시신 37구를 찾았어요." 스칼릿은 엘리베이터를 타고 내려오면서도 계속 말했다. "우리가 시신을 확인하는 동안 그리피스 경감님은 조금 전 거의 모든 팀원을 이 일에 투입했어요. 그리고 법의학팀에 신원확인 요청도 빨리 처리하도록 했어요. 거긴 지금 일이 미어터질 거예요."

엘리베이터 문이 열리자, 두 사람은 아트리움을 지나 카운터로 걸어갔다. "샷 추가한 플랫 화이트에 샷을 또 추가해 주세요." 스칼릿은 주문을 마치고 프랭크를 향해 돌아봤다. "뭐 드실래요?"

프랭크는 고개를 가로저었다.

"3파운드 60펜스입니다."

스칼릿은 카드를 가지고 오지 않은 걸 알고 움찔했다. "가방을 두고 왔어요. 사 주실래요?"

프랭크는 짜증 난 얼굴로 자신의 카드를 리더기에 대고 결제한 뒤, 스칼릿과 함께 카운터 옆에서 서성였다.

"두 명… 어쩌면 세 명 정도 신원을 확인했어요." 스칼릿은 계속 말했다. "한 남자는 지갑을 가지고 있었어요. 변호사 같아요. 사람들이 그러는데, 평판이 진짜 안 좋았대요. 변호사들 내부 기준에서도요." 두 사람은 커피를 받아가는 곳으로 조금씩 움직였다. "쓰레기 매립지 직원 한두 명만 연루된 듯하지만, 입을 다물고 있어요."

"샷을 네 번 넣은 플랫 화이트!" 조금 떨어진 곳에 서 있던 카페 직원의 목소리가 건물에 쩌렁쩌렁 울렸다. 스칼릿은 커피를 가져와 설탕 넣는 곳으로 걸어갔다.

"매립지 직원들의 금융 거래 내역을 샅샅이 뒤져 보라고 했는데, 지금까지 결과를 보면 현금 거래를 한 듯해요." 스칼릿은 설탕을 세 번 넣고 뚜껑을 덮은 뒤 엘리베이터로 급히 걸어가 이제 막 닫히려는 문을 붙잡았다. "어제 오후에 행사장을 점검했어요." 스칼릿은 사람들로 꽉 찬 엘리베이터 안에서도 말을 계속했다. "지금은 통제한다는 게 전혀 의미가 없어요. 금요일 오전 11시까지 세팅이 완료될 예정이에요. 그때쯤 우리가 투입될 거예요. 턱시도가 지금도 잘 맞는지 확인해 보세요. …아 맞다!" 스칼릿은 숨이 턱 막혔다. 그녀는 두 사람 사이에 끼어든 키 작은 남자의 대머리 위에 커피를 올려놓고 싶다는 유혹을 뿌리친 채 휴대전화를 꺼내들었다. "지난밤 구덩이에서 파낸 시신 중 하나가 꽤 독특한 드레스를 입고 있었어요."

스칼릿은 휴대전화를 들고 프랭크(그리고 주변의 여러 사람)에게 섬뜩한 시신 사진을 보여준 뒤, SNS에 업로드 되었던 목이 잘린 프란체스카 라벨르의 사진도 확인하게 했다. 그녀가 그날 입었던 것과 똑같은 금빛 드레스가 햇빛을 받아 반짝거렸다.

"세상에 맙소사!" 누군가 투덜댔다.

"여긴 경찰서예요. 곰 인형 공장이 아니라고요. 이 정도는 익숙해져야죠." 스칼릿은 뒤에 있던 사람에게 톡 쏘아붙인 후, 하던 말을 계속했다. "프란체스카 라벨르 같아요. 법의학팀 확인을 기다리는 중이에요." 두 사람은 엘리베이터에서 내려 사무실로 돌아갔다. "그 시신은 프랭크가 골라낸 시신 세 구와 함께 가장 먼저 신원을 확인하고 있대요. 스칼릿은 숨이 가쁜 듯했다. 프랭크는 스칼릿이 5분 동안 속사포처럼 말을 쏟아내는 동안 자신이 한마디도 하지 않았다는 사실을 문득 깨달았다. 프랭크가 입을 열었지만, 스칼릿은 말을 끊었다. "…여기까지예요. 좋은 대화였어요." 스칼릿은 커피를 높이 들고 고맙다고 한 뒤, 그녀의 책상 옆에 바글바글 서 있는 사람들 사이로 사라졌다.

프랭크는 고개를 절레절레 저으며 뒤돌아보다가, 경감실에서 페르난데스가 그리피스 경감, 그리고 처음 보는 남자와 함께 있는 걸 봤다. 남자의 반듯한 정장 차림을 보니 경찰 업무와는 관련이 없는 사람이었다. 당황스럽게도 그 세 사람은 전부 프랭크를 바라보고 있었고, 프랭크가 자리로 돌아갈 때도 계속 지켜봤다.

심장 박동이 빨라졌다. "젠장."

****

갈까마귀를 잡아들이려는 그물망이 빠르게 조여들고 있었다.

오후 2시까지 매립지에서 발굴된 시신 중 네 구의 신원이 확인되었다. 그 중 하나는 법의학팀이 96.4 퍼센트의 정확도로 프란체스카 라벨르인 것으로 확인되었다. 경찰은 CCTV 영상에 찍힌 쓰레기 수거함 운반 트럭 다섯 대를 찾아내는 중이었고, 작업자 한 명은 협상 조건을 놓고 변호사와 한 시간 넘게 격한 설전을 벌였다.

사무실은 흥분된 분위기였고, 그 사건은 팀원들에게 활력을 다시 불어넣었다. 모두 느낄 수 있었다. 그들은 이제 무대 장막 뒤에 숨어 이 신출귀몰한 킬러의 살인 행각을 훔쳐보는 게 아니라, 그 장막을 뜯어내 킬러를 잡으려 하고 있었다.

뉴버리가 통화를 마치고 스칼릿의 책상으로 걸어오기 전까지는 모두 그렇게 생각했다. 스칼릿은 그녀가 임명한 비공식 2인자가 가까이 와서 쭈그리고 앉아 말을 걸자 너무 친하게 구는 건 아닌가 했지만, 곧 그 이유를 알게 되었다.

"법의학팀과 통화했어요." 뉴버리가 웅얼거렸다. "어젯밤 프랭크 형사님이 우선순위로 확인해 달라고 한 시신 중에서 예상과 일치하는 것이 방금 또 나왔대요."

"그게 어떻게 가능하지?" 스칼릿이 물었다. 법의학팀은 프란체스카 라벨르의 DNA를 대조 용도로 이미 가지고 있었으므로, 그녀의 시신만큼은 빨리 신원을 확인할 수 있었다. 하지만 나머지 시신은 예상과 일치한다는 것이 이상했다.

뉴버리는 불편한 듯 자세를 바꿨다. 젊고 건방진 형사답지 않게 난처한 표정을 감추지 못했다. "별로 반가운 얘기는 아니에요." 뉴버리가 미리 경고했다.

"속 시원하게 말해 봐."

"선정린이래요."

스칼릿은 반응조차 하지 못했다. "뭐라고?"

"그 시신… 법의학팀 말로는 땅속에 1주일 정도 묻혀 있었대요. 죽은 건 아마 2주일 전이고요… 선정린이래요. 우리가 갈까마귀 킬러로 알고 있는… 아무래도 선정린은 갈까마귀가 아닌 것 같아요."

"그건 말도…," 스칼릿은 목소리를 낮췄다. "그건 말도 안 돼. 범죄 현장에서 선정린의 혈흔이 나왔잖아. 마운트배튼 호텔 사건 목격자 진술을 들은 지 4일도 되지 않았어! 그 사람들이 실수했겠지." 하지만 스칼릿은 그렇게 말하는 순간에도 수사가 잘못된 방향으로 흐르고 있다는 느낌이 왔다.

"저도 그렇게 말했어요. 하지만 실수하지 않았대요." 뉴버리는 어깨를 으쓱했다. "뭐라고 말씀드려야 할지 모르겠어요. 선정린은 죽은 지 2주 되었어요. 그 말은 목격자가 유령을 봤거나…"

"그게 아니라면?" 스칼릿은 뉴버리가 뭐라고 할지 이미 알고 있었다.

"그게 아니라면… 그 사람이 거짓말을 한 거죠."

****

프랭크는 그리피스 경감이 보낸 이메일을 열어보고 마음이 심란해서 스칼릿이 황급히 사무실을 나가는 것도 몰랐다. 그리피스 경감은 이번엔 마운트배튼 호텔에서 아미라 압달라가 살해당한 날 밤에 프랭크가 메모한 수첩 사본을 요구했다.

프랭크는 무슨 일이 벌어지고 있는지 정확히 깨달았다. 그들은 모든 커뮤니케이션 내용을 문서로 남기며 프랭크의 혐의를 입증할 증거를 모으고 있었다. 페르난데스는 그 상속녀의 충격적인 죽음 직후 프랭크가 헨리에게 말을 거는 걸 봤고, 이를 뒷받침할 사진 증거 또한 확보했을 가능성이 컸다. 그때 대화 내용을 메모하지 않았다는 사실 또한 절대적으로 불리했다.

프랭크는 이메일을 닫았다. 형사 경력이 이렇게 끝나가는데도 마음은 의외로 평온했다. 그는 전날 쓰레기 매립지에 다녀오느라 미뤘던 일을 다시 시작했다. 프란체스카 라벨르가 밤 12시 53분에 문자 메시지를 받았다는 사실이 밝혀졌으므로, 특정 시간대만 집중할 수 있었다. 그는 파티 사진들을 순서대로 하나씩 자세히 들여다봤다. 그중에는 그녀가 '옥상'이라는 한 단어로 된 문자를 확인하려고 휴대전화를 들여다본 순간을 포착한 사진도 있었다.

프란체스카 라벨르가 살아있을 때 마지막으로 찍힌 사진에 적혀 있는 시각은 밤 12시 58분이었다. 하지만 이후에 찍힌 사진들을 보면 파티는 그녀 없이도 계속되었고 열기로 가득했다. 프랭크는 밤 1시 29분에 찍힌 사진에서 낯익은 얼굴들을 알아봤다. 이젠 그들의 이름을 외울 정도였다.

다음 사진으로 넘어가자, 프랭크는 격렬한 감정에 휩싸이는 바람에 똑바로 앉아 화면을 향해 몸을 기울였다. 바로 이전과 거의 동일한 사진이었다… 거의. 다만 이 사진에는 프란체스카 라벨르의 침실 문이 아주 조금 열려 있었다.

프랭크는 그 다음 사진으로 넘어갔다. 사람들 위치로 봤을 때 불과 몇 초 뒤에 촬영된 사진이었다. 방문은 이제 닫혀 있었다.

전화벨이 울리자 프랭크는 모니터 화면에서 눈도 떼지 않고 전화를 받았다. "프랭크 애쉬입니다."

"프랭크, 나 그리피스야. 경감실에서 잠깐 볼 수 있을까?"

"지금 막 일을 마무리하는 중입니다." 프랭크가 대답했다. "몇 분만 기다려 주시겠어요?"

"물론이지."

프랭크는 수화기를 내려놓고 사진들을 반복해서 앞뒤로 빠르게 넘겼다. 그러자 마치 디지털 세상에서 바람이 불어오듯이 침실 문이 열렸다가 닫히는 모습이 드러났다. 하지만 앞쪽에 찍힌 취한 손님들 너머로는 누가 있는지 볼 수 없었다.

프랭크는 사진들을 앞으로 넘기고… 또 넘기고… 또 넘겼다… 마침내 그동안 품었던 의심이 사실로 판명되자, 쓴웃음을 지으며 의자에 몸을 기댔다. 프랭크는 그 사진을 확대하여 살인범의 얼굴을 가운데 놓고, 그 사람이 성급히 파티장을 빠져나가는 모습을 캡처했다. 그날 밤 찍힌 사진 700장 중 단 한 장의 사진에만 등장했지만, 잠깐의 실수도 운명을 결정짓기에는 충분했다.

"잡았다, 이 개새끼야." 프랭크는 욕설을 내뱉었다. 그리고 크게 확대해 픽셀화된 얼굴 사진을 출력하고 자리에서 일어났다.

스칼릿은 책상에 없었다. 프랭크는 그녀가 올 때까지 더는 기다릴 수 없었으므로, 자리에 흩어진 각종 문서를 긁어 모아 봉투에 넣고 열쇠를 챙겨 출입문으로 향했다. 페르난데스는 그리피스 경감실에서 뛰쳐나와 프랭크를 쫓았다.

"이봐, 프랭크! 프랭크!" 페르난데스가 건너편에서 소리쳤다. "도망가지 마!" 그는 전속력으로 달렸지만, 프랭크는 이미 엘리베이터에 탔다. "프랭크!"

"엿이나 먹어, 알레한드로!" 두 사람을 사이에 두고 엘리베이터 문이 미끄러지듯 닫힐 때 프랭크는 그에게 가운뎃손가락을 들어 올렸다.

34장

드러난 진실

"어서 전화 받아요." 스칼릿은 런던 경찰청 정문 밖에서 메트로놈처럼 초조히 왔다 갔다 하며 중얼거렸다. "전화 좀 받아."

"고객님께서 전화를 받을 수 없습니다…"

"젠장." 스칼릿은 짜증을 냈다. 시끄러운 도로를 등지고 메시지를 남기느라 프랭크가 뒤에 있는 건물에서 나와 택시를 부르는 모습을 보지 못했다. "헨리, 나 스칼릿이에요. 나…, 저기, 꼭 할 말이 있으니까 이거 들으면 바로 전화해요. 알았어요? 얘기 좀 해요."

스칼릿이 전화를 끊는 순간, 프랭크가 택시에 탔다. 스칼릿은 건물로 다시 들어갔다.

"저기요! …저기요!" 사무실로 들어온 스칼릿은 페르난데스가 프랭크의 물건들을 마구 뒤지는 걸 보고 크게 소리쳤다. "지금 뭐 하시는 거예요?"

페르난데스는 싸우기라도 할 것처럼 스칼릿을 노려봤다. "마음에 안 들면 경감님한테 가서 따져."

그의 말투에서 왠지 모를 자신감이 느껴지는 데다가 주위 사람들도 전혀 도와주지 않자, 스칼릿은 더 묻지 않기로 하고 책상으로 갔다. 그리고 자리에 앉아 뉴버리에게 와보라고 손짓했다. "대체 무슨 일이야?" 스칼릿은 프랭크의 책상 위로 서랍을 뒤집어엎고 있는 페르난데스를 가리켰다.

"그거 때문에 오신 것 아니었어요?" 뉴버리는 놀라워했다. "페르난데스가 프랭크 형사님을 사무실 밖까지 쫓아갔어요. 그리고 2분 뒤에 경감님이 자리를 박차고 나오더니, 저희에게 프랭크 형사님은 이제 수사에 관여하지 않는다고 선언하셨어요."

"이유는 말했어?"

뉴버리는 어깨만 으쓱했다. "그런데 갈까마귀라고 100퍼센트 확신했고, 또 경감님이 공개수사로 전환한 용의자가 알고 보니 벌써 죽은 사람이라고는 말씀드렸어요?"

"아직." 스칼릿이 대답했다.

"그래요, 저라도 좀 더 나중에 말할 거예요."

스칼릿은 휴대전화를 무릎에 올려놓았고, 뉴버리는 자리로 돌아갔다.

어디에요???

스칼릿은 짧은 문자 메시지를 보낸 후 휴대전화를 살며시 주머니에 넣고 앞에 쌓인 문서들을 빤히 내려다봤다. 일에 집중할 수가 없었다.

한 시간 반이 지나자 휴대전화가 진동했다. 스칼릿은 사람들이 볼까 봐 신경이 쓰여서 화면을 들여다보지 않고 잠금을 해제했다. 그리고 휴대전화를 책상 밑으로 내린 다음 프랭크가 보낸 메시지를 흘끗 보며 확인했다.

프란체스카 라벨르 집. 혼자 와.

스칼릿은 아무도 모르게 자동차 열쇠를 꺼내 들고 자리에서 일어났다. 멀리 가는 게 아니라는 걸 보여주려고 가방은 일부러 두고 나왔다. 그녀는 조용히 사무실을 나와 화장실로 들어갔다. 동료들의 시선이 뒤통수에 꽂혀 따가웠다.

"하나… 둘… 셋." 스칼릿은 셋까지 센 뒤 문을 열고 복도를 건너 맞은편 계단으로 내려갔다.

"그만두신 줄 알았어요!" 스칼릿은 프란체스카 라벨르가 살았던 건물 앞에서 지나가는 차량을 피하며 큰소리로 외쳤다.

"이번에도?" 프랭크가 농담했다. 그는 피우던 담배를 마지막으로 한번 빨아들이고 꽁초를 길바닥에 버렸다. "왔구나."

"당연히 오죠." 스칼릿은 조금 날 선 목소리로 대답했다. 오지 않으리라는 암시를 내포한 그 말을 듣고 약간 기분이 나빴기 때문이다.

"그럼 가자." 프랭크는 이미 로비로 향하는 계단을 오르고 있었다.

문이 열리고 눈에 익은 펜트하우스가 보였다.

"경감님과 페르난데스 사이에 무슨 일이 있었던 건지 말해주실 건가요?"

"글쎄, 나중에." 프랭크는 놀리듯 대답했다. 그는 엘리베이터에서 내리자 과장된 몸짓을 하며 걸음을 멈췄다. "자… 내가 해냈어."

스칼릿은 멍한 표정이었다. "뭐를요?"

"갈까마귀가 프란체스카 라벨르를 어떻게 죽였는지 알아냈어… 사실상 밀폐된 방에서 어떻게 목 없는 시신이 사라지게 했는지도."

"알려주세요." 스칼릿의 목소리가 들떴다.

스칼릿은 프랭크를 따라 가장 큰 침실로 들어갔다. 침대 위에는 인쇄물 여러 장이 흩어져 있었다. 프랭크는 첫 번째 인쇄물을 집어 스칼릿에게 건넸다.

스칼릿은 안타깝게도 눈에 익은 사진을 내려다봤다. 희생자의 휴대전화에서 업로드 된 사진이었다. 프란체스카의 목이 절단된 시신을 해 뜰 무렵 찍은 사진이었다. 시신 안치실에서 인식표 역할을 하는 그녀만의 특이한 문신이 보였고, 드레스에 붙은 자그마한 금박 장식들은 빛을 받아 폭발하듯 반짝였다.

프랭크는 스칼릿에게 두 번째 인쇄물을 보여주었다. 다음 날 해 뜰 무렵 스칼릿이 혼자 이 펜트하우스에 와서 찍은 사진이었다.

"해답은 줄곧 우리 눈 앞에 있었어." 프랭크가 입을 열었다. 나중에 받은 사진에는 시신이 없는데 프랭크가 왜 그런 말을 하는지 스칼릿은 이해되지 않았다.

"힌트 하나 주실래요?" 스칼릿이 물었다.

프랭크는 창문으로 더 가까이 다가가 두 손바닥을 마주 보게 붙였다. 그리고 손가락들을 동시에 접었다 폈다 반복했다. 얼굴을 찡그린 스칼릿은 혹시 프랭크가 뇌졸중은 아닌지, 노화에 따른 심각한 병에 걸렸는지 물어보려는 찰나에, 프랭크가 카펫에 비치게 한 새 모양 그림자가 그녀의 눈에 띄었다… 살아 움직이듯 두 날개가 리듬을 타며 퍼덕였다.

"다시 봐봐." 프랭크가 말했다.

"그림자!" 숨이 막힐 듯 놀란 스칼릿은 서둘러 프랭크에게 걸어와 창문 옆에 섰다. 그리고 두 번째 사진을 손에 든 채 건너편 빌딩을 바라봤다. "처음 업로드 된 사진에는 텔레비전 안테나가 없어요!"

프랭크는 고개를 끄덕였다. "하지만 그 두 사진은 24시간 간격으로 정확히 같은 시간에 찍은 거야. 그 말은—"

"첫 번째와 두 번째 사진을 찍는 사이에 안테나가 설치되었거나,"

"그건 아니었어."

"아니면…" 스칼릿은 망설였다. "같은 방에서 찍지 않았어요!" 프랭크는 스칼릿에게 그게 정답이라고 웃어 보였다. "그런데 어떻게요?" 스칼릿이 물었다. "사진에 위치 정보가 남아 있잖아요. 기술팀 사람들도 확인했고요."

"보여줄게." 프랭크는 침대 위 나머지 인쇄물들을 집어 들고 거실로 향했다. "모든 것의 핵심은… 우리가 간과했던 것은… 프란체스카 라벨르가 범인을 이미 개인적으로 알고 있었다는 점이야." 프랭크는 새롭게 밝혀낸 사실을 스칼릿이 잘 받아들이도록 잠시 말을 멈췄다. "밤 12시 53분, 파티는 여기서 아직 한창이었어. 그런데 프란체스카가 문자를 받아." 프랭크는 그 다음 인쇄물을 스칼릿에게 건넸다.

"옥상." 스칼릿은 소리 내어 읽었다. 그리고 삭제된 메시지가 있다는 걸 지금 처음 알았다.

"프란체스카는 핑계를 대고 먼저 자러 들어가." 프랭크는 가장 큰 침실로 다시 들어가 상황을 똑같이 재연하기 위해 방문을 닫았다. "하지만 잠자리에 들지 않고 이 창문으로 곧장 와." 프랭크는 열쇠를 돌려 잠금 장치를 풀고 창문을 열었다. "그리고 비상계단을 타고 올라가 옥상 테라스에서 비밀리에 누굴 만나."

프랭크는 낑낑대며 몸을 밖으로 빼낸 뒤 녹슨 계단에 올라섰다. 바람이 세차게 불어와 얼마 남지 않은 그의 머리카락을 흩트렸다.

"거기서 두 사람은 술을 한잔해." 프랭크가 설명했다. 스칼릿은 별로 내키지 않았지만, 그를 따라 창문을 넘어 비상계단 위에 올라섰다. 아래를 내려다보지 말아야지 하기도 전에 벌써 내려다보고 말았다. "그러고 나서, 갈까마귀는 프란체스카를 다시 비상계단으로 내려가게 해서… 열려 있는 그녀의 방 창문을 지나…" 프랭크는 계단을 내려갔다. "…아래층 아파트로 들어가게 유인해."

프랭크는 창문을 타고 빠져나갈 때보다 아래층으로 들어오는 지금 동작이 훨씬 어설펐다. 그는 간신히 창문을 넘자마자 무거운 푸댓자루처럼 바닥에 쿵 떨어졌다. 아래층 텅 빈 아파트는 위층 펜트하우스와 똑같이 하얗게 칠해져 있었다.

"그날 밤, 아래층 방은 이런 모습이 아니었어." 프랭크가 설명했다. "프란체스카의 침실을 그대로 가져다 놓은 것처럼 꼼꼼히 재현했지. 방바닥에 '내팽개쳐진' 청바지 한 벌과 화장대 위에 놓인 사진들까지 똑같았어. 그리고 살인이 벌어져." 프랭크의 목소리가 어두워졌다. "갈까마귀의 대표적인 살인 도구인 실크 스카프로 목을 감아 세게 조르고 또 졸라서 결국…" 프랭크는 프란체스카가 방금 발 옆에 쓰러졌다는 듯 순백색 카펫을 내려다봤다. "그리고 첫 번째 사진을 찍어. 밖은 어두컴컴했고, 아직 몸은 온전해. 얼굴에는 긁힌 상처가 다섯 개 생겼어. 그 다음 목을 절단해. 살인범은 나중에 쓰려고 그녀의 피를 조금 보관해."

"그 피를 뭐에 쓰려고요?" 스칼릿이 물었지만, 프랭크는 아무 소리도 듣지 못한 듯 말을 계속했다.

"갈까마귀는 프란체스카의 절단된 머리, 피를 담은 통을 가지고 다시 비상계단으로 올라가. 위층에 열어둔 창문을 통해 안으로 들어가 창문을 안쪽에서 잠그지. 절단된 머리를 내려놓고, 아래층과 똑같은 위치에 청바지를 놓고, 피를 바닥에 충분히 뿌리지. 오전 1시 29분, 살인범은 시끌벅적한 분위기를 틈타 침실에서 몰래 빠져 나와. 아무도 모르게 펜트하우스 현관문까지 5초 만에 도착해. 그 놈은 건물 안 계단을 이용해 아래층에 있는 이 방으로 돌아와. 그리고 첫 번째 사진에 보이는 저 벽을 다시 칠하지. 서두를 필요는 없어. 어차피 몇 시간 더 기다려야 완벽한 사진을 찍을 수 있거든. 그 모든 걸 불가능하게 보이게 하는 디테일이어야 해. 해가 뜰 무렵 프란체스카의 침실로 보이는 이곳에서 목이 절단된 프란체스카의 시신 사진을 찍어."

"오전 5시 27분, 범인은 프란체스카의 목 없는 시신 사진을 찍고 SNS에 업로드 해. 그리고 시신, 벽을 칠하고 남은 페인트, 그리고 시트를 피로 얼룩진 회색 카펫에 둘둘 말아 비상계단으로 들어 올려 밑에 있는 쓰레기 수거함에 떨어뜨리지. 마지막으로, 진짜와 똑같이 만든 사진 액자들과 침구류, 청바지를 한데 모아 가방에 넣고 아래층인 이 방에 원래 있었던 카펫을 다시 깔아. 그러면 이곳은 살인이 일어난 현장인데도 티 없이 깨끗한 곳이 되지. 그렇게 만들어 놓고 창문을 통해 다시 밖으로 빠져나가지. 아, '거의' 티 하나 없이 말이야."

프랭크는 하얀색 카펫의 한쪽 가장자리를 잡고 끌어당겼다. 그러자 나무 바닥에 스며든 크고 검붉은 얼룩이 조금씩 드러났다.

스칼릿은 프랭크의 말을 완전히 이해할 시간이 필요해서 잠시 핏자국을 내려다봤다. "갈까마귀가 오전 1시 29분에 프란체스카의 방에서 나갔다는 건 어떻게 알아냈어요?"

프랭크는 망설이다가 주머니에서 구겨진 종이를 꺼냈다. "이런 말을 하게 되서 유감이다." 프랭크는 그 종이를 스칼릿에게 건넸다. "갈까마귀는 그 남자야. 처음부터 그 남자였어."

스칼릿은 종이에 흐릿하게 나온 헨리를 보자 세상이 무너지는 듯했다.

"갈까마귀는 처음부터 없었어." 프랭크가 말했다. "그 남자는 연쇄 살인범을 만들어냈어. 사람들의 관심이 집중되는 연쇄 살인의 진실을 숨기고, 그들의 죽음으로 가장 큰 이득을 볼 사람들에게 의심이 쏠리지 않게 하려고. 프란체스카의 아버지… 이혼을 눈앞에 둔 이디스 여사의 남편… 키야 로즈의 전 소속사 사장… 이 바로 그들이지. 희생자들에겐 하나같이 다 막강한 권력을 가진 적들이 있었는데, 살해당한 밤에 그 적들은 다들 알리바이가 아주 탄탄했어."

스칼릿은 너무 놀라 말문이 막혔다.

"이것도 진즉에 같이 고려했어야 했어." 프랭크는 지친 표정으로 웃으며 말을 이어갔다. "시신의 얼굴을 훼손했다는 사실 말이야. 키야 로즈의 전 소속사 사장은 그녀가 돈을 빌려 성형 수술을 했다고 비난했어. 고인에 대한 마지막 모욕으로 얼굴을 망쳐놓은 거지. 도나휴 여사의 남편은 이혼해서 집을 넘겨주는 것보다 집안의 가보인 반지를 되찾는 데 더 관심이 있었던 것 같아. 아직도 그 반지는 행방불명이지. 아, 그리고 아미라 압달라의 아버지가 사우디아라비아에서 무슨 짓을 했는지 생각해 봐. 정치적 정적을 공개 참수형 당하게 했어. 목 없는 시신은 흔적도 없이 사라졌고. 긁힌 자국, 장신구, 사라진 시신… 우연일까?"

"저는… 저는 잘 모르겠어요." 스칼릿은 말을 더듬거렸다.

"이 모든 건 범행 조건이었어." 프랭크의 목소리에 힘이 들어갔다. "따로따로 살인을 저지르면 이 모든 건 범인을 찾아낼 명백한 증거나 범행 동기가 되겠지만… 전부 같은 방식으로 살해하면 가상의 연쇄 살인범이 행한 수법이 돼."

프랭크는 피곤한 얼굴을 손바닥으로 문질렀다. "범인은 그 남자야, 스칼릿. 생각해 봐. 네가 데리고 오지 않았다면 어떻게 그가 호텔 옥상에 있는 난공불락의 요새에 접근했겠어?"

스칼릿은 토할 것 같았다. 그동안 있었던 일들의 진실이 자꾸 머릿속에 떠올랐다. 헨리는 인피니티 풀 유리 벽 바깥쪽에 폭발물을 부착하려고 몸을 기울이고 있었다.

아미라 압달라가 죽기 전, 헨리의 동료가 메이크업 브러시를 써서 그녀의 얼굴에 소듐 파우더를 칠했다.

만신창이가 된 경호 대장을 헨리가 계단에서 '발견했을' 때, 그의 손은 경호 대장이 흘린 피로 이미 피투성이였다. 그가 경호대장을 스스로 죽였거나, 그를 돕는 조력자가 있었을 수 있다.

"그 팔찌." 스칼릿이 중얼거렸다. 하트 모양 팔찌가 기적처럼 다시 나타난 불가사의가 이제 이해되었다. 아미라 압달라가 공중에 매달려 있을 때, 헨리는 그녀의 손목을 용감하게 붙잡고 있었다. 갈까마귀는 아미라 일행이 부주의하게 '잃어버린' 목걸이를 대체

할 물건이 필요했기 때문이다.

"우리가 처음에 어떻게 아미라 압달라를 찾았지?" 프랭크가 묻는 요점은 명확했다.

헨리는 스칼릿을 덮친 이디스 여사의 목 없는 시신을 떼어놓기 전에 여사의 탈의실 안쪽 숨겨진 공간에 엄청나게 비싼 그 목걸이를 몰래 넣어두었다.

"헨리는 처음부터 정확하게 그가 원하는 곳으로 우릴 이끌었어."

헨리는 병에 담은 선정린의 피를 키아 로즈의 핏자국 옆에 부었다.

선정린은 이미 죽었는데도, 헨리는 마운트배튼 호텔의 유리벽을 통해 그 여자를 봤다고 거짓 진술을 했다.

헨리는 해커인 선정린의 컴퓨터 옆에 그 유명한 환경운동가를 취재한 신문 기사를 일부러 남겨두는 전략을 썼다.

헨리는 강변에 있는 창고 외벽을 타고 올라가면서 스칼릿과 통화한 적이 있었다… 금요일 밤 갈라 쇼를 열기 위해 현재 준비 중인 행사 공간 같은 창고였다.

"그 자식은 널 이용하고 있어." 프랭크가 말을 끝내기 무섭게, 다른 쪽 침실에서 천천히 손뼉 치는 소리가 울렸다. 헨리가 문간에 나타났다.

헨리는 침착해 보였지만, 그래도 소음제거기가 부착된 총을 팔에 끼고 있다는 사실은 변하지 않았다.

"정말 대단한데요, 프랭크." 그는 웃음 띤 얼굴로 스칼릿을 쳐다봤다. "딜레이니 형사님."

"날 미행했어요?" 스칼릿은 배신감에 치를 떨었다.

헨리는 어깨를 으쓱했다. "당신이 그 쓰레기 매립지를 찾고 난

다음에는, 내가 선정린에 대해 한 말에서… 앞뒤가 맞지 않는 부분을 찾는 건 시간문제였어요. 음성메시지를 들어보니 예상보다 훨씬 빨리 알아냈더군요. 그래서 얘기하는 게 좋겠다고 생각했어요… 물론, 경찰청에서 멀리 떨어진 곳에서."

"선정린은 누구예요?"

"처리해야 할 대상이었어요. 배관공이 고장 난 싱크대를 고치듯이." 헨리는 무미건조하게 대답했다. "불타 죽은 러시아 남자, 당신이 잠자느라 못 본 '피 흘리는 남자'와 비슷한 경우죠."

헨리가 방으로 한 걸음 내딛자 스칼릿과 프랭크 둘 다 한 발짝 물러섰다.

헨리는 두 손을 들었다. "날 두려워할 이유가 전혀 없어요." 헨리는 스칼릿에게 강조했다. "난 당신을 보호하려는 거예요."

"스칼릿을 보호하겠다고?" 프랭크는 코웃음을 쳤다. 하지만 헨리는 스칼릿에게서 눈을 떼지 않았다.

"물론, 프랭크 말이 맞아요." 헨리는 언짢은 표정으로 고개를 끄덕였다. "난 당신을 이용해 왔어요. 당신이 지금 살아있는 단 한 가지 이유는, 내가 당신을 계속 이용할 수 있다고 그들을 설득했기 때문이에요. 당신을 이용하지 못하는 순간, 그들은 당신을 죽일 거예요. 난 그걸 막아낼 겁니다."

"뭔… 개소리야." 프랭크는 욕을 내뱉고 스칼릿을 바라봤다. "저 새끼는 널 조종하고 있어! 저놈이 지껄이는 말은 한마디도 믿으면 안 돼!" 프랭크는 헨리에게 다시 강조했다. "그놈들을 모조리 감옥에 처넣으면 아무도 못 죽여… 리누스 베리먼." 프랭크의 말을 듣고 헨리는 놀란 표정을 감추지 못했다. "보디빌더 같은 남자… 빨간 드레스를 입은 여자… 우린 네놈들이 누군지 알아. 잡으러 갈 거야."

헨리는 움찔 놀라며 관자놀이를 문질렀다. "날 믿어줘요. 이러면 누구에게도 끝이 좋지 않아요. 쉽게 풀 수 있어요. 저기, 나한테 계획이 있어요. 지금 당장 모두가 할 수 있는 최선은, 우리가 한 이 대화를 없었던 걸로 하고, 계획대로 나를 금요일 행사에 데려가는 겁니다."

프랭크는 어처구니없다는 듯 웃었다. 스칼릿이 마침내 입을 열었다. "당신이 다른 사람을 살해하는 걸 나더러 도와달라고?"

"내가 당신을 구할 수 있게 도와줘요. 당신 혼자서는 그 사람들을 대적할 수 없어요. 그들이 어떤 사람인지 당신은 전혀—"

"총 내려!" 프랭크가 느닷없이 소리쳤다. 총을 장전하는 소리가 날카롭게 들렸다. 그는 헨리의 가슴을 향해 총을 겨눴다.

"프랭크!" 스칼릿은 숨넘어갈 듯 놀랐다. 상황은 더욱 악화되었다.

"정말 그러고 싶어요, 프랭크?" 헨리는 두려워하는 스칼릿의 두 눈을 바라보며 프랭크에게 물었다.

"헨리 데블린… 본명이 뭐든, 널 체포하겠어. 총 내려놔!" 헨리는 한숨을 길게 쉬며 두 손을 들었다. "총 내려놓으라고 했잖아."

"알았어요." 헨리는 침착하게 대답했다. "알았어요. 지금 꺼냅니다." 그는 조심스럽게 팔 밑에서 총을 꺼냈다. 스칼릿의 눈에 그 동작은 슬로우모션처럼 무척 느리게 보였다. 폭풍전야의 고요처럼 참을 수 없는 긴장감이 흘렀다.

"프랭크는 건드리지 말아요." 스칼릿의 조그만 목소리는 명령이라기보다 애원처럼 들렸다. 헨리가 권총 손잡이를 쥐고 있던 손에 힘을 빼자, 그 무거운 총은 두꺼운 카펫 위에 툭 떨어졌다.

"나랑 약속했잖아요." 스칼릿이 그렇게 말했지만 헨리는 갑자기 허리에 숨긴 두 번째 총을 꺼내 프랭크를 겨눴다.

"안 돼!" 스칼릿은 총성을 예상하고 움찔했지만… 총은 발사되지 않았다. 두 남자는 서로에게 총을 겨누고 있었다. 스칼릿은 그녀를 괴롭히는 복잡한 감정을 가라앉히는 것보다, 무슨 수를 써서라도 일단 이 사태부터 진정시켜야만 했다. "프랭크… 헨리의 말을 들어 봐요."

"스칼릿 말을 들어요, 프랭크." 헨리가 동의했다.

프랭크는 고개를 가로저었다. "그렇게는 못 해. 여기서 당장 끝을 보자."

"프랭크, 프랭크!" 헨리를 노려보는 프랭크의 귀에 그녀의 말은 들리지 않았다. "헨리?" 스칼릿은 헨리에게 애원했다.

잠시 침묵이 흐르더니… 순간 귀를 먹먹하게 하는 첫 번째 총알이 발사되어 프랭크의 머리 뒤 거울을 산산조각냈다. 그 틈을 타 헨리는 문가로 달려갔다. 거실로 뛰어갈 때 총 세 발이 벽에 박혔다. 프랭크는 그의 뒤를 바싹 쫓아갔다.

"잠깐만요! 프랭크! 잠깐만요!" 스칼릿이 뒤쫓아 가는데, 그녀 옆의 콘솔 테이블에 놓인 램프가 총에 맞아 와장창 깨졌다. 스칼릿은 몸을 피했다.

****

"스칼릿, 미안해요!" 헨리는 머리 위쪽에 있는 부엌을 떠받치는 금속 기둥에 등을 기댔다. 그는 주위를 살폈다. 그 안에는 아무도 없는 듯했다. "프랭크!"

"뭐야?!" 프랭크가 말했다.

"스칼릿이 여기 있어요! 우리 둘 다 총을 마구 쏘면 안 되잖아요."

"그럼 네놈 총을 버려!"

"당신이 먼저 총을 버리시죠?"

"버릴 거야… 네놈이 먼저 버리면."

헨리는 짜증 난 듯 눈을 굴렸다. "그럼 동시에?"

"좋아. 셋까지 세면?"

"셋까지 세면."

"하나!"

"둘!"

"셋!"

…아무 일도 일어나지 않았다.

헨리는 열린 현관문을 힐끗 쳐다본 다음, 넓은 나무 바닥 저편에 있는 프랭크를 향해 손짓했다. 그는 화가 나서 씩씩거렸다. "프랭크?"

"왜?"

"이번엔 총을 버릴 겁니까?"

"그래."

"그럼 나도." 헨리는 권총과 탄약을 확인하며 대답했다. "셋까지 세면!… 하나!"

"둘!"

"셋!"

이번에도 마찬가지였다.

"그럴 줄 알았어." 헨리가 중얼거렸다.

그때 누군가 천천히 다가오는 발소리가 들렸다.

****

“스칼릿!” 프랭크는 깜짝 놀라 조그만 소리로 그녀를 불렀다. 프랭크는 그녀를 끌어당기려고 숨어 있는 벽에서 최대한 멀리 걸어 나왔다. 스칼릿은 거실 한가운데로 걸어와 두 사람 사이에 섰다.

“헨리?” 스칼릿이 헨리를 불렀다.

“아직 여기 있어요… 유감스럽게도.”

“난 여기 있으니 쏘지 마세요. 프랭크도 쏘지 말아요. 총 내려놔요. 둘 다.”

잠시 뒤 철컥 소리가 들리더니 헨리의 손이 기둥 뒤에서 나타났다. 엄지와 집게손가락 사이에 총이 걸려 있었다. “알았어요! 나갑니다.”

스칼릿은 미미하게나마 상황을 통제하고 있다고 생각했다. 그녀는 헨리의 손이 기둥 뒤에서 모습을 드러내고 프랭크가 아직 총을 든 채 벽 뒤에서 나타나자 힘없이 미소를 지었다.

“프랭크는 총 내려놓으란 소리를 못 들었나 봐요.” 헨리는 프랭크 쪽으로 고개를 끄덕이며 무표정한 얼굴로 말했다.

“총을 치워요, 프랭크… 제발요.”

“스칼릿 말을 들어요, 프랭크. 스칼릿이 여기 있는 한 총을 쏘지 않을 거잖아요.” 헨리는 무심하게 말하며 검은 스웨터에 달라붙은 부서진 벽 조각들을 탁탁 털어냈다. “음, 잘 됐군요. 그런데 난 이만 가볼게요.” 헨리는 얼굴을 찌푸렸다. 하지만 열린 현관문을 향해 두 걸음 내딛자마자 프랭크가 총을 겨누는 소리를 듣고 멈췄다.

“그렇게는 못 하지.” 프랭크가 협박했다.

"프랭크!" 스칼릿은 애원하는 듯했다. 물론, 그녀는 프랭크가 옳다는 걸 알았지만, 헨리가 얌전하게 잡힐 생각이 없다는 것도 잘 알고 있었다. 프랭크를 설득하려고 스칼릿이 고개를 돌린 순간, 헨리는 현관문을 향해 내달렸고 프랭크는 여러 번 총을 쐈다. 스칼릿은 두 사람 사이에 벌어진 총격전에 갇히고 말았다. 그녀는 무릎을 꿇고, 별 도움이 되지 않겠지만 두 손으로 머리를 감싸 보호하며 헨리가 격렬하게 반격하는 모습을 두려운 눈으로 지켜봤다. 아파트 내부의 얼마 안 되는 가구와 물건들이 부서져 날아가며 깃털과 벽토 가루, 먼지가 뒤섞여 구름처럼 뿌옇게 피어올랐다. 헨리는 마침내 문밖으로 탈출했다.

사방이 고요해졌다.

스칼릿은 주춤주춤 자리에서 일어나 몸이 멀쩡한지 확인하고 또 확인했다. 흠잡을 데 없이 세련된 거실은 이젠 폭탄이 터진 듯 난장판이었다. 그녀는 안도의 한숨을 쉬고 프랭크를 쳐다봤다. 그런데 프랭크의 표정은 그녀가 전에 봤던 그 어떤 것보다 더 무서워 보였다. 공포 서린 그의 눈을 보니 뭔가 굉장히 잘못되었다는 걸 알 수 있었다. 스칼릿의 시선은 점점 크게 번져가는 핏자국으로 향했다. 프랭크의 셔츠는 꽃이 피어나듯 붉은 피로 흠뻑 젖어들고 있었다. 프랭크는 벽에 몸을 기대어 털썩 주저앉았다.

"프랭크!"

…그리고 바닥에 쓰러졌다. 스칼릿은 프랭크에게 급히 달려갔다.

"프랭크! 이럴 수가!" 스칼릿은 겁에 질려 휴대전화를 더듬더듬 찾았다. 긴급 전화 버튼을 먼저 누르고 머리와 어깨 사이에 휴대전화를 끼웠다. 프랭크의 셔츠를 찢어 젖혔지만, 온통 피범벅이어서 총상을 찾을 수 없었다. "조금만 참아요, 프랭크. 조금만 참아요!" 그때 전화가 연결되었다. "네, 구급차를 불러주세요, 빨리요!" 간신히 신고를 마치자 프랭크가 스칼릿의 손을 잡았다.

프랭크는 숨을 헐떡이며 스칼릿이 절대 잊을 수 없는 말을 간신히 남겼다. "사람들에게 반드시 말해… 이건 다 내 잘못이라고."

"말하지 말아요, 프랭크. 도움을 요청할게요."

프랭크는 스칼릿의 손을 더 꽉 잡았다. "내게 약속해."

스칼릿은 망설였다.

"약속하지?"

"…네."

"말해 봐."

"약속해요."

프랭크의 손에서 순식간에 힘이 빠졌다. 스칼릿은 그를 무력하게 지켜볼 수밖에 없었다. 그의 얼굴에 뭔가 깨달았다는 표정이 스치더니… 눈빛이 이내 사그라들었다.

스칼릿은 휴대전화를 바닥에 떨어뜨렸다.

"프랭크?" 스칼릿은 그를 붙잡고 흔들며 작은 소리로 이름을 불렀다. "프랭크?"

스칼릿은 방금 무슨 일이 일어났는지 도저히 파악할 수 없었다. 그저 프랭크를 내려다보며 이해할 수 있기만을 기다렸다.

"스칼릿?" 멀리서 누가 조용히 불렀다. 스칼릿은 프랭크에게 고정되었던 시선을 천천히 그쪽으로 돌렸다. 헨리가 와 있었다. 그는 프랭크의 시신을 쳐다보다가, 프랭크가 흘린 피로 피투성이가 된 스칼릿을 바라봤다. 그의 낯빛이 창백해졌다. "스칼릿, 나… 날 믿어줘요. 난… 그럴 생각이 절대…."

마침내, 감당할 수 없는 죄책감과 분노가 성난 파도처럼 밀려와 스칼릿은 숨을 쉴 수 없었다. 그녀는 답답한 가슴을 부여잡고 짧은 숨만 고통스럽게 헐떡이며 눈물을 줄줄 흘렸다.

"스칼릿?" 헨리는 그녀에게 한 걸음 다가왔다.

스칼릿은 바닥에 떨어진 프랭크의 총을 들어 헨리를 향해 방아쇠를 당겼다. 총알은 헨리의 복부에 맞았다. 그는 바닥에 주저앉았다가 현관을 향해 힘들게 기어갔다. 그가 지나간 자리 뒤에 붉은 핏자국이 길게 남았다. 두 번째 총알은 그의 무릎 옆 나무 바닥을 쪼갰다. 세 번째 총알이 발사되기 직전 헨리는 몸을 피했고, 총알은 그의 머리 위 문손잡이를 박살 냈다.

스칼릿은 덜덜 떨리는 손으로 아무도 없는 현관을 향해 계속 총을 겨누고 있었다.

그때 무거운 계단 문이 쾅 닫히는 소리가 들렸다. 이제 프랭크와 스칼릿만 남았다. 총을 떨어뜨린 그녀는 피투성이가 된 손을 프랭크의 얼굴에 댔다. 눈물이 앞을 가려 아무것도 보이지 않았다.

"정말 미안해요, 프랭크." 스칼릿은 울음을 터뜨렸다. "정말 미안해요."

35장

불명예는 죽은 사람에게

"딜레이니 형사? 딜레이니 형사?"

스칼릿은 눈을 깜박이다가 그리피스 경감을 다시 똑바로 바라봤다.

"오늘 정말 괜찮겠나?" 경감이 물었다.

그녀는 고개를 끄덕이고 의자에 똑바로 앉았다. 작고 칙칙한 경감 집무실에서 그를 마주하고 있었지만 집중하기 힘들었다. "커피 좀 마셔도 될까요? 어젯밤 잠을 거의 못 잤습니다."

"물론이지." 그리피스는 선의를 행동으로 보여주려는 듯 커피를 손수 타려고 자리에서 일어났다. "어떻게 마실래?"

"우유 넣고 각설탕은 두 개 부탁드려요." 대답하는 중에도 하품이 길게 나왔다. "아니, 세 개 부탁드려요."

그리피스 경감이 미소를 지으며 집무실 밖으로 나가자, 스칼릿은 맞은편에 보이는 벽돌 벽을 바라봤다. 어제 있었던 일을 한 번 더 되짚어 볼 고마운 기회였다.

그리피스는 전날 오후 스칼릿을 직접 집으로 데려다 주었다. 다른 동료 한 명이 그 사건에 대해 그녀의 진술을 듣기 위해 저녁 늦게 찾아왔다. 마크는 설거지를 한답시고 공연히 바쁜 척을 하며 알게 모르게 그 동료를 방해했지만, 스칼릿은 프랭크의 유언을 고분고분 따랐다. 그녀는 자신이 저지른 무분별하고 경솔한 행동을 하나도 빠짐없이 그녀의 유일한 혈육이자 아버지 같은 존재였던 프랭크에게 뒤집어 씌워야만 했다. 스칼릿은 그녀를 무척 아꼈던 남자의 기억을 더럽히고 있었지만, 프랭크는 죽어서도 스칼릿을 보호하고 있었다.

편지 한 통이 발견되었다. 프랭크의 책상 서랍 맨 위에 있던 그 편지는 스칼릿과 그리피스, 페르난데스에게 보낸 것이었으며, 그동안 있었던 일을 깨끗이 자백하는 내용을 담았다. 스칼릿은 프랭크가 어떻게 헨리를 그녀에게 처음 소개했고, 또, 프랭크가 멘델레예프 레스토랑에서 불행하게 끝난 만남을 어떻게 주선했는지에 대해 어쩔 수 없이 보강 진술했다. 또 그녀는 보안 컨설턴트라는 헨리의 말을 철석같이 믿었으며, 그의 조언이 이디스 도나휴와 키아 로즈 살해 현장에서 수사에 큰 도움이 되었기 때문에, 프랭크가 자기 대신 헨리와 함께 아미라 압달라가 사는 호텔을 점검하라고 지시했을 때 의문을 제기할 이유가 전혀 없었다고 말했다.

정말 대단한 가짜 연기였다.

스칼릿은 '거짓말쟁이'의 신원조사를 철저히 하지 않고 그의 말을 무턱대고 믿은 자신을 심하게 비난했고, 말을 마치자마자 잠시 양해를 구하고 몇 분 동안 화장실에서 토했다. 그녀는 자신을 비열하고 비겁하다고 여기며, 조사를 마무리하려고 돌아와 프랭크의 편지에 언급되지 않은 내용을 설명했다. 그녀는 프랭크가 프란체스카 라벨르의 펜트하우스에서 만나자고 한 이유는 아마 모든 걸 솔직히 털어놓기 위해서였을 거라고 진술했다. 하지만 도착해 보니 프랭크와 헨리는 이미 격렬한 말싸움 중이었고, 곧 총격전이 벌어져 프랭크가 가슴에 치명적인 총상을 입었다고 진술했다. 스칼릿은 프랭크의 총으로 헨리를 세 번 쏴서 그 중 한 발을 맞췄지만, 헨리는 도망쳤다고 말했다.

스칼릿은 그 순간보다 스스로를 더 심하게 혐오했던 적이 없었다.

그리피스 경감은 머그잔 두 잔에 커피를 담아 집무실로 들어와, 한 잔을 스칼릿 앞에 놓고 자리에 앉았다.

"커피가 정말 필요했어요. 감사합니다." 스칼릿은 커피를 한 모금 마셨다.

"아까 말했듯이, 이 모든 일은 전례 없는 엉망진창이 되어버렸어. 그러니 대중에게는 간략히 공개하려고 해. 이제 헨리 데블린은 갈까마귀 살인 사건 수사의 유력한 용의자이고, 또한 프랭크 애쉬 경사 살인범으로 지명 수배 중이야." 그리피스는 한숨을 쉬었다. "이봐, 난 프랭크가 왜 이런 남자와 엮였는지 도대체 모르겠어. 하지만 난 프랭크를 자네만큼이나 오랫동안 알아 왔고, 천성이 선량한 사람이라는 걸 잘 알아. 우린 둘 다 프랭크의 이번 마지막 판단 실수로 그의 업적이 더럽혀지는 걸 원하지 않아."

"맞습니다."

"페르난데스는 프랭크가 요즘 좀 이상하다고 눈치채긴 했지만 나와 같은 생각이야. 올슨하고도 얘기해 봤는데… 그 친구는 차라리 입 다무는 편이 낫다는 걸 잘 알더군. 후속 수사는 당연히 있을 예정이야. 하지만 가능한 한 인간적으로 세심하게 진행될 거야."

"감사합니다." 스칼릿은 단 한 번이라도 진실을 말할 수 있어서 위안이 되었다.

"자네에 대해서는… 자네는 규정을 어겼어. 이 비극을 막을 수 있었던 극히 중요한 정보를 보고서에 일부러 빠뜨렸어. 야망이 너무 커서 사명감을 잊었고, 내가 형사들에게 기대하는 수준에 훨씬 못 미치는 행동을 했어."

스칼릿은 고개를 끄덕였다.

"하지만," 그리피스는 말을 이었다. "프랭크에게 경의를 표하고, 또 자네가 겪은 일을 생각해서 이 일을 조용히 처리하고 싶네… 헨리 데블린이 잡히고… 우리 둘 다 그 친구를 묘지에 매장하게 되면 말이지. 하지만 더 이상 실수하지 마. 원칙대로 처리될 거야."

"알겠습니다."

"자네는 이번 건에 대해 형식상으로만 수사 지휘 형사로 남을 거야. 쿠퍼가 프랭크를 대신할 테고, 자네는 쿠퍼의 명령에 그대로 복종해야 해. 알겠나?"

"알겠습니다."

훈계가 끝내자 그리피스의 어조가 부드러워졌다. "며칠 쉬겠어?"

"일하고 싶습니다… 게다가 그 갈라 파티는 내일 밤 열립니다."

"알겠네. 내일 아침 출근하는 걸로 알고 있겠어." 그리피스는 스칼릿에게 가도 좋다고 손짓했다. 그녀는 자리에서 일어나 문으로 걸어갔다. "아, 딜레이니 형사." 스칼릿은 걸음을 멈추고 뒤돌아봤다. "프랭크 일은 정말 유감이야."

스칼릿은 슬픈 미소를 지었다. "저도 그렇습니다."

****

런던의 유명한 할리 스트리트에 늘어선 개인 병원과 치과, 성형외과 사이에 평범하게 생긴 빨간 문이 눈에 잘 띄는 곳에 숨어 있었다. 그 문 뒤에는 무장 경비원이 있고, 그 경비원 뒤에는 무척 까다롭게 선별된 고객들을 위한 최첨단 시설을 갖춘 병원이 있다. 그 고객들은 이렇게 특권층만을 위한 시설을 이용할 재력과 이유가 있었다.

간호사인 제스로 본은 보안 검색을 마치고 로비로 향했다. 이웃한 모든 건물과 마찬가지로, 이곳은 그에게 일터라기보다는 부유한 친척 집 같았다. 그는 접수원에게 아침 인사를 하고 계단을 올라갔다. 청소부가 미처 닦지 못한 피 한 방울이 그의 눈에 띄었다. 그는 층계참에 연결된 문을 열고 안으로 들어갔다. 수백 번 해 왔던 일이지만, 바깥과 뚜렷이 대비되는 내부를 볼 때마다 깜짝 놀랐다. 도시 저편으로 순간 이동하여 대형 병원의 한복판에 들어선 듯했다.

제스로는 수술복으로 갈아입고 크록스를 신은 뒤 인수인계 시간에 맞춰 간호사실로 갔다. 제스로에게 업무를 인계할 간호사는 야간근무를 하느라 녹초가 된 얼굴로 기다리고 있었다.

"어젯밤에 힘들었구나?" 제스로가 물었다.

"늘 그렇지 뭐." 기다리던 간호사가 대답했다. "평소처럼 칼에 찔리거나 팔다리가 부러진 환자들이 여럿 있었어. 어떤 환자는 독약을 먹은 것 같다고 난리 쳤는데 알고 보니 갑각류 알레르기였고."

제스로는 쿡쿡 웃었다. "음, 피해망상증에 걸린 사람들이 많네. 어제 입원한 환자들은?"

"아!" 그녀는 뭔가 기억해냈다. "3번 침대에 사무라이 칼에 맞은 환자가 있어. 그런 사람 본 적 있어?"

"한동안 없었는데."

"버터를 자르듯 단칼에 베였어. 4번 침대 환자는 혈액 희석제를 자기 몸에 실수로 꽤 많이 주사했다가 지금 수혈을 받는 중이야." 그녀는 깔깔 웃었다. "종이에 조금 베이기만 해도 온몸의 피가 다 빠져나올 걸."

제스로는 고개를 가로저으며 게시판을 올려다봤다. "여기 적힌 거 진짜야?"

"가장 흥미로운 소식은 맨 마지막에 얘기하려고 했어." 그녀가 말했다. "1번 침대 환자는 현실 세계에 나타난 유명인이야! 헨리 데블린, 현재 장안의 화제가 되고 있지. 오늘 아침 뉴스 주인공이기도 해."

"그 남자, 경찰을 죽였다던데?"

"다행인 게, 우린 양심은 갖다 버리고 월급만 받기로 했잖아." 그녀는 불필요한 대화를 끝냈다. "왼쪽 허리에 총상 하나. 6시쯤 수술실에서 나왔고 아직 의식은 돌아오지 않았어." 그녀는 진료기록부 여러 개를 제스로의 손에 탁 내려놓고 상냥하게 미소 지었다. "즐거운 하루 보내!"

++++

마크는 정말 대단했다.

그는 한밤중에 맥스를 데리고 와 산책도 시켜줬고, 스칼릿과 함께 밤을 새우고 다음 날 병가를 냈다. 경감과 면담이 있는 그녀를 차로 데려다 주었다가 집으로 데리고 왔으며, 전기와 수도 회사 등에 전화해 프랭크의 사망 소식을 알렸다. 그리고 이제 스칼릿을 도와 프랭크의 집을 정리하느라 바빴다.

마크는 스칼릿과 사귀기 시작할 때 프랭크의 허락을 받았었다. 한참 뒤에 스칼릿은 그 이유가 마크의 사람 됨됨이와는 아무 관련이 없고, 만약 마크가 '헛짓거리라도 하면' 스칼릿이 그를 '때려눕힐 수 있겠다'라고 프랭크가 판단했기 때문이었다는 걸 알았다.

스칼릿은 그 기억을 떠올리며 살며시 웃었다.

그녀는 거실로 가서 벽난로 선반 앞에 '보관'이라고 쓴 상자와 넘쳐나는 쓰레기봉투를 내려놨다. 그리고 사진 액자들을 하나씩 꺼내 꼼꼼하게 포장해 상자에 담았다. 이제는 일부러 마지막까지 남겨둔 물건만 남았다. 먼지가 뿌옇게 내려앉은 훈장 보관 상자를 두 손으로 꺼내 든 스칼릿은 프랭크가 그걸 보고 무슨 말을 할지 정확히 알았다. 그는 그 메달을 받을 자격이 없다고 입버릇처럼 늘 말했었다. 스칼릿은 프랭크가 그 메달을 받게 된 경위를 생각하면 어떤 기분이 가져야 할지 알 수 없었지만, 어쨌든 메달 표면에 새겨진 조그만 글귀를 읽었다.

직무에 요구되는

그 이상으로

뛰어난 용기를 발휘하신 분께

스칼릿은 프랭크가 그녀를 보호하려고 레스토랑 보안 카메라 영상 CD를 훔쳐 부러뜨리고 강물에 빠뜨렸던 모습을 떠올렸다.

또 스칼릿을 능수능란한 암살범으로부터 완전히 떼어 놓기 위해 그와 맞서 싸웠던 모습을 떠올렸다. 스칼릿에게 기회를 주기 위해 모든 잘못을 자신에게 다 뒤집어씌우라고 약속하게 한 프랭크의 마지막 모습을 떠올리자 어느새 두 눈에 눈물이 고여 반짝였다.

의무에는 여러 종류가 있었다. 프랭크가 스칼릿에게 갚아야 한다고 믿었던 상상 속의 빚이 무엇이든, 그런 것이 존재한다면 프랭크는 이미 백 번 넘게 갚았다.

스칼릿은 두 사람이 같이 찍은 사진들로 둘러싸인 메달을 조심스레 들어 올려 먼지를 닦고 보관 상자에 넣었다.

****

헨리는 진통제의 영향으로 정신이 몽롱한 데다가 삐삐 울리는 기계음 멜로디 때문에 몇 시간 동안 깜박 잠이 들었다가 깨기를 반복했다. 잠에 들지 않으려 했지만, 무척 힘들었다. 하지만 병실에 누가 들어오자 그는 눈을 떴다.

"이렇게 할 수밖에 없어 죄송합니다." 그를 돌보던 간호사가 사과했다. 헨리는 양쪽 손목이 침대 옆에 수갑으로 채워진 걸 보고 당황했다.

헨리는 최대한 몸을 일으켜 앉아 왜 이런 짓을 했는지 간호사에게 물어보려고 했지만, 곧 모든 상황을 분명히 이해했다.

"안전합니다!" 간호사가 외쳤다.

하이힐 소리가 불길하게 또각또각 들리더니 레베카가 들어왔다. 여느 때처럼 세련된 그녀는 큼지막한 꽃다발과 못생긴 봉제 인형을 들고 있었다.

"헨리!" 그녀는 헨리에게 반갑게 인사하고, 구석에 서있는 남자

간호사를 쳐다봤다. "나가."

"네, 알겠습니다." 남자는 고개를 반쯤 숙여 인사하고 병실을 나갔다. 레베카는 침대 옆에 앉았다.

"말해 봐, 기분이 어때?"

헨리는 몸을 움츠렸다. "배에 총 맞은 기분이에요."

"흠, 그거 말 되네. 이젠 자네와 딜레이니 형사의 밀고 당기는 게임이 드디어 끝났다고 생각해도 될까?"

"왜 그렇게 생각하시는데요?"

"같은 여자로서 말인데, 어떤 여자가 자네에게 총을 쏜다면, 그건 잊어야 한다는 뜻이야."

헨리는 어깨를 으쓱했다가…, 실수했다는 걸 깨달았다. 그는 끙 앓는 소리를 내뱉으며 자세를 바꿨다. "빨강머리잖아요. 성질 더러운 여자예요." 그리고 갑자기 무표정해지더니 심각한 목소리로 물었다. "상황은 어때요?"

"아, 완전히 망했지. 몽땅 다. 자네의 잘생긴 얼굴 사진이 곳곳에 깔렸어. 우리한테 두둑한 수수료를 준 사람들은 지금 유치장에 갇혔어. 도나휴 씨와 통화하고 있는 도중에 경찰이 그의 집 문을 두드렸어."

"젠장."

"그래. 도나휴 씨는 아직도 반지를 돌려 달라는데."

"외투 수머니에 있어요." 헨리가 알려주자 레베카는 의자에서 일어나 헨리의 옷이 단정하게 개어 있는 곳으로 걸어가 핏자국이 선명한 옷 안쪽에서 골동품 결혼반지를 꺼냈다. 그리고 다시 의자에 앉으며 싱긋 웃었다.

"정말 안타까워." 그녀가 말했다. "아아, 자넨 거의 해낼 뻔했어.

자부심을 갖길 바라. 불가능한 일을 거의 해냈잖아. 도나휴, 로즈, 라벨르, 압달라. 자네가 한 일은 누구도 해낼 수 없었을 거야. 하지만 이런 말이 있지. '인간은 계획을 세우고 신은 비웃는다.'"

"비웃음을 당하는 게 앞으로 닥칠 최악의 상황이라면," 헨리가 말했다. "기꺼이 받아들이겠습니다."

레베카는 피식 웃었다. "글쎄, 그건 아직 결정되지 않았어. 안됐지만, 이런 결정은 나조차도 단독으로 내릴 수 없어. 하지만 이건 자네도 알고 있어야겠어. 난 그 사람들이 자네 이마에 총을 쏘란 명령을 아직 하지 않았다는 게 솔직히 놀라워. 개인적인 감정은 없어. 알잖아. 하지만 자넨 이제 그들에게 쓸모가 없어."

"하지만 전 그 일을 끝낼 수 있어요."

"이미 다른 청부업자들에게 내놨어."

"다 준비해 놨어요." 헨리가 고집했다. "할 수 있어요. 제가 아직 쓸모 있다고 설득해 주세요."

레베카는 잠시 깊은 생각에 빠진 듯 무릎을 손가락으로 톡톡 두드렸다. "위원회의 결정을 뒤집을 수 있다고는 장담 못 해."

"하지만 가능성이 아예 없진 않잖아요."

"없지는 않겠지."

"그렇다면 아직은 딜레이니 형사가 있어야 합니다."

"글쎄, 그건 내가 결정할 일이야. 안됐지만 그렇게는 안 돼. 딜레이니 형사는 오늘 밤에 처리될 거야. 자네가 양심 때문에 몸부림치지 않게 수갑은 그대로 둔 채로 진정제를 투여해 주지… 아주 많이." 레베카는 자리에서 일어나 꽃다발을 의자 위에 놨다. "자, 이제 푹 쉬도록. 내일 밤 갈라 파티가 끝나고 위원회의 최종 결정을 받으러 오는 것으로 알고 있겠어. 도망치는 건 소용없다고 강조할 필요는 없겠지?"

"맞습니다."

"간호사!" 레베카가 큰 소리로 부르자, 불안한 얼굴의 남자가 잽싸게 병실로 들어왔다. "지시받은 대로 해."

헨리는 수갑을 떨쳐내려 애썼지만, 간호사가 주사기를 준비하는 모습을 바라볼 수밖에 없었다. "그렇게까지 할 필요는 없잖아요!" 그는 수갑을 더 세게 끌어당기고 마구 흔들었지만, 손에 상처만 날 뿐이었다. "레베카!" 헨리는 병실을 나가는 그녀를 애타게 불렀다. "레베카, 전 아직 그녀가 필요해요! 레베—"

약물은 벌써 그의 혈관을 타고 퍼져나갔다. 세상이 점점 희미해지더니 암흑으로 변했다.

단단히 조르기

리누스 베리먼은 어두운 차 안에 한 시간 넘게 앉아 있었다. 이젠 주변 환경에 무척 익숙해졌다. 그는 집에 도착하는 사람, 저녁 외출을 하는 사람 등 거리를 오가는 이들을 계속 바라봤다. 가끔 꺼지는 가로등과 차고의 보안 카메라, 그리고 사람들이 지나갈 때마다 사납게 짖어대는 옆집 개를 잘 기억해 두었다.

'치밀하게 준비하라'라는 말은 그가 주문처럼 외우고 다니는 좌우명이었다. 예상치 못한 상황에 대비하고, 변수 때문에 죽을 수도 있으므로, 변수의 수를 줄여야 했다. 물론 그렇게 하더라도, 계획을 아무리 잘 짜더라도, 예상치 못한 사태가 벌어지는 이유를 전부 설명할 수 없었다. 그는 무심코 한쪽 손을 들어 우둘투둘 흉이 진 얼굴에 댔다. 그 흉터는 왼쪽 얼굴 전체와 상반신의 상당 부분을 뒤덮고 있었다. 그는 머리카락을 넘겨 흉터를 가렸다.

리누스는 목적지인 파스텔 블루 색상의 타운하우스 조금 아래쪽 길가에 차를 세워두고 기다렸다. 그 집 밖에는 흰색 피아트가 주차되어 있었고, 닫힌 커튼에서 따뜻한 빛이 새어 나왔으며, 위층 열린 창문에서 수증기가 밤하늘을 향해 솔솔 빠져나왔다.

리누스는 좀 더 편히 앉고 싶어서 자세를 바꾸고 시간을 확인했다. 그리고 가져온 저녁 식사를 꺼내 마치 고급 음식점에서 외식을 하듯 포크와 나이프, 냅킨을 정성 들여 펼쳐 놓았다.

시간은 충분했다.

****

헨리는 눈꺼풀이 파르르 떨리다가 마침내 눈을 떴다. 하지만 욕지기가 올라와 다시 눈을 감아야 했다. 머리는 무겁고 둔했으며, 마치 다른 사람의 안경을 썼을 때처럼 사물의 초점이 아예 맞지 않았다.

헨리는 지금 몇 시인지… 정신을 잃은 지 얼마나 되었는지… 자는 동안 스칼릿이 벌써 살해되어 어디 도랑에 버려진 건 아닌지 알고 싶었다.

헨리는 규칙적으로 숨을 쉬며 힘을 내서 눈을 다시 떴다. 그는 창문 없는 이 병실에서 시간을 알려줄 만한 표식을 찾았지만, 아무것도 찾지 못하고 다시 눈을 감아야 했다.

****

한 젊은 여인이 유모차를 끌고 보도를 걸어왔다.

여인은 리누스의 차 조수석 옆에서 걸음을 멈췄지만, 어둠 속에 앉아 있는 리누스를 못 본 게 분명했다. 리누스는 꼼짝도 하지 않고 두 개의 앞 좌석 사이에 숨긴 총 손잡이를 감싸 쥔 채 곁눈

질로 그녀를 계속 살폈다. 여인은 몸을 구부려 플라스틱 장난감을 집어 들고 가던 길을 계속 걸어갔다. 여인이 다른 곳으로 가자 그는 긴장을 풀고 시간을 다시 한 번 확인했다. 이제는 그 집에 침입하기 전에 필요한 모든 정보를 알아냈다고 판단했다.

리누스는 장갑을 끼고, 거리에 사람이 아무도 없는지 확인한 다음 차에서 내렸다.

⁂

스칼릿은 이번만큼은 마크가 그녀를 위해 야단법석을 떨어도 가만히 있었다. 프랭크의 집에서 돌아온 후, 그녀는 마크 덕분에 촛불을 여러 개 밝힌 욕조의 따뜻한 물에 몸을 푹 담근 채 진토닉을 마시며 한 시간 동안 푹 쉬는 호사를 누렸다. 배고프지 않다고 고집했는데도 마크는 나무 접시에 치즈와 간단한 음식도 담아 왔다. 그녀는 침대에서 책을 읽는 둥 마는 둥 하며 조금씩 먹었다. 사실, 그 책을 읽은 것은 마크의 마음이 편해지라고 한 것이었다. 책 페이지만을 빤히 쳐다보면서 마냥 넋만 놓고 있어도 마크는 기분이 나아지는 듯했다. 하지만 마크가 아무리 노력해도 스칼릿은 죄책감과 슬픔에서 벗어날 수 없었다.

그녀가 혼자서 마음의 평화와 안정을 찾도록 마크는 샤워를 하러 갔다. 잠시 후 터무니없이 비싼 '이온 방출' 헤어드라이어가 다른 방에서 시끄럽게 울리기 시작했다. 스칼릿은 책을 내려놓았다. 그녀는 헤어드라이어 소리 때문에 두 층 아래서 유리창이 부서지는 소리를 듣기는커녕 자신이 무슨 생각을 하는지조차 알 수 없었다.

++++

헨리는 잠든 척하며 적당한 때가 오기만을 기다렸다. 기회는 한 번밖에 없었다.

간호사는 병실 저쪽에 있었다. 헨리는 금속 난간의 날카롭게 튀어나온 부분으로 다리에 상처를 낸 다음 다리를 시트에 문질러 핏자국을 만들었지만, 간호사는 아직 발견하지 못했다. 작은 상처에 불과했지만 헨리는 하얀 면 시트에 상처를 최대한 많이 문질러 핏자국을 눈에 띄게 했다.

침대로 다가오는 발소리가 들렸다.

"데블린 씨?" 간호사는 긴장했다. 헨리가 반응이 없자 그는 주저주저하며 헨리를 슬쩍 찔러보기까지 했다. "데블린 씨?"

헨리가 깊이 잠들었다고 확신한 간호사는 조금 더 다가와 헨리의 다리 어느 부분에서 피가 나는지 살폈다.

…똬리를 틀고 있던 뱀이 튀어 오르듯, 헨리는 몸을 벌떡 일으켜 두 다리를 간호사의 목에 감고 그를 침대 위로 끌어 올렸다. 남자 간호사는 팔다리를 마구 허우적거렸지만 소용없었다.

"그만! 움직이지 마!" 헨리가 명령했다. 헨리에게 잡힌 그 남자는 서서히 그의 말에 따랐다. "내가 누군지 알지?"

무슨 말인지 알 수 없는 쌕쌕거리는 소리만 들렸다.

"알면 고개를 끄덕여."

남자는 고개를 간신히 끄덕였다.

"그렇다면 내가 네 목을 나뭇가지처럼 쉽게 꺾어버릴 수 있다는 것도 알겠지?"

다시 한 번, 남자는 고개를 끄덕였다.

"좋아. 수갑 열쇠 가지고 있어?"

대답이 바로 나오지 않자, 헨리는 두 다리로 남자의 목을 더 세게 졸랐다. 숨 쉬지 못해 얼굴이 새빨개진 남자는 주머니에서 열쇠를 꺼냈다.

"수갑 풀어." 간호사는 마구 허둥대며 수갑을 풀었다. "이름이 뭐지?" 헨리는 목을 꽉 조르고 있던 다리에서 그가 대답할 수 있을 만큼만 힘을 풀었다.

"…제스로."

"제스로, 이제 널 풀어주겠지만, 넌 지금 무척 짜증이 난 청부살인업자와 손바닥만 한 병실에 함께 있었다는 걸 잊지 마." 제스로는 콜록콜록 기침하고 캑캑거리며 바닥으로 미끄러졌다. "자, 내 물건 가져다 주겠어?" 헨리가 침대에서 첫발을 불안정하게 아래로 내딛자, 겁에 질린 남자는 서둘러 그의 소지품 상자를 들고 왔다. "젠장" 헨리는 시간을 확인하고 욕을 내뱉었다. 그리고 재빨리 휴대전화 잠금을 해제하고 스칼릿에게 전화했다. 하지만 전화는 연결되지 않고 음성메시지로 넘어갔다. "이런 망할!"

제스로는 흠칫 놀랐다.

헨리는 잠시 고민했다. 머리가 아직 빨리빨리 돌아가지 않았다. 스칼릿이 일하는 동안에는 비교적 안전할 것이다. 직업 특성상 출퇴근 시간은 예측할 수 없다. 그는 일단 결정을 하고 다른 번호로 전화를 걸었다. "경찰이죠? 클래펌 앨튼 로드 47번지, 무장한 남자가 그 집 창문에서 사람들에게 총을 쐈어요… 당장 경찰을 보내주세요." 그는 전화를 끊고 제스로를 돌아봤다. "수갑으로 네 손목을 침대에 채워, 당장." 헨리는 옷을 재빨리 갈아입었고, 제스로는 시키는 대로 했다. "차 있어?"

"아니요… 저기, 여기엔 없어요."

"병원에는?"

"구급차만 있어요."

"더 잘 됐군."

✦✦✦✦

스칼릿은 알키를 방해하지 않으려고 애쓰며 침대에서 일어나 저녁으로 먹다 남은 음식과 다 마신 유리잔을 한데 모았다. 코를 톡 쏘는 역한 냄새를 풍기는 블루치즈에 치즈 나이프가 그대로 꽂혀 있었다. 그녀는 나무 접시와 유리잔을 들고 층계참으로 가다가, 시끄럽게 윙윙거리는 드라이기로 머리를 말리는 마크에게 큰 소리로 물었다. "이거 치우기 전에 좀 줄까?"

아무 대답이 없자, 스칼릿은 어깨를 으쓱하고 조심조심 어둠 속을 내려갔다. 양쪽 손에 든 것들이 많아 불을 켤 생각조차 하지 못했다. 그녀는 칠흑같이 어두운 복도를 따라 조금씩 나아갔다. 한 사람은 목욕을 하고 다른 한 사람은 샤워하다 보니, 현관문 옆 양동이에 물이 가득 차 넘치기 일보 직전이었다. 두 번째 계단 맨 위에 다다르자 지하 주방의 따뜻한 불빛이 이쪽을 비추고 있었다. 그때 스칼릿의 휴대전화가 근처에서 진동했다. 코트 주머니에 넣어둔 휴대전화의 파란 불빛이 새어 나오는 방향으로 스칼릿이 몸을 돌리자, 주변의 어둠 속에서 어떤 형체가 분리되더니 그녀에게 돌진했다.

스칼릿은 자기도 모르게 뒤로 물러나려다가 발을 헛디뎌 계단 아래로 굴러 떨어졌다. 들고 있던 유리잔은 깨지고 남은 음식은 사방에 흩어졌다. 바닥에 머리를 세게 부딪쳐 정신을 차리지 못

하고 있는데, 아까 그 검은 형체가 그녀 쪽으로 내려왔다. 한 걸음 한 걸음 다가오는 어떤 남자가 그녀의 시야에 들어왔다. 스칼릿은 그 금발 머리의 남자가 누군지 몰랐다.

"다른 방법으로 처리하려고 했는데." 남자가 입을 열었다. 스칸디나비아 억양 같았다. "목을 부러뜨리면 되겠군."

스칼릿은 꼼짝 못 하고 남자를 올려다봤다. 귓속이 터질 듯 울려 어지러웠고, 등 뒤로 무엇인가가 흐르며 피부를 간지럽혔다. 남자는 스칼릿 옆에 무릎을 꿇고 앉아, 그녀의 이마에 달라붙은 머리카락을 넘기며 그 순간을 마음껏 즐기고 있었다. 스칼릿의 시선은 남자의 보기 흉하게 일그러진 얼굴 피부에서 그녀를 만지는 검은 장갑으로 옮겨갔다.

"같이 시간을 좀 더 보내면 좋을 텐데." 남자는 아쉬워했다. "하지만 명령은 명령이야." 남자는 자리에서 일어났다. "몸을 앞으로 숙여 볼래? 그렇지." 스칼릿은 제정신이 아니었으므로, 남자가 그녀의 자세를 바꾸고 뒤로 가는데도 꼼짝하지 못했다. 그는 장갑 낀 한 손을 그녀의 머리 위에 올려놓고, 다른 한 손은 그녀의 턱 아래를 붙잡았다. "다 괜찮을 거야." 남자가 거짓말을 한 순간, 스칼릿은 정신이 퍼뜩 돌아왔다. 그녀는 남자의 손을 붙잡아 떼어 내려고 몸부림쳤다.

"쉬, 쉬."

스칼릿은 옆에 뒤집혀 떨어진 나무 접시와 손이 전혀 닿지 않는 곳에 널린 유리잔 조각들을 흘깃 쳐다보고서 한 손으로 바닥을 미친 듯이 훑어 치즈 나이프를 찾아… 그녀를 공격한 남자의 다리에 힘껏 내리 꽂았다. 남자는 고통스러운 비명을 지르며 그녀의 머리를 붙잡은 두 손을 뗐다. 그때를 틈타 스칼릿은 계단을 힘겹게 기어 올라갔다. 맥스는 다용도실에 갇혀 컹컹 짖으며 날뛰고 있었다.

"마크!" 스칼릿은 비명을 지르며 마크를 찾았다. 뒤에서 쫓아오는 무거운 발소리가 들렸다. 복도를 따라 도망치다가 난간 근처에서 미끄러지고 다시 계단을 올라가는데도 헤어드라이어의 굉음 소리만 들렸다. "마크!" 스칼릿은 다시 큰 소리로 불렀지만, 그녀를 쫓아온 남자가 발을 붙잡자 계단에 쿵 엎어졌다.

스칼릿은 격렬하게 발길질하여 남자의 손을 떼어 내고 계단을 올라가 빈 방 안으로 넘어졌다. 그녀는 뒤로 문을 쾅 닫고 온 힘을 다해 막았다.

"마크?" 스칼릿은 애타게 마크를 찾았다. 방에는 아무도 없었고, 카펫에 내동댕이쳐진 시끄러운 헤어드라이어가 뜨거운 바람을 마구 뿜어내고 있었다.

그때 층계참에서 누가 싸우는 소리가 들렸다. 그러더니, 톱니 모양의 사냥용 칼날이 그녀의 머리 바로 위 얄팍한 나무문을 뚫고 들어왔다.

"마크!" 헉하고 놀란 스칼릿은 힘겹게 일어나 문을 열어젖혔다. 마크가 침입자와 맞붙어 싸우고 있었다. 금발의 남자가 다리에 박힌 칼을 뽑으려고 손을 뻗자 마크는 남자의 다른 손에 들린 사냥용 칼을 빼앗았다.

스칼릿이 조심하라고 외치기도 전에, 남자는 자신의 다리에서 칼을 뽑아 마크에게 휘둘러 그의 팔뚝에 깊은 상처를 냈다.

마크는 싸움을 잘하지 못하는데도 사냥용 칼을 놓치지 않았고, 놀라서 기가 꺾이지도 않았다. 겁쟁이처럼 굴지도 않았다. 그 대신 마크는 고통이 아닌 분노로 가득한 고함을 지르며 금발의 괴한을 욕실로 밀어붙였다. 두 사람이 같이 욕실 벽에 부딪히자 거울에 금이 갔고, 텅 빈 욕조 안으로 넘어지면서 주변에 깜박이던 촛불들도 욕조로 떨어졌다.

스칼릿은 마크를 도우려고 달려들었다. 그때 남자의 스웨터 소매에 불이 붙었다. 그는 참지 못하고 두려움에 휩싸였다. 타오르는 불길을 바라보는 그의 얼굴은 극심한 공포로 가득했다. 그는 마크와 싸우고 있던 걸 아예 잊은 듯했다. 남자는 거친 비명을 지르며 허둥지둥 욕조에서 빠져 나왔다. 활활 타오르는 불덩어리로 변한 남자는 간신히 일어나 비틀거리며 계단을 내려갔다. 곧 화재 경보기가 울렸고, 계단 벽에 비친 오렌지색 빛은 그가 한 걸음 한 걸음 내려갈 때마다 조금씩 사라졌다.

마크가 욕실 바닥으로 기어 나왔을 때 스칼릿은 너무 놀라 숨이 턱 막혔다.

"세상에, 마크!" 그녀는 마크에게 달려가 등에서 우두둑 소리가 날 정도로 그를 세게 끌어안았다. 맥스는 끊임없이 짖어댔다. 아래층에서 뭔가 박살 나는 소리가 나더니 뒷문이 닫히는 소리가 들렸다. "괜찮아?"

"칼에 찔린 건 처음이야." 마크는 약간 창백한 얼굴로 팔에 난 상처를 바라봤다. 찔렸다기보다 베인 상처에 가까웠지만, 스칼릿은 아무 말 않기로 했다. "도망갔어?"

"도망갔어." 스칼릿의 눈가에 안도의 눈물이 가득 고였다. "자기 진짜 용감했어!" 그녀는 마크를 또 껴안았다. "정말 용감했어!" 그녀는 못 믿겠다는 듯 고개를 흔들었다.

마크는 약간 죄책감을 느끼는 듯했다. "음, 처음엔 호신용 스프레이를 뿌릴까도 했었어."

스칼릿은 웃음이 나오려 했지만 참았다.

"경찰에 신고하는 게 좋겠다." 마크는 상처를 지혈하려고 수건을 집어 들었다. 그런데 말을 마치자마자 사이렌 소리, 타이어 미끄러지는 소리가 바깥 거리에서 요란하게 울렸다.

스칼릿은 침실 창문에 비치는 환한 불빛을 바라봤다. 그러자 최면에 빠진 듯했다. 그녀의 목숨을 노렸던 조금 전 사건이 이 위태로운 상황에서 어떤 결과를 가져올지 깨닫자 구역질이 날 것 같았다. 우선, 그녀는 이번 수사에서 제외될 것이다. 게다가 그녀가 감당하지 않도록 프랭크가 애써 막아낸 질문들, 그러니까 세상의 어떤 거짓말로도 덮을 수 없는 질문들이 쏟아질 것이었다.

"왜 그래?" 마크가 물었다.

"그냥…" 스칼릿은 물기 때문에 달라붙은 머리카락을 손으로 정돈하며 일어섰다. "여기 가만히 있어."

"스칼릿?"

"움직이지 마!" 스칼릿은 서둘러 계단을 내려가다가 뒤돌아 서서 마크에게 외쳤다. 화재경보기 밑을 지날 땐 귀를 찢는 듯한 경보음 때문에 움찔했다. 그녀는 물웅덩이 한가운데 서 있었다. 현관 옆 물받이 양동이가 뒤집혀 있었다. 그녀는 피 묻은 잠옷 위에 코트를 걸치고 후드를 머리에 내려쓴 다음 신분증을 꺼내 들고 밖으로 나갔다.

"경찰이다! 거기 서!" 무장경찰 일곱 명 중 한 명이 그녀에게 총을 겨누며 소리쳤다.

"스칼릿 딜레이니 경장입니다!" 스칼릿은 신분증을 제시했다. "무슨 일이죠?"

총을 겨눈 경찰은 그제야 말투가 변했다. 처음엔 공격적이었지만, 이내 의심하는 투로 바뀌었다. “어떤 사람이 이 집 창문에서 총을 쏜다는 신고가 들어왔습니다.”

스칼릿의 얼굴에 떠오른 당혹스러운 표정은 진심이었다. 그녀는 이웃 중 누군가가 아까 괴한과 싸우는 소리를 듣고 신고했나 했지만, 전혀 말이 되지 않았다. 그녀는 끙하고 앓는 소리를 내며 고개를 저었다. “망할 녀석들. 정말 죄송해요. 이 동네 불량배들이 제가 경관이란 걸 알고 자꾸 귀찮게 해요. 장난 전화를 하고 우편함에 이상한 걸 넣어두고… 그런데 이번 장난은 완전히 차원이 다르네요.”

무장 경찰은 총을 내리고 차 뒤에서 나와 스칼릿이 있는 곳으로 걸어왔다. 눈으로는 계속 그녀를 살폈다. “이 집 안에서 화재경보기가 울리는 겁니까?” 무장 경찰의 목소리에는 의심이 가득했다. 그는 스칼릿의 어깨 너머로 복도 안쪽을 유심히 살폈다.

“네. 제가 요리할 때 경보가 자주 울리긴 해요.” 스칼릿이 농담했지만, 그는 차가운 표정으로 그녀를 다시 바라봤다.

“정말 괜찮으십니까?”

“괜찮아요.” 스칼릿은 방어하듯이 팔짱을 꼈다. 무장 경찰은 그걸 놓칠 리가 없었다.

“그런데… 화장이 좀 번졌군요.”

“목욕했거든요. 누가 올 줄 몰랐어요.”

“그렇군요. 그런데 혼자 사십니까?”

스칼릿은 지금 이 남자가 무슨 생각을 하고 있을지 알고 대답을 망설였다. “아뇨. 남자친구와 같이 살아요… 고양이 한 마리랑… 지금은 개 한 마리도.”

“문제없습니까?”

"글쎄요, 고양이는 개가 온 걸 그렇게 좋아하지 않아요. 남자친구는 고양이를 오랫동안 질투하고 있고요. 하지만 잘 해결되리라 믿—."

"당신하고 남자친구 사이를 말하는 겁니다." 무장 경찰이 그녀의 말을 끊었다.

"네. 전혀 문제없어요."

"잠깐 들어가도 되겠습니까? 인사나 하게요."

그의 요청을 거절할 방법이 없었다. 하지만 그렇게 되면 마크와 이야기를 나누기도 전에 그가 현관에 발을 들여놓자마자 아수라장이 된 집을 못 볼 리가 없었고, 스칼릿이 처음부터 거짓말했다는 걸 모를 수도 없었다.

스칼릿은 애써 태연한 표정으로 대답했다. "물론이죠."

하지만 스칼릿이 집을 안내하려고 돌아서자 경보음이 돌연 꺼졌다. 마크가 행주를 들고 실내복 차림으로 집 밖에 나와 미소를 지었다. "자기 친구분들이야?" 그는 아무렇지도 않게 묻더니 무장 경찰에게 자신을 소개했다. 다친 팔로 악수할 때도 거의 티가 나지 않게 했다.

"사실, 딜레이니 형사님과 저는 초면인 것 같습니다." 스칼릿이 대답하지 못하자 무장 경찰이 대신 대답했다. 그리고 한숨을 쉬더니 무전기로 교신했다. "모든 대원은 물러선다, 물러선다."

스칼릿은 마크의 손가락에서 피가 조금 흘러내리는 걸 보고 그에게 눈치를 줬다. 마크는 행주로 급히 피를 닦고 무장경찰에게 질문했다. "이 못된 꼬맹이들 어떻게 하면 좋을까요? 걔들 때문에 못 살겠어요."

경찰차들이 빠져나가는 동안 그 무장 경찰과 마크는 계속 대화했다. 그때 구급차 한 대가 지나가다가 아주 잠깐 정차한 순간, 어렴풋이 보이는 운전자가 스칼릿을 똑바로 쳐다봤다. 스칼릿은 그 모습이 자꾸 신경이 쓰였다. 구급차는 경찰차들을 따라 좁은 도로를 달려갔다.

스칼릿은 구급차가 길모퉁이를 돌아 사라질 때까지 계속 바라봤다. 무장 경찰은 대화를 마치고 자신들의 차로 돌아갔다.

"딜레이니 형사님." 무장 경찰은 고개를 끄덕여 인사했다. 스칼릿과 마크는 그가 차를 몰고 사라질 때까지 손님을 배웅하듯 잘 가라고 손을 흔들며 인사했나.

"피를 너무 많이 흘렸어." 마크는 억지로 웃으며 중얼거렸다.

"괜찮은지 봐줄게." 스칼릿은 런던 경찰청에서도 제대로 써보지 못한 복화술 실력을 발휘하여 대답했다.

"자 그럼 이제…" 마크는 가짜 연기를 그만두고 스칼릿을 바라봤다. "도대체 무슨 일인지 말해줘."

37장

진실은 괜찮은 부분만

"일단 여기서 나가자."

"너무 급하게 결정하지 말— 아, 알았어." 스칼릿은 옆으로 비켜났다. 마크는 옷장 위에서 커다란 여행 가방을 꺼내다가 하마터면 알키의 머리 위에 가방을 떨어뜨릴 뻔했다. 알키는 두 사람이 대화하는 내내 침대 위에 있는 자기 자리에서 꿈쩍도 하지 않았다. 조금 전 스칼릿이 죽을 뻔했을 때도 마찬가지였다.

"'급하게 결정'하는 게 아니잖아." 마크는 화난 목소리로 대꾸했다. 그는 속옷들을 가방 안에 휙 던지고 양말을 가지러 갔다. "바로 어제 자기가 말했잖아. 프랭크가 청부살인업자에게 살해당했다고. 웬 남자가 우리 집에 들어와 날 칼로 찌른 지 한 시간도 안 되었—"

"칼로 벤 거야."

"뭐라고?"

"그러니까, 그 남자는 자기를… 칼로 벤 거야." 마크의 표정을 보자, 스칼릿은 그말이 상황 해결에 도움을 주지 못했다는 걸 깨달았다. "미안해. 계속 말해."

"그 새끼가 자기를 죽이러 왔어!" 마크가 버럭 소리를 질렀다. "난 자기를 위해 무장 경찰들 앞에서 거짓말까지 했어. 경찰들이 그 새끼를 잡으러 갔을 수도 있었는데! 난 팔을 다쳤어! 온 집안에는 머리카락 탄 냄새가 가득해. 물론 냄새는 부서진 창문과 문으로 조금 빠져나가긴 하겠지만, 보험회사에 수리비용을 청구할 수도 없어. 이 일은 아예 일어나지도 않았으니까!"

스칼릿은 마크가 너무 놀라지 않았으면 하는 마음에, 진실 중에서 비교적 괜찮은 부분만 추려 마크에게 말해주었다. 그런데 마크가 당분간 나가서 지내자며 서둘러 짐을 싸는 걸 보니, 정말 최악의 내용은 제외하고… 그럭저럭 나쁜 내용만 알려준 것 같아 오히려 마음이 놓였다.

"기분은 좀 나아졌어?" 스칼릿이 물었다.

마크는 고개를 끄덕였다. "조금. 그래도 여길 떠나야 해. 또 들이닥칠 수 있으니 여기 있으면 안 돼." 스칼릿은 움직일 기미를 보이지 않았다. "제발."

스칼릿은 어쩔 수 없다는 듯 눈을 굴리며 침대 밑에서 구겨진 블라우스를 꺼내 가방 안으로 던졌다.

"고마워." 마크는 안도의 한숨을 내쉬며 고마워했지만… 블라우스를 스칼릿에게 도로 던졌다. "하지만 자기 가방은 따로 찾아봐. 이건 내 거니까."

두 사람은 30분 만에 짐을 다 쌌다. 사람 두 명, 가방 두 개, 동물 두 마리가 스칼릿의 작은 피아트 차에 꽉 들어찼다.

"이건 말도 안 돼." 스칼릿이 투덜댔다.

"이건 합리적인 예방 조치야." 마크는 스칼릿의 말을 바로잡았다. "자, 알키와 맥스는 남동생에게 맡기고… 그 다음 우린 어디로 가는지 말해줄게." 그는 모호하게 얼버무렸다.

"홀리데이 인 모텔?" 스칼릿은 별로 내켜 하지 않았다.

"꼭 그렇진 않아."

그녀는 한숨을 쉬며 시동을 걸었다. "분명히 홀리데이 인이겠지."

++++

다음 날 아침 홀리데이 인에서 런던 경찰청까지는 걸어서 얼마 되지 않았다. 스칼릿은 일과를 시작하기 전에 사건 수사를 새로 지휘할 형사가 주재하는 '서로를 잘 알기 위한 대화'에 불려갔다.

사람들 모두 리처드 쿠퍼 경위와 적당히 거리를 두며 가까워지길 피하는 것으로 보아, 그는 스칼릿이 예상한 그대로의 인물이었다. 그는 엄격하고 무표정하며 50대 중반에 접어든 로봇 같은 남자였고, 군인 시절의 짧은 머리를 명예 훈장처럼 과시했다. 체격은 탄탄하고 다부졌다. 그는 스칼릿에게 자신이 무슨 말을 하던 미소를 지으며 고개를 끄덕이고, 지시하면 다 그대로 따르라고 명령했다. 그리고 손가락만 한번 까딱하면 그녀를 수사에서 제외해 버릴 수 있다며 여러 차례 으름장을 놓았다. 스칼릿은 부아가 치밀었지만, 꾹 참고 지시에 따라 미소를 지으며 고개를 끄덕였다. 잘리지 않은 것만 해도 운이 무척 좋은 거라고 자위했다.

팀 브리핑은 무미건조하게 끝났다. 행사장 공사 직원들은 모두 오전 11시 30분까지 그곳을 떠날 예정이었고, 그때 경찰이 투입되어 출입구를 전부 확보하고 추가 보안 대책을 실행하기로 했다.

경찰견을 동원해 행사장 구석구석을 수색하고, 팀원들은 오후 5시부터 교대로 저녁을 먹고 행사 의상으로 갈아입기로 했다.

리더 교체 후에도 유지하기로 한 스칼릿의 제안이 몇 가지 있었다. 그 중 하나는 교묘하게 숨어 다니는 이 환경운동가의 사진과 동영상을 최대한 확보해서 감시 요원들이 미리 자세히 살펴보고 분석하게 하자는 제안이었다. 이 환경운동가는 얼굴을 항상 가리고 다니며 카메라에 포착된 순간도 거의 없었지만, 그래도 걸음걸이와 자세, 버릇을 비롯하여 하객 중 그녀를 식별할 요소를 찾을 수 있을 것이다. 그것을 통해 어떻게든 그녀가 누군지 감을 잡자는 생각이었다.

회의가 끝나자 뉴버리는 평소답지 않게 진지한 표정으로 회의실에 남아 스칼릿에게 말을 걸려고 서성였다. "음… 프랭크 형사님 일은 정말 유감이에요." 뉴버리가 입을 열었다. 발표 자료를 정리하고 있던 스칼릿은 고개를 끄덕여 감사를 표했다. "저기, 실크 스카프 수수께끼의 진실을 드디어 알아냈어요. 에드거 크루즈는 취조실에 앉자마자 바로 무너지던데요. 그 스카프는 고인이 된 아내 것인데, 아내가 사망한 날 목에 두르고 있었대요. 이 미친 또라이 새끼는 그 스카프를 써서 자기 딸 프란체스카를 죽여 달라고 진짜 의뢰했대요. '프란체스카가 영원히 자기 어머니와 함께 있을 것'이라며 개소리를 나불대더라고요."

뉴버리는 어깨를 으쓱하고선 수첩에 적어 둔 메모를 확인했다. "…어쩌고저쩌고. '프란체스카가 고통 받는 걸 원하지 않았다.'라고 말했네요. 저기, 그 새끼는 딸을 죽인 후 잠을 거의 못 자고 있다는 거 알아요?" 뉴버리는 까불대며 줄줄이 말했다. "크루즈는 데블린이 딸의 머리를 절단하거나, 또는 그 사진들을 온라인에 올릴 줄은 꿈에도 몰랐대요. 그 인간, 진짜 이해 불가예요."

"수고했어." 스칼릿은 조금 맥 빠진 듯했다.

수첩을 닫은 뉴버리는 쿠퍼를 가리켰다. 그는 창문을 지나 씩씩하게 걸어가고 있었다. "터미네이터 상사와 일하시네요." 뉴버리가 농담을 던졌다.

"내가 선택한 건 아니야." 스칼릿은 시큰둥하게 대답했다.

"그럼… 이제 우린 저분 지시를 받는 건가요?"

"다른 팀원들은 확실히 그렇지." 스칼릿의 입가에 의미심장한 웃음이 떠올랐다. "하지만 넌 아냐. 넌 계속 내 지시를 따르도록 해."

****

마지막까지 남아 작업하던 조명 기술자는 오전 11시 34분에 출입구 밖으로 쫓겨나다시피 했다. 현장에는 경찰들과 그들에게 필요한 것을 제공하기 위해 남은 경비원 한 명뿐이었다. 경비원은 철저하게 신원 조회를 거쳤다.

아직 한낮이었으므로 이렇다 할 분위기는 느껴지지 않았지만, 행사가 열리는 공간에는 극도의 긴장감이 감돌았고, 곧 시작될 화려한 만찬 행사와 유명한 환경운동가의 극적인 신원 공개, 갈까마귀 연쇄살인 용의자이자… 경찰을 살해한 남자의 체포를 앞두고 걱정스러우면서도 흥분되는 분위기가 퍼져나갔다. 전 세계 관객이 이 모든 것을 지켜볼 예정이었다.

쿠퍼가 경비원과 함께 이 건물의 모든 문과 대형 벽장을 일일이 확인하는 동안, 스칼릿은 행사가 주로 개최될 공간을 돌아다녔다. 갤러리 전시 공간과 무대, 카펫이 깔린 공간은 지난번 봤을 때와 거의 같았다. 하지만 행사장 뒤쪽 절반은 흰색 테이블보를 깐 커다란 원형 테이블들이 꽉 채웠으며, 테이블 위에는 식사 도구 등이 마련되어 있었다. 자리마다 번호가 매겨져 있었지만, 번호만으로는 하객 명단을 알 수 없어 답답하기 짝이 없었다.

스칼릿은 눈을 감고 숨을 깊게 들이마셨다. 그녀는 이곳에 처음 와본 사람처럼 선입견 없이 바라보고 싶었다.

"헨리처럼 생각해." 그녀는 혼잣말로 속삭였다. "헨리처럼 생각해."

그녀는 다시 눈을 뜨고 테이블 사이를 천천히 걸어 다녔다.

스칼릿은 전에 헨리에게 전화했을 때, 그가 어떤 창고 건물을 타고 오르던 중이었고 강에 뭔가 빠뜨린 걸 기억했다. 그녀는 휴대전화를 꺼내 지도 앱을 열고 현재 위치가 어디쯤인지 확인하며 한 바퀴 돌았다. 그리고 계속 화면을 바라보며 강과 접한 벽으로 다가갔다. 위를 올려보자 맑고 푸른 하늘이 내다보이는 창문이 수없이 많았다. 대부분은 허공으로 열려 있었지만, 맨 꼭대기에 있는 일부 창문은 목제 서까래와 무척 거리가 가까웠다.

"뉴버리!" 스칼릿이 부르자, 그녀의 오른팔인 뉴버리는 다른 사람과의 대화를 중단하고 다가왔다.

"네?"

"경비원을 찾아봐. 아직 쿠퍼랑 같이 있을 거야. 최근에 창문이 부서진 적이 있는지, 지붕 밑 공간에 들어갈 방법이 있는지 물어봐."

뉴버리는 고개를 끄덕이고 경비원을 찾아 나섰다. 스칼릿은 혼자 중얼중얼하며 행사장을 계속 돌아다녔다. "원래 헨리는 정문으로 걸어 들어올 계획이었지만, 이젠 그렇게 못해." 그녀는 이 거대한 공간을 서로 교차하며 가로지르는 여러 개의 들보를 다시 한 번 올려다봤다. "들보에서 내려가는 길이 있는지 알아봐야겠어."

구불구불한 전시 공간에 이르는 입구를 넘어가자, 딱딱한 바닥에는 어느새 부드러운 카펫이 깔려 있었다.

"헨리는 E.W.의 정체가 밝혀질 때 근처에 있고 싶어 했을 거야. 의심을 피하려면 적어도 눈에 보이는 곳에 있어야 할 테고…, 경찰들이 와 있다는 사실도 고려했을 거야."

스칼릿은 찡그린 얼굴로 초록색 카펫을 따라 계속 걸었다.

"헨리도 그의 목표가 누구인지 몰라." 스칼릿이 판단했다. "당연히 모르겠지. 하지만 그가 계획한 일은 이미 준비되어 있어." 그녀는 관자놀이를 문지르며 생각을 정리하려고 애썼다. "E.W.가 누군지 모르는 이상 뉴버리의 말처럼, 헨리는 어떤 특정한 사람을 살해할 계획을 짤 수는 없어. 하지만 특정 장소를 대상으로 계획을 세울 수는 있을 거야."

새로운 정보를 알아낸 뉴버리는 스칼릿 뒤에 나타나 일부러 헛기침했다. "드디어 정신줄이 오락가락하는군요?"

"마이크!" 스칼릿이 외쳤다. 그녀와 뉴버리는 동시에 고개를 돌려 무대를 바라봤다. "우리도 용의자도 그 여자가 누군지 몰라. 하지만 전 세계가 지켜보는 바로 그 순간, 그 여자가 틀림없이 나타날 단 하나의 장소가 어딘지는 알아. 마이크가 있는 곳이야." 스칼릿의 목소리는 단호했다. 그녀는 두 사람의 머리 위쪽에 있는 서까래를 또 올려다봤다. "경비원은 뭐래?"

"부서진 창문이 있는지는 모르겠대요. 하지만 홀 맨 끝에 있는 문을 통해 지붕밑으로 올라갈 수 있고, 계단 옆에 있는 상자에 안전 장비가 있다고 했어요." 뉴버리는 스칼릿이 뭔가 기대하는 얼굴로 그를 쳐다본다는 걸 알고 왜 그러는지 궁금했다. "왜요?"

"고소공포증 없지?"

****

"자, 난 이렇게 죽는구나." 뉴버리가 중얼거렸다. 그는 첫 번째 들보를 따라 걷다가 밧줄을 분리해 그 다음 들보에 걸고, 두 번째 들보에서 같은 동작을 반복했다.

그것은 전에 친구들과 갔었던 숲속 모험 코스에서 사용한 기술과 같은 원리였다. 밧줄과 늘 연결되어 있으므로, 최악의 경우 떨어지더라도 안전 장치가 몸에 고정되어 있어서 공중에 대롱대롱 매달리게 되어 있었다.

"빨리하라니까!" 스칼릿이 저 아래서 재촉했다.

"거 참 정말 도움이 되네요! 고마워요!" 뉴버리는 아래를 내려다보며 대답했다. 그가 목제 들보 위에서 외줄타기를 하는 사람처럼 조심조심 앞으로 나아가자 저 밑에서 구경꾼들이 점점 모여들었다.

어느새 뉴버리는 절반만큼 왔다. 이젠 돌아가려야 돌아갈 수 없었다. 뒤를 돌아얼마나 멀리까지 왔는지 확인하자 다리가 덜덜 떨렸다.

****

"젠장! 쿠퍼다! 쿠퍼가 온다!" 누가 다급히 속삭이자 몰려든 사람들이 뿔뿔이 흩어졌다. 쿠퍼 경위가 험악하게 인상을 쓰며 홀 안으로 성큼성큼 들어오자 스칼릿은 아무 일 없었다는 듯 미소를 지었다. 그는 뉴버리가 목숨 걸고 들보를 꽉 붙잡은 바로 밑에서 걸음을 멈췄다.

"딜레이니 형사." 쿠퍼가 스칼릿에게 인사했다. "새로운 소식은?"

"수색견을 투입해서 확인했는데, 수상한 점은 없습니다. 정문에 금속 탐지기도 설치했고, 감시팀도 모두 준비되었습니다. 현재 용의자의 범행 수법을 확인하는 중인데, 좀 더 파악되면 말씀드리겠습니다."

쿠퍼는 과장된 몸짓으로 시계를 보며 몇 시인지 확인했다. "너무 오래 생각하진 마."

스칼릿은 미소를 지으며 고개를 끄덕였다. 그렇게 해야 쿠퍼가 좋아하기 때문이었다. "다른 형사에게 더 알아보라고 했고, 지금도 확인하는 중입니다."

쿠퍼는 말없이 휙 돌아서 다른 곳으로 갔다. 스칼릿은 그가 모퉁이를 돌아 사라질 때까지 기다렸다가 뉴베리에게 소리쳤다. "좋아! 계속해!"

⸸⸸⸸⸸

뉴베리는 목적지를 향해 조금씩 나아갔다. 햇살이 창문을 통해 환하게 비치며 뉴베리가 아슬아슬하게 이동하고 있는 목제 들보에 그림자를 드리웠다. 목적지까지 아직 5미터 남았지만, 제대로 찾아왔다는 느낌이 들었다.

"여기 유리창 하나가 깨져 있어요!" 뉴베리는 아래를 내려다보며 외쳤다. 무대 바로 윗부분에 이르자 자신감이 점점 더 커졌다.

"다른 건 없어?" 스칼릿이 외쳤다.

"잠깐만요!" 뉴베리는 그의 앞길을 가로막은 수직 버팀목을 무사히 넘어가, 거기에 설치된 단순하게 생긴 도르래를 찾아냈다. 그의 시선은 발아래에 돌돌 말린 와이어 줄에서 서까래를 지나 창가에 불안정하게 놓여 있는 배낭 세 개로 옮겨갔다. "도르래가 있어요… 가방도요."

"가방엔 뭐가 있어?"

"아직 모르죠!" 뉴베리는 일회용 야광봉 옆에, 작고 날카로운 칼날이 촘촘하게 박혀 있는 와이어가 둥글게 감겨 있는 걸 보고 얼굴을 찡그렸다. 한편, 커다란 조명 중 하나에 연결된 전선이 늘어져 있었다. "용의자가 여기 배선을 좀 바꾼 것 같아요!"

"만지지 않는 게 좋겠어!" 스칼릿이 충고했다.

"이게 뭔지는 알아봐야죠!"

"알았어. 난 저쪽으로 간다. 조심해!"

뉴버리는 무대에 있던 스칼릿이 자리를 옮길 때까지 기다렸다가, 늘어진 전선 두 개를 잡고 머뭇거리며 조심스레 연결했다… 그러자 이 건물 어디에선가 쾅 하는 소리가 나더니 홀 안의 모든 조명이 꺼지면서 두 사람을 쾌적한 자연광 속에 놓았다.

"흠." 뉴버리는 어깨를 으쓱했다. "이제 알았어요."

++++

"오줌 마려워요!" 뉴버리는 아래를 내려다보며 소리쳤다. 스칼릿이 헨리의 계획을 짜 맞추는 동안 그는 저 위에서 오도 가도 못하고 있었다.

성질 고약한 경비원이 퓨즈 박스를 찾아 전기를 복구하는데 거의 15분이 걸리긴 했지만, 어쨌든 조명은 다시 들어왔다.

"5분만 더 기다려!" 스칼릿은 뉴버리에게 약속했다. 그녀는 방금 그린 밑그림 위에 새로운 그림을 그리고 또 그렸다… 완성된 스케치를 재차 확인하고 흥분하여 눈이 점점 커졌다. "알아냈다! 알아냈어!" 스칼릿은 기뻐서 펄쩍펄쩍 뛰며 소리쳤다. "그냥… 거기서 기다려!" 스칼릿은 문을 향해 달려가며 뉴버리에게 지시했다.

++++

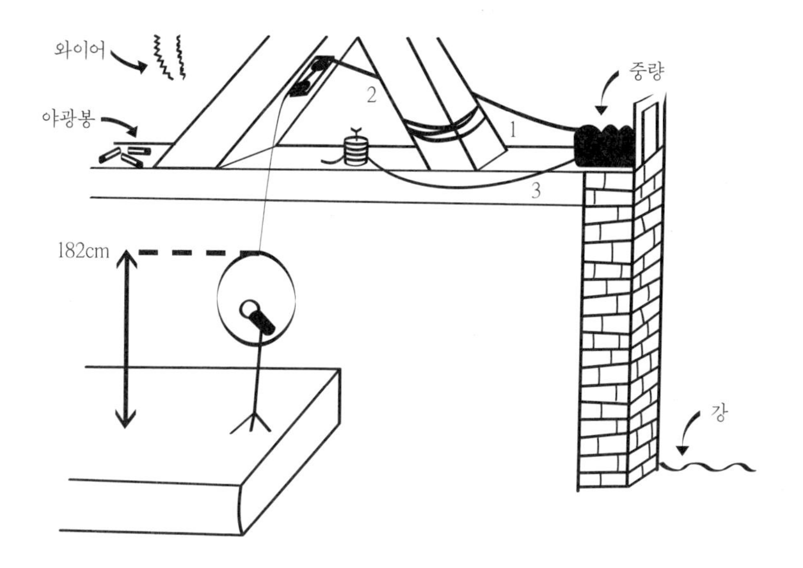

쿠퍼는 스칼릿이 그린 스케치를 보더니, 다시 그녀를 보며 얼굴을 찌푸렸다. "이건 뭐지?"

"이것은 우리가 있는 곳 위의 모습입니다." 스칼릿은 쿠퍼에게 그렇게 설명하면서 휴대전화를 들어 보였다. 뉴버리가 서까래 옆에서 눈에 보이는 광경을 그녀의 휴대전화로 스트리밍하고 있었다. "배낭 세 개가 하나로 단단히 묶여 있습니다. 가방 속은 금속 물체로 채워져 아주 무거운 중량을 갖고 있으므로 무게추 역할을 합니다. 이 무게추에는 긴 와이어가 세 개 연결되어 있었고요." 스칼릿은 조금 전뉴버리가 아래로 떨어뜨려준 와이어 조각을 쿠퍼에게 건넸다. "와이어는 믿을 수 없을 만큼 튼튼하고 얇아서 육안으로는 쉽게 찾아낼 수 없습니다."

쿠퍼는 의심스럽다는 듯 그 와이어를 잡아당겼다가, 스칼릿의 설명을 듣고 있던 다른 형사에게 넘겼다. "1번 와이어는 서까래에 고정되었고, 무게추를 붙잡아 두는 역할을 합니다. 2번 와이어는 무게추에서 시작되어 도르래를 거쳐 내려와 무대 위의 커다란 올가미와 연결되었습니다."

쿠퍼는 이번에도 믿지 못하겠다는 표정이었다. 그러자 스칼릿은 아까 아무 생각 없이 목에 둘렀던 실크 스카프를 풀어 마이크가 있는 곳으로 던졌다. 스카프는 와이어에 있는 올가미에 걸렸다. 하지만 와이어는 잘 보이지 않을만큼 얇았으므로 올가미는 마치 공중에 매달린 듯했다. 그제야 흥미가 생긴 쿠퍼는 햇빛을 받아 반짝이는 와이어를 잘 볼 수 있도록 그쪽으로 조금 더 가까이 다가갔다. "아, 이젠 보이는군."

"헨, 아니 데블린 역시," 스칼릿은 무심코 나온 말을 재빨리 정정했다. "우리처럼 그 환경운동가가 나온 영상을 분석했을 겁니다. 그는 목표물의 키가 172센티미터를 넘지 않는다는 걸 알죠. 그래서 와이어를 무대 위 약 182센티미터 높이에 오게끔 내리고, 그 얇은 와이어줄에 커다란 올가미를 매달고 마이크에 느슨하게 연결하여 그녀가 올가미 안으로 들어오도록 했습니다."

"그럼, 3번 와이어는 뭐지?" 쿠퍼는 스칼릿이 그린 그림을 다시 보며 질문했다.

"그것도 말씀드릴게요. 전 세계가 지켜보는 가운데, 오늘의 주인공이 무대에 올라 마침내 정체를 밝힙니다. 한편, 저 위에 있는 데블린은 야광봉을 준비합니다. E.W.의 정체가 밝혀진 후에 전선 두 개를 연결해 퓨즈가 나가게 만들어 행사장 전체를 정전시킵니다. 그 다음 1번 와이어를 잘라 무게추가 되는 배낭이 창문을 넘어가 밑으로 떨어지게 합니다. 그와 동시에 주인공의 목에 걸린 올가미가 팽팽하게 당겨져 그녀는 순식간에 공중으로 들어 올려집니다."

스칼릿은 페이지를 넘기고 낙서하듯 그린 두 번째 그림을 제시했다.

"그녀의 몸은 위로 끌려 올라갑니다. 강으로 떨어지던 무게추가 돌연 공중에서 멈춥니다. 그녀는 목이 부러지거나 질식해 죽습니다. 데블린은 야광봉 불빛을 이용해 3번 와이어를 피해자의 팔이나 다리에 연결합니다. 희생자의 얼굴에 갈까마귀 연쇄 살인범의 특징인 긁힌 상처도 내지요. 실크 스카프 섬유 조각을 남길 수도 있고요. 그리고 날카로운 칼날이 박혀 있는 와이어로 목을 자릅니다. 절단되는 순간, 목은 바로 무대로 떨어집니다. 그러면 2번 와이어가 풀리면서 무거운 무게추는 강으로 떨어집니다. 그때 3번 와이어에 연결된 목 없는 시신도 같이 강으로 떨어지죠."

"행사장은 아직 캄캄합니다. 데블린은 장비도 수거해 강물에 빠뜨립니다. 안에서 창문을 잠그고 조심스럽게 서까래를 따라 이

동해 계단으로 내려와 관객 사이에 섞입니다. 불이 다시 들어오면 소스라치게 놀란 척하겠죠. 불과 몇 분 만에 행사장을 가득 메운 사람들 앞에서 한 여성의 목이 잘리고 시신은 온데간데없이 사라집니다. 갈까마귀는 이렇게 사람을 또 죽입니다."

저 위 서까래 쪽에서 박수가 터져 나왔지만, 쿠퍼는 스칼릿이 그린 스케치에서 무대 쪽으로 시선을 돌리느라 그 소리를 듣지 못했다. 아직 확신하지 못한 듯했다. "굉장히 복잡한데."

"불가능한 살인 사건은 보통 그렇습니다." 스칼릿이 설명했다.

"자네 설명이 옳다고 생각해?"

"네."

쿠퍼는 고개를 끄덕였다. "자네가 알아낸 사실을 반박할 수 없으니 우선은 믿어보도록 하지. 감시팀에게 저 위에 카메라를 하나 더 설치하라고 해. 난 해경에 연락해서 강에 보트를 대기시켜 놓으라고 하겠네. 데블린이 그쪽으로 탈출할 경우를 대비하는 거지. 데블린 몰래 도르래를 무용지물로 만들 방법이 있을까?"

"2번 와이어를 한 번 자르면 됩니다." 스칼릿이 대답했다.

"그렇게 하도록. 난 경비원과 전기 배선에 관해 얘길 해봐야겠어. 다른 기술자를 들여보내야 할 수도 있으니까. 수고했네."

쿠퍼는 시간 낭비를 싫어했으므로 즉시 작업에 착수했다. 그동안 깜박 잊고 있던 뉴버리가 저 위에서 외쳤다. "…이제 내려가도 돼요?"

****

오후 6시 55분. 스칼릿은 보안 검색대를 통과해 안으로 들어왔다. 창고 내부는 불과 한 시간 전 모습과는 딴판으로 변해 있었다. 입구 홀 천장에 걸려 있던 지저분한 흰색 천은 이젠 분홍색과 파란색으로 곱게 물든 커다란 돛으로 바뀌었다. 은은한 배경 음악이 흐르는 가운데 대화 소리가 활기찼다. 이 행사에 고용된 수많은 사람들은 각자 맡은 구역에서 작업을 마무리하며 손님들을 기다렸다. 파파라치 수십 명도 어김없이 나타나 행사장 바깥 거리를 점령했다.

이 유명한 환경운동가의 계획은 그녀가 바랐던 대로 미디어의 취재 열풍을 불러일으켰다. 수많은 연예인과 유명 인사들은 파티가 시작되기 직전 이 행사에 초대받았음을 SNS로 알렸고, 무엇을 입을지 행복한 '고민'에 빠져 있다고 자랑했다.

스칼릿이 호텔에서 갈아입은 적갈색 드레스는 그녀가 무척 좋아하는 옷이었지만, 전에 입었던 빅터 & 롤프 명품 드레스와는 비교도 되지 않았다. 그 드레스는 힐튼 호텔 쓰레기장 어딘가에 처박혀 있었다. 스칼릿은 몸을 움츠렸다. 그 일을 떠올리면 아직도 기분이 너무 끔찍했다… 그리고 자연스럽게 프랭크 생각이 났다. 그는 프란체스카 라벨르의 옷장 밑에서 스칼릿의 가방을 발견했지만, 여느 때처럼 그녀의 흔적을 숨겼다. 프랭크는 언제나 그랬듯이 지금도 스칼릿의 옆에 서 있었어야 했다.

그때 뉴버리가 몸에 맞지 않는 정장을 입고 조금 불편해하며 스칼릿에게 왔다. "이거요." 그는 고개를 끄덕여 인사하고 스칼릿에게 이어피스를 건넸다. 그녀는 이어피스를 귀에 끼우고 머리카락으로 가렸다.

"보고할 거 있어?" 스칼릿이 물었다.

뉴버리는 재킷 팔 부분에 코를 대고 냄새를 킁킁 맡았다. "이 옷을 입고 죽은 사람이 있는데, 아직 범인을 못 잡았대요."

스칼릿은 키득키득 웃었다. "계획은 잘 알고 있지?"

"공식 계획요? 아니면… 비공식 계획요?"

"둘 다."

"둘 다 빠삭하게 꿰고 있어요." 뉴버리는 자신했다. 두 사람은 정문으로 시선을 돌렸다. 첫 번째 손님들이 도착하자 카메라 플래시가 번개처럼 터지며 유리문을 환하게 비췄다.

스칼릿은 심호흡을 하며 마음을 가라앉혔다. "이제 시작이야."

38장

검은 넥타이/하얀 거짓말

오후 7시 24분. 레모네이드를 담은 와인 잔을 손에 든 스칼릿은 여기저기 서로 어울리는 손님들 사이를 지나다녔다. 그녀는 나비 넥타이를 한 사람들과 화려한 드레스를 입은 사람들의 얼굴을 유심히 살피고, 서로 다른 내용의 대화를 조금씩 엿들었다. 그 유명한 환경운동가의 정체를 밝힐 단서와…, 헨리를 찾기 위해서였다.

입구 홀은 오늘 밤 행사를 위해 리셉션 전용공간으로 멋지게 탈바꿈했다. 주 행사가 열리는 공간으로 통하는 출입구들은 아직 봉쇄되어 있었고, 턱시도를 입은 손님들이 소 떼처럼 빼곡하게 들어차자, 그들에게는 환영 음료와 카나페가 제공되었다

스칼릿의 귀에 무전기 소리가 지직하고 들리자 걸음을 멈췄다.

"쿠퍼, 여기는 감시팀. 오버."

"듣고 있다."

"지금 현장에 있는 손님은 162명입니다. 세팅은 180명입니다. 6

명은 '참석 불가'를 통보해 왔습니다. 그들은 제외하고, 초대받은 하객의 동행인들을 포함시켜서 계산해도 아직 6명의 행방이 확인되지 않습니다."

"알겠다. 이상."

오후 7시 44분. 왁자지껄한 대화 소리는 손님들의 술기운에 영향을 받은 데다가, 높은 벽에 막히고 자연스러운 음향 효과가 더해져 듣기 불편할 정도로 커졌다. 바로 그때, 행사 공간으로 들어가는 문이 예고 없이 일제히 열렸다. 지나치게 흥분한 하객들은 주 행사장으로 쏟아져 들어갔다. 스칼릿과 형사들 몇 명은 뒤에 남아 바에서 음료를 기다리거나 파트너가 화장실에서 돌아오길 기다리는 다른 하객들을 예의 주시했다.

스칼릿은 가방에서 휴대전화를 꺼내 통화하는 척하면서 귀에 낀 송신기를 눌렀다. "해리스와 노턴, 여기는 딜레이니. 홀까지 이동하라. 난 여기 밖에 있겠다."

해리스와 노턴은 자연스럽게 음료를 들고 자리를 이동했다.

오후 8시. 행사장 직원이 아닌 하객으로 위장한 얼마 안 되는 경찰 중 하나인 스칼릿은 빈자리를 찾아 앉았다. 행사가 열리기 직전에 초대받았으므로 시간에 맞춰 준비하지 못한 사람들이 있을 수밖에 없었다. 그녀는 전혀 배고프지 않았다. 시간이 갈수록 속이 답답했지만, 다른 하객들 사이에 섞여 있지 않으면 의심스러워 보일 것 같았다.

스칼릿은 무대 위 어둑어둑한 서까래를 올려다봤다. 그녀는 다른 사람들도 서까래가 있는 위쪽만 멍하니 바라보고 있다는 사실을 깨닫자, 조금이나마 위안이 되었다. 그때 서빙 직원들이 주방에서 우르르 몰려나왔다. 그들은 기름 친 기계처럼 매끄럽게 움직이며 거의 동시에 접시들을 테이블에 올려놓았다.

"성함이 어떻게 되시죠?" 스칼릿의 왼쪽에 앉은 붉은 얼굴의 남자가 악수를 청하며 이름을 물었다.

"스칼릿… 애쉬." 스칼릿은 미소를 지으며 대답했다. 그렇게 대화가 시작되었고, 어떤 얘기를 꺼낼지는 이미 준비되어 있었다.

오후 8시 28분. 배가 아까부터 고팠지만, 허기를 느끼지 못하던 스칼릿은 태국을 주제로 한 전채 요리와 주요리를 깨끗이 비웠다. 그동안 아무 정보도 듣지 못해 귀가 윙윙거리던 그녀는 초조한 마음에 바닥을 발로 톡톡 두들겼다. 이쯤 됐으니 다 끝났길 바라며 실내를 둘러보고 지붕 밑 공간을 또 올려다봤다.

"와인 드릴까요?"

"네?" 스칼릿이 돌아보자 어떤 남자가 값비싼 레드와인 병을 와인 잔에 가까이 댔다. 그녀는 바로 거절하려 했지만, 그동안 불안한 나머지 테이블보를 자꾸 긁어대다가 그만 구멍을 냈다는 걸 알았다. 긴장을 가라앉힐 게 필요했다. "네… 부탁합니다."

오후 8시 48분. 디저트까지 다 먹은 하객들은 이미 바와 갤러리 전시장을 향해 일렬로 줄을 서서 들어가고 있었다. 스칼릿은 텔레비전에서 얼핏 봤던 사람들이 자리에서 하나둘씩 일어나는 모습을 바라봤다. 주 행사가 이제 코앞인데 헨리는 도대체 어디에 있는 것인지 궁금해졌다. 놓쳤다는 확신이 든 그녀는 양해를 구하고 테이블을 떠나 남몰래 손가락을 이어피스에 대고 살짝 눌렀다.

"감시팀, 여기는 딜레이니."

"말씀하십시오."

"새로운 단서 없습니까?" 답답한 나머지 스칼릿의 목소리는 날카로웠다.

"없습니다. 리셉션 공간에서 그 여자일 가능성이 큰 사람을 20명 이상 찾았는데, 모두 자리에 앉아 식사 중입니다."

"그럼, 계속 살펴 주세요!" 무전 교신을 서둘러 마친 스칼릿은 발길 닿는 대로 무작정 걷다가, 모퉁이를 돌자마자 어떤 사람과 정면으로 부딪쳤다. "정말 죄송—" 스칼릿은 말을 멈췄다. 너무 놀라 입이 떡 벌어졌다. 그녀의 앞에는, 눈에 확 띄는 짙은 청색 턱시도를 입은 채 사람들의 시선을 피하려는 기색도 없이 당당히 서 있는 헨리가 있었다. 스칼릿은 그를 뚫어지게 바라보지 않을 수 없었다.

"딜레이니 형사님." 헨리는 미소를 지었다.

스칼릿은 너무 놀란 나머지 한 걸음 뒤로 물러나 귀에 꽂은 이어피스로 무전 교신하려 했지만, 그전에 헨리가 그녀의 팔을 붙잡았다. "그건 곤란하죠." 헨리는 스칼릿을 기둥으로 밀어붙여 그녀와 가슴을 맞대고 서서 두 손을 등 뒤로 잡아 꼼짝 못 하게 했다. "뭘 하려고요?" 스칼릿은 그를 밀어내려고 안간힘을 썼다. "진정해요. 난 당신을 해치지 않아요."

스칼릿은 헨리에게서 벗어나기를 포기하고 그를 노려봤다. 이마에 와닿는 헨리의 숨결에서 익숙한 목단향과 위스키 향이 살짝 나는 듯했다.

"여긴 어떻게 들어왔죠?" 스칼릿이 물었다.

"음, 한두 번도 아닌 걸요."

"성공 못 할 거예요." 스칼릿은 의기양양한 말투로 딱 잘라 말했다. "우린 도르래, 가방… 올가미도 다 찾았어요."

"우리가 찾았다고요?" 헨리는 믿지 못하겠다는 말투였다.

"내가 찾았어요."

헨리는 씩 웃었다. "당신이라면 찾았을 거예요."

"네, 다 끝났어요."

"네, 맞아요. 그전에 이미 끝났어요." 헨리에게서 힘 빠진 듯한 대답을 듣자 스칼릿은 마음이 조금 누그러졌다. 두 사람은 남의 눈에 띄지 않고 어두운 구석에 계속 서 있었다. "난 그 여자를 죽이러 온 게 아니에요."

그때 술에 취한 여자들 몇 명이 다가왔다. 화장실에 가는 듯했다. 그들이 지나쳐 갈 때까지 스칼릿과 헨리는 어둠 속에서 서로 밀착한 채 아무 말도 하지 않았다.

"도와달라고 소리칠 수도 있었을 텐데." 그 여자들이 저만치 멀리 가자 헨리가 말했다.

"당신 대답부터 듣고 소리칠 거예요."

"그러지 말아요." 헨리가 말했다. "우린 아직 친구잖아요."

"내가 당신 쏜 거 잊었어요?"

"용서했어요. 잊지는 않았고요."

"아주 제멋대로 생각하는군요." 스칼릿은 그녀를 꽉 붙잡은 헨리에게서 벗어나려 몸부림쳤다.

헨리는 몸을 뒤로 젖혀 스칼릿을 바라봤다. "오늘 정말 아름다워요."

"당신은 살이 좀 붙었군요." 스칼릿이 톡 쏘아붙였다.

"붕대 때문이겠죠."

스칼릿은 헨리에게서 눈을 돌려 무대 쪽을 바라봤다. 무대 주변에 사람들이 모여들기 시작했다. "이 사람을 죽일 때 조건은 뭐였어요?"

헨리는 무표정했다.

"장신구, 반지, 할퀸 자국, 성형 수술." 스칼릿은 예를 들어가며 설명했다. "자, 갈까마귀의 많은 '특징' 중에서 이번엔 뭐가 해당해요?"

"관객." 헨리가 대답했다. "가능한 한 많은 관객 앞에서. '자연을 보호한답시고 주제 파악도 못 하고 날뛰는 테러리스트들 모두'에게 보내는 메시지죠. 내 말이 아니라, 의뢰한 고객이 한 말이에요."

"그 여자를 죽이러 온 게 아니라면 여긴 왜 있는 거죠?"

"당신 때문에." 헨리의 대답은 단순했다. "작별 인사를 하려고요."

"작별 인사?" 스칼릿의 목소리에는 자기도 모르게 절망하는 기색이 느껴졌다.

헨리는 미간을 찌푸리며 고개를 끄덕였다. "마지막으로 할 일이 하나 남았어요. 우리 둘을 위해서예요. 그런 다음… '다음'이 있을지는 모르겠지만, 돌아오지 않을 겁니다." 그는 슬픈 얼굴로 스칼릿을 바라봤다. "프랭크 일은 정말 미안해요." 스칼릿이 또 그를 밀어내려고 하자 헨리는 그녀의 팔을 더 세게 잡았다. "우발적인 사고라는 걸 알잖아요. 당신은 알고 있잖아요. 난 마음만 먹으면 프랭크를 열 번도 죽일 수 있었어요. 하지만 그렇게 하지 않았어요. 그저 빠져나가려 했을 뿐이에요."

스칼릿은 고개를 돌렸다. 마스카라가 번져 검은 눈물이 흘러내렸다.

"당신도 알고 있었죠?" 헨리는 했던 말을 반복하며 무대를 훑끼 바라봤다. 기대감에 가득 찬 관객들이 모여들고 있었다. "그 말을 하려고 여기 왔어요. 또 그들이 이번 일을 다른 청부업자들에게 맡겼다는 사실도 알려주려고요. 곧 아수라장이 벌어질 겁니다. 당장 여기서 멀리 떠나는 게 좋아요." 스칼릿이 혼란스럽다는 표정을 짓자, 헨리는 테이블을 정리하는 웨이터를 턱으로 가리켰다. "이곳은 암살자들이 가득해요. 긴 회색 머리를 포니테일로 묶은 남자 보여요?

"네."

"버건디색 턱시도를 입은 덩치 큰 남자는요?"

"보여요."

"저 털북숭이는 스코틀랜드 다리 위에서 날 죽이려 했죠."

그때, 노출이 심한 의상을 입은 칵테일 웨이트리스 한 명이 음료 쟁반을 든 채그들 옆을 천천히 지나갔다. 그 웨이트리스는 헨리를 보자 조심스럽게 고개를 끄덕이며 인사했다. "헨리."

"크리스티나." 헨리도 인사했다. 헨리는 그 여자가 계속 걸어갈 때까지 기다렸다가 다시 스칼릿을 바라봤다. "무슨 말인지 알겠어요?!" 그는 한숨을 쉬었다. "이제 당신을 놓아줄게요. 알았죠?"

"즉시 팀원들을 불러와 당신을 체포하겠어요."

헨리는 미소를 지었다. "그러지 말아요." 그는 스칼릿을 뚫어지게 바라보다가 아주 천천히 다가와 눈을 감고 입술을 열었다. 스칼릿의 숨이 가빠졌다. 그는 마지막 순간에 움직임을 멈추고 스칼릿의 이마에 부드럽게 키스했다. "잘 지내요. 딜레이니 형사님."

헨리는 스칼릿의 팔을 놓고 한 발짝 물러섰다. 스칼릿은 동료들에게 연락하기 위해 이어피스로 손을 올렸지만, 왠지 망설이며 손을 떨었다.

바로 그 순간 찢어지는 듯한 총성이 행사장을 가득 채웠다. 사방에 비명과 고함이 뒤섞인 불협화음이 울려 퍼졌고, 겁에 질린 손님들이 도망치는 발소리에 바닥이 울렸다.

헨리는 짜증 난다는 듯 눈을 굴리며 혀를 쯧쯧 찼다. "빌어먹을 아마추어들." 수많은 사람이 한꺼번에 정문으로 몰려가자 헨리는 그 속에 묻혔다. 스칼릿은 그가 조금 전까지 서 있던 곳으로 달려갔지만, 물밀 듯 밀어닥치는 사람들 때문에 그를 찾지 못했다.

"딜레이니 형사님!"

스칼릿은 이어피스에 손을 댔지만, 그 목소리는 거기서 나오는 게 아니었다. 그녀는 사람들을 밀치고 눈앞의 한 젊은 형사에게 나아갔다. "무슨 일이야?"

"여자 한 명이 죽고, 남자 한 명을 붙잡았어요."

"보여줘."

스칼릿은 허둥지둥 몰려가는 사람들 사이를 뚫고 그 당황한 형사를 따라 초록색 카펫이 깔린 곳으로 갔다. 버건디색 턱시도를 입은 남자가 제압당해 바닥에 엎드려 있었고, 하객 몇 명이 칵테일 웨이트리스의 시신 주위에 모여 있었다. 바닥에 피를 흘리며 쓰러져 있는데도 여전히 아름다웠다. 쿠퍼가 무전기로 목 터지게 소리치며 명령을 내렸지만, 스칼릿은 머릿속을 울리는 프랭크의 목소리에 더 주목하기 위해 이어피스를 뺐다. '19번 규칙, 어떤 사람이 누군가 죽었다고 알려주면 일단 무시해. 그 자식이 진짜 죽었는지 직접 확인해.'

스칼릿은 시신 옆으로 걸어가 무릎을 꿇고 두 손가락으로 동맥을 눌러 봤지만, 혈액이 흐르지 않았다. 하지만 자세히 보니, 총알 하나가 죽은 여인의 두 눈 사이를 정확히 관통했다. 스칼릿은 그녀가 조금 전에 지나갔던 바로 그 웨이트리스라는 걸 알아봤다.

"그분이에요." 눈물을 흘리며 모여든 손님 중에 어떤 여성이 울먹이는 목소리로 중얼거렸다.

"그녀는 우리에게 대단한 영감을 주는 사람이었어요." 반짝이는 푸른색 드레스를 입은 그 여성의 친구가 맞장구쳤다.

"실례합니다. 혹시 이 여자분을 아십니까?" 스칼릿은 바닥에 무릎을 꿇은 채 물었다.

"개인적으로는 몰라요. 하지만 그분이 바로 E.W.예요."

"맞아요." 어떤 남자가 아내를 위로하며 끼어들었다. "저도 그렇게 들었습니다. 그분이에요."

그 말을 듣고 더욱 당황한 스칼릿은 쓰러진 여인의 몸을 더듬으며 수색하다가, 허리 밴드에 숨겨져 있던 칼을 발견했다. "그 얘긴 누구에게서 들으셨습니까?" 스칼릿은 이미 그 답을 알 것 같았다.

"잘생긴 남자였어요. 진청색 정장 차림이고요." 남자가 대답했다.

"네, 저도요." 울먹이는 여자가 말했다.

"저도요." 다른 사람도 대답했다.

스칼릿은 발치에 쓰러진 암살범을 내려다보며 이 상황에 어울리지 않는 미소를 짓지 않으려 애썼다.

****

행사장을 꽉 채웠던 손님들이 거리로 우르르 몰려나오자, 뉴버리는 피우던 담배를 툭 던졌다. 귀에 낀 이어피스는 무전 교신이 서로 겹쳐 무슨 말인지 알아들을 수 없었다. 대기 중이던 기자들 쪽으로 수많은 사람이 밀물처럼 밀려들었다. 기자들은 흥미로운 기삿거리가 생긴 걸 보고 이게 웬 횡재냐 하며 기뻐했다.

행사가 진행되는 동안 길 건너편에 비공식적으로 배치된 뉴버리는 행사장 안에서 무슨 일이 벌어졌는지 확실히 알 수 없었다. 하지만 다른 사람들과 반대 방향으로 혼자 침착하게 움직이는 인물이 그의 눈에 띄었다. 뉴버리는 그 남자를 몰래 따라갔다. 그때 두 사람 사이를 경찰차 여러 대가 쏜살같이 달려갔다. 너무 멀리 떨어지기 전에 그 남자의 정체를 확인해야 했다.

"서둘러, 이 새끼야. 뒤돌아봐." 뉴버리는 아수라장이 된 뒤쪽을 불안하게 살피며 조그맣게 중얼거렸다. "어서."

그때, 헨리는 아주 잠깐 뒤를 돌아봤다.

하지만 그걸로 충분했다. 뉴버리는 길을 건넌 뒤 일정하게 거리를 유지하며 목표물을 따라 모퉁이를 돌고 자갈길을 걸어 도심으로 향했다.

갤러리 총격전

쿠퍼는 스칼릿에게 자기 옆에 서서 팀원들에게 하고 싶은 말이 있는지 물어봤다. 어쨌든 그건 스칼릿의 작전이기도 했기 때문이었다.

스칼릿은 거절했다.

침몰하는 배의 선장이 그렇게 관대하게 굴다니 정말 이상했다. 쿠퍼는 익사할 것이고, 스칼릿은 미소 띤 얼굴로 고개를 끄덕이며 그가 물속으로 사라지는 모습을 바라볼 터였다.

현장 감식반이 도착하길 기다리는 동안 칵테일 웨이트리스의 시신은 쓰러진 자리에 그대로 있었고, 전시용 금속 액자들은 시신 가림막으로 용도가 바뀌었다. 창고 바닥에서 차갑게 식어가는 그 시신이 사실은 그 유명한 환경운동가가 아니라는 사실을 아는 사람은 스칼릿뿐이었다. 스칼릿은 그 사실을 서둘러 밝힐 생각은 없었다.

쓸쓸하게 무대에 오른 쿠퍼는 부하들을 바라보며 무거운 한숨을 쉬었다. 스칼릿은 그가 굳세게 버틸지, 실패를 인정하고 결과를 받아들일지, 또는 다른 곳으로 책임을 돌릴지 잠시 궁금해졌다.

"음, 이번 작전은 전례 없는 완전 개판으로 끝났어!" 쿠퍼가 입을 열었다. 스칼릿은 그의 말을 듣던 중 휴대전화가 진동하자 밖으로 빠져나왔다.

"뉴버리?" 스칼릿은 걱정스럽게 전화를 받았다.

"트래펄가 광장, 내셔널 갤러리."

스칼릿은 곧장 문을 향해 뛰어갔다. "10분 내로 갈게."

ᐩᐩᐩᐩ

커다란 달이 환한 조명처럼 이 도시를 비췄고, 사람들을 대피시켜 텅 비어버린 트래펄가 광장은 그 무대가 되었다. 스칼릿은 경찰 통제선 밑으로 몸을 숙이고 들어가 넓게 펼쳐진 광장으로 걸어갔다. 호레이쇼 넬슨 동상은 광장에 홀로 우뚝 솟은 기둥 위에서 이 모든 걸 지켜봤다.

스칼릿은 분수대 주변을 돌고 있는 사람에게 다가갔다. 그때 푸른색 경광등을 단 경찰차가 조용히 나타나더니 출입통제구역 너머에 주차된 다른 경찰차들에 합류했다.

"무슨 상황이야?" 스칼릿이 뉴버리에게 물었다.

"그 사람은 아직 안에 있어요. 들어가거나 나온 사람은 없어요." 스칼릿의 부사령관 역을 맡은 뉴버리가 답했다. 그는 시간이 얼마 없었는데도 런던의 주요 도로 하나를 봉쇄하는 놀라운 일을 해냈다. "무장 경찰들이 옆에서 대기하고 있어요. 팀장 이름은 필즈고요."

"전에 본 적 있어." 스칼릿은 심드렁하게 말했다.

"2번 채널이에요." 뉴버리는 그녀에게 무전기와 낡은 컨버스 운동화 한 켤레를 건넸다. "만약을 대비해 헬리콥터가 공중에서 대기 중이에요."

"고마워." 스칼릿은 하이힐을 벗고 편한 운동화로 갈아 신었다. "그가 누굴 만나는지 내가 두 눈으로 직접 확인할 때까지 아무도 움직이면 안 돼."

"그가 누굴 만난다고요?" 늘 변화무쌍한 스칼릿의 계획을 다 따라잡지 못한 뉴버리가 궁금해했다.

"좋아." 스칼릿은 웅장한 입구를 바라보며 볼을 부풀렸다. "나 이제 들어간다."

++++

헨리는 내셔널 갤러리의 복잡한 복도를 홀로 지나갔다. 낮 동안 이곳은 예의 바른 관람객들의 침묵으로 가득한 곳이었다. 지금은 적막이 흐르고 교회 내부처럼 경건했으며, 화려한 벽에 줄지어 걸린 죽은 이들의 얼굴은 매서운 눈초리로 헨리를 노려봤다.

2층에 올라간 그는 이 건물의 가장 큰 전시실로 향했다. 출입구에는 리누스가 이미 기다리고 있었다.

"어젯밤 안 좋은 일 있었어?" 헨리는 그의 얼굴에 새로 생긴 화상 자국을 보자 가볍게 질문을 던지고 두 팔을 들어 리누스가 몸을 수색하게 했다. "아프겠는데. 하지만 긍정적으로 보자고. 좌우 대칭인 얼굴이 가장 아름답다잖아."

리누스는 아무런 반응 없이 몸수색을 마치고 헨리를 들어가게 했다.

“아주 재미있을 거야.” 리누스는 조용히 속삭이며 문가에 다시 섰다. 헨리는 혼자 전시실 안쪽으로 계속 걸어갔다.

전시실이라기보다 궁전 같은 32번 전시실의 화려한 붉은 벽은 밤하늘의 별빛에 대조되어 불타오르는 듯했다. 벽에 걸린 황금빛 액자 속 명화들은 저 멀리까지 이어졌다. 헨리는 레베카가 앉아 있는 벤치로 천천히 다가갔다. 소피아는 왼쪽 출구에서 서성였고, 펠릭스는 전시실 맨 끝을 지켰다. 헨리는 레베카가 일어나리라 생각하고 잠시 머뭇거렸지만… 그녀는 꼼짝도 하지 않았고 그의 존재를 의식하지도 않았다. 헨리는 망설이며 레베카 옆에 앉았다. 몇 분 동안 두 사람은 주변의 호화로운 그림들을 감상하며 아무 말 없이 앉아 있었다.

“이번 일을 통해 눈에 띄지 않게 교묘히 처리해야 한다는 훌륭한 교훈을 얻었네.” 마침내 레베카가 입을 열었다. “뉴스에 다 나왔어.”

“저와는 관계없어요.” 헨리가 말했다. “전 그렇게 엉망진창으로 처리하지 않아요.”

그제야 레베카는 시선을 돌리면서, 다 아는데 무슨 꿍꿍이냐는 듯 헨리를 쳐다봤다.

“알았어요.” 그는 한발 물러섰다. “저라면 다른 방식으로 엉망진창을 만들어 놨겠죠.”

⁂

웅성거리는 목소리가 미로처럼 얽힌 복도를 따라 들려왔다. 벌써 중앙계단까지 온 스칼릿은 계속 계단을 올라갔다.

⁂

"어차피 별 차이 없었을 거야." 레베카는 애석해하며 손을 뻗어 헨리의 손 위에 얹었다. "위원회는 이미 결정했어." 그녀는 헨리에게 방금 사형선고를 전했는데도 아무런 반응이 없자 얼굴을 찡그렸다. "별로 놀라지 않은 듯한데."

"그림을 보고 짐작했어요." 헨리는 씩 웃으며 레베카 옆의 그림을 올려다봤다. 이 상황에 어울리는 그림이었다. 그림의 주인공은 참수되었고 아름다웠다. "카라바조가 그린 『세례자 요한의 머리를 들고 있는 살로메』, 비유하자면 당신은 참수를 주저하는 왕이겠군요?"

레베카는 고개를 끄덕였다. "살로메의 소원을 들어줘야 하는 운명이지. 제아무리 하기 싫더라도."

"훨씬 더 강력한 누군가가 자신의 소원을 그녀에게 지시한 거죠."

"그렇지." 레베카는 한숨을 쉬었다. "그들은 네 머리를 잘라 접시에 담아 오라고 했어. …물론, 비유하자면 말이야. 어쨌든 자네한텐 안 좋은 상황이야."

⁂

스칼릿이 살금살금 다가갈수록 소리는 조금씩 더 크게 들렸고, 이제는 헨리의 목소리를 알아들을 수 있었다. 어떤 여자의 목소리도 들렸는데, 그녀가 쓰는 말투와 어휘로 판단하면 다른 시대에서 온 사람 같았다.

⁂

"준비됐어?" 당당하고 아름다운 레베카는 그녀가 가장 아끼는 헨리에게 안심하라는 듯 미소를 지었다. "사실, 오늘 밤 여기 나타나지 말았으면 하는 마음도 있었어. 물론, 우리가 자네를 찾아냈을 테지만…" 그녀는 말끝을 흐렸다. "역시 자넨, 올 줄 알았어. 자네는 늘 우릴 깜짝 놀라게 하는 사람인데, 그런 사람 치고 가끔 속이 뻔히 들여다보여 고통스러울 때가 있어."

"속이 뻔히 들여다 보인다 함은…" 헨리는 입을 열었지만, 갑자기 몸을 바닥에 던져 벤치 밑에 테이프로 붙여놓았던 산탄총을 꺼내는 것으로 마무리했다. 그는 펠릭스를 향해 총을 겨누고 방아쇠를 당겼다.

****

스칼릿은 첫 번째 총성이 들렸을 때 그만 들키고 말았다. 총소리를 듣고 그녀가 반응하기도 전에, 지금까지 본 사람 중에 가장 덩치가 큰 남자가 한쪽 팔에 피를 흘리며 출입구 밖으로 비틀비틀 나오다가 스칼릿이 서 있는 모습을 봤다.

"아, 망했네." 스칼릿이 중얼거렸다.

그 덩치 큰 남자는 총을 들었다.

스칼릿은 복도 왼쪽에 붙어 쏜살같이 달리며 무전기의 송신 버튼을 눌렀다. "모든 대원에게 알린다, 총성이 들렸다! 진입 개시!"

****

헨리가 다시 총을 쏘자 레베카는 가장 가까운 출구로 황급히 몸을 피했다. 헨리는 감히 돈으로 환산할 수 없는 명화를 산산조각 냈고, 다시 벤치로 재빨리 기어가 숨겨뒀던 권총과 칼을 꺼냈다. 사방에서 공격을 받자 그의 머리 위로 커다란 나무 조각들이 우수수 쏟아졌다.

"그 여자다!" 주변은 시끄러웠지만, 헨리는 펠릭스가 외치는 소리를 들었다. 목소리를 들으니 펠릭스는 다친 듯했다. "그 형사야!" 총성이 잠잠해졌다. "그 여자가 여기 있어!"

헨리는 그 말을 듣고 크게 한 대 얻어맞은 듯했다.

"쫓아가!" 보이지 않는 곳에서 레베카가 명령했다. 다시 맹렬한 공격이 시작되자 헨리는 집중 사격으로 점점 부서지는 벤치 뒤에 갇혀 나오지 못했다. 부상당한 펠릭스는 출입구에서 사라졌다.

헨리는 벤치 뒤에 갇혀 아무것도 할 수 없어 답답했다. 그때 밤하늘에 뭔가 반짝이는 모습이 그의 눈에 들어왔다. 유리 지붕 위에서 헬리콥터 날개가 돌아가고 있었다. 헬리콥터는 그 위를 서서히 이동하며 32번 전시실을 서치라이트로 환하게 밝혔다.

기회를 포착한 헨리는 출입구로 내달렸다. 발을 내디딜 때마다 주변에 총알이 비 오듯 쏟아졌다. 헨리도 마구 총을 쏘며 반격하다가 그만 벽에 부딪혀 복도로 쓰러졌다. 어두운 복도에 눈을 적응시키며 다친 데는 없는지 확인하자, 총에 맞은 상처를 봉합한 실이 뜯어져 있었다. 그 외에는 다친 데가 없었다. 그는 총을 들고 펠릭스를 쫓아갔다.

****

총격이 멈췄다.

막다른 곳에 들어선 스칼릿은 모퉁이를 조금씩 돌아갔다. 그 순간, 스칼릿을 쫓던 거대한 남자는 조금 전 그녀가 있던 곳에 들어왔다. 사방이 고요한 가운데 나무 바닥에 핏방울이 똑똑 떨어지는 소리만 들렸다.

스칼릿은 그 남자가 뭔가 골똘히 생각하다가 다른 전시실로 이동하는 모습을 문틈으로 확인한 다음, 밖으로 나와 방금 지나온 복도를 살금살금 가로질러 걸어갔다. 남자의 넓은 등을 뒤로한 채 그녀는 서둘러 중앙 복도로 돌아왔다. 이제 계단은 손이 닿을 만큼 가까웠다.

저 멀리 보이는 출입구에 옷을 잘 차려입은 여인이 서 있었다. 스칼릿은 그 여인과 잠시 눈이 마주쳤지만, 또 어떤 금발 미인이 두 사람 사이를 비틀거리며 지나갔다. 그때 커다란 칼이 금발 미인의 옆구리에 깊이 꽂혔다. 그녀는 벽에 쿵 부딪히더니 바닥으로 주르르 미끄러졌다. 출입구에 있던 여인은 어느새 자취를 감췄다.

충격에 휩싸인 스칼릿은 뒤에 누군가 있다는 걸 알았지만, 이미 너무 늦었다. 뒤를 돌아보자 그 근육질의 덩치 큰 남자가 스칼릿을 쫓아 전속력으로 달려오고 있었다.

스칼릿은 눈을 감고 이 남자와의 결전을 준비했다… 하지만 아무 일도 없었다. 헨리가 어디선가 나타나 이 거대한 남자를 가로막았고, 두 남자는 돌계단 아래로 굴러 떨어졌다.

"스칼릿, 도망쳐요!" 헨리가 다급하게 소리쳤다. 하지만 두 남자가 계단 중간쯤에서 격투를 벌이고 있어서 스칼릿은 내려갈 수 없었다. 그녀는 적당한 때를 기다렸다가 두 사람을 뛰어넘어 계속 내려갔다. 뒤돌아볼 겨를도 없었다. 그녀는 정문 방향을 안내하는 표지판을 따라 달렸다.

****

헨리는 주먹 싸움으로는 절대 펠릭스를 제압할 수 없었다. 펠릭스가 주먹을 휘두를 때마다 야구 방망이로 맞는 것처럼 타격이 컸다. 헨리는 피할 수 없는 종말이 다가온다는 걸 깨닫자 죽을 힘을 다해 펠릭스의 상처에 손가락을 꽂아 넣어 펠릭스가 고통으로 잠시 공격을 멈추게 했다. 그리고 두 팔로 펠릭스의 두꺼운 목을 감아 난간에서 뛰어내렸다. 두 남자는 대리석 바닥에 떨어진 채 꿈쩍도 하지 못했다.

++++

정문 홀이 눈에 들어왔다. 스칼릿을 지원하러 출동한 무장 경찰들이 여기저기를 수색하는 소리가 들렸다. 그녀는 안도의 한숨을 쉬며 가쁜 숨을 골랐다… 그때 장갑 낀 손이 돌연 뒤에서 나타나 그녀의 코와 입을 틀어막았다. 스칼릿은 어두컴컴한 벽 안쪽으로 끌려가며 비명을 질렀지만, 소리가 거의 나지 않았다.

"쉬, 쉬." 누가 스칼릿의 귀에 대고 쉿 소리를 냈다. 전날 밤 지하 부엌에서 들었던, 듣는 사람을 불안하게 하는 그 목소리였다.

몇 미터도 되지 않는 곳에 무장 경찰이 지나가자, 스칼릿은 소리를 지르며 남자를 발로 차 내려 했다. 하지만 얼굴에 보기 흉한 흉터가 있는 그 남자의 손아귀는 그녀가 발버둥 칠수록 더 세게 조여들기만 했다. 스칼릿은 살아남을 수 있는 유일한 희망인 무장 경찰이 멀어지는 모습을 무기력하게 바라봤다. "쉬." 남자가 위로하듯 속삭였다. "괜찮아."

아무리 몸부림쳐도 소용없었다. 스칼릿은 남자의 손에 들린 번득이는 칼날을 보자, 공포를 억누르고 실질적으로 지금 뭘 할 수 있을지 생각하려 애썼다.

스칼릿은 벗어나야겠다는 본능을 꾹 참고 갑자기 몸부림을 멈쳤다. 그러자 남자는 그녀의 체중을 지탱하려고 허우적대느라 순간 몸의 균형을 잃었다. 그때 스칼릿은 두 발을 벽에 대고 몸을 뒤로 확 밀었다. 남자의 손아귀가 헐거워지자 그에게서 벗어나 정문 홀을 향해 전력 질주했다. 하지만 쿵쿵대는 무거운 발소리가 점점 더 가까이 쫓아왔다. 정문 홀에 들어서자 곧이어 귀에 거슬리는 커다란 총성이 쏟아졌다.

✦✦✦✦

날카로운 총성이 건물에 끝없이 울려 퍼지고 있었다. 헨리는 고통으로 신음하면서도 펠릭스의 몸에서 떨어져 비틀비틀 일어섰다.

"스칼릿!" 헨리는 숨을 헐떡였다. 숨쉬기 힘들었고, 한쪽 팔이 부러진 듯했다. "스칼릿!" 그는 다시 그녀를 부르며 총소리가 들린 곳으로 휘청대며 걸어갔다.

곳곳에 깔린 무장 경찰들을 피해 다니느라 답답할 정도로 느리게 갈 수밖에 없었다. 마침내 정문 홀에 도착하자 진홍색 피 웅덩이에 쓰러진 리누스의 시신을 발견했다. 확실히 죽었는지 확인하려고 절뚝이며 걸어가던 차에 옆에 있는 무엇인가가 그의 눈에 띄었다. 경악하여 고개를 돌리자 스칼릿이 난간에 기대 쓰러져 있었고, 바닥은 붉은 핏자국이 가득했다.

"스칼릿!" 헨리는 곧장 달려가 그녀를 흔들어 깨웠다. 스칼릿은 나른한 눈으로 헨리를 바라봤다.

✦✦✦✦

"헨리." 스칼릿은 피투성이가 된 손을 들어 그의 얼굴에 댔다.

"어떻게 된 거죠? 어디 다쳤어요?" 헨리는 스칼릿의 다친 곳이 어딘지 살폈다.

근방에서 무전 교신 소리가 났다. 무장 경찰들이 접근하고 있었다.

"날 꼭 잡아요." 헨리가 말했다. "여길 빠져나가게 해줄게요."

스칼릿은 그를 바라보며 힘없이 웃었다. "어서 가세요."

두 사람 머리 위에 있는 반구형 모양의 유리 지붕을 배경으로 바람이 불어와 스칼릿의 얼굴을 간지럽혔다.

"당신 없이는 아무 데도 안 가요." 헨리는 그녀를 안아 올리려 했지만, 한쪽 팔을 쓸 수 없고 옆구리 통증도 심한 데다가 스칼릿이 힘없이 쓰러져 있어서 그렇게 할 수 없었다. "날 꽉 잡아야 해요, 스칼릿." 그의 목소리는 절실했다. "어서."

스칼릿은 두 손으로 헨리의 손을 부드럽게 잡으며 그와 눈을 마주쳤다. "우리가 처음 만난 날 밤에 뭐라고 말했는지 기억해요?" 한 마디씩 말을 꺼낼 때마다 그녀의 목소리는 눈에 띄게 약해졌다.

"아니요. 뭐라고 말했는데요?" 헨리는 당황한 목소리로 물었다. 바람이 다시 불어왔다. 이번에는 헬리콥터의 서치라이트가 정문 너머 트래펄가 광장을 이리저리 훑으며 날개가 윙윙 돌아가는 소리도 더해졌다.

"우린 이렇게 말했어요…" 스칼릿은 헨리의 손목에 수갑을 철컥 채웠다. "…가장 멋지게… 속이는 사람이… 이기는 것으로요."

헨리는 당황스러운 얼굴로 손목에 채워진 수갑을 내려다봤다. 수갑의 나머지 한쪽은 어느새 난간에 채워져 그를 묶었다. 헨리는 스칼릿이 멀쩡하게 일어나는 걸 보자 더욱 혼란스러워졌다.

"이건 프랭크를 위해서예요." 스칼릿의 말을 듣고 헨리는 이제야 알겠다는 듯 싱긋 웃었다. 그녀는 무전기를 얼굴 가까이 갖다 댔다. "필즈, 여기는 딜레이니. 용의자 확보. 정문 홀. 체포 바란다." 스칼릿은 잔뜩 구겨진 드레스를 탁탁 펴고 피투성이가 된 두 손을 쳐다봤다. "내 피가 아니에요." 그리고 쓰러져 죽은 리누스를 힐끗 쳐다본 다음 헨리를 바라봤다. "그럼, 이걸로 끝이겠네요."

"그런 것 같군요."

"그동안… 흥미롭지 않았다면 거짓말이겠죠."

"흥미로웠어요." 헨리는 자랑스럽게 미소 지으며 동의했다. "한 가지만 말해줘요. 마운트배튼 호텔에서 내가 봤다고 한 여자가 진짜 갈까마귀였다면, 만약 우리가 거기서 그 여자를 잡았더라면… 그래도 당신은 지켰을 건가요? 우리의 합의 말이에요." 그는 진심으로 알고 싶었다.

스칼릿은 잠시 대답을 고민하다가 어깨를 으쓱했다.

"잘가요. 데블린 씨." 스칼릿의 목소리에는 아무런 감정이 없었다.

"잘가요… 딜레이니 형사님." 헨리가 답했다. 그는 스칼릿이 돌아서서 뒤도 돌아보지 않고 어둠 속으로 사라지는 모습을 지켜봤다.

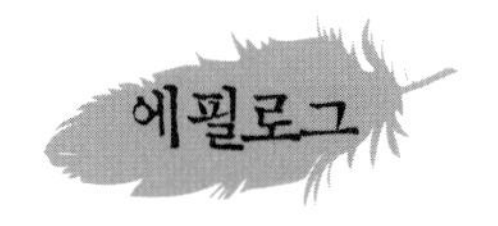

에필로그

첫 번째

무장 경찰 스튜어트 레이드가 밝은 청색 벽으로 둘러싸인 정문 홀로 다시 돌아오는 데에는 90초밖에 걸리지 않았다. 머리 위 거대한 반구형 모양의 유리 지붕은 하늘을 계속 우러러봤고, 만신창이가 된 시신은 피 웅덩이 속에서 누워있었으며, 그 영혼은 지옥에 떨어졌다. 하지만 체포하려던 죄인의 흔적은 어디에도 보이지 않았다. 철제 난간에 채워진 빈 수갑만… 덩그러니 불어오는 바람에 흔들리고 있었다.

에필로그

두 번째

스칼릿은 자리에 앉았다. 그녀는 자신이 평범한 일상을 갈망하고 있다는 사실을 무척 오랜만에 처음으로 깨달았다. 창문으로 쏟아져 들어오는 아침 햇살이 책상에 높이 쌓인 서류에 부딪혀 사무실 바닥에 그림자를 길게 드리웠다. 스칼릿의 시선은 그림자를 따라 프랭크의 텅 빈 책상으로 옮겨갔다. 그리피스 경감의 지시를 받은 사람들은 아직 장례식도 치르지 못한 남자의 유죄를 입증할 논거를 만들기 위해 그의 책상에 있던 물건과 서류들을 서둘러 비우고 가져갔다.

그 일을 생각하기 싫어진 스칼릿은 의자에 앉아 빙빙 돌며 어디서부터 시작할지 곰곰이 생각했다.

탈출한 용의자 수색이 계속되고 있으며, 내셔널 갤러리에서 사망한 두 사람의 시신은 다른 곳으로 옮겨졌다. 그리고 이 나라의 가장 귀중한 걸작품들이 많이 파괴되고 훼손되었다는 소식을 1

면에 다룬 조간신문들이 절반이 넘었다. 나머지 신문들은 잘 차려입은 유명인들이 불행한 사건이 발생한 행사장에서 헐레벌떡 도망가는 모습을 찍은 사진들을 1면에 실었다. 신문사들은 지면에 실을 게 너무 많아 어떻게 배치할지 결정하기 힘들었다.

상황이 그러하다 보니 그 정체불명의 환경운동가는 그동안 익숙했던 화려한 행사에 비해 훨씬 격이 떨어지는 장소인 경찰서에 나타나는 것 외에는 선택의 여지가 없었다. 그녀는 금요일 밤 11시에 채링 크로스 경찰서에 제 발로 걸어 들어가 술주정뱅이들과 녹초가 된 야간 근무자들 앞에서 자신의 정체를 알리고 자수했다. 한 노숙자를 사망하게 한 그녀가 뒤늦게 체포되었다는 소식은 수많은 사건이 터진 그 날 밤 신문들의 3면 혹은 4면 기사로 밀려났다.

스칼릿은 헨리가 기적적으로 탈출했다는 소식을 듣고 약간 놀랐다. 정문 홀에 설치된 보안 카메라 영상은 그곳에서 무슨 일이 벌어졌는지에 관한 그녀의 설명을 뒷받침했다.

스칼릿은 자신이 해야 할 일을 해냈다.

프랭크를 죽게 한 남자에게 직접 수갑을 채웠지만… 헨리가 여전히 어딘가에 살아 있으리란 생각이 들자 이상하게도 미소가 떠올랐다.

한편, 평소와는 달리 내셔널 갤러리 2층 보안 카메라는 하필 그날 밤에 '정기 점검'이 예정되어 모두 꺼져 있었다. 예상치 못한 일이었지만 스칼릿은 조금도 놀라지 않았다.

스칼릿은 당장 처리해야 할 업무에 집중하기로 하고, 맨 위에 놓인 서류철을 꺼냈다. 조금씩 일에 적응할 수 있도록 도와주는 적당히 재미없는 스프레드시트 같은 문서이길 바랐다. 하지만 프랭크의 알아보기 힘든 글씨를 보고 가슴이 철렁 내려앉았다. '내부 문건'이라는 표식이 앞에 붙어 있었다. 전혀 생각지도 못 한 일이었다. 마치 저세상에서 보낸 메시지를 받은 기분이었다. 스칼릿은 얼굴을 찡그린 채 텅 빈 프랭크의 책상 자리를 어깨 너머로 돌아봤다. 프랭크가 직접 그녀의 자리로 걸어와 전달할 수밖에 없었던 내용이 무엇인지 궁금해졌다.

스칼릿은 떨리는 손으로 그 서류철을 열었다. 맨 앞에 프랭크가 그녀에게 마지막으로 쓴 메모를 보자 눈시울이 붉어졌다.

이걸 보낸 사람은 정말 멍청해. 그렇지?

스칼릿은 큰 소리로 웃었다.

경감님은 내가 한 짓을 알아냈어.
그들이 이 서류를 찾아내게 하고 싶지 않았어.
버리든지 태우든지 활용하든지 마음대로 해. 이젠 네 거야.
– 프랭크

스칼릿은 눈물을 닦고 메모를 한쪽으로 치웠다. 그리고 서류철에 담긴 사진과 금융거래내역 등의 문서를 훑어봤다. 첫 페이지에는 지금까지 파악된 헨리의 동료 목록이 적혀 있었다.

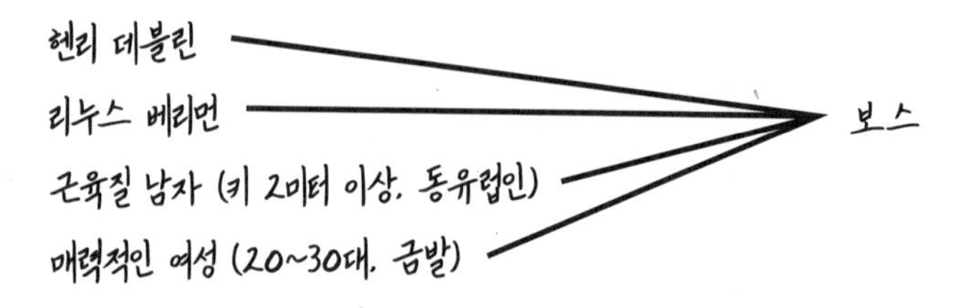

스칼릿은 그녀의 멘토가 비밀리에 수집한 방대한 정보에 놀랐다. 그녀는 펜을 잡고 생각지도 못한 이 최종 문서에 메모를 추가했다.

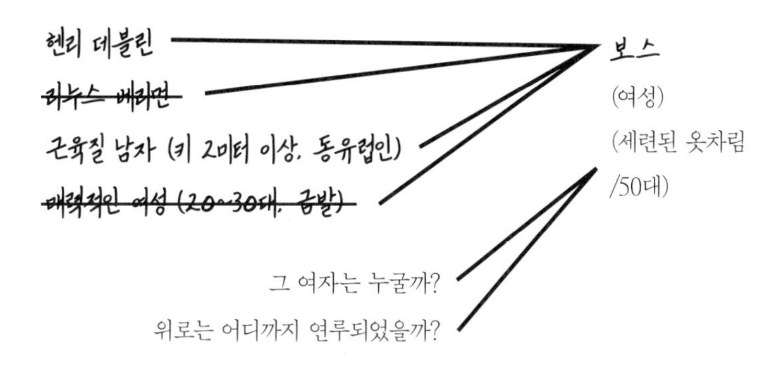

그리고 의자에 기대앉아 프랭크가 정리해 둔 문서를 읽기 시작했다…

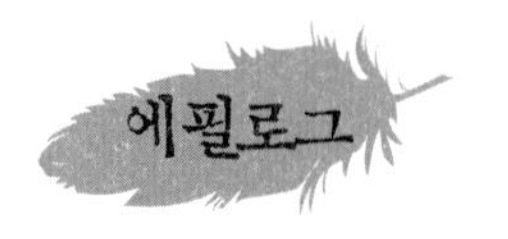

에필로그

세 번째

스칼릿이 있는 곳에서 800미터도 채 떨어지지 않은 거리에 위치한 국회의사당 복도 안쪽 깊은 곳에서 수석장관이 총리와 통화를 막 끝냈다. 그의 비서가 쟁반을 들고 장관실로 들어왔다.

"9시에 만나기로 하신 분이 오셨습니다." 비서가 알렸지만, 그는 서류에 서명을하느라 정신이 없었다. 비서는 들고 온 쟁반을 내려놓고 서류 더미를 들었다. "몇 분 뒤에 만나시겠어요?" 비서가 물었다.

"아니, 아니. 들어오라 해." 그는 짜증을 내며 중간에 비는 30초 동안 다른 일로 넘어갔다.

"들어오십시오." 비서가 손님에게 안내했다.

장관은 200페이지짜리 보고서를 집어 들었지만, 읽지 않을 게 뻔했다.

문이 닫히고 손님이 들어와 자리에 앉았다.

“아, 앨러스테어 장관님. 절 기억하셨네요.” 손님이 장관에게 말했다. 장관이 일을 마저 끝내는 동안 손님은 차를 한 잔 따랐다.

“며칠 동안 사건이 참 많았더군요.” 그는 손님에게 집중하지 못했다.

“늘 그렇지 않나요?” 찻잔에 금속 티스푼이 짤랑하고 부딪히는 소리가 났다. 손님은 그의 건너편에서 참을성 있게 기다렸다.

“내셔널 갤러리에서 벌어진 그 사태는 어떻습니까?”

“인재 몇 명을 잃었지만, 새로운 사람들로 대체했어요. 전부 새로 준비되어 있답니다.”

“이 환경운동가는 어떻게 할 겁니까?” 수석장관은 서류 뭉치를 한쪽으로 밀어내고 드디어 방문객에게 주의를 집중하며 질문했다. “계획이 있겠죠?”

“아까 말씀드렸잖아요.” 완벽하고 세련되게 차려입은 여자는 차를 한 모금 마시며 대답했다. 레베카는 찻잔을 받침 위에 내려놓고 그에게 미소를 지었다. “다 준비되었답니다.”

옮긴이 서은경

이화여자대학교 영어영문학과를 졸업했으며 뉴욕주립대학교 버펄로 캠퍼스에서 ELI 과정을 마쳤다. 졸업 후 금융회사에서 국제정산, 정보기획, 신사업 개발업무를 담당했다. 바른번역의 글밥아카데미 출판번역 과정을 수료하고 번역가로 활동 중이다. 옮긴 책으로는 『정말 잘 지내고 있나요?』, 『세컨드 브레인』, 『아이의 진짜 마음도 모르고 혼내고 말았다』, 『미소를 잃어버린 소녀』, 『캔터빌의 유령』이 있다.

초판 2025년 1월 1일 2쇄
저자 다니엘 콜
옮긴이 서은경
디자인 전여원
ISBN 979-11-93324-06-6 03840

출판브랜드 북플라자
주소 서울시 강남구 논현동 118-13 5층
홈페이지 www.bookplaza.co.kr

영화 판권, 오탈자 제보 등 기타 문의사항은 book.plaza@hanmail.net으로 보내주세요.
잘못된 책은 구입하신 서점에서 교환해 드립니다.